AMY LLOYD

Unschuldig

Thriller

Aus dem Englischen
von Cornelia Röser

btb

Die Originalausgabe erschien 2017 unter dem Titel »The Innocent Wife«
bei Century, Penguin Random House UK, London.

Dieses Buch ist auch als E-Book erhältlich.

FSC
www.fsc.org
MIX
Papier aus verantwortungsvollen Quellen
FSC® C014496

Verlagsgruppe Random House FSC® N001967

1. Auflage
Deutsche Erstveröffentlichung Februar 2020
by btb Verlag in der Verlagsgruppe Random House GmbH,
Neumarkter Str. 28, 81673 München

Umschlaggestaltung: semper smile, München
nach einem Entwurf von © Penguin UK unter Verwendung eines Motivs
von © Arcangel/Clayton Bastiani (U1) und Colin Thomas (U4)
Satz: Uhl + Massopust, Aalen
Druck und Einband: GGP Media GmbH, Pößneck
mr · Herstellung: sc
Printed in Germany
ISBN 978-3-442-71732-3

www.btb-verlag.de
www.facebook.com/btbverlag

Für Rhys.
Du hast mir geholfen, eine bessere Autorin
und ein besserer Mensch zu werden.
Danke.

Prolog

Man fand das Mädchen sechsundsiebzig Stunden, nachdem es als vermisst gemeldet worden war. Die Fingerkuppen waren mit einer Kabelschere entfernt worden, ein kalkulierter Akt, um DNS-Spuren zu vermeiden – denn wenn das Opfer den Angreifer kratzt, sammeln sich dessen Hautpartikel unter seinen Fingernägeln. Die Leiche wurde kurz nach dem Tod bewegt; der Tatort musste so abgeschieden gelegen haben, dass eine lange, brutale Misshandlung und die anschließenden Verstümmelungen der Leiche möglich waren. Holly Michaels wurde am nördlichen Rand von Red River County, Florida, zehn Meilen von ihrem Elternhaus entfernt, ins dunkle Wasser eines Bayous geworfen.

Auf den Fotos vom Fundort lag sie mit dem Gesicht nach unten, was den Anblick für Sam etwas erträglicher machte, als sie die Bilder zum ersten Mal sah – allein im unbeleuchteten Wohnzimmer eines Reihenhauses in Bristol. Zuerst hatte sie die Fotos als anstößig empfunden, weniger des geronnenen Blutes wegen, das die feinen blonden Haare verklebte, sondern weil Holly von der Taille abwärts nackt gewesen war. Am liebsten hätte Sam eine Decke über das Mädchen gebreitet, um seine Intimsphäre zu schützen.

Mit der Zeit ließ sie der Anblick nicht mehr zusammenzucken. Je länger sie in den Internetforen stöberte und dabei das Bild immer und immer wieder sah, umso mehr rückte die Leiche mit ihrer wächsern bleichen Haut und den dunklen Blutlachen in den Hintergrund, und umso wichtiger wurden die Details ihrer Umgebung. Jetzt konzentrierte sich Sams Blick auf den Bildrand, an dem ein Stück Erde rot eingekreist war. Sie kniff die Augen zusammen. Das war ein Fußabdruck. Doch den Forendiskussionen zufolge waren keine Fußabdrücke genommen worden und auch in den Akten zu dem Fall wurden keine erwähnt. Das warf Fragen auf: War der Fußabdruck bei der Ermittlung absichtlich nicht beachtet worden? Hatte man ihn übersehen? Oder hatten sie gerade den Beweis dafür vor Augen, dass irgendein klumpfüßiger Polizist aus Red River den Fundort kontaminiert haben könnte? Die Diskussion zog sich bis spät in die Nacht, und Sam wusste nicht, was sie glauben sollte. Sicher war nur: Egal, was sich dort abgespielt hatte, der *wahre* Täter lief noch immer frei herum.

Ihre Besessenheit hatte achtzehn Jahre nach dem Erscheinen der ersten Doku angefangen.

»Ich weiß, das ist eigentlich nicht so deins, aber das hier wirst du lieben, es ist unglaublich! Es wird dich so wütend machen«, hatte ihr Freund Mark gesagt, auf dem Gesicht den bläulichen Schein seines Computerbildschirms.

Sam hatte neben ihm in seinem Bett gesessen – in dem Haus, das er immer noch zusammen mit seinen Eltern bewohnte. Während sich vor ihren Augen die Geschichte auf dem Bildschirm entfaltete, trat alles andere in den Hintergrund. Und im Zentrum des Ganzen stand ein Junge, der zu jung für den Anzug war, den er vor Gericht trug, und dessen blaue Augen verwirrt, allein und verängstigt in die Kamera blinzelten. Sein Anblick schmerzte Sam, so schön war er in diesem hässlichen Raum mit grellem Licht und harten Kanten, sein Gesicht vor Traurigkeit ganz weich. Dennis Danson, gerade mal achtzehn Jahre alt, allein im Todestrakt.

Als der Film zu Ende war, wollte sie mehr. Sie wollte Antworten.

»Ich hab's dir gesagt«, meinte Mark. »Ich hab dir gesagt, es wird dich wütend machen.«

Schon bald beherrschte Dennis ihr gesamtes Denken, er drang sogar in die Randbereiche ihrer Träume vor, war aber immer zu weit entfernt, um mit ihm sprechen oder ihn festhalten zu können. Seine Hand entglitt ihren Fingern.

Deshalb schloss sie sich Onlinegruppen an. Es gab ein eigenes Forum, in dem die User jedes einzelne Foto, jede Zeugenaussage und jedes Gerichtsprotokoll, jeden gerichtsmedizinischen Bericht und jedes Alibi prüften. Sie diskutierten über kleinste Details, bis Sam völlig erschöpft war und dennoch nicht aufhören konnte, nach einer Wahrheit zu suchen, die alle bisherigen Fehler korrigieren konnte.

In verschiedenen Untergruppen wurden leidenschaftlich jeweils verschiedene Theorien verteidigt. Man verdächtigte Hollys Stiefvater oder die vorbestraften Triebtäter, die in Trailerparks am Ortsrand lebten. Sie stellten Vergleiche zu anderen ungeklärten Morden in ganz Amerika an und beschworen Bilder vom Bösen auf Rädern herauf: ein Fernfahrer, getrieben von finsteren Fantasien, der in der Nacht lebte und einsam mordete. Dann gab es die Verschwörungstheoretiker, die glaubten, die gesamte Polizei von Red River decke einen lokalen Pädophilenring, der sie mit irgendetwas in der Hand hätte.

Sam glaubte an eine einfachere Lösung. Eine Woche vor dem Mord war vor der Mittelschule ein Mann gesehen worden. Er hatte vorbeikommende Kinder angesprochen und sie nach der

Uhrzeit gefragt. Er behauptete, seine Uhr verloren zu haben, bat die Kinder, ihm suchen zu helfen, und versprach ihnen eine Belohnung. Eine Mutter stellte ihn zur Rede, als sie ihre Söhne abholte, und sagte der Polizei später, er sei ihr verdächtig vorgekommen, weil er sich auffallend vorsichtig verhalten habe; sein Blick sei beim Sprechen in alle Richtungen gehuscht. Er war ein Unbekannter in der relativ kleinen Gemeinde und noch vor dem Eintreffen der Polizei schon wieder verschwunden gewesen. Nach diesem Vorfall waren die Eltern verunsichert, und die Lehrer kontrollierten als zusätzliche Sicherheitsmaßnahme jeden Morgen und jeden Nachmittag die Schultore. Weil es kaum verwertbare Spuren gab, legte die Polizei die Sache zu den Akten und verdrängte sie. Es war zu keinem Verbrechen gekommen, und der Mann ließ sich nicht mehr an der Schule blicken. Eine Woche später wurde Holly vermisst gemeldet.

In den Foren wurde er »der kleine Mann« genannt. Die Polizei befragte die Mütter erneut, ein Phantombild vom »kleinen Mann« wurde in der Zeitung abgedruckt und überall in der Stadt aufgehängt. Doch die Suche lieferte weder Verdächtige noch Spuren. Schließlich ließ die Polizei die Ermittlungen in diese Richtung ganz fallen und konzentrierte sich, offenbar unter dem Druck, eine Festnahme vorweisen zu müssen, auf andere Gerüchte.

Im Forum wurde die Kleiner-Mann-Theorie weiterverfolgt und Polizeifotos kürzlich verhafteter Sexualstraftäter mit dem Phantombild abgeglichen. Sam las wie besessen die entsprechenden Threads und bestaunte die ermittlerischen Fähigkeiten der anderen Mitglieder: Sie konnten Hinweise identifizieren, die der Polizei seinerzeit entgangen waren, und Geschichten konstruieren, die sehr überzeugend nach der fehlenden Wahrheit klangen.

Es gab noch weitere Foren zu anderen Fällen und anderen Opfern. Es gab noch mehr Dokumentationen und Podcasts und Fernsehserien, aber *Framing the Truth: Der Mord an Holly Michaels* sprach so viele Menschen an wie kein anderes Format, diese Serie packte die Leute und ließ sie nicht mehr los. Sam las alles, was sie im Internet finden konnte und unterschrieb Petitionen, um vor Gericht neue Beweismittel zuzulassen (den Fußabdruck, die Aussage eines Familienmitglieds über das Alibi des Stiefvaters), und dabei war sie auf die Foren gestoßen, die sie jetzt so obsessiv durchforstete. Alle waren sie getrieben vom Wunsch nach der Wahrheit und dem Wunsch, jenen Mann zu befreien, der im Mittelpunkt dieses Falls stand: das Opfer eines gewaltigen Justizirrtums.

Die Fans entwickelten eine tiefe Bindung zu Dennis. Zum Teil, weil sie miterleben konnten, wie er sich nach der Verhaftung von einem schwierigen Achtzehnjährigen zu dem Mann entwickelte, der im Gefängnis aus ihm wurde. In den grellweißen Overalls hatte er etwas fast schon Sakrales an sich. Gelassen wie ein Mönch, mit Ketten an Händen und Füßen gefesselt, als würde er eine Art Buße tun. Obwohl er sein Urteil nie akzeptiert hatte und immer wieder seine Unschuld beteuerte, wirkte er ruhig. »Ich versuche, es nicht als Kampf zu betrachten«, sagte er am Ende des Dokumentarfilms. »Kämpfen erschöpft einen, am Kämpfen zerbricht man. Ich versuche, damit umzugehen. Ich werde es schaffen.« Als sein Gesicht ausgeblendet wurde, spürte Sam ein Ziehen im Bauch. Überwältigt von seiner Hilflosigkeit, hatte sie das Gefühl, als würde die Ungerechtigkeit der ganzen Welt über ihr zusammenschlagen. Sie weinte.

Die Menschen im Forum waren die einzigen, von denen Sam sich verstanden fühlte. Sie hatten alle dasselbe Gefühl von Ohnmacht erlebt, als sie *Framing the Truth* vor Jahren zum ersten

Mal gesehen hatten, und nahmen Sam herzlich in ihre Gemeinschaft auf. Einige reagierten sarkastisch: »Oha, wo bist du denn so lange gewesen? Willkommen im Jahr 1993.« Doch insgesamt fühlte sie sich dort heimisch und fing an, sich einzubringen. Sie teilte ihre Gedanken und Gefühle mit den anderen, nicht nur über Dennis, sondern, im allgemeinen Diskussionsboard, auch über ihr Privatleben. An diese Menschen wandte sie sich, als Mark sie verließ und eines Abends auf einmal alle seine Sachen weg waren. Keine Nachricht, nichts. Nur seine Zahnbürste stand noch auf dem Waschbeckenrand im Becher neben ihrer, die beiden aneinandergeschmiegt wie zwei Schwanenhälse. Die anderen im Forum trösteten Sam, schickten ihre Skype-Daten per PM, falls sie reden wolle, und versicherten ihr, dass sie das nicht verdient habe. Sie waren alles, was Sam hatte.

Die meisten in der Gruppe lebten in den USA. Zwar gab es auch einige britische Mitglieder wie Sam, die gelegentlich Treffen und Veranstaltungen organisierten, aber immer waren es die Amerikanerinnen und Amerikaner, die Diskussionen vorantrieben und Proteste organisierten. Zweimal war ein Datum für Dennis' Hinrichtung festgesetzt worden; die Forenmitglieder hatten sich vor dem Gerichtsgebäude von Red River County versammelt, protestiert und mit den Medien gesprochen, um die Öffentlichkeit auf den Fall aufmerksam zu machen. Sie hatten in Zelten geschlafen, Flugblätter verteilt und Unterschriften für Petitionen gesammelt, bis sich auf der gegenüberliegenden Straßenseite eine weitere Gruppe bildete, die Schilder mit der Aufschrift »MÖRDER« und »WO SIND DIE LEICHEN?« hochhielten. Die Gruppen schrien sich gegenseitig an, und es wurden Absperrungen auf beiden Seiten der Straße errichtet, um sie auseinanderzuhalten. Dazwischen standen Polizisten und blickten mit ausdrucksloser, gleichgültiger Miene starr geradeaus.

Als Dennis ein Vollstreckungsaufschub gewährt wurde, zeigten die landesweiten Medien Fotos, auf denen sich Gruppenmitglieder weinend in den Armen lagen. Sam las die Blogbeiträge und Threads über die Proteste und schrieb in einem separaten Großbritannien-Forum, wie gern sie selbst etwas so Unglaubliches auf die Beine stellen würde, was aber aus so großer Entfernung schwierig sei.

»Eigentlich haben die gar nichts gemacht«, antwortete ein Mitglied. »So funktioniert einfach das System da drüben. Da sitzen Leute vierzig Jahre in der Todeszelle, ohne je hingerichtet zu werden. War die Aktion also wirklich eine Hilfe? Fraglich.«

Sam hatte den Eindruck, als würden die britischen Forenmitglieder die Sache weniger ernst nehmen als die amerikanischen, als ob es für sie nur ein Hobby wäre. Bei einem Forentreffen waren sie einmal alle zusammen im *London Dungeon* gewesen. Blutverschmierte Wachsfiguren, drapiert in endlosen Qualen, rostige mittelalterliche Folterinstrumente um den Hals geschnallt, während in Dauerschleife Schreie vom Band aus den Lautsprechern hallten. Die Gruppe kreischte und lachte, doch Sam fühlte sich fremd unter ihnen, so als ginge es ihnen bei Dennis' Fall mehr um das Morbide als um den menschlichen Part. Für die anderen, dachte Sam, war Dennis gar kein echter Mensch. Es zerriss ihnen nicht so sehr das Herz wie ihr. Da war ein gewisser britischer Zynismus, ein toxischer Mangel an Emotionalität, der dazu führte, dass sich Sam von den anderen distanzieren wollte. Sie wollte lieber von Menschen umgeben sein, die ebenso sehr mitlitten wie sie selbst und ein ebenso starkes Bedürfnis hatten, etwas zu *tun*.

Die amerikanischen Forenmitglieder waren die engsten Freunde, die Sam seit Jahren gehabt hatte. Sie saß nachts wach im Bett, den Laptop auf den angezogenen Knien, um mit ihnen zu chatten. Viele schrieben Dennis Briefe und scannten dann seine Antworten ein. Die Vertraulichkeit dieser Briefe machte Sam lange Zeit irgendwie befangen. Sie selbst brauchte Monate, um einen Brief zu verfassen, und dann noch einmal Wochen, um ihn auch wirklich abzuschicken.

29. Januar

Lieber Dennis,

ich bin Samantha, 31 Jahre alt, Lehrerin und lebe in England. Und ich weiß, dass du unschuldig bist. Es ist ein komisches Gefühl, dir zu schreiben. So etwas habe ich noch nie gemacht – jemandem, dem ich noch nie begegnet bin, einen Brief zu schreiben. Bestimmt bekommst du ständig Briefe, und die Leute schreiben alle das Gleiche: »Deine Geschichte hat mich wirklich berührt« und »Ich kann nicht aufhören, darüber nachzudenken«, aber deine Geschichte hat mich wirklich berührt, und ich kann wirklich nicht aufhören, darüber nachzudenken. Hier draußen gibt es so viele Menschen, die dafür kämpfen, deine Unschuld zu beweisen. Ich würde so gern mithelfen, aber ich weiß einfach nicht, was ich tun könnte. Wenn du irgendetwas brauchst, sag es mir bitte. Auch wenn es nur eine Kleinigkeit ist. Ich werde mein Bestes tun.

Es ist komisch, so viel über dich zu wissen, während du überhaupt nichts über mich weißt. Deshalb erzähle ich ein bisschen von mir, damit es etwas ausgeglichener wird. Ich lebe allein. Meine Großmutter ist vor drei Jahren gestorben und hat mir ihr Haus hinterlassen, weshalb meine Mutter mich jetzt noch mehr hasst als vorher schon (sofern das überhaupt möglich ist). Ich bin so etwas wie das schwarze

Schaf der Familie, ähnlich wie du. Das soll nicht negativ klingen, ich meine damit, dass die anderen uns nicht verstehen, weil wir anders sind als sie, nicht weil wir wirklich etwas falsch machen würden. Meine Großmutter hat mich immer verstanden, sie war eher wie eine Mutter für mich, und ich habe ihren Tod noch nicht überwunden. Vielleicht hat mich deine Geschichte deshalb so tief getroffen. Ich bin gerade wieder Single (es war keine schöne Trennung), und ich hasse meinen Job. An manchen Tagen wache ich morgens auf und kann mich nicht bewegen. Dann liege ich einfach nur da und wünsche mir, diese tintengraue Zeit des Tages könnte für immer anhalten. Wahrscheinlich erzähle ich gerade zu viel, aber es tut gut, es überhaupt mal jemandem zu erzählen.

Wenn du nicht zurückschreibst, kann ich das verstehen. Du bekommst sicher so viele Briefe. Ich wollte einfach nur, dass du weißt, wie viele von uns hier draußen an dich denken. Wir sind alle ganz aus dem Häuschen wegen der neuen Doku-Serie. Es klingt vielleicht albern, wenn ich das sage, aber als ich davon erfuhr, war da sofort ein Gefühl von Hoffnung, fast schon die Gewissheit, dass du diesmal dein Wiederaufnahmeverfahren bekommst. Bist du aufgeregt? (Entschuldige, wenn das eine blöde Frage ist.)

Ich hoffe sehr, von dir zu hören. Du schreibst immer so besonnene Briefe (die Leute posten sie online, sie freuen sich wirklich sehr zu sehen, dass es dir trotz allem gut geht), und ich würde dir sehr gern wieder schreiben, wenn es dir recht ist.

Mit freundlichen Grüßen
Samantha

Für den Fall, dass er nicht zurückschreiben würde, erzählte Sam niemandem davon, und als er es schließlich tat, stellte sie seine Antwort nicht ins Netz, weil sie sich nicht sicher war, ob dieser Brief wirklich anders war als die anderen, oder ob ihr das nur so vorkam, weil er an sie gerichtet war.

14. April

Liebe Samantha,

entschuldige die späte Antwort. Du hast recht, ich bekomme viele Briefe, und es dauert eine Weile, sie alle zu lesen. Aber obwohl ich viel Zeit habe, beantworte ich sie nicht alle. Aus irgendeinem Grund ist mir dein Brief aufgefallen. Es tut mir leid, dass du einsam bist. Ich bin auch einsam.

Carrie hat mir von der großen Unterstützung im Internet erzählt, das ist ein echter Trost für mich – auch wenn es manchmal schwer zu begreifen ist. Als ich zur Schule ging, gab es dort nur einen einzigen Computer, da tippte man Koordinaten am Bildschirm ein, und dann bewegte sich ein Roboter durchs Klassenzimmer. Der war total langsam. Ich glaube, er sollte eine Schildkröte darstellen. Eines Tages, als wir aus der Pause kamen, war er kaputt. Die Lehrerin sagte sofort meinen Namen, ohne überhaupt zu fragen, wer es gewesen war. Ich war es nicht, aber alle haben es geglaubt.

So. Das ist etwas, das du noch nicht über mich wusstest. Ich habe es sonst noch niemandem geschrieben. Es ist ein komisches Gefühl, dass die Menschen da draußen so viel über mich wissen. Ich glaube, sie wissen mehr über mich als ich selbst.

Vielen Dank für dein Angebot, aber in finanzieller Hin-

sicht brauche ich nichts. Carrie – ich habe sie schon mal erwähnt, weiß aber nicht, ob du weißt, von wem ich rede – sie war Co-Produzentin und Regisseurin der ersten Doku und ist mir seitdem eine tolle Freundin – besucht mich und kümmert sich um diese Dinge. Ein Glück, dass ich sie habe. Viele Insassen hier haben niemanden. Um auf deine Frage zu antworten: Ich bin aufgeregt wegen der neuen Doku-Serie, aber ich habe mir schon so oft Hoffnungen gemacht und bin immer wieder enttäuscht worden. Deshalb versuche ich, cool zu bleiben.

Ich würde mich sehr freuen, wenn du mir wieder schreibst. Ich mag deine Art zu schreiben, sie ist so freundlich. Du kannst dir sicher vorstellen, dass ich auch ziemlich seltsame Briefe bekomme. Ich würde gern mehr über dich erfahren. Also schreib mir bitte, wenn du möchtest. Und schick mir bitte Buchempfehlungen, das ist immer gut. Die Bücher brauchst du nicht zu schicken, die kann ich mir besorgen.

Ich hoffe, bald wieder von dir zu hören, Samantha. Dein Brief war ein Lichtblick an einem sonst düsteren Tag.

Viele Grüße
Dennis

Sie las den Brief noch einmal. Dennis hatte ihr etwas anvertraut, das er noch nie jemandem geschrieben hatte. Es war, als besäße sie dadurch einen Teil von ihm. Sie trug den Brief immer und überall bei sich, und wenn sie sich einsam fühlte, las sie ihn noch einmal. Im Laufe der Zeit kamen weitere Briefe, und sie fühlte sich immer weniger allein. Es war, als würde sie sich verlieben, dachte Sam, es kam dem näher als alles andere zuvor. Sie brauchte nicht so zu tun, als wäre sie zu beschäftigt, um zu antworten, brauchte sich nicht künstlich unnahbar zu geben oder sich den Kopf darüber zu zerbrechen, wie viele Küsschen sie ans Ende einer Chatnachricht setzen sollte. Es fühlte sich ganz natürlich an. Richtig.

9. Oktober

Lieber Dennis,

jetzt bin ich jedes Mal ganz aufgeregt, wenn ich die Briefklappe höre oder einen Brief auf der Fußmatte finde. Ist das albern? Ich liebe es einfach so sehr, deine Briefe zu lesen, obwohl ich weiß, dass du einfach nur freundlich bist. Dieses Foto von mir ist nicht besonders, aber es ist das einzig aktuelle, das nicht total scheußlich ist. Viele Leute stehen heute total darauf, sich selbst zu fotografieren (die Bilder nennt man »Selfies«, urgs), aber ich finde so etwas grässlich. Das war nicht immer so. Nicht, dass ich mich für schön gehalten hätte oder so, aber durch meinen Ex bin ich in Sachen Fotos richtig paranoid geworden. Es gab Dinge an mir, von denen ich gar nicht wusste, dass ich sie furchtbar finden könnte, bis er mich darauf hinwies.

Aber ich jammere schon wieder. Ich höre jetzt auf damit. Die Dreharbeiten sind schon wieder verschoben worden? Das muss so frustrierend für dich sein! Die sollen endlich loslegen. Je früher, desto besser. Ich weiß, du bist vorsichtig mit deinen Hoffnungen, aber ich brauche das nicht, ich kann einfach aus ganzem Herzen für uns beide daran glauben.

Hier werden die Abende länger. Das war früher die schwerste Zeit, wenn man allein war. Aber jetzt fühle ich mich gar nicht mehr so einsam, weil ich weiß, dass es dich gibt, und ich auf deine Briefe warten kann. Es ist so schön, ehrlich zu jemandem sein zu können. Wenn ich unterrichte, muss ich die ganze Zeit Stärke simulieren, sonst drehen die Kids total durch. Das kostet so viel Kraft. Mit den anderen Lehrerinnen und Lehrern verstehe ich mich nicht so gut, sie sind alle verheiratet und haben Kinder und sehen mich an, als ob mit mir irgendetwas nicht stimmte, weil ich nicht so bin wie sie. Auch dass ich dir schreibe, könnte ich ihnen nicht erzählen, sie würden es nicht verstehen. Neulich hat einer von ihnen das Buch über deinen Fall gelesen – Red River – Wenn der Fluss sich rot verfärbt, *von Eileen Turner – und fast hätte ich gesagt: »Ich kenne Dennis Danson! Wir schreiben uns fast jede Woche!« Aber ich wusste, dass sie am Ende nur darüber gelästert hätten. Außerdem ist es auch irgendwie aufregend, dass niemand etwas davon weiß.*

In Liebe
Samantha

25. Oktober

Samantha,

dein Ex scheint ein ziemlicher Idiot zu sein. Du bist schön. Wenn ich dein Freund wäre, ich wäre nicht so blöd, dich gehen zu lassen. Ich habe dein Foto an meine Zellenwand gehängt. Du hast ein so schönes Lächeln – ich muss einfach immer zurücklächeln, wenn ich dich ansehe.

Ich habe Red River – Wenn der Fluss sich rot verfärbt *gelesen. Eileen schreibt mir immer noch Briefe. Es war seltsam, so etwas über mich selbst zu lesen.* Framing the Truth *habe ich nicht gesehen, aber nach allem, was Carrie mir er-*

zählt hat, ist sie sehr differenziert, während Eileens Buch eher reißerisch ist. Manchmal erkenne ich mich darin selbst nicht wieder, ich klinge richtig verrückt.

Ja, die Sache mit der neuen Doku-Serie ist frustrierend, aber Carrie sagt, es wäre so am besten. Vor Drehbeginn müssen noch ein paar rechtliche Dinge geklärt werden. Ich habe meinen neuen Anwalt getroffen, und er hat mir Hoffnung gemacht, dass mein Wiederaufnahmeverfahren innerhalb der nächsten zwölf Monate stattfindet. Alles geht so langsam. Jeder Tag kommt mir wie eine ganze Woche vor. Der Hofgang ist heute ausgefallen, weil es geregnet hat, und ich habe wieder Kopfschmerzen. Ich habe deine Briefe viele Male gelesen, und wenn ich das tue, fühle ich mich weniger einsam. Es ist, als wärst du hier.

Ich gebe zu, dass du inzwischen mehr für mich bist als nur eine Freundin, Samantha. Ich kann nichts dagegen tun. Auch ich freue mich auf deine Briefe. Jede Woche suche ich in dem Bündel, das man mir ausgehändigt, zuerst nach deinem, und wenn ich ihn finde, schlägt mein Herz höher. Wahrscheinlich sollte ich dir das nicht schreiben. Ich mache mir Sorgen, dass ich nur eine Last für dich bin, Samantha. Dass es eine zu große Verpflichtung ist, mir jede Woche zu schreiben. Dass unsere Freundschaft dich noch einsamer oder verschlossener macht. Aber ich bin zu selbstsüchtig, um es bleiben zu lassen. Dank dir ist alles etwas erträglicher geworden. Ich kann dir nichts versprechen. Du hast etwas Besseres verdient. Ich fürchte, das wirst du bald auch selbst herausfinden und mich vergessen.

In Liebe
Dennis

13. Januar

Dennis,

so etwas darfst du nicht sagen! Niemals. Ich liebe dich. Du bist alles, was ich will. Es spielt keine Rolle, dass wir im Moment so weit voneinander entfernt sind. Ich bin glücklich. Aber ich habe nachgedacht, und ich würde dich gern besuchen, wenn es dir recht ist. Ich habe noch das meiste von dem Geld, das mir meine Großmutter hinterlassen hat, und hier gibt es nicht viel, das mich hält. Ich habe das Geld für etwas Besonderes gespart und kann mir nichts vorstellen, das mir mehr bedeuten würde. Ich will mein Leben nicht mehr damit vergeuden, mir Dinge zu wünschen, sondern sie endlich einfach tun.

Du wirst natürlich Nein sagen, aber das werde ich nicht akzeptieren. Ich weiß, was das Beste für mich ist. Meine Entscheidung ist gefallen. Ich könnte schon nächsten Monat kommen. Sag einfach Bescheid.

In Liebe
deine Samantha

24. Januar

Samantha,

die Vorstellung, dich hier zu sehen hat mich völlig aus der Bahn geworfen. Ich kann nicht mehr stillsitzen. Im Hof bin ich im Kreis gerannt, und der aufgewirbelte Staub ist an meinen Hosenbeinen kleben geblieben. Die Wachen haben mich ausgelacht, und alle sagen, du musst etwas ganz Besonderes sein. Niemand hat mich je so gesehen.

Hoffentlich hast du nichts dagegen, dass ich Carrie deinen Namen und deine Adresse gegeben habe. Sie wird ab April zu Dreharbeiten in Red River und Umgebung sein, und ich fände es schön, wenn ihr euch kennenlernen würdet. Wenigstes sie kann sich um dich kümmern, wenn ich es schon nicht kann.

Natürlich werde ich dich lieben, wenn ich dich sehe. Aber ich mache mir Sorgen, dass du mich nicht lieben wirst. Ich habe mich verändert, bin aus der Form geraten. Aber für dich arbeite ich daran. Ich bin älter geworden. Ich glaube, das vergessen die Leute leicht. Manche Männer schreiben immer noch an den Achtzehnjährigen, der ich damals war. Liebesbriefe. Kannst du dir bestimmt vorstellen. Und ich will nicht, dass du erschrickst, wenn du mich in Ketten siehst. Wir müssen sie tragen, sobald wir unsere Zellen verlassen. Es heißt, es sei zur Sicherheit, aber, na ja, es ist demütigend.

Ich werde nicht Bescheid sagen. Komm, wenn du bereit bist. Komm, wenn Carrie auch hier ist. Aber komm. Ich brauche dich auch. Ich liebe dich.

In ewiger Liebe
dein Dennis

Betreff: Dennis!!
Sam!

Hier ist Dennis' Freundin Carrie. Er hat mir deine Adresse gegeben, aber es war leichter, dich online aufzuspüren. Hübsche Nacktbilder! Nur 'n Scherz, ich hab nichts Anstößiges gefunden. Egal. Dennis redet VIEL von dir. SEHR VIEL.

Ehrlich gesagt hab ich die Nase schon gestrichen voll davon. Nee, im Ernst, so habe ich ihn seit Jahren nicht mehr gesehen. Dank dir und der neuen Doku ist er ein ganz neuer Mensch.

Er sagt, du kommst uns besuchen, und ICH soll dir hier alles zeigen! Es wäre mir eine riesengroße Ehre, mich um dich zu kümmern, solange du in der Gegend bist. An den meisten Tagen werde ich drehen, aber ich dachte, du könntest mitkommen, wenn du Lust hast. Wir sind in Red River unterwegs, zeichnen ein paar Interviews auf, verfolgen ein paar Spuren, befragen Zeugen und sowas. Ich hab gehört, du bist ein Fan der Serie (danke!!), da dachte ich, du würdest vielleicht gern mitmachen.

Gib einfach Bescheid. Dennis' Freunde sind auch meine Freunde. Wenn du irgendwelche Tipps brauchst, wo du unterkommen kannst und welche Gegenden unschuldige Mädchen wie du meiden sollten, bin ich dein Mann.

Bis bald!
Carrie

Sam buchte die Flüge, bevor sie es sich anders überlegen konnte. Als sie fortging, schien niemandem aufzufallen, dass sie nicht mehr da war.

Altoona

Eins

Das Gefängnis war ein monströser Bau aus grauem Beton, umgeben von einem Maschendrahtzaun mit Stacheldraht darauf. Auf dem Weg zum Eingang kam Sam an einer Tafel vorbei, eingelassen in einen großen Stein, mit der Aufschrift »Justizvollzugsbehörde – Gefängnis Altoona«. Dann, unter einem Torbogen wie aus Disneyland, folgte ein Schild, auf dem in großen Plastikbuchstaben »GEFÄNGNIS ALTOONA« stand. Die vereinzelten Palmen am Rand des Komplexes ließen das Ganze nur noch surrealer wirken, wie eine Filmkulisse.

Die heiße, feuchte Luft ließ Sams Kleidung an ihrer Haut kleben. Ihre Sonnenbrille beschlug, als sie die Tür des gemieteten SUV aufstieß und sich auf den Kies übergab. Jedes Mal, wenn sie den kühlen, klimatisierten Innenraum ihres Wagens verließ, bekam sie das Gefühl, zu ertrinken, die Haare klebten ihr am Hals und ringelten sich wie Tentakel.

Da war nicht viel, was sie hätte herauswürgen können. Seit sie gestern von Heathrow abgeflogen war, hatte sie nur einen Müsliriegel gegessen, den sie während der schlaflosen Nacht an einem Süßigkeitenautomaten in ihrem Motel gezogen hatte, weil sich ihr Magen knurrend verkrampft hatte. Was jetzt hochkam, waren Fäden von Galle und Kaffee. In einer kleinen Blechdose in ihrer Hand klapperten Pfefferminzbonbons. Sie sah noch einmal in den Spiegel. Sie dachte: *Vielleicht bin ich einer dieser Menschen, die sich für hässlich halten, aber in Wirklichkeit nur nicht erkennen, wie schön sie sind.* Sie klappte die Sonnenblende wieder hoch und sagte vor sich hin: *Wahrnehmungsstörung. Das hättest du wohl gern.* Dann schüttelte sie kräftig den Kopf, um diese Negativität loszuwerden.

Sie stieg aus dem Wagen und ging auf den bewachten Eingang zu. Für einen Moment zögerte sie und spielte mit dem Gedanken, einfach umzukehren. In den letzten vierundzwanzig Stunden hatte sie ihre Meinung etwa eine Million Mal geändert. Das alles war ihr so unwirklich vorgekommen – bis sie vor den Toren des Flughafens gegen diese Wand aus Hitze gelaufen war. Sie machte einen Fehler, sagte sie sich, einen teuren, schrecklichen Fehler. Ihre Briefe waren eine Art gemeinsame Verrücktheit gewesen. Zwei Menschen, die sich so verzweifelt etwas Schönes wünschten, dass sie es einfach erfanden.

Im Inneren des Gebäudes zeigte sie ihren Besucherpass und ihren Personalausweis vor und sah zu, wie ihre Handtasche durch ein Röntgengerät fuhr, während sie selbst einen Metalldetektor passierte. Auf der anderen Seite bekam sie die Tasche kurz wieder, bevor ein Mann sie ihr wieder abnahm und ihr stattdessen einen Zettel mit einer Nummer darauf aushändigte, als hätte sie gerade ihren Mantel an der Theatergarderobe abgegeben. Eine Beamtin tastete sie ab; eine weitere klebte ihr einen Sticker mit einer Nummer darauf auf die Brust. Man schob sie behutsam in die richtige Richtung, niemand wechselte mehr als ein oder zwei Worte mit ihr, bis sie schließlich in einen langgezogenen, mintgrün gestrichenen Raum kam; es war drückend heiß. In einer Ecke schnarrte ein Ventilator. Sam setze sich auf den ersten freien Platz auf den am Boden festgeschraubten grünen Plastikstühlen. Vor ihr befand sich eine dicke Plexiglasscheibe mit

Löchern auf Mundhöhe, eine kleine, schreibtischähnliche Ablagefläche und links und rechts je eine Sichtblende. Die Besucher – fast ausschließlich Frauen – sprachen nicht miteinander, sahen sich nicht einmal an. Sam spähte durch die Plexiglasscheibe. Die andere Seite des Raums war leer, nur ein Wachmann stand an der hinteren Wand und betrachtete seine Schuhe.

In der rechten hinteren Ecke war eine Tür zu sehen, darüber eine vergitterte Lampe. Einen Moment lang dachte Sam darüber nach, was der Grund für das Gitter sein könnte, und als sie es begriff, wurde ihr erst richtig bewusst, an was für einem Ort sie sich hier befand. Die Gewalt. Die Männer hier waren so gefährlich, dass man die Lampen vergittern, die Stühle festschrauben und Panzerglas verwenden musste.

Ein Summer ertönte, die Lampe leuchtete rot auf, und der Wachmann hob ruckartig den Kopf. Sam lächelte den Mann an, als sich ihre Blicke trafen. Er erwiderte nichts. Eine Erinnerung an ein Take-That-Konzert in ihrer Jugend: Ihre Freundin und sie hatten sich eng aneinandergedrückt und sich fest an den Händen gehalten. *Wir atmen dieselbe Luft wie Robbie!* Sie spürte Dennis' Nähe, irgendwo außer Sichtweite. Es war wie ein Prickeln in der Luft.

Insassen kamen hereingeschlurft, ihre Fuß- und Handgelenke waren mit Ketten gefesselt, genau wie Dennis es in seinem Brief beschrieben hatte. Sam lief ein Kribbeln über den Rücken; sie hatte das Gefühl, als würde ihr Bauch davonschweben. Sie dachte ans Weglaufen und wandte sich zu der schweren Metalltür um, durch die sie hereingekommen war: abgeschlossen. Ihr wurde bewusst, dass sie in der Falle saß und ihr nichts anderes übrig blieb, als es durchzustehen. Es würde bald vorbei sein, sagte sie sich, um sich zu beruhigen, während die Männer einzeln den Raum betraten.

Und dann war er da. Anders als die anderen, irgendwie sanfter. Ihr fiel auf, dass er zugenommen hatte, und für einen Moment fühlte sie sich besser, bis er den Kopf wandte und sie ihn im Profil sah: nichts als Wangenknochen und harte Kanten. Er trug eine Brille mit Goldrand und braun getönten, spiegelnden Gläsern, hinter denen Sam seine Augen nicht erkennen konnte. Als er sie sah, lächelte er, und sie winkte ihm auf eine Art zu, die sie sofort bereute: würdelos, viel zu lasch.

Sie klemmte die Hände zwischen die Knie. Er war an den Füßen gefesselt und konnte nur kleine Schritte machen, so wie man sich im Dunkeln bewegt. An der Scheibe blieb er stehen und zog die Schultern hoch.

»Erniedrigend«, sagte er.

»Entschuldigung?«

»Wofür?«

»Ich hab dich nicht verstanden.« Sam strich sich die Haare aus dem Gesicht.

»Ich sagte, es ist erniedrigend«, wiederholte er und setzte sich. Klirrend stießen seine Ketten an den Tisch vor ihm. »In Ketten. Wie eine Töle auf dem Schrottplatz.«

»Ach. Nein. Überhaupt nicht. Ich kann nicht fassen, dass es wirklich …«

»Ich weiß.«

Sie saßen schweigend da.

»Verrückt, oder?«, nahm Sam einen neuen Anlauf.

»Was?«

»Das hier.«

»Ja.«

Sie sah ihn an, und er war wie ein Fremder. Ihr war kalt, sie fühlte sich nackt. Am liebsten wäre sie aufgestanden und gegangen. Doch das Gefühl ging vorüber, nur ihr Kopf dröhnte, als hätte jemand sie geohrfeigt. Er lächelte, sie lächelte zurück, dann hielt er sich die Hand vor den Mund und räusperte sich.

»Tut mir leid, ich habe nicht so oft Dates«, sagte er.

Sam lachte dankbar. »Ich ehrlich gesagt auch nicht.«

»Wann bist du gelandet?«

»Gestern.« Sie dachte an ihren ersten Atemzug dieser eigenartigen Floridaluft, als sie aus dem Flughafen gekommen war. An den Moment, als alles mit einem Mal so überaus real geworden war.

»Wie war der Flug?«

»Okay. Man kriegt ständig was zu essen, damit einem nicht langweilig wird.«

»Genau wie hier.«

Es war weg. Alle Herzlichkeit und Wärme aus ihren Briefen. Sam gab sich selbst die Schuld daran.

»Wann triffst du dich mit Carrie?«, fragte er.

»Morgen«, sagte sie und dachte daran, mit wie viel Nachdruck Carrie darauf bestanden hatte, dass Sam bei den Dreharbeiten für die neue Serie dabei war. Sam hatte der Crew nicht im Weg stehen wollen, doch dann hatte Carrie nachgehakt und gefragt, wie Sam ihre freie Zeit sonst verbringen würde, und darauf hatte sie keine Antwort parat gehabt.

»Du wirst sie lieben.«

Sie spürte einen Stich Eifersucht, und da wusste sie, dass es doch noch da war, dass sie ihn noch liebte. »Sie scheint wirklich toll zu sein.« Sie verzog die Lippen zu einem Lächeln, das weder ihre Zähne (zu klein) noch ihr Zahnfleisch (zu viel) zeigte.

»Das ist sie wirklich. Weißt du, ich bekomme hier nicht viel Besuch. Carrie tut, was sie kann, aber sie wohnt so weit weg, und …«

Er ließ den Satz unvollendet in der Luft hängen, und eine Weile saßen sie schweigend da, bis es plötzlich aus Sam heraussprudelte: »Es ist meine Schuld, ich bin schüchtern, mein Kopf ist auf einmal total leer, und ich weiß nicht, worüber ich reden soll, weil mir alles so unbedeutend vorkommt. Verstehst du das? Ich komme mir vor wie eine Vollidiotin. Es ist so heiß hier drin, und ich hab Jetlag, und es liegt nicht an dir, sondern nur an mir. Tut mir leid.«

Dennis sah sie mit offenem Mund an. »Du bist keine Idiotin«, sagte er. »Und … du weißt schon … Ich liebe dich, das weißt du doch?«

Es war, als ob etwas in ihr zerbrach.

»Ich liebe dich auch.«

»Du hast da was«, sagte er und zeigte auf seine rechte Wange. »Da.«

Sie strich sich eine Haarsträhne aus dem Gesicht und entspannte sich etwas. »Danke.«

Es wurde etwas leichter. Er erzählte aufgeregt von den Besuchen, die er in letzter Zeit bekam. Von neuen Anwälten, deren Strategien genauso maßgeschneidert waren wie ihre Anzüge. Von der neuen Serie. *Ein Junge aus Red River*, und von Netflix, wovon er nur eine abstrakte Vorstellung hatte. Vom neuen Regisseur Jackson Anderson, der gerade erst eine Blockbuster-Trilogie beendet hatte und der mit einer solchen Sicherheit von Dennis' Freilassung sprach, als wäre sie völlig unausweichlich. Er erzählte ihr von Carrie, dass sie das Beste für den Film wollte, er ihr aber auch anmerkte, wie sehr es ihr gegen den Strich ging, nach so vielen Jahren nur noch die zweite Geige zu spielen – unter einem Mann. Bisher war sie immer die unangefochtene Chefin gewesen. Dennis lachte.

»Sie ist sauer, aber sie weiß auch, dass Jackson uns alle noch weiterbringen kann. Es geht ums Geld. Den Großteil der eigentlichen Arbeit vor Ort wird trotzdem sie übernehmen.«

Jackson hatte der neuen Serie zu mehr Publicity verholfen. Prominente twitterten ihre Unterstützung, deren Fans luden den alten Dokumentarfilm herunter, das Interesse stieg sprunghaft an. Plötzlich wurden die Internetforen mit neuen Namen überschwemmt. Angelina Jolie trug ein T-Shirt mit Dennis' Polizeifoto und dem Schriftzug #FreeDennisDanson darunter. Er trendete auf Twitter. Von alledem hätte Dennis selbst gar nichts mitbekommen, hätte ihn nicht eine Flut neuer Briefe erreicht. Mehr, als er je zuvor bekommen hatte, mehr, als er hätte lesen können.

»So langsam glaube ich, jetzt ist es so weit«, sagte er zu Sam. »Diesmal könnte es klappen.«

»Ich auch«, sagte sie. »Die ganze Welt kennt deinen Fall. Alle sind auf deiner Seite.« *Wie sollte sich ein Richter gegen die ganze Welt stellen?*, fragte sie sich. Es musste einfach ein neues Verfahren geben.

Ein Summen ertönte, und die Menschen um sie herum beugten sich vor, um sich zu verabschieden. Manche drückten die Lippen an die dreckige Scheibe und mischten ihren Atem mit dem des Liebsten auf der anderen Seite. Die Wachleute wandten den Blick ab.

»Ich muss gehen«, sagte er.

»Ich weiß.«

»Nächste Woche?«

»Natürlich. Den, ich liebe dich.«

»Ich liebe dich auch, Samantha.«

Als er ging, musste sie ein paar Tränen wegblinzeln, teils aus Freude, seine Stimme gehört zu haben, teils aus Schmerz, ihn fortgehen zu sehen. Sie zupfte ihr Kleid zurecht. Als sie die anderen auf dem Weg zum Ausgang passieren ließ, um sich am Ende der Schlange einzureihen, sagte eine Frau hinter ihr so dicht an ihrem Ohr, dass ihr Atem auf Sams Haut kitzelte: »Sie stehn wohl auf Kindermörder, was?«

»Entschuldigung?« Sam drehte sich lächelnd um. Sie musste sich verhört haben.

»Sie ham was übrig für Typen, die kleine Mädchen ermorden. Ich hab gesehen, mit wem Sie gesprochen haben.«

Die Frau hatte rote Locken, die vor Haarspray ganz steif aussahen, und unter ihrem T-Shirt, das auf einer Seite von der Schulter gerutscht war, guckte ein BH-Träger hervor. Sam sah sich nach dem Wachmann um, doch die Posten zu beiden Seiten des Raums waren beschäftigt.

»Ich habe Familie in Red River, und dort weiß jeder, was er getan hat. Weil nämlich alle wissen, *wer er ist.* Die Leute dort wissen mehr, als Ihnen alle Filme der Welt verraten können.« Die Frau sprach so leise, dass niemand auf sie achtete.

»Ich möchte mich nicht mit Ihnen streiten, okay? Ich möchte einfach gehen.« Ein unkontrollierbares Zittern hatte sich in Sams Stimme geschlichen.

»Hat er Ihnen gesagt, wo die Leichen sind? Das ist alles, was wir wollen. Dass die Mädchen in Frieden ruhen. Dass ihre *Familien* Frieden finden.«

Inzwischen war außer ihnen niemand mehr im Raum.

»Macht Sie das an? Ist es das?«

»Kommen Sie, die Zeit ist um.« Der Vollzugsbeamte legte Sam eine Hand auf den Rücken und schob sie sanft vorwärts.

»Nutte!«, sagte die Frau schließlich. Der Wachmann nahm die Hand von Sams Rücken, fasste die andere Frau am Handgelenk und führte beide mit einem leichten Grinsen auf den Lippen hinaus.

Zwei

Auszug aus *Red River – Wenn der Fluss sich rot verfärbt* von Eileen Turner

Die Dansons lebten am äußersten Rand des Countys, wo sich die letzten Ausläufer von Zivilisation in den abgelegenen Wäldern verloren. Es war jene Art Gelände, die sich nicht zur Erschließung eignete und nach starken Regenfällen regelrecht in sich versank; Sümpfe führten zu mangrovengesäumten Küsten, verschlungene Wurzeln ragten aus Gewässern, so schwarz, dass man nicht unter ihre Oberfläche sehen konnte. Die Familie wohnte zwei Meilen außerhalb des Ortes, am Ende eines Feldwegs, der bei starkem Regen unpassierbar wurde. Als Kind musste Dennis jeden Morgen eine Meile zum Schulbus laufen, wo er oft durchnässt und schlammverschmiert ankam.

Dennis galt selbst für die Verhältnisse von Red River als arm; seinen Lehrern fiel schon früh auf, dass er vernachlässigt wurde. Er war zwar intelligent, aber im Unterricht oft müde, seine Kleidung war schmutzig, und er verlor seine Schulbücher. Das Jugendamt wurde informiert und sein Zuhause überprüft. Es wurde als »unbewohnbar«[1] eingestuft, und Dennis kam in eine

1 Aus den Notizen des Sozialarbeiters, 1981

Pflegefamilie. Seinen Eltern gab man Zeit, Haus und Grundstück zu reinigen und zu renovieren. Seinem Vater, Lionel Danson, legte man ein Zwölf-Schritte-Programm für Alkoholiker nahe, und seine Mutter Kim bekam Medikamente gegen Depressionen. Sechs Monate später kehrte Dennis unter Beaufsichtigung eines Sozialarbeiters zurück, der zwei Mal die Woche zur Kontrolle vorbeikam. Nach wenigen Monaten wurden die Besuche immer seltener. Der zuständige Sachbearbeiter räumte später ein, er habe geglaubt, die Familie käme gut zurecht, und daher entschieden, Telefonate wären ausreichend, um die Fortschritte zu kontrollieren. Es war sehr zeitaufwändig, jede Woche so weit hinausfahren zu müssen.[2]

Es dauerte nicht lange, bis das Haus in seinen früheren verdreckten Zustand zurückfiel und Dennis' Vater in seine alten Trinkgewohnheiten. Derweil schien sich durch die ganze Aufregung Dennis' Verhalten verändert zu haben. War er zuvor ruhig und schüchtern gewesen, wurde er jetzt in der Schule verhaltensauffällig, bekam plötzliche Wut- und Gewaltausbrüche, sprang ohne Vorwarnung auf und warf das Pult um oder fing mitten in einem Test an zu schreien, wenn er die Stille im Klassenzimmer nicht mehr ertrug. Lehrer, die seine blond-blauäugige Schüchternheit früher einnehmend gefunden hatten und ihn hatten beschützen wollen, wiesen ihn nun ab, warfen ihn aus dem Unterricht, schickten ihn vor die Tür oder ins Büro des Direktors, um sich auf die anderen Kinder konzentrieren zu können, denen noch zu helfen war.

Dennis führte ein einsames Leben. Während der Grund- und Mittelschule kam er morgens allein, war den Tag über von seinen Klassenkameraden isoliert und ging allein wieder nach Hause.

2 Aussage des Sozialarbeiters bei der Untersuchung der Maßnahmen.

Auf der Highschool wurde er dann interessanter für seine Altersgenossen, sie sahen in ihm eher einen missverstandenen Einzelgänger als einen Ausgestoßenen. Er war beliebt bei den Mädchen, auch wenn er nicht viele Dates hatte, und fing als Running Back im Footballteam an. Das Team der Red River High hatte gute Spieler, doch es fehlte an finanziellen Mitteln und echtem Ehrgeiz. Der Coach, der in Dennis' Gerichtsverhandlung für die Verteidigung aussagte, beschrieb ihn als »eine Art einsamen Wolf«, aber »guten Kerl«[3], der einfach nur ein bisschen Disziplin in seinem Leben brauche. Coach Bush war ein wichtiger Zeuge und ein angesehener Mann in der Gemeinde, und er konnte bestätigen, dass Dennis am Tag von Hollys Verschwinden zwischen sechzehn und siebzehn Uhr bei ihm in der Schule gewesen war. Holly war zuletzt gegen sechzehn Uhr dreißig gesehen worden, als sie mit dem Fahrrad von zu Hause wegfuhr. Das bedeutete, dass Dennis sie nicht entführt haben konnte – zumindest hätte der zeitliche Ablauf einen begründeten Zweifel an seiner Schuld aufgeworfen. Doch der Coach konnte für die betreffende Trainingseinheit keine Anwesenheitsliste vorlegen, obwohl er über alle anderen Trainingseinheiten im vergangenen Jahr Listen geführt hatte; die Anklage rief einen weiteren Spieler in den Zeugenstand, der aussagte, er könne sich nicht daran erinnern, Dennis bei jenem Training gesehen zu haben.

Mehrere Jungen erinnerten sich, dass er dort gewesen sei, andere gaben jedoch an, er sei früher gegangen. Das sei bei ihm normal, sagten sie, er sei nicht der Typ, der nach dem Training oder einem Spiel noch länger blieb. Er war zwar beliebt, war aber mit niemandem aus dem Team enger befreundet. Seine Zeit verbrachte er meistens mit anderen Außenseitern, vor allem mit

3 Aus dem Verhandlungsprotokoll, Mai 1993.

Lindsay Durst und Howard Harries, dem Sohn von Officer Eric Harries. Sein Team und die Klassenkameraden verstanden nicht, was ihn bei diesen vermeintlichen Losern hielt. Das aber, so argumentierte sein Verteidiger, sei ein klassisches Symptom bei Misshandlungen. »[Dennis] fürchtete, vor seinen Altersgenossen bloßgestellt oder angegriffen zu werden, wenn sie […] herausfänden, wie es bei ihm zu Hause zuging.«[4] Das Gefühl, ein Versager zu sein, wurde Dennis nicht los, auch wenn er von außen nicht als solcher wahrgenommen wurde.

Das Leben in der Familie wurde immer schwieriger. Zweimal fand er seine Mutter nach einer Überdosis bewusstlos auf, und der Vater wurde gewalttätig, wenn er trank. Solange sein Vater unterwegs war, konnte sich Dennis entspannen, doch wenn Lionel Danson nach Hause kam, verprügelte er Dennis wegen der geringsten Verstöße. Einmal, erinnert sich Dennis, habe er im Fernsehzimmer im Schneidersitz auf dem Boden gesessen und etwas gegessen, da sei sein Vater hinter ihm aufgetaucht und habe ihn auf den Hinterkopf geschlagen. Dennis spuckte sein Essen aus, und als er sich umdrehte, um zu fragen, was los sei, schlug sein Vater ihn mit der Faust ins Gesicht, trat ihm in den Magen, nahm den Gürtel ab und schlug damit dreimal zu. »Du hast zu laut gekaut«, sagte der Vater schließlich schwer atmend, während er den Gürtel wieder in die Schlaufen zog.[5]

Dennis nahm einen Job in einem Altenheim an, wo er Zimmer putzte und Wäsche wusch. Mit der Zeit wuchs er den Bewohnern dort ans Herz. Er sei witzig und schnell gewesen, sagten sie, nie herablassend, habe immer zugehört. Er half bei der Organisation von Festen und Veranstaltungen mit, reichte

4 Verhandlungsprotokoll.
5 *Framing the Truth*. Florida: Carrie Atwood, Patric Garrity, 1993. VHS.

das Essen und unterhielt sich mit einigen Bewohnern, die wenig Besuch bekamen. Manche zeigten ihm ihre persönlichen Erinnerungsstücke; er sah Fotos, Medaillen und Pelze. Sie zeigten ihm ihren Schmuck. Beim Putzen der Zimmer fand er die Schuhkartons unter den Betten derer, die den Banken nicht trauten. Zuerst nahm er nur hier und da ein paar hundert Dollar an sich, um auf ein Flugticket, eine Monatsmiete in New York oder Los Angeles und etwas zu essen zu sparen. Als Nächstes waren es Schmuckstücke, die er für enttäuschend wenig Geld ins Pfandhaus brachte. Dann kam die Tochter einer Bewohnerin zu Besuch und wollte sich die antike Brosche ihrer Mutter für eine Hochzeit ausleihen. Das Stück konnte zum örtlichen Pfandleiher zurückverfolgt werden, und der sagte bei der Polizei ohne Umschweife aus: Dennis Danson hätte sie ihm verkauft.

»Ich habe nicht darüber nachgedacht. Ich musste einfach nur weg. Damals dachte ich, na ja, eigentlich gibt es ja keine richtigen Opfer. Dieses Zeug lag einfach nur rum, bis seine Besitzer starben und die bucklige Verwandtschaft kam, um es zu verscherbeln.« Dennis seufzte. »Wenn ich geahnt hätte, dass alles, was ich in meinem Leben tue, eines Tages derart analysiert wird und alles als Beweismittel benutzt wird, um zu entscheiden, ob ich ein Monster bin oder nicht – ich hätte ein anderes Leben geführt.«

Drei

»Und?«, fragte Carrie, den Blick geradeaus auf die Straße gerichtet. »Wie war euer erstes Date?«

Sam lachte. Seit ihrem gestrigen Besuch bei Dennis hatte sie fast ununterbrochen gelächelt. Zum ersten Mal seit Tagen hatte sie gut geschlafen, und als Carrie sie am Motel abholte, um sie nach Red River mitzunehmen, wartete Sam draußen auf sie und konnte es nicht erwarten, alles zu erzählen.

»Es war schön. Es ist gut gelaufen.« Sam zwang sich, nicht zu fragen, ob Dennis irgendetwas gesagt hatte. Der Impuls, sich unnahbar zu geben, war immer noch sehr stark, obwohl sie gerade um den halben Globus geflogen war, um ihn zu treffen.

»Ist das alles? Wenn du mir nicht ein bisschen mehr lieferst, verrate ich dir bestimmt nicht, was er gesagt hat.«

»Also gut. Zuerst war es ein bisschen peinlich, und ich glaube, das war wirklich meine Schuld. Ich war einfach ein bisschen … überwältigt, schätze ich. Aber er war so sanft und freundlich.«

»Nicht wahr?«

»Total.« Sam verstand sich gut mit Carrie. Die Frau war klein, dichte braune Haare reichten ihr fast bis zum Kinn und standen wild in alle Richtungen ab, wenn sie mit der Hand hindurchfuhr. »Und na ja, gut aussehen tut er auch. Natürlich. Klar.«

»Klar.«

»Ich war so traurig, als ich wieder gehen musste. Es war, als würden wir uns gerade erst kennenlernen – außerhalb der Briefe.« Von der Frau und dem Zwischenfall sagte Sam nichts. Stille trat ein.

»Und?«, fragte Carrie anzüglich.

»Hör auf damit. Mein Gott.« Sams Wangen brannten. Was sie für Dennis empfand, war so ganz anders als beim letzten Mal, als sie sich auf etwas eingelassen hatte. Dieses heimliche Rummachen auf der Weihnachtsfeier des Lehrerkollegiums, als Mark leise zu ihr gesagt hatte: »Ich will nichts Ernstes, okay? Keine Verpflichtungen.« Und sie hatte Ja gesagt, natürlich, was hätte sie auch sonst sagen sollen. Seine Hände waren schon unter ihrem Kleid gewesen, Monate voller Sehnsucht und schüchterner Blicke gipfelten in diesem Moment. Als er die Finger in sie schob, schmerzhaft, zu früh, und sie am ganzen Körper kalt und steif wurde, um bloß nicht zu weinen. *Alles okay mit dir?* Und sie hatte Ja gesagt, weil alles okay sein musste. Es war okay, gevögelt, aber nicht gewollt zu werden. Es war okay, ein Trostpreis zu sein. Es war okay, dass es okay war.

»Er jedenfalls findet dich total scharf.«

»Hat er das gesagt?«

»Genau seine Worte. Samantha ist total scharf.«

»Im Ernst?«

»Und er liebt deinen Akzent. Er war geknickt, dass es so schnell vorbei war, aber er freut sich sehr darauf, dich nächste Woche wiederzusehen. Das ist so süß, das hält man ja kaum aus. Mein kleiner Dennis hat endlich ein Date.«

Sam prägte sich seine Worte ein, versuchte sich vorzustellen, wie er sie sagte, und hörte nur mit halbem Ohr zu, als Carrie von ihrem ersten Besuch bei Dennis erzählte: wie unheimlich es gewesen war, zum ersten Mal dieses Gefängnis zu betreten. Sie berichtete von den Morddrohungen und den Drohbriefen, die sie bekam, und davon, dass sie für die erste Doku keine finanziellen Mittel auftreiben konnten und sie deshalb zusammen mit ihrem Co-Produzenten Patrick die Nächte hatte durcharbeiten müssen, um ihn überhaupt fertig zu bekommen.

»Du beschämst mich richtig«, sagte Sam.

»Im Grunde war es reiner Egoismus. Es war eine Geschichte, die erzählt werden musste, deshalb haben wir den Film gemacht. Ich meine, mir lag etwas an Dennis, vom ersten Moment an, als Patrick mir von dem Fall erzählte. Natürlich denken alle, ich wäre *in ihn verliebt.*« Sie verdrehte die Augen. »Weil eine Frau sonst ja keinesfalls einen Dokumentarfilm über einen Kerl drehen könnte, stimmt's? Dass ich auf Frauen stehe, scheint völlig egal zu sein. Die ganze Zeit kriegte ich es zu hören. Dabei ging es mir nur um den Fall dieses Jungen, der es ganz offensichtlich nicht gewesen ist. Das fand ich so unfair. Es ist mir einfach nicht mehr aus dem Kopf gegangen.«

Sam dachte daran, wie nahe sich die beiden standen und wie Dennis über Carrie sprach. »Das ist alles so überwältigend. Ich kann nicht glauben, dass ich hier bin und nicht mehr für ihn tue, als ihn zu besuchen. Es kommt mir vor wie ein ziemlich verrückter Urlaub«, sagte sie.

»Du tust wahnsinnig viel für ihn. Bevor du kamst, war Dennis wirklich kurz davor aufzugeben. Es ist so toll, dass du hergekommen bist. Mach dich nicht fertig, du bist eine starke Frau.«

Sam wurde rot.

»Aber hey, eigentlich hasse ich diesen Ausdruck. *Starke Frau.* Was soll das überhaupt heißen? Ich meine, ein starker Mann ist ein Kerl, der mit seinen Eiern einen Sattelschlepper ziehen kann, aber eine starke Frau ist eher …« Auf der Suche nach den richtigen Worten schnippte Carrie mit den Fingern. »Eine Mutter, die eine Petition für ein Verkehrsschild einreicht, nachdem ihr Sohn von einem Halbstarken in seiner Prollkarre überfahren worden ist.«

»Genau!«

»Vielleicht ist das nicht ganz so blöd.«

»Na ja, gut. Wenn man es laut ausspricht. Aber du weißt, was ich meine. Das ist so 'ne leere Phrase, wie man sie ständig benutzt. Ich wollte sagen, dass du mutig bist, das meine ich.«

Sam öffnete den Mund, um zu widersprechen, aber dann dachte sie an Mark, der gesagt hatte, es würde ihn wahnsinnig machen, dass sie nie ein Kompliment annehmen könne. Punkt Nummer dreizehn auf der Liste, warum er sie nicht lieben konnte. Sie wandte sich an Carrie. »Danke.«

Die Häuser in Red River sahen nicht aus wie die, die Sam beim Landeanflug gesehen hatte: mit ihren Terrakottadächern und nierenschalenförmigen Swimmingpools. Die sahen aus, als wären sie, eines nach dem anderen, von Menschen gebaut worden, die durch Zufall hier gestrandet waren. Die Häuser lagen weit auseinander, die Straßen waren breit und von ausrangierten Sofas und angeketteten kläffenden Hunden gesäumt. Es gab ein schlichtes weißes Rathaus und eine Hauptstraße mit einem kleinen Supermarkt, einem kleinen Baumarkt und einem Diner. Die meisten Geschäfte waren verschlossen, die Fenster mit Holzplatten verrammelt.

Sie fuhren weiter und kamen in eine hübschere Gegend, in der die Straßen von großen Bäumen beschattet wurden und die Häuser in verschiedenen Pastelltönen gestrichen waren. Mit kleinen Sofas auf den Veranden und großen, glänzenden SUVs, die davor parkten. Vor einem pastellgelben Haus, das kleiner war als die anderen, hielten sie an. An den weißen Fensterrahmen blätterte die Farbe ab. Auf dem Briefkasten stand »Harries, 142«. Laut Carrie hatte Officer Eric Harries bei den Dreharbeiten zur ersten Doku aus dem Jahr 1993 sämtliche Interviewanfragen abgelehnt. Als jetzt bekannt wurde, dass Jackson Anderson eine neue Doku-Serie über den Fall produzierte, hatte er sich von sich aus bei Patrick gemeldet.

»Die Verlockungen des Ruhms«, sagte Carrie augenrollend. »Natürlich hat er auf strenge Auflagen bestanden.« Sollten sie auch nur versuchen, seinen Sohn Howard wegen eines Interviews zu kontaktieren, würde er das Videomaterial nicht freigeben. »Er hatte nie den nötigen Ehrgeiz oder das Talent, um Karriere zu machen, aber hier im Ort hat er trotzdem noch eine Menge Einfluss«, sagte Carrie. »Eine Krähe hackt der anderen kein Auge aus. Damit kennt sich keiner besser aus als die Bullen.«

Das Interview war von entscheidender Bedeutung, denn Officer Harries war der erste Polizist gewesen, der Dennis befragt hatte, nachdem Hollys Leiche gefunden worden war. Auf die Frage, wie er auf Dennis gekommen sei, hatte er ausgesagt: »Nennen Sie es eine Ahnung. Polizeilicher Spürsinn.«

»Der Mann hat Nerven«, sagte Carrie, während sie das Haus vom Auto aus betrachteten. »Ich habe ein paar ernsthafte Fragen zu seiner Story.«

Sie stiegen aus, und Carrie lud ihre Ausrüstung aus dem Wagen auf den Gehweg. Die Kamera setzte sie sich auf die Schulter. Sie blickte durch den Sucher und schwenkte einmal über die Straße. Sam duckte sich instinktiv, als wäre der Blick der Linse eine Schusslinie. Carrie hielt die Kamera an einem Griff an der Oberseite, stütze sie von unten und schwenkte sie noch einmal im Halbkreis. Dann schloss sie einen Kopfhörer an, hängte ihn sich um den Hals, trat einen Schritt zurück und schob die Hüfte vor.

»Also, wie seh ich aus? Jack will uns jetzt *vor* der Kamera, als ob wir selbst Teil der Scheißstory wären. Ich weiß ja nicht, ich komme mir vor wie bei *Catfish*.«

Im Haus hatte der Rest der Crew bereits aufgebaut, richtete die Beleuchtung aus und zog eine Jalousie rauf und runter, während Officer Harries in einem Sessel saß und versuchte, den obersten Knopf seines Hemdkragens zu öffnen, der sich eng um seinen schlaffen Hals schloss. Sam fiel auf, dass der Mann zu Carrie sah, als diese hereinkam, den Blick jedoch schnell wieder abwandte. Ein hochgewachsener, schlaksiger Mann kam aus der Küche, er musste sich unter dem Türrahmen ein wenig ducken, und stellte sich als Carries Geschäftspartner Patrick vor. Die beiden hatten zusammen recherchiert, die erste Doku gedreht und, als die Story immer größer geworden war, ein kleines Team zusammengestellt. Patrick wirkte auf Sam ein wenig schüchtern, sein Händedruck war lasch, die Handfläche feucht. Er sah ihr beim Sprechen nicht in die Augen, stellte einige Fragen – »Wie war dein Flug?« – ging dann aber nicht auf ihre Antworten ein. »Sehr schön«, sagte er. »Entschuldige mich.« Als Sam sich umdrehte, und etwas zu Carrie sagen wollte, war diese verschwunden, und so stand sie verlegen am Rande des Zimmers und wartete darauf, dass jemand sie ansprach.

Fünf Personen, von denen Sam niemanden kannte, waren mit dem Aufbau beschäftigt. Ein Mann schwang ein Mikrofon an einer Stange viel zu dicht über ihren Kopf. Entschuldigte sich. Während sie den anderen zusah, das Gewicht abwechselnd von einem Bein aufs andere verlagernd, fühlte sie sich immer unsicherer, so als würde sie nicht hierhergehören. Plötzlich erschien es ihr absurd, dass sie überhaupt hier war.

»Sie können sich ruhig hinsetzen«, sagte Harries von seinem Platz aus.

»Nein, danke«, sagte Sam.

»Sie sind ein bisschen rot im Gesicht. Brauchen Sie einen Drink?« Er machte Anstalten aufzustehen, doch Sam winkte ab. Einen Drink brauchte sie schon, aber nicht von ihm. »Na ja, wenn Sie etwas möchten …«

Angewidert registrierte Sam seine vom jahrelangen Trinken rote und geschwollene Nase, die offenen Poren und das dunkel verkrustete Blut neben seinem Schnauzbart, wo er sich beim Rasieren geschnitten haben musste. Seine Stirn glänzte schon jetzt vor Schweiß, und seine Gürtelschnalle versank unter seinem Bauch, der weiß durch das aufklaffende Hemd schien.

Officer Harries räusperte sich. »Höre ich da einen britischen Akzent? Wie gefällt Ihnen das Wetter hier? Ist es Ihnen heiß genug?« Sam lächelte höflich mit geschlossenen Lippen. »Sind Sie hergezogen oder extra für diese Geschichte angereist?«

»Nur zu Besuch.«

»Warum hat man Sie dann hergeholt? Sie müssen ja irgendwas ziemlich gut können, wenn Sie extra eingeflogen werden.«

»Na ja, eigentlich«, Sam nahm ihren Mut zusammen, sie spürte die drohende Konfrontation, »eigentlich bin ich eine Freundin von Dennis. Seine Freundin, um genau zu sein.«

Harries' Lächeln löste sich in Luft auf, er setzte sich aufrechter hin. »Gibt's in England keine Mörder, mit denen Sie was anfangen könnten?«

Sam machte auf dem Absatz kehrt und lief nach draußen, direkt in die Hitze. Plötzlich hatte sie das Gefühl, alle im Haus dachten dasselbe. Ihr wurde übel, als würde sie sich zu schnell im Kreis drehen. Sie musste die Augen schließen und ihre Atemzüge zählen, sich in Erinnerung rufen, wer sie war und was sie hier tat. Warum sie es tat.

Während sie im Schatten stand und versuchte, wieder zu sich

zu kommen, kam Carrie auf sie zu und reichte ihr eine Flasche Wasser, tropfnass vom schmelzenden Eis aus der Kühlbox im Kofferraum. Sam drückte sich die Flasche in den Nacken und berichtete Carrie, was geschehen war.

»Dieser Kerl ist echt… sowas von… das Letzte…«, sagte Carrie. »Mach dir keine Sorgen, dem reißen wir so richtig den Arsch auf. Er hat gesagt, wir dürfen nicht *mit* Howard sprechen, aber nichts davon, dass wir nicht *über* ihn sprechen dürften.« Sie überredete Sam, wieder mit ins Haus zu kommen, wo Sam sich im Hintergrund hielt und aus größtmöglichem Abstand zu Harries beobachtete, wie er aus einem trüben Becherglas trank und sich mit dem Handrücken die feuchten Lippen abwischte.

Eine halbe Stunde später nahm Carrie gegenüber von Harries Platz, auf den Knien ihr iPad und einige Notizen, die Harries zu sehen verlangte, bevor sie anfingen. Sam sah, wie sein Blick über die Seiten glitt, wie er vor sich hin lächelte, einige Male war ein Glucksen zu hören.

»Zufrieden?«, fragte Carrie, als er ihr die Papiere zurückgab.

Er nickte. Carrie gab ein Zeichen, dass sie bereit war; Patrick bat um Ruhe und zählte ein. Carrie legte los.

»Würden Sie uns etwas über Ihre persönliche Beziehung zu Dennis erzählen, Officer Harries? Über seine Freundschaft mit ihrem Sohn Howard?«

»Ich habe keinerlei persönliche Beziehung zu Dennis. Aber er war oft hier. Das ging los, als er etwa… sieben war. Howie war schon immer ein sozialer Typ, und in Dennis hat er ein bedürftiges Kind gesehen, deshalb spielten die beiden bei uns im Garten. Der Junge war ständig hier und fraß uns die Haare vom Kopf. Ich hab ihn immer gefragt: ›Kriegst du bei deiner Familie nie was zu essen?‹ Wahrscheinlich wohl nicht, denn er hatte immer Hunger, war schmutzig und hat geklaut. Howie hätte nie gesagt, dass es Dennis war, aber ich wusste es trotzdem. Hier zehn Dollar, dort eine Packung Kekse. Nichts Großes. Am Anfang übersieht man solche Dinge.«

»Sie haben Dennis nie danach gefragt? Sie sind nie zu ihm nach Hause gegangen, um nachzusehen, ob gut für ihn gesorgt wird?«

»Wir wussten alle, was bei denen zu Hause los war; das war kein Geheimnis. Kann man nicht viel machen. Wenn ich da vorbeigehe und seinen alten Herrn verwarne, was passiert dann wohl? Wahrscheinlich hätte der Junge dann nicht mehr zu uns kommen dürfen – das hätte Howie mir nie verziehen. Die Jungs waren unzertrennlich. Ich hatte von Anfang an meine Bedenken, aber …«

»Was für Bedenken?«

»Howie war so leicht zu beeinflussen. Er hinkte Gleichaltrigen hinterher, wurde nie zu Partys oder zum Spielen eingeladen. Deshalb war ich misstrauisch, als sich jemand wie Dennis mit ihm abgab. Er schien mir ein blitzgescheiter Junge zu sein. Als ich ihn das erste Mal traf, hatte er einen Händedruck wie ein erwachsener Mann. Bald fing Howie an zu fluchen, und ich wusste genau, von wem er das hatte. Kaputte Spielsachen, versteckt unter dem Müll. Einmal hat sich Howie bei einer bescheuerten Mutprobe das Handgelenk gebrochen, da ist er von einer Brücke in den Fluss gesprungen. Ich wusste, wer ihn zu solchen Aktionen brachte. Ich konnte zusehen, wie er sich veränderte. Aber wie soll man dem eigenen Sohn den einzigen Freund verbieten? Also habe ich über so einiges hinweggesehen und immer wieder ein Auge zugedrückt. Ich habe Dennis ins Gebet genommen und zu ihm gesagt: ›Ich will nicht, dass mein Sohn schlechtem Einfluss ausgesetzt ist. Du musst deine Einstellung ändern, sonst kannst du hier nicht mehr jeden Tag ein und aus gehen. Hast du das verstanden?‹«

»Hat es funktioniert?«

»Eine Woche später hatte ich eine Riesenschramme an meinem Wagen. Von einem Schlüssel, längs über die ganze Seite. Ich fragte Dennis danach, doch er stritt es ab. Trotzdem behielt ich ihn immer im Verdacht. Das war mein Fehler: Ich habe zu viele Sachen durchgehen lassen und zugesehen, wie mein Howard mit auf die schiefe Bahn geraten ist.«

Carrie beugte sich stirnrunzelnd vor. »Es gibt Menschen, die das genau umgekehrt sehen. Die Lehrer sagen, bevor er Howard kennenlernte, sei Dennis' Benehmen besser gewesen. Einige Nachbarn sagen aus, Howard sei schon immer ein schwieriges Kind gewesen. Seit seine Mutter abgehauen sei, sei er, Zitat, *außer Kontrolle geraten*, Zitat Ende.«

Harries schnaubte. »Tja, wer das gesagt hat, hatte wohl noch eine Rechnung offen. Howie hat den Verlust seiner Mutter nicht gut verkraftet – wem wäre das anders gegangen? Er war ein bisschen laut und bekam leicht Wutanfälle, aber er tat sich mit dem Sprechen schwer und war einfach frustriert, das ist alles.«

»Auf der Highschool hat Howard gedealt. War das auch nur aus Frustration?«

»Das war Dennis' Werk.«

»Hat Howard Ihnen das gesagt?«

»Nein, das brauchte er nicht, das war offensichtlich. Woher sollte Howie überhaupt… Hören Sie, Howie war nicht gerade der Hellste. Er hat jemanden gedeckt. Er war ein Mitläufer und wollte doch nur Freunde haben. Undenkbar, dass er so etwas allein hätte auf die Beine stellen können.«

»Aber er hat geschworen, Dennis sei es nicht gewesen – sogar unter Androhung eines Schulverweises.«

»Wie schon gesagt, er wollte seinen Freund decken.«

»Dann haben Sie Dennis gehasst?«

»Nein.«

»Nicht einmal, als Ihr Sohn von der Schule flog und für neun Monate ins Jugendgefängnis kam?«

»Selbst dann nicht.«

»Manche Leute sagen nämlich, Sie hätten es danach auf Dennis abgesehen gehabt. Dass Sie deshalb nach dem Fund von Hollys Leiche zu ihm gefahren sind, obwohl es keinerlei Anlass gab, ihn mit dem Fall in Verbindung zu bringen.«

Harries holte Luft. Noch immer war er ruhig und gefasst. »Wir mussten jeden in der Gegend überprüfen, der wegen sexuellen Fehlverhaltens vorbestraft war.«

»Genau, die Anzeige wegen unsittlichen Entblößens, die *Sie* eingereicht haben. Sie haben darauf beharrt, dass etwas, was alle anderen als albernen Footballstreich erkannt haben, sexuell auffälliges Verhalten sei.«

»Ich habe auf überhaupt nichts beharrt. Dennis hat sich vor heranwachsenden Mädchen entblößt.«

»Er wurde nach dem Footballspiel nackt aus einem fahrenden Auto gestoßen und musste zur Turnhalle laufen. Derselbe Streich, der jedes Jahr gespielt wird.«

»Davon weiß ich nichts, ich weiß nur, was gemeldet wird. Einige dieser Mädchen waren sehr verstört. Wir mussten unseren Job machen.«

Sam ballte die Fäuste und ließ die Knöchel knacken. Der Mann mit dem Schwenkmikrofon drehte sich zu ihr um und warf ihr einen mahnenden Blick zu. Für Sam sah Harries in diesem Moment wie der perfekte Bösewicht aus. Er hatte so einen Zug um die Lippen, der Anflug eines Lächelns, der vermuten ließ, dass er selbst kein Wort von dem glaubte, was er sagte – und dass sie das wissen sollten. Er legte die Handflächen auf die Oberschenkel und wackelte beim Sprechen mit den Fingerspitzen.

»Was war mit dem echten Exhibitionisten?« Carrie sah in ihre Notizen und wandte sich dann wieder Harries zu. »Am Sonntag vor dem Mord wurde ein Mann angezeigt, der sich vor einer Gruppe Mädchen aus einem Cheerleader-Camp entblößt hatte. Bei ihrer Befragung beschrieben die Mädchen den Mann als ›klein, dunkelhaarig und eher blass‹. Und ein Polizeizeichner hat das hier erstellt …« Carrie hielt ihr iPad hoch. Die Zeichnung ähnelte unverkennbar der des »Kleinen Mannes«, der eine Woche zuvor bei Hollys Schule gesichtet worden war. »Trotzdem haben Sie Monate später noch einmal mit den Mädchen gesprochen, ihnen Fotos von Dennis gezeigt und sie gefragt, ob das der Mann sei, den sie gesehen hatten. Sie haben sie erneut vernommen, obwohl die Mädchen das verneinten, und haben dann so lange nachgehakt, bis eine von ihnen sagte, er könnte es *vielleicht* gewesen sein.«

»Wir waren sicher, zwingende Beweise dafür zu haben, dass Dennis unser Mann war.«

»Aber dieses Bild könnte ihm nicht unähnlicher sein!«

»Menschen, die unter Schock stehen, liefern nie akkurate Beschreibungen. Und wenn man es mit Kindern zu tun hat …«

»Was hat Sie auf die Idee gebracht, Dennis könnte Holly Michaels umgebracht haben?«

»Es gab einen Zeugen, der ein vollständiges Geständnis von ihm gehört hat, wir hatten Fasern von einem Teppich, die mit dem in seinem Haus übereinstimmten …«

»Diese Fasern kommen unserem Forensik-Experten zufolge in sieben von zehn Haushalten in Amerika vor. Das ist wohl kaum *zwingend*.«

»In Verbindung mit der Zeugenaussage …«

»Von einer Frau, die inzwischen gestanden hat, sich die ganze Geschichte ausgedacht zu haben.«

»Warum hat sie das wohl getan?« Harries hob die Stimme. »Weil Sie solchen Druck auf sie ausgeübt haben. Ihr von den liberalen Medien belästigt sie Jahr für Jahr wieder, bis sie schließlich sagt, sie hätte gelogen, nur um euch loszuwerden.« Zum ersten Mal wirkte er aus der Fassung gebracht. Er schlug die Beine übereinander, öffnete sie wieder, setzte sich aufrechter hin.

»*Sie* hat *uns* angerufen. Von Schuldgefühlen gequält. Sie sagte, sie habe bei der Polizei und bei Gericht vergeblich versucht, ihre Aussage zurückzuziehen.«

Harries seufzte, er hatte die Augen geschlossen. »Ich kann nur sagen, dass sie damals eine verlässliche Zeugin war. Ihre Geschichte ging auf. Dennis war vorbestraft. Meine Kollegen hatten ihn vorher bereits verdächtigt, am Verschwinden von Lauren Rhodes beteiligt gewesen zu sein.«

»Aber er wurde dazu nie vernommen.«

»Nicht offiziell, das stimmt.«

»Warum war er im Fall Lauren Rhodes verdächtig?«

»Die beiden kannten sich und sind vor ihrem Verschwinden einige Male miteinander ausgegangen.«

»Monate, bevor sie verschwand.«

»In solchen Fällen sind Ex-Freunde immer Verdächtige.«

»Was hat ihn von den anderen Ex-Freunden unterschieden?«

»An dem Abend, nachdem Lauren vermisst gemeldet wurde, kam die ganze Stadt zusammen, um sie zu suchen. Alle waren da. Als Dennis dazukam, grinste er und machte Witze. Er hatte nicht mal eine Taschenlampe dabei. Es war stockfinster. Keine Taschenlampe.«

»Und das hat Ihr Misstrauen geweckt?« Wieder legte Carrie den Kopf schief.

Harries sah sich im Zimmer um und fuhr mit steinharter Miene fort: »Meine Kollegen waren misstrauisch. Sie meinten, es hätte nicht so ausgesehen, als ob er gekommen wäre, um sie zu suchen, sondern um uns anderen bei der Suche zuzusehen. Als würde er sich daran weiden.«

»Aber Sie haben das nicht gedacht?«

»Es war für mich schwer zu beurteilen. Ich war nicht dabei und konnte sein Verhalten nicht selbst beobachten. Ich war bei den Rhodes'. Wir sind allen Spuren nachgegangen, konnten aber nichts finden. Vielleicht ist sie weggelaufen. Ich weiß es nicht. Diese ungelösten Fälle lassen einen einfach nicht los.«

Einen Moment lang herrschte Stille. Sam hatte das Gefühl, als würde er sie manipulieren. Als würde er Zeit schinden.

Carrie brach das Schweigen. »Kommen wir zurück zu Holly Michaels. Die Haare.«

»Haare?«

»Die Haare, die an Hollys Leiche gefunden wurden, sind in den forensischen Unterlagen als ›kurz, dunkelbraun/schwarz‹ beschrieben worden, höchstwahrscheinlich vom Kopf‹, sie stammen nicht vom Opfer und, wie es aussieht, nicht von Dennis' Körper.«

»Ja, das haben wir natürlich gleich zu Anfang für weitere Tests eingeschickt. Leider ist es auf dem Postweg verloren gegangen.«

»Das wichtigste, ja einzige Beweisstück, ist einfach so verloren gegangen?« Carrie zog die Augenbrauen hoch und schüttelte den Kopf.

»Ich will meine Dienststelle nicht verteidigen. Da ist richtig Mist gebaut worden. Eine Übereinstimmung hätte uns monatelange Arbeit ersparen können. Es gab einige Disziplinarverfahren, Mitarbeiter, deren Karriere beendet war, wir mussten uns neu sortieren und uns auf das konzentrieren, was wir noch hatten.«

»Dennis hat helle Haare. Blond. Es klingt nicht so, als könnte das gefundene Haar von ihm stammen, würden Sie dem zustimmen?«

»Um das mit Sicherheit sagen zu können, hätten wir es testen lassen müssen. Aber nach den übrigen Beweisen und der erfolgreichen Anklage gegen Dennis halte ich es für ziemlich wahrscheinlich, dass wir eine Übereinstimmung finden würden, wenn wir das Beweismittel heute testen ließen.«

Carries Stimme war fest und beherrscht, sie trug durch den ganzen Raum, und es lag Kraft darin; Harries war eindeutig weniger selbstsicher. »Aber es gab keine einzige DNS-Spur von Dennis. Nichts. Das Blut auf der Bluse des Mädchens stammt weder von ihr noch von Dennis.«

»Wir haben die Möglichkeit eines Komplizen in Erwägung gezogen.«

»Nirgendwo gab es Spuren von seiner DNS, nichts sprach dafür, dass es zwei Mörder gab, und nichts dafür, dass Dennis sich am Tatort aufgehalten hatte.«

»Die Beweise …«

»Es gab keine Beweise. Ihre Dienststelle hat das Haar verloren. Sie haben Zeugen beeinflusst, bis diese sagten, was Sie hören wollten. Sie haben sich eine verrückte Story zurechtgelegt und sie einem Jugendlichen angehängt, gegen den Sie einen persönlichen Groll hegten, weil er mit Ihrem Sohn befreundet war.«

»Hören Sie, junge Dame, vielleicht hatte ich einen Groll auf ihn. Aber …«, Officer Harries blickte in die Kamera, »… davon hätte ich niemals mein Urteil als Vertreter des Gesetzes trüben lassen.«

Vier

Auszug aus *Red River – Wenn der Fluss sich rot verfärbt* von Eileen Turner

Drogen waren in Red River ein florierendes Geschäft. Auf den Schulfluren wimmelte es von illegalen Deals und Geschäften: Auf dem Weg zur Sporthalle konnte man von ein paar Joints bis hin zu verschreibungspflichtigen Schmerzmitteln alles kaufen. James Lucas erinnert sich an die Drogen-»Epidemie« während seiner Zeit als Schulleiter: »Die Schließfächer wurden routinemäßig durchsucht. Zuerst gab es eine Durchsage über die Lautsprecher, alle Schüler sollten in ihren Klassen bleiben. Jedes Schließfach wurde geöffnet und durchsucht. Ohne Ausnahme.«[6] Es war nicht ungewöhnlich, dass bei diesen Razzien Betäubungsmittelvorräte entdeckt wurden, aber in einem Fall war der Schuldige eine Überraschung. Howard, der Sohn des allseits geachteten Polizisten Eric Harries, hatte in seinem Spind ein kleines Vermögen in Form von Substanzen versteckt, die unter das Betäubungsmittelgesetz fielen. Konkret erinnert sich Schulleiter Lucas an mehrere hundert hellblaue Pillen. »Vielleicht sowas wie nachgemachte Valium«, vermutete er.

6 Telefonisches Interview, Juni 1996.

Officer Harries stritt die Schuld seines Sohnes beharrlich ab[7] und wollte für dieses Buch kein Interview geben; Howard aber machte vor Schulleiter Lucas eine Aussage, in der er die volle Verantwortung übernahm und gestand, die Tabletten an seine Mitschüler zu verkaufen. Harries wollte die Angelegenheit intern regeln, doch aufgrund des hohen Verkaufswertes des Fundes wurde der Fall an eine höhere Instanz übertragen, was dazu führte, dass Howard endgültig von der Schule flog und sechs Monate in einer Jugendstrafanstalt einsaß. Von da an wurde Howard zu Hause unterrichtet, und Quellen zufolge habe Officer Harries seitdem ein tiefes Misstrauen gegen Howards einzigen Freund Dennis Danson entwickelt, dem er die Schuld an der Haftstrafe seines Sohnes gab.

Die blauen Pillen erlangten im Umfeld der Schule eine gewisse Berühmtheit. Weithin wurde spekuliert, dass ebendiese Tabletten zum Verschwinden des ersten Mädchens geführt hätten, Donna Knox. Donna war zuletzt auf einer Party gesehen worden, auf der fast alle Schüler ihres Jahrgangs waren. Freunde sagten aus, sie habe getrunken – Jack Daniel's mit Cola light, wie üblich – allerdings nicht übermäßig viel. Ein Zeuge erinnert sich, sie habe gegen neun Uhr zwei Pillen eingeworfen, »rund und hellblau, was genau, wusste ich nicht«[8], und um Viertel vor zehn soll sie stark berauscht gewesen sein, was ihren Freunden zufolge ungewöhnlich für sie war. Sie verhielt sich auffällig, wurde aggressiv und lehnte alle Angebote ab, sich nach Hause fahren zu lassen. Schließlich stürmte sie in die Nacht hinaus, und ihre Freunde ließen sie gehen; sie gingen davon aus, dass Donna eine halbe Stunde später reuig und beschämt zurückkommen würde.

7 Anonyme Quellen aus dem direkten Umfeld der Person, Juni 1996.
8 Aussage, aufgenommen in der Red River Highschool, anonym. März 1990.

Doch sie kam nicht zurück. Nach einer Stunde verließen ihr Freund und ihre beste Freundin die Party und fuhren langsam Donnas Heimweg ab, konnten sie jedoch nirgends finden. Als sie vor ihrem Haus parkten und sahen, dass das Fenster zu ihrem Zimmer dunkel war, nahmen sie an, Donna würde schlafen. Am nächsten Morgen riefen sie an und erreichten Donnas besorgte Mutter, die sagte, ihre Tochter sei in der Nacht nicht nach Hause gekommen. Um die Freundin nicht zu verraten, sagten die beiden zu Mrs Knox, Donna wäre früh von der Party weggegangen und hätte bei einer Freundin übernachtet. Sie versicherten ihr, Donna würde vermutlich noch schlafen und sich ganz bestimmt melden, sobald sie aufwachte.

So vergingen mehr als vierundzwanzig Stunden, bevor Mrs Knox ihre Tochter als vermisst meldete. »Ich wusste nicht, dass ich Angst haben musste. Ich war so wütend, dass ich gar nicht auf die Idee kam, Angst zu haben.«[9] Zwei Tage nach ihrem Verschwinden fand man Donnas Pullover in der Nähe des Flusses, zwei Meilen abseits von ihrem Heimweg.

Die Suche konzentrierte sich auf das Wasser; Polizeitaucher fanden keine Spur von einer Leiche, doch die ergiebigen Regenfälle im März können starke Unterströmungen verursachen, es bestand also die Möglichkeit, dass Donna ins Meer gespült worden war. Die Polizei ging nicht von Fremdverschulden aus. Alle Hinweise schienen darauf hinzudeuten, dass das Mädchen betrunken gewesen war und sich im Dunkeln nicht mehr zurechtgefunden hatte, dass sie irgendwo falsch abgebogen war und sich im dichten, überwucherten Wald verirrt hatte. Vielleicht hatte sie ihren Pullover ausgezogen und war absichtlich ins Wasser gesprungen, um eine Runde zu schwimmen, und dann

9 Interview mit Mrs Knox, Channel One News, April 1990.

von der reißenden Strömung erfasst worden. Vielleicht war sie auch gestürzt, und ihr Pullover hatte sich in den tiefhängenden Ästen verfangen. Jedenfalls wurde im Fall ihres Verschwindens gegen niemanden ermittelt.

Über die blauen Pillen wurde viel diskutiert, besonders in einem ausführlichen Artikel mit dem Titel »Die Mädchen von Red River«, der 1992, kurz vor Dennis Dansons Verhaftung, in der *Red River Tribune* veröffentlicht wurde. Dort heißt es: »Warum wurde in diese Richtung nicht ermittelt? Trotz der anhaltenden Besorgnis über das Ausmaß des Drogenkonsums an der Schule wurde diesem Beweisstück damals wenig bis keine Beachtung geschenkt.« Viele waren sich darüber einig, dass dieses eigenartige Versäumnis dazu geführt hatte, dass Howard Harries nie zum Verschwinden des Mädchens vernommen wurde.

Die Nächste, die verschwand, war Lauren Rhodes. Dann Jennelle Tyler, Kelly Fuller, Sarah West. Sie waren wie vom Erdboden verschluckt, keine Leichen, kein Blut. Als hätte es sie nie gegeben.

Schließlich wurde Holly Michaels gefunden, und Onkel, Stiefväter und alleinstehende Männer wurden misstrauisch beäugt. Die Leute hatten ein Monster vor Augen, einen Psychopathen, der die Knochen der Mädchen bei sich im Keller einbetonierte und ihre Freundschaftsbändchen an einen Nagel in seinem Schrank hängte. Sie mussten die Wahrheit erfahren.

Jemand spielte mit ihnen. Jemand raubte ihre Mädchen.

Fünf

Mit der Zeit wurden ihr gewisse Dinge vertraut, die Dennis sagte, auch kleine Gesten und Angewohnheiten. Diese kleinen Eigenheiten, die sie nie bei ihm erwartet hätte; wie er sich zum Beispiel beim Sprechen die Haare aus den Augen blies, wie er kleine Pausen machte, um dann fortzufahren, als hätte es nie eine Unterbrechung gegeben. Wie er ihren vollen Namen aussprach: »Ich habe dich auch vermisst, Samantha«, und wie er mit den Schultern zuckte, wenn er vorgab, etwas wäre nicht weiter wichtig, obwohl sie ihm ansah, dass es nicht stimmte.

»Angeblich soll Johnny Depp mit von der Partie sein.« Schulterzucken. »Er kommt dann wohl persönlich zu Besuch oder so.«

Sie drückten die Fingerspitzen in die Löcher in der Trennscheibe, bis sie weiß wurden, und berührten das winzige Stück hervortretende Haut. Selbst das war elektrisierend. Als Sam ging, war sie wie berauscht und drehte während der Rückfahrt zum Hotel die Klimaanlage voll auf. Nicht bei Dennis zu sein, war eine Qual; dort zu sein, ihn aber nicht berühren zu dürfen, war irgendwie noch schlimmer. Sie sprachen über Anwälte, die Untersuchungen und die Reklametafeln, an denen Sam auf dem Weg ins Gefängnis vorbeikam und die eine Belohnung von zwanzigtausend Dollar für neue Hinweise versprachen. Bisher war dabei nicht mehr herausgekommen als das Gebrabbel der üblichen Spinner, Fantasten und einiger Hellseher, die wenig überzeugende Storys verhökern wollten. Aber es kam wieder Hoffnung auf.

»Ich will nur mit dir zusammen sein«, sagte Dennis, sie beugten sich vor, bis Sams Atem auf die Scheibe traf.

»Bald.« Sam suchte seinen Blick hinter den Brillengläsern. Ein Aufseher bat sie, sich zurückzulehnen.

»Du weißt mehr als ich«, sagte Dennis. »Wie ist die Stimmung da draußen?«

»Was dich angeht? Immer sehr positiv. Ich meine, im Internet würde ich sagen, sind fünfundneunzig Prozent auf deiner Seite, außer in Red River …«

»Die sind nicht relevant. Und sonst überall?«

»Positiv. Wir wollen alle, dass du rauskommst, Dennis. Wir können definitiv gewinnen.«

Sam hatte nicht länger als ein paar Wochen bleiben wollen, doch ehe sie sichs versah, waren die Osterferien vorbei, und sie war noch nicht bereit, wieder abzureisen. Sie rief in der Schule an und sagte, sie habe private Angelegenheiten zu regeln und würde noch nicht zurückkommen. Als man dort freundlich und einfühlsam reagierte, fühlte sie sich elend und suhlte sich in ihrem schlechten Gewissen.

Die Tage ohne Carrie und die Filmcrew waren einsam. Sam igelte sich in ihrem Hotelzimmer ein, guckte Serien und aß Fastfood, das sie an Drive-in-Schaltern kaufte und das schon kalt war, wenn sie es in den Pappschachteln auf ihrem Hotelbett anrichtete. Doch wenn Carrie sie zu Interviews abholte, verließ sie das Zimmer nur widerwillig. Als sie das nächste Mal in Red River drehen sollten, klagte Sam über Kopfschmerzen, doch Carrie deutete mit dem Daumen auf den Beifahrersitz.

»Hör auf zu jammern, und steig ein. Ich habe Dennis versprochen, mich um dich zu kümmern. Sieh dich nur an, du bist jetzt seit zwei Monaten hier und siehst aus wie ein rohes Hühnchen. Gehst du überhaupt mal vor die Tür, wenn ich nicht da bin?«

Sam betrachtete sich im Außenspiegel. »Na ja …«

»Geh mal raus! Fahr mit dem Luftkissenboot durch die Everglades, geh nach SeaWorld! War nur 'n Scherz. Hast du *Blackfish – Der Killerwal* gesehen?«

Aber Sam war nicht wegen SeaWorld hier, und auch nicht wegen der Luftkissenboote. Sie war wegen Dennis hier. Alles andere erschien ihr als Zeitverschwendung. Sie erkannte es wieder, die Isolation, die Tendenz, sich einzig auf die Beziehung zu fokussieren und alles andere unwichtig werden zu lassen. Wenn Sie in Therapie wäre, würde man es ein Muster nennen, dachte sie. Voller Mitleid würde man ihr sagen, es sei eine Abhängigkeit. Sie dachte an Dennis in seiner Zwei-mal-drei-Meter-Zelle, wie er von einem Tablett auf seinen Knien aß, begleitet vom konstanten Hintergrundgeräusch des Fernsehers. Es erinnerte sie sehr an ihr Hotelzimmer.

Sie hielten an, um Iced Coffee zu kaufen, und nach und nach schaffte Carrie es, dass Sam mehr aus sich herausging, bis sie schließlich sogar lachte. Statt ins Zentrum von Red River, fuhren sie diesmal durch die dicht bewaldeten, abgeschiedenen Randbezirke. Nur ein einziges Haus sahen sie auf ihrem Weg, ein abbruchreifes Gebäude, dessen Grundmauern von einem Brand geschwärzt waren.

Sie fuhren weiter, die Straßen wurden schlechter, das Auto geriet im Schlamm ins Schlingern. Sie parkten, wie es schien, mitten im Nirgendwo, zwischen dem weißen Van, den Sam vom Interview mit Officer Harries wiedererkannte, und einem anderen Wagen, der ziemlich verlassen aussah. Von hier gingen sie zu Fuß weiter, sie mussten über herabgefallene Äste steigen, der Boden war vom gestrigen Regen aufgeweicht. Sams Ballerinas blieben im Schlamm stecken, Dreck spritzte ihr auf die Waden.

»Mist, ich hätte dich vorwarnen sollen. Mein Fehler«, sagte Carrie, hob einen Schuh auf und steckte ihn Sam an den ausgestreckten Fuß. »Jackson wollte Material haben, das das *echte* Red River zeigt. Sozusagen den … Charakter der Stadt.« Zwischen den Bäumen hindurch hörten sie die Crew und sahen die von Kletterpflanzen überwucherte Außenwand eines Trailers, dessen Fenster so schmutzig waren, dass man nicht hindurchsehen konnte.

Hinter dem Trailer fiel der Boden so tief und steil ab, dass Sam nur Schwärze sah, die sie anzuziehen schien. Am Rande dieses Abgrunds standen die Überreste eines Hauses. Gesplittertes Holz und Kabel hingen herab wie ausgetretene Gedärme. Der Besitzer, Ed, stand steif und unangenehm berührt da, während ihm jemand ein Mikrofon ans Hemd klemmte. Sam trat einige Schritte von dem Abgrund zurück, dessen Sog sie spürte wie einen tiefen Atemzug, als würde sie jeden Moment hineinstürzen. Sie spürte das Ziehen bis in die Knochen.

»Also, es war folgendermaßen«, begann Ed zu erzählen. »Eines Abends sagt meine Frau, sie will früh schlafen gehen. Ich gebe ihr einen Gutenachtkuss, und sie geht ins Schlafzimmer – das war hier ungefähr.« Er zeigte auf den Rand des Kraters. Die Balken ragten noch in den Abgrund. »Ich hatte an dem Abend ein bisschen was intus, und als ich das Gefühl hatte, das Haus wackelt, dachte ich, es liegt am Bier. Es war so sanft, nicht wie ein Erdbeben, sondern wie wenn man gleich das Bewusstsein verliert. Als ob die Erde ganz leicht unter einem schwankt. Dann war da dieses unheimliche Geräusch, wie ein Knurren. Ein bisschen wie alte Rohrleitungen. Und dann passierte alles auf einmal. Die ganze linke Seite des Hauses war einfach weg. Innerhalb von Sekunden in die Tiefe gesogen. Ich habe meine Frau nicht mal schreien gehört. Nichts. Ich bin raus und sah nur Schutt. Ich suchte nach ihr, aber der Boden saugte immer noch alles in sich auf, es war, als ob er Hunger hätte. Um mich herum stieg brodelndes Wasser auf, kleine Teiche, in denen es blubberte wie ein Furz in der Badewanne. Ich wusste nicht, was ich tun sollte. Das Telefon war tot – wir sind hier draußen ziemlich von der Welt abgeschnitten.

Ich musste mit dem Auto fahren, um Hilfe zu holen. Wir haben sie nie gefunden, sie war einfach … weg. Im Schlaf von der Erde verschluckt. Was ich mich frage, ist: Ist sie ertrunken? War es wie ertrinken? Oder waren ihr Mund und ihre Nase voller Schlamm? Können Sie sich das vorstellen? Lebendig begraben in nassem, stinkendem Schlamm. Ich konnte sie nicht einmal beerdigen. Neben der Kirche steht ein Gedenkstein mit ihrem Namen. Aber dort ist sie nicht. Sie ist hier.

Ich konnte sie nicht einfach zurücklassen. Man wollte mich von hier vertreiben. Das County hat die Gegend als unbewohnbar ausgewiesen, deshalb habe ich mir den Trailer gekauft und ihn hergebracht. Das Loch wird größer – ich habe Fotos.« Ed hielt Bilder hoch, die zeigten, wie sich das Loch mit der Zeit ausdehnte und das Haus im Vergleich dazu immer kleiner erschien. »Bei jedem kräftigen Sturm, der hier drüberzieht, wird es größer. Diese Unmenge an Wasser. Wenn es wieder wegtrocknet, ändert sich der Druck, und …«, er machte ein saugendes Geräusch. »In manchen Nächten kann ich das Haus ächzen und knacken hören.

So wie ich das sehe, könnte ich im schlimmsten Fall selbst auch eingesaugt werden. Und das wäre gar nicht so übel. Sie sagen, es wäre gefährlich hier, aber es ist auch nicht gefährlicher als überall sonst in dieser Gegend. Der ganze Bundesstaat steht auf schlechtem Boden.«

Sam versuchte, sich möglichst leicht zu machen. Ein Kribbeln lief ihr über die Haut, als Ed den nervösen Kameramann an den Rand des Abgrunds führte und sich vorsichtig darüberbeugte. »Na, kommen Sie, es beißt nicht.«

»Hilft es Ihnen, Ihre Trauer zu verarbeiten, wenn Sie hierbleiben?«, fragte Carries Partner Patrick.

»Ja, wahrscheinlich schon. Meine Frau fehlt mir. Ich spreche jeden Tag mit ihr.«

»Und antwortet sie Ihnen?«

»Ja, na klar. Gerade jetzt sagt sie: ›Warum lässt du dich von so einem Haufen Arschlöcher in deinem eigenen Haus so respektlos behandeln?‹« Er lachte meckernd und verdrehte die Augen. »Was ist das für eine Frage, hm? Ich weiß, ihr sucht einen Bekloppten, weil ihr unsere Stadt als Irrenhaus darstellen wollt.«

»Tut mir leid«, sprang Carrie ein. »Ich glaube, Pat hat das eher metaphorisch gemeint. Sie haben recht, wir wollen zeigen, wie bunt und vielfältig die Bevölkerung von Red River ist, aber unsere Absichten sind redlich. Wir wollen die Stadt nicht als Irrenhaus darstellen.«

»Hm-hmm.« Ed zog eine Augenbraue hoch. »Ich bin kein Idiot. Ich habe den Film gesehen. Dennis war oft hier und hat kleinere Arbeiten für uns erledigt.«

Carrie wirkte überrascht. »Wirklich? Können Sie uns davon erzählen?«

»Er hat ein bisschen Gartenarbeit für uns gemacht. Natürlich haben wir ihn dafür bezahlt. Eines Abends wollte ich ihm ein Glas Wasser bringen und ihm sagen, dass er für heute Schluss machen kann, da war er ganz in irgendetwas versunken. Ich rief ihn zweimal, doch er sah nicht mal auf. Ich ging zu ihm hin, und da stand er über einen Metalleimer gebeugt, Feuerschein spiegelte sich auf seinem Gesicht. Er hatte eine Schlange da drin. Die *wand* sich. Sie lag brennend und zuckend in diesem Eimer, und er stocherte immer wieder mit einem Stock hinein. Ich kippte Wasser in den Eimer und wollte wissen, was zum Geier er da tat.

Er sah aus, als wäre er gerade aus dem Schlaf gerissen worden. Er sagte, er hätte sie für mich entsorgen wollen, und jetzt würde sie nur langsamer sterben. Ich habe ihn nach Hause geschickt. Hab ihm zwanzig Mäuse gegeben. Er ist nicht mehr wiedergekommen.

Um die Wahrheit zu sagen: Ich habe mich in seiner Nähe nicht wohlgefühlt. Vor allem nach dieser Sache. Ob er das Mädchen wirklich umgebracht hat, weiß ich nicht, keine Ahnung. Aber irgendwas stimmte nicht mit ihm, so viel ist sicher.«

Im Wagen wünschte Sam, sie wäre im Hotel geblieben. Während sie auf Carrie wartete, bissen sie Moskitos in Arme und Beine, einige wurden von den an ihr herablaufenden Schweißtropfen angezogen. Sie fühlte sich unwohl und musste die ganze Zeit an die Schlange denken und daran, was das zu bedeuten haben könnte.

»Es war eine Schlange«, sagte Carrie, als Sam sie darauf ansprach. »Er hat ja keine Scheißkatzenbabys in die Mikrowelle gesteckt oder so. Jungs sind grausam. Mein Bruder hat seinen Goldfisch in die Gefriertruhe gelegt. Und jetzt ist er überzeugter Veganer. Wahrscheinlich war es gar nicht so schlimm, wie Ed sagt.«

Carrie und Patrick hatten nach dem Interview eine leise geführte Auseinandersetzung mit Ed gehabt. Vom Beifahrersitz aus hatte Sam mit baumelnden Beinen bei offener Tür zugehört.

»Wir können nichts davon verwenden«, sagte Patrick. »Schlangen verbrennen? Was macht das denn für einen Eindruck?«

»Schon gut. Wir haben tolles Material über das Loch im Boden. Mehr wollte Jackson gar nicht. Der Kerl erzählt eindeutig gerne Storys. Wer weiß, wie viel davon überhaupt wahr ist?«

Eine Weile diskutierten sie mit gedämpfter Stimme, dann stieg Carrie ziemlich angespannt, vielleicht sogar wütend in den Wagen.

Diesmal schwiegen sie auf der Fahrt in den Ortskern von Red River; Carrie war mit den Gedanken offensichtlich woanders. Sam wusste nicht, was sie sagen sollte, und sagte deshalb gar nichts. Die am Fenster vorbeiziehenden Häuser wurden immer schäbiger, bis sie in eine Straße kamen, wo die Fenster vergittert waren und in den Höfen wohl mehr Möbelstücke standen als in den Häusern selbst; die Mülleimer quollen über, und das alles war mit einer Kakofonie von Hundegebell untermalt.

Sam kannte Lindsay Durst aus *Framing the Truth*, auch wenn sie nie länger als ein paar Minuten im Bild gewesen war. Sie war eine der Hauptzeuginnen der Verteidigung gewesen; sie war am Abend von Hollys Ermordung mit Dennis zusammen gewesen, die beiden hatten sich nach dem Footballtraining getroffen, waren ein bisschen im Auto durch die Gegend gefahren und bis nach Mitternacht zusammen unterwegs gewesen, bevor sie ihn in der Nähe seines Hauses abgesetzt hatte. Im Kreuzverhör allerdings hatte die Staatsanwaltschaft sie als Lügnerin dargestellt, als jemanden, der alles sagen würde, um einem Typen zu helfen, von dem sie praktisch besessen war. Sie hatte ihn ständig durch die Gegend kutschiert, hieß es, hatte nach der Schule auf ihn gewartet und Unterrichtsstunden geschwänzt, um ihn irgendwo hinzufahren. »Und dabei war er nicht mal besonders nett zu ihr …«, hatte ein Mädchen in *Framing the Truth* gesagt; sie hatte vor dem Gerichtsgebäude gestanden, und der Wind hatte ihr die Haare auf die geglossten Lippen geweht, als sie verlegen den Blick von der Kamera abgewandt hatte. »Ehrlich gesagt hat es ein bisschen verzweifelt gewirkt, wissen Sie?«

Jetzt stand Lindsay in einem Free-Dennis-Danson-T-Shirt vor ihrem Haus. Das Shirt war am Rücken zu einem Knoten gebunden, sodass am Ansatz ihrer Wirbelsäule ein Stück gebräunter Haut zu sehen war. Sam fiel auf, dass ihre Jeans direkt unter dem Po einen Riss hatte, wie sie die Daumen in die Gürtelschlaufen hakte und beim Sprechen die Hüfte zur Seite schob. Es sei dasselbe Haus, sagte Lindsay, in dem sie schon immer gewohnt habe. Sie führte die anderen ums Haus herum zu der Stelle, wo Dennis seinen Namen in einen Zaunpfahl geritzt hatte. Patrick und Carrie machten ein paar Außenaufnahmen, dafür sollte Lindsay ein ernstes Gesicht machen, worüber sie lachen musste. »Tut mir leid, ich schaff's nicht. Mein Gott. Ich probier's nochmal …« Immer wieder. Sam fragte sich, warum sämtliche Männer in der Filmcrew sie so süß zu finden schienen.

Hinter dem Haus lag ein See: stilles schwarzes Wasser. Bäume standen träge in der Hitze und ließen die Äste ins Wasser hängen. Lindsay trat an den Rand eines morsch aussehenden Anlegestegs, der ganz glitschig von grünem Schleim war. »Hier sind wir immer schwimmen gegangen und haben rumgehangen, die ganze Clique. Wir forderten uns gegenseitig zu Mutproben heraus: ›Schwimm bis zu dem Pfahl da und wieder zurück!‹ Hier gibt es nämlich Alligatoren. Manche sind sogar bis zum Rand der Anlegestelle gegangen, aber wirklich getan hat es nie jemand.

Ich war schon immer eher eine von den Jungs. Mit Mädchen kam ich nicht klar, die waren zu zickig, und so lief das dann eben. Aber eines Tages stand Dennis einfach auf und sagte: ›Ich mach's.‹ Und wir so: ›Na klar.‹ Aber er zog sich bis auf die Boxershorts aus, rannte los und sprang einfach ins Wasser.

Ehrlich, ich hab *geschrien*! Ist ja wohl klar. Ich so: ›Komm zurück!‹ Aber er ist die ganze Strecke bis zum Pfahl geschwommen und hat uns von da aus zugewinkt. Dann schwamm er zurück, und die Jungs liefen zum Rand des Stegs, um ihn rauszuziehen. Sowas habe ich noch nie gesehen. Manchmal war er verrückt. Er machte immer Sachen, die niemand sonst tun würde. Das war es, was ihn in Schwierigkeiten brachte: Mutproben, Flitzen und so'n Zeug.

Wir standen uns wirklich nahe. Wir sind immer noch in Kontakt – ich besuche ihn, so oft ich es einrichten kann. Er fehlt mir. Ich weiß, dass er das Mädchen nicht getötet hat, Leute wie ihn und mich haben die Bullen einfach auf dem Kieker.«

Sam wurde bewusst, dass sie bis zu diesem Moment geglaubt hatte, außer Carrie die einzige Frau zu sein, die Dennis besuchte. Er hatte Lindsay nie erwähnt. Sie hatten sich in ihren Briefen einander ganz und gar offenbart, und während der ganzen Zeit hatte er noch eine andere gehabt, über die er nie ein Wort verloren hatte. Eine Frau, die er geheim hielt.

»Da, seht nur, genau da!«, sagte Lindsay und zeigte aufs Wasser. »Da drüben, am anderen Ufer, seht ihr?« Alle traten näher, die Kameras auf den Punkt gerichtet, auf den sie deutete. Widerwillig spähte auch Sam in die Richtung, sah jedoch nichts, bis etwas, das sie für Unrat gehalten hatte, langsam in der Schwärze des Wassers versank. Die anderen johlten. »Es ist wirklich schlimm hier mit den Alligatoren, da habt ihr's. Dennis hatte einfach Eier.«

Eine Zeit lang achteten alle nur auf die Wasseroberfläche, jede kleine Kräuselung löste neue Aufregung aus. Schließlich richtete sich die Aufmerksamkeit wieder auf Lindsay.

»Können Sie uns von der Verhandlung berichten?«, fragte Carrie.

»Was wollt ihr wissen?«

»Warum hat man Ihrer Aussage nicht geglaubt, dass Dennis am fraglichen Tag mit Ihnen zusammen war?«

»Ach, das.« Sie schüttelte den Kopf. »Sie wollten es so darstellen, als wär ich so ein Fangirl, das nur einen Freund haben wollte. Ein paar aus der Schule sagten, ich wäre von ihm besessen! Aber das stimmt gar nicht. Wir hatten nie was miteinander. Ich meine, wir haben rumgemacht und so, aber das war eher *Friends with Benefits*, versteht ihr?«

Sam blieb am Wasser, während Carrie und Patrick zusammenpackten. Alles war ruiniert, dachte sie. Bis dahin war alles perfekt gewesen. So gut wie. Bis Lindsay kam. Aber das Gift breitete sich unmerklich aus, wie immer. Die Paranoia und der Schmerz. Mit Mark hatte sie stundenlang gestritten, bis sie schließlich hinausstürmte – erwartend, dass er ihr folgen würde, doch das hatte er nie getan. Weil sie nicht wichtig war. Vielleicht war sie das auch jetzt nicht.

Ein weißer Vogel stand am Ufer und tauchte den Schnabel ins Wasser. Sam starrte ihn an, wartete darauf, dass er von kräftigen Kiefern fortgerissen würde, sie wollte es sehen und gleichzeitig auch wieder nicht. Doch der Vogel flog davon, und Sam klopfte sich die Kleider ab, erleichtert und enttäuscht. Es war dumm von ihr gewesen zu glauben, sie wäre etwas Besonderes.

»Du machst dir ihretwegen Gedanken, das sehe ich dir an«, sagte Carrie später auf der Rückfahrt zum Motel.

»Ich wusste nicht, dass er noch von anderen Besuch bekommt«, sagte Sam.

»Vielleicht übertreibt sie. Sie kommt mir irgendwie seltsam vor.«

»Seltsam?«

»›Eher eine von den Jungs‹? Das ist doch nur ein anderer Ausdruck für verrückt. Trau keiner Frau, die keine Frauen mag, ich sag's dir.«

Sechs

Auszug aus *Red River – Wenn der Fluss sich rot verfärbt* von Eileen Turner

Eines Nachmittags im Spätsommer 1992 klopfte Officer Harries bei den Dansons an die Tür. Die Mutter brüllte vom Sofa aus, Dennis solle öffnen. Normalerweise, sagte er später, wäre er gar nicht dort gewesen. In jenem Sommer verbrachte er immer weniger Zeit zu Hause. Er kam auf den Sofas von Freunden unter, bis deren Eltern genug hatten und schweigend um ihn herumputzten, wenn er morgens aufwachte und die geborgten Laken abzog. An diesem Tag war er nur kurz nach Hause gekommen, um seine Kleidung in die Waschmaschine zu stecken und ein paar Sachen abzuholen, die er mit zu Lindsay nehmen wollte.[10]

Zum ersten Mal war die Polizei während der Suchaktion nach Lauren auf Dennis zugekommen. Er erinnert sich: »Sie stellten mir Fragen, als ob sie mir irgendetwas sagen wollten, aber ich kam nicht dahinter, was es war.« Deshalb war er sofort angespannt gewesen, als er den Polizisten hinter der kaputten Fliegengittertür sah. Als er dann Officer Harries erkannte, nahm er an, es ginge um irgendeine Kleinigkeit, wie den Einbruch in den

10 Interview im Gefängnis von Altoona, 1996.

Minimarkt, von dem er gehört hatte. »Officer Harries versuchte ständig, mir irgendwas anzuhängen«, berichtet mir Dennis in einem Interview. »Er war überzeugt, dass ich Howard auf die schiefe Bahn gebracht hätte. Als ob ich für alles Schlechte verantwortlich wäre, was der Typ je getan hat.«

Dennis öffnete Officer Harries die Tür. »Ja?«, sagte er.

»Wer ist da?«, keifte die Mutter aus dem Wohnzimmer.

»Officer Harries«, rief Dennis.

»Die Polizei?«

»Ich möchte Ihrem Sohn nur ein paar Fragen stellen, Ma'am.« Harries gibt an, er habe zu diesem Zeitpunkt angeboten, dass ein Elternteil oder Erziehungsberechtigter bei der folgenden Befragung anwesend sein dürfe,[11] obwohl er darauf bestand, dass es sich nur um ein formloses Gespräch handele.[12] *Framing the Truth* hinterfragte hier die Motive: Warum sollte ein Polizist extra so weit rausfahren, nur um einem Siebzehnjährigen ein paar zwanglose Fragen über einen fünf Monate zurückliegenden Mord zu stellen? »Polizeilicher Spürsinn«, sagte Harries. Ein anderer Polizist berichtete, Harries schien mehr Interesse daran zu haben, Dennis zu vernehmen – gegen den er ein persönliches und »ausgeprägtes« Misstrauen hegte –, als frühzeitig andere Spuren in diesem Fall zu verfolgen.[13]

»Was wollen Sie?« Dennis wirkte reizbar und stellte sich so in die Tür, dass er Harries den Blick auf die Unordnung hinter sich versperrte. Er schämte sich für die Lebensumstände seiner Familie.

»Darf ich vielleicht reinkommen?«

11 Gespräch in Harries' Notizen grob festgehalten, 1992.
12 *Red River Tribune*, 1993.
13 Anoynme Quelle, 1996.

»Nicht so gern. Ich hab noch zu tun. Was wollen Sie?«

»Wo warst du am zehnten April?« Daraufhin fiel Harries auf, dass Dennis lächelte. Er wiederholte seine Frage.

»Am zehnten April? Wieso sollte ich das noch wissen? Wie soll ich mich daran erinnern?«

»Du sagst also, du weißt es nicht mehr?«

»Weiß nicht … was war das für ein Tag?«

»Freitag. Der zehnte April.«

»An einem Freitag? In der Schule?«

»Nach der Schule. Am späten Nachmittag, Abend.«

»Vielleicht beim Training? Ich weiß es nicht, wirklich.«

»Könnte dir vielleicht jemand helfen, dich zu erinnern? Hast du irgendwelche Zeugen?«

»Ich habe gerade gesagt, ich weiß es nicht. Woher soll ich dann wissen, mit wem ich zusammen war?« Später räumte Dennis ein, die Geduld verloren zu haben. Harries habe stets so ein gewisses spöttisches Lächeln auf den Lippen gehabt, wenn er ihn befragte. »Ich wusste es«, sagte er, »ich wusste, dass ich geradewegs in die Falle lief, aber ich wusste nicht, was ich dagegen hätte tun können.«[14]

Einige Wochen lang geschah nichts weiter, bis Dennis schon glaubte, die Sache wäre ausgestanden, und das Gefühl, beobachtet zu werden, allmählich wieder nachließ. Dann kam Officer Harries eines Tages während des Nachsitzens in die Schule und klopfte an die Tür zum Klassenzimmer. Er unterhielt sich flüsternd mit dem Lehrer, die Schüler beobachteten die beiden schweigend. Doch Dennis wusste Bescheid und stand schon

14 Interview, Gefängnis von Altoona, 1996.

auf, noch bevor sein Name fiel.[15] Harries packte ihn am Handgelenk und führte ihn vom Schulgelände. Dennis war verwirrt, er wusste nicht, welche Rechte er hatte, und ob er jetzt eingesperrt werden würde.

Auf dem Revier fragte er nicht nach einem Anwalt, weil er glaubte, nichts Unrechtes getan zu haben. Auch nach sechs Stunden Befragung forderte er keinen Anwalt und kam nicht auf die Idee, seine Eltern anzurufen. Während er die Fragen beantwortete (»Weiß ich nicht« … »Kann ich mich nicht erinnern« … »Bin ich mir nicht sicher« …), ging er in Gedanken die letzten Monate durch. Er dachte über die Vorfälle nach, um die es gehen könnte. War es das Feuer, das er hinter der Eisenwarenhandlung gelegt hatte? Oder der Einbruch in die Turnhalle? Doch für all das schien ihm die Situation zu ernst zu sein. Mit ihm waren zwei Detectives im Raum. Die ersten fünf Stunden machten sich die beiden Notizen, doch abends um halb neun packten sie einen Kassettenrekorder aus.

Abschrift der Vernehmung von Dennis Danson

Zeit: 20:51 Uhr

Officer 1: Na los, erzähl uns, wie du Holly Michaels umgebracht hast.
Dennis (lacht): Wen?
Officer 1: Holly Michaels. Du weißt, wer das ist.
Officer 2: Jeder im Ort kennt sie. Willst du uns erzählen, dass du als Einziger hier nicht weißt, wer sie ist?
Dennis: Ich kann mir Namen so schlecht merken.

15 Interview mit dem Augenzeugen Jeff Bailey, 1996.

Die Detectives hatten das Gefühl, Dennis wolle sie provozieren, und sein Lachen sei nur der Beweis, dass ihm das einen Kick gab.[16] In Dennis' Erinnerung hingegen sei sein Lachen ein Zeichen von Unbehagen gewesen, seine Reaktion auf die groteske Situation, in der er sich befand.

Officer 1: Holly Michaels. Elf Jahre alt, ermordet. War landesweit in den Nachrichten.

Die Polizisten schoben ihm ein Foto von Holly hin, das in der Schule aufgenommen worden war. Ihre Haare waren mit einem Gummiband zu einem hohen Pferdeschwanz gebunden. Dennis sagt, er habe dem Mädchen in die Augen gesehen und das Bild dann mit der Hand abgedeckt.

Dennis (flüstert): Sie war so jung.

In diesem Moment, erinnert sich Harries, der die Vernehmung vom Nebenraum aus beobachtet hatte, wussten sie, dass sie ihn hatten.[17]

16 *Framing the Truth*. Florida: Carrie Atwood, Patrick Garrity, 1993. VHS.
17 Interview mit Harries in der *Red River Tribune* 1992.

Sieben

Sam wusste, dass sie abweisend war. Das war beabsichtigt. Wieder vor der Plastiktrennwand im Gefängnis schaute sie sich lange im Raum um und vermied es, Dennis anzusehen. Sie unterdrückte ihr Gähnen nicht, als sie das Bedürfnis überkam, und antwortete einsilbig und so leise, dass er nachfragen musste und sie seufzend die Augen verdrehen und es lauter wiederholen konnte. Zwanzig Minuten lang wartete sie darauf, dass er sie fragen würde, was los sei. *Nichts*, wollte sie sagen, und zwar in einem Ton, der ihm verraten würde, dass definitiv etwas los war. Das würde sie so lange wiederholen, bis der richtige Augenblick gekommen wäre, und dann würde sie sagen: *Wir haben gestern mit Lindsay geredet.*

Es war ein oft geprobtes Stück, es war ihr in Fleisch und Blut übergegangen und gleichzeitig das Gegenteil von allem, was sich normal anfühlte. Sie hasste sich dafür. Das hatte sie Mark einmal spätabends gestanden, nachdem es wieder zu einem Streit geführt hatte, der aus dem Ruder lief und eskalierte, bis sie völlig ausgebrannt war. Anschließend hatte sie ihm gesagt, sie wüsste selbst nicht, warum sie das tat. Es war, als wäre sie innerlich verfault und voller kriechender Würmer. Doch sie konnte nichts dagegen tun. Nicht einmal jetzt, als sie in Dennis' wunderschönes Gesicht mit dem leichten Bartschatten am Kinn blickte.

Während sie sprach, zwang sie sich, ihn zu hassen, obwohl sie sich für einen Moment in der Vorstellung verlor, sein Kinn rau an ihrer Wange zu spüren, seinen Atem an ihrem Ohr.

Sie seufzte.

»Und Jackson will einiges von dem, was ich geschrieben habe, in seinem Film verwenden, das ist ziemlich cool. Er kommt mich nächste Woche besuchen, deshalb können wir uns nicht sehen ... Warum hast du die Augen verdreht?«

»Du willst mich ja ohnehin nicht hierhaben.«

»Nächste Woche?«

»Überhaupt.« Ihr Herz klopfte schneller. Sie wandte den Blick ab, während sie ihn innerlich anflehte: *Bitte, bitte überzeuge mich, dass du mich liebst.*

»Ich verstehe nicht, was hier los ist ...«

»Kriegst du Besuch von anderen Frauen?«

»Du meinst Carrie?«

»Nein, *nicht Carrie.* Andere Frauen.« Ihr kamen die Tränen, doch sie blinzelte sie fort. Sie musterte ihn prüfend, um zu sehen, ob er sich absichtlich dumm stellte. Wenn ja, machte er das ziemlich überzeugend.

»Dann nein. Warum?«

»Du lügst!« Es kam lauter heraus, als sie beabsichtigt hatte. Ein paar Köpfe drehten sich nach ihr um.

»Was ist los? Samantha ...« Er beugte sich vor, Sam wich zurück.

»Lindsay.« Sam wartete. Seine Miene war ausdruckslos. Undurchschaubar. Er sagte nichts. »Wir waren gestern bei ihr. Sie hat damit geprahlt.«

»Lindsay? Lindsay ist doch keine ›andere Frau‹.«

»Was ist sie dann?«

»Ich weiß nicht, wir ... wir kennen uns einfach schon ewig.«

»Warum hast du dann gelogen?« Beim Anblick seiner verwirrten Miene kam sie sich vor wie eine Irre.

»Ich habe nicht gelogen. Mir ist nur nie der Gedanke gekommen, es zu erwähnen. Sie war seit sieben Monaten nicht mehr hier. Warum bist du deswegen so sauer?«

Beide saßen stocksteif da und sagten kein Wort. Sam wollte nicht nachgeben, und Dennis fragte sich wahrscheinlich, worauf er sich da bloß eingelassen hatte, dachte sie, von sich selbst angewidert. Aber es passierte in diesem Moment, die Würmer wimmelten in ihr, und sie konnte sie nicht aufhalten.

»Ich weiß einfach nicht, wie ich dir vertrauen soll«, sagte sie und stand auf, um zu gehen.

»Nein, Samantha. Das ist nicht fair.« Auch er stand auf und legte die Hand an die Trennscheibe.

»Mich anzulügen auch nicht.«

»Jetzt komm schon … Es gibt niemanden außer dir.«

»Ich muss gehen.« Sie drehte ihm den Rücken zu. Inzwischen wurden sie von allen im Raum beobachtet, und ein Wachmann kam auf Dennis zu.

»Geh nicht!«

Sie sah Dennis an, der mit dem Handballen gegen die Scheibe schlug. Sie konnte nicht unterscheiden, ob er traurig oder wütend war. Der Wachmann hatte Dennis an den Schultern gepackt und versuchte, ihn auf seinen Stuhl zu drücken. Dennis' Ketten klirrten wie splitterndes Glas.

»Heirate mich!«, rief er, als Sam in Tränen ausbrach. »Ich liebe dich! Heirate mich!«

»Darf ich das twittern? Ach du heilige Scheiße, wir müssen dir einen Ring besorgen! Wirst du ein Hochzeitskleid tragen?« Carrie zog Sam an sich und umarmte sie nochmal.

»Genau. Wie machen wir das mit dem Ring? Mit Hochzeitskleidern kenne ich mich nicht aus. Ich dachte, ich kaufe mir irgendwas Buntes.«

Die beiden Frauen stiegen in den Wagen und machten die Türen zu. Als Carrie den Schlüssel umdrehte, schaltete sich das Radio ein, doch sie stellte es wieder aus. Sam hatte ihr alles erzählt: Wie sie *Ja* gesagt hatte, wie der Wachmann Dennis losgelassen und ihm auf die Schulter geklopft hatte, um ihm dann leise, aber aufrichtig zu gratulieren. Dass sie Dennis noch nie so hatte lächeln sehen.

»Vielleicht sollten wir *erst* den Ring kaufen und es *dann* twittern. Mit Foto.«

»Kaufe ich den Ring selbst?«

»Von wegen, da finden wir einen anderen Weg. Du wirst dir nicht deinen eigenen Verlobungsring kaufen, verdammt. Wie hat er dir den Antrag gemacht? Erzähl's mir nochmal!«

Sams Gesicht glühte. Den Teil mit dem Streit passte sie ein wenig an, weil sie die Maske geistiger Gesundheit, die sie in Carries Gegenwart trug, nicht ablegen wollte. Sie hatte das Gefühl, sie könnten sich miteinander anfreunden, und fürchtete, Carrie zu vergraulen, wenn sie sich so zeigte, wie sie wirklich war. Sie waren unterwegs zum Haus der Dansons, wo sie Dennis' Vater interviewen wollten, und der Blick aus dem Fenster wurde ihr allmählich vertraut: das Feld mit den Solarkollektoren, die zurückgelehnt in der Sonne standen, die Wasserfläche neben der Straße, unter der vor ihren Augen ein Schwanz verschwunden war – so flink, dass sie nicht sicher waren, ob er überhaupt dagewesen war. Sie fuhren durch den Ortskern und dann weiter, bogen von der Hauptstraße ab in einen Feldweg, auf dem sie in ihren Sitzen durchgerüttelt wurden und die Räder auf dem losen Kies wegrutschten. Äste peitschten gegen die Fensterscheiben, als sie vorbeifuhren, und Steine klimperten gegen die Unterseite des SUV.

Sam wurde flau im Magen. Sie hatte das Haus der Dansons zwar in *Framing the Truth* gesehen, war aber nicht darauf gefasst, wie weit abgeschieden es wirklich lag. Nur die Fahrspur der Autos verhinderte, dass die Bäume die Straße vollständig überwucherten. Seit Dennis' Vater Lionel invalide war, kamen nur noch die Autos der Pflegekräfte hierher, die ihn tagsüber versorgten.

Alles schien ihnen entgegengekrochen zu kommen, sie zu greifen, zu umschließen und zu ersticken, bis sie endlich zu einer Lichtung gelangten. Das Gras war mit Reifenspuren übersät, und das eingeschossige Haus war Sam von den Fotos aus dem Internet so vertraut, dass sie den neunjährigen Dennis vor sich sah, wie er auf diesem Fleckchen vertrocknetem Gras vor der Garage stand und mit ernster Miene in die Sonne blinzelte, den blonden Pony in die Stirn gekämmt, sodass er ihm über die Augen fiel. Nur dass jetzt in roter Farbe quer über die Garage das Wort MÖRDER gesprayt war. Überall am Haus fanden sich Überreste von weiteren Graffiti, lieblos mit demselben gebrochenen Weiß überpinselt, in dem früher das ganze Haus gestrichen gewesen war, das nun aber vor Vernachlässigung mehr und mehr vergraute.

Sie parkten vor dem Haus und warteten auf den Rest der Crew. »Bist du bereit, deinen Schwiegervater in spe kennenzulernen?«, fragte Carrie, was Sam doch nervöser machte, als sie erwartet hatte.

Das Haus hatte eine Ausstrahlung, die Sam an Amityville denken ließ, Grauen lastete darauf, als könne das Haus Gedanken lesen. Hier spukte Lionel Danson, und er weigerte sich umzuziehen, obwohl er nicht mehr allein für sich sorgen konnte und mehr Unterstützung benötigte, als er sich leisten konnte, denn die staatliche Krankenversicherung zahlte so gut wie nichts dazu. Stattdessen verdiente Lionel sein Geld damit, hier und dort seine Geschichten zu verhökern, und schlug außerdem auf einer billig gemachten Website Kapital aus dem »christlichen Geist des Gebens«, indem Menschen dort Geld für seine Pflege spenden konnten. Ab und zu verkaufte er Gegenstände aus dem Familienbesitz bei eBay, alte T-Shirts von Dennis oder halb gelesene Schulbücher. Er schämte sich nicht, aus der traurigen Berühmtheit der Familie Profit zu schlagen. Wie Lionel erklärte, gab es schließlich reichlich Websites, auf denen Geld für seinen Mörder-Sohn gespendet wurde, während man ihn hier draußen in der Pampa verrotten ließ.

Sam und Carrie zögerten, das Haus zu betreten; sie hielten sich länger als nötig mit dem Equipment aus dem SUV auf und machten mit einer Handheld-Kamera einige Außenaufnahmen, bis schließlich von der Veranda aus eine Frau nach ihnen rief. Es war eine Krankenpflegerin in einem hellblauen Kittel. Sie bot ihnen etwas zu trinken an und fragte, ob sie nicht im Haus warten wollten. Die ängstliche Miene der beiden Frauen brachte sie zum Lachen, mit verschränkten Armen kam sie auf Sam und Carrie zu und sagte: »Ich weiß, er ist ein böser Mensch, aber *so* böse nun auch wieder nicht.«

Drinnen war es zum Glück angenehm kühl. In einer Ecke ratterte eine Klimaanlage, allerdings hing der unangenehme medizinische Geruch nach Krankheit und antiseptischer Creme in der Luft. Lionel saß in einem Rollstuhl, den Blick auf den Fernseher gerichtet. Hinter seiner Schulter hing ein Beutel mit einer gelben Flüssigkeit, und es war unklar, ob die Flüssigkeit in ihn hineinlief oder aus ihm herauskam. Als sie ins Zimmer traten, drehte er sich nicht um, sondern starrte weiter auf den Bildschirm.

Die Schwester kam mit zwei Gläsern Eiswasser zurück und schaltete den Fernseher aus. »Na los, Lionel, Sie wussten doch, dass wir heute Besuch bekommen. Da können Sie den Leuten wenigstens einen Stuhl oder so anbieten.« Sie drehte ihn um. Sam versuchte, nicht auf das Bein zu starren, das nach der Hälfte aufhörte, und auch nicht auf den geschwollenen, bandagierten Fuß des anderen oder den fehlenden großen Zeh.

»Carrie«, sagte er, ohne ihr die Hand zu reichen.

»Mr Danson«, sagte Carrie. »Wie geht es Ihnen?«

Er machte eine umfassende Geste wie ein Model, das in einer Gameshow das Hauptgewinn-Auto präsentierte. »Ganz prächtig, vielen Dank. Diabetes, falls Sie sich gefragt haben.« Seine Stimme war rau vom Rauchen.

»Tja, das tut mir leid.«

»Wenn ich im Gefängnis säße, bekäme ich von Ihnen wohl mehr Mitgefühl, was?«

»Ach bitte, das schon wieder?« Carrie lächelte. Er zog eine Schachtel Zigaretten aus der Tasche.

»Sie sind neu«, sagte er und steckte sich eine Zigarette zwischen die Lippen. Er rollte die Augen wie ein Hai nach oben, um Sam ansehen zu können.

»Ja. Hallo, ich bin Sam.«

»Sie sind die Freundin«, sagte er beim Ausatmen. »Oh ja, ich weiß Bescheid. Sie sind die, die ihn besucht. Engländerin, hieß es. Ich hab mich gefragt: Was für eine Frau würde meinen Dennis nach all dem noch wollen? Es hieß, Sie würden einen normalen Eindruck machen.« Er lachte. »Normal? Na ja, ich kann ja schlecht beurteilen, ob Sie etwas anderes sind. Sagen Sie doch mal was.«

»Es, äh, freut mich, Sie kennenzulernen«, sagte Sam.

»Und ich bin Myra«, sagte die Pflegerin, die beiden Frauen nacheinander kräftig die Hand schüttelte. »Aber er ist zu unhöflich, um mich Ihnen vorzustellen. Ich habe von Ihrem Film gehört, ihn aber nie gesehen.«

»Deshalb mag ich sie«, sagte Lionel.

»Als ich hier anfing, wusste ich noch nicht, dass Lionel eine Berühmtheit ist.« Sie zwinkerte. »Das erklärt, warum er so eine Diva ist.«

Unter Myras neckenden Worten schien Lionel aufzutauen, und Sam war ihr dafür dankbarer, als sie in Worte fassen konnte. In seiner Gegenwart wirkte selbst Carrie kleinlaut. Sam dachte daran, wie einschüchternd er in jüngeren Jahren gewirkt haben musste. Was für eine brachiale Gewalt er in diesem winzigen Haus gewesen war. Hass brannte in ihrer Kehle, doch sie nippte an ihrem Wasser und unterhielt sich mit Myra, während Carrie Stühle rückte, um Platz für die Beleuchtung zu schaffen. Die restliche Crew traf ein und linderte mit ihrem Lärm und ihrer Hektik die drückende Atmosphäre.

Sam trat hinaus in den Flur und sah sich um. Ihr fiel die Schmutzschicht auf, mit der hier alles überzogen zu sein schien, und auch die toten Fliegen hinter dem Insektengitter des Küchenfensters. Das Elend war hier drinnen förmlich spürbar, als hätte sich alles damit vollgesogen. Sie vergewisserte sich, dass niemand sie beobachtete, ehe sie den Flur hinunterging. Sie warf einen Blick in Lionels Zimmer: Medizinische Geräte standen herum; das Bett hatte Gitterstäbe, damit er nicht hinausfallen konnte. Sie ging weiter bis zur Tür ganz am Ende des Flurs, die Tür war geschlossen, aber Sam wusste, was sich dahinter befand. Sie sah sich um, bevor sie den Knauf drehte und langsam öffnete. Der Raum war so winzig, dass er kaum Platz für das Einzelbett bot, auf dem sich Kisten mit allem möglichen Zeug stapelten. Es roch feucht. Sie stellte sich vor, wie Dennis eingepfercht in diesem Zimmer hockte, hinter geschlossener Tür auf das Geräusch der Stiefel seines Vaters lauschte und betete, diese Schritte mögen nicht bis zu seiner Tür kommen. Sie öffnete eine Schublade und sah sich die Kleidung an. Nicht viel. Einzelne, nicht zusammengehörende Socken.

Sie nahm ein Schulheft aus dem Regal und blätterte es durch, bis sie zur letzten beschriebenen Seite kam, etwa in der Mitte: ein angefangener Essay über den Zweiten Weltkrieg, die Seitenränder waren mit Totenköpfen und schiefen Hakenkreuzen vollgekritzelt. Es sah aus wie die Hefte, die sie selbst als Lehrerin korrigierte. Von Jungen, die ihre Angst hinter Niedertracht versteckten; Jungen so reizbar und misstrauisch wie Schlangen. Das waren Jungen, die mit durchlöcherten Pullovern und ausgefransten Krawatten in die Schule kamen, die sich am Kopf kratzten und so taten, als wäre es ihnen egal, wenn Stühle quietschend von ihnen abrückten oder sich jemand beschwerte: *Der stinkt, Miss!* Jegliches Mitleid, das sie auf den ersten Blick für Lionel empfunden haben mochte, löste sich in Luft auf, und an dessen Stelle traten unerträglicher Hass und ein saurer Geschmack ganz hinten in ihrem Rachen.

»Würden Sie uns von ihrer Begegnung mit der Polizei berichten?«, begann Carrie das Interview. Sie blickte auf ihr iPad und hatte die Beine lässig übereinandergeschlagen. »Sie haben zwölf Stunden, nachdem Dennis wegen des Mordes an Holly Michaels verhaftet wurde, mit den Beamten gesprochen. Können Sie uns erzählen, was Sie ausgesagt haben?«

»Sie fragten, wann Dennis an dem Abend nach Hause gekommen wäre, und ich sagte, ich wüsste es nicht. Ich habe ehrlich geantwortet: Er war überhaupt nicht mehr zu Hause, und es überraschte mich nicht, dass der Junge nichts taugte. Natürlich wusste ich nicht, worum es genau ging.«

»Waren Sie beunruhigt, weil man Sie während seiner Vernehmung nicht angerufen hatte? Er war damals minderjährig, bis zu seinem achtzehnten Geburtstag waren es noch einige Monate hin. Von Rechts wegen hätte ein Elternteil oder Erziehungsberechtigter anwesend sein müssen, aber Dennis wurde zwölf Stunden lang festgehalten, bevor man Sie überhaupt anrief.«

»Wie gesagt, der Junge war nie zu Hause. Deshalb wusste ich auch nicht, dass er auf der Wache war, bis der Anruf kam. Angeblich wurde er dort nicht festgehalten. Es war alles inoffiziell, er hätte jederzeit gehen können, hat aber nie danach gefragt.«

Natürlich hatte Lionel nichts gewusst, dachte Sam. Er war nur ein egoistischer, gewalttätiger Säufer.

»Sie glauben nicht, dass er eingeschüchtert wurde?«

»Der Junge hatte vor nichts Angst.«

»Aber vor Ihnen schon, oder nicht?«

»Das behauptet er.« Lionel zuckte die Achseln. »Auf mich hat er nie verängstigt gewirkt. Offenbar habe ich ihm nicht so viel Angst gemacht, dass er sich aus Schwierigkeiten rausgehalten hätte.«

»Wie haben Sie versucht, ihn zu erziehen?«

»So, wie mein Dad es mit mir gemacht hat. Hab ihm Hausarrest gegeben und ein paar hinter die Löffel, wenn's nötig war. Seine Mutter war zu weich, die tat gar nichts. Kaum ließ sie ihn aus den Augen, brachte er sich in Schwierigkeiten. Hat ihr das Herz gebrochen. Ich hab mein Bestes gegeben.«

»Hat die Polizei seine Mutter überhaupt befragt?«

»Kim hat nicht gern mit Menschen gesprochen. Am Ende war sie ziemlich neben der Spur. Sie weinte die ganze Zeit und sagte, er wäre ein guter Junge. Immer hat sie ihn verteidigt. Als sie erfuhr, was er getan hatte, wurde sie damit nicht fertig.«

»Warum haben Sie geglaubt, dass er Holly getötet hat?«

»Die Polizei war sich so sicher, und die hatte schließlich keinen Grund zu lügen. Ich glaube nicht an diese Verschwörungstheorien.«

»Sie haben die Polizei in Ihr Haus gelassen, richtig? Mehrmals. Ohne Durchsuchungsbeschluss.«

»Das stimmt. Ich hatte nichts zu verbergen. Dennis hingegen …«

Sam drückte ihre Fingernägel in die Handfläche. Seine Selbstgerechtigkeit war am schwersten zu ertragen. In der Dokumentation war er so sehr als Bösewicht rübergekommen, dass Sam sich gefragt hatte, wie stark der Film in diese Richtung manipuliert worden war. So gefühllos, so gemein konnte doch kein Vater sein, oder? Und jetzt sah sie es mit eigenen Augen, sah, wie real es war. Sie hätte an seiner geistigen Gesundheit gezweifelt, wäre da nicht hin und wieder dieses widerwärtige Lächeln gewesen, das verriet, wie sehr er diese Situation genoss.

Carrie machte eine Pause. »Warum glauben Sie so bereitwillig das, was die Polizei sagt, und nicht das, was Ihr eigener Sohn sagt?«

»Sie vertreten das Gesetz. Ich glaube, dass das gute Menschen sind.«

»Und Dennis?«

»Hm.« Lionel machte eine Pause und sah zum Fenster. Wenn er ausatmete, drang ein Rasseln aus seiner Brust. »Ich habe Dennis nie gekannt. Ich glaube, niemand hat das.«

»Glauben Sie, Sie hätten sich mehr Mühe geben können? Gibt es irgendetwas, das Sie bereuen?«

Eine Pause entstand. Lionel leckte sich die trockenen Lippen und schloss für einen Moment die Augen.

»Wäre da etwas gewesen, das ich hätte anders machen können, hätte ich diese Mädchen vielleicht retten können.«

»Die Mädchen?«

»Na ja, das sagen sie doch alle. Dass er diese ganzen verschwundenen Mädchen umgebracht hat. Ich weiß nicht recht, aber irgendwie fühle ich mich verantwortlich. Ich bete für sie, und ich bete um Vergebung für den Anteil, den ich daran trage.«

»Sie scheinen sich sehr sicher zu sein, dass sie tot sind. Wie kommt das?«, fragte Carrie.

»Es ist jetzt über zwanzig Jahre her, und in der ganzen Zeit hat man nie mehr auch nur einen einzigen Ton von einer von ihnen gehört. Ich persönlich bin noch nie einer lebendigen Frau begegnet, die so lange hätte so still sein können.«

Carrie schüttelte lächelnd den Kopf. »Aber mal im Ernst«, sie beugte sich vor, »das ist jetzt wichtig. Wie kommt es, dass alle in dieser Stadt so vom Tod dieser Mädchen überzeugt sind? Die Ermittlungen wurden derart nachlässig geführt, als hätte man gar nicht wirklich versucht, sie zu finden. Fragen Sie sich nie, warum beispielsweise Kellys Stiefvater nie offiziell vernommen wurde?«

»Es ist eine kleine Stadt. Die Leute kennen sich. Er war ein guter Mann und den Kindern ein guter Vater.«

»Er hatte auch eine Vorgeschichte, was Gewalt gegen Frauen angeht. Seine Ex-Frau hatte während der Scheidung eine einstweilige Verfügung gegen ihn beantragt.«

»Verbitterung. Sie war eine verbitterte Frau. Aber sein Geld hat sie trotzdem gern genommen, nicht wahr?«

»Was ist mit dem Fintler Park?«

»Mit was?«

»Dem Trailerpark, in dem etwa zweihundert Vorbestrafte leben, die meisten davon Sexualstraftäter. Sie wissen schon, solche Typen, die in mindestens dreihundert Metern Abstand von Schulen und Spielplätzen wohnen müssen und sowas? Inoffiziell auch Fummler-Park genannt. Nach dem Verschwinden von Jennelle ging die Polizei von Tür zu Tür und fragte die Typen, wo sie gewesen wären und ob sie etwas Verdächtiges beobachtet hätten. Ein paar von ihnen sagten: ›Jetzt wo Sie es erwähnen, da war dieser neue Typ, der immer für sich blieb und ein oder zwei Tage nach jenem Abend seine Sachen gepackt hat und verschwunden ist.‹

Einer der Männer hat sich sogar die Mühe gemacht, auf die Polizeiwache zu gehen und eine offizielle Aussage zu machen. Wir haben eine Kopie dieser Aussage, der Mann schien ernsthaft besorgt zu sein.

Man sollte meinen, die Polizei hätte diese Spur verfolgt, oder? Dass sie vielleicht in den Akten die jüngsten Entlassungen überprüft, sich mit ein paar Bewährungshelfern in Verbindung gesetzt oder vielleicht die Alibis sämtlicher Verdächtiger überprüft hätten?«

»Ich weiß nicht genau, was sie hätten tun sollen. Ich bin kein Polizist, und ich sehe mir auch diese Sendungen im Fernsehen nicht an. Aber ich nehme an, die wussten, was sie tun.«

»Tja, das sollte man meinen. Aber stattdessen wurde diese Spur einfach ignoriert. Sie wurde nicht verfolgt. Und von solchen Dingen gibt es buchstäblich Dutzende: Zeugen, die gesehen haben, wie Lauren in einen blauen Truck stieg, eine Familie, die sich besorgt über einen Nachbarn äußert, weil er sich auffällig für ihre heranwachsende Tochter interessiert. Nichts davon wurde weiterverfolgt. Als ob die halbe Stadt etwas wüsste, das wir nicht wissen. Als ob man hier nicht wollte, dass wir erfahren, was es ist. Als ob die Stadt entschieden hätte, dass Dennis ein Problemkind war, und als ob das ausreichen würde, um nicht weitersuchen zu müssen. Vielleicht hatten sie Angst davor, worauf sie andernfalls stoßen könnten?«

Carrie sah ihm in die Augen. Sam hielt die Luft an und konnte spüren, dass die Crew um sie herum das Gleiche tat. Lionel erwiderte ihren Blick direkt und ohne mit der Wimper zu zucken. Er öffnete den Mund, um etwas zu sagen, überlegte es sich dann aber anders. Sie hatte ihn erwischt, dachte Sam. Und so sehr Carrie sich auch darüber beklagt hatte, vor der Kamera stehen zu müssen, schien sie die Show dennoch zu genießen. Lionel beugte sich vor und stützte den Kopf in die Hände. Er spreizte die Finger und sah Carrie an. Sams Haut kribbelte, und sie bekam eine Gänsehaut.

»Und wir wären damit durchgekommen, wenn ihr nervigen jungen Leute nicht wärt.«

Lionel warf den Kopf zurück und lachte, dass der Rollstuhl unter ihm ächzte. Alle im Raum seufzten gleichzeitig, irgendwo weiter hinten war sogar ein Stöhnen zu hören. Carrie lächelte nicht und ließ Lionel nicht aus den Augen.

»Sie glauben an eine Verschwörung?«, fuhr Lionel fort. »Dass so viele Menschen eine solche Sache so viele Jahre lang geheim halten könnten? Um Ihre Zeit zu sparen: Oft ist die offensichtliche Antwort die richtige, diejenige, die man von Anfang an direkt vor Augen hat.«

»Anscheinend haben wir beide hier unterschiedliche Definitionen davon, was ›offensichtlich‹ bedeutet.«

»Warum überrascht mich das nicht?«

»Wir reden hier nicht von einer Verschwörung, sondern von Inkompetenz. Wir reden nicht von Hunderten von Menschen, sondern von einigen wenigen, die ihre Arbeit nicht gemacht haben, die etwas zu verbergen hatten und eine persönliche Vendetta gegen einen schwierigen Jugendlichen …«

»Soll diese Serie sowas wie eine Wiederholung werden oder so? Ich höre nämlich die ganze Zeit denselben Mist, den Sie schon mit Ihrem letzten Film verbreitet haben. Für mich sieht es aus, als würden Sie wieder ganz von vorn anfangen.«

Sam bewunderte, dass Carrie bei Lionels Worten so ruhig blieb. Das musste der boshafteste Mensch sein, dem sie je begegnet war.

»Wir versuchen nur, uns an die Fakten zu halten, Mr Danson. Oder, wie es aussieht, die verschiedenen *Versionen* der Fakten rauszubekommen.«

Lionel seufzte und sah einen Moment aus dem Fenster, bevor er sich wieder an Carrie wandte.

»Es gibt keine Versionen und keine Geschichten. Es gibt nur das, wovon die Menschen hier wissen, dass es die Wahrheit ist. Leute von außerhalb werden das nie verstehen können, weil sie damals nicht dabei waren. Sie haben die Familien nicht so gekannt, wie wir sie kannten. Und sie haben Dennis nicht gekannt. Nicht so, wie er damals war, bevor ihr ihn zu dem gemacht habt, was er jetzt ist. Bevor er gelernt hat, auszusehen wie die Beute, und nicht wie das Raubtier.«

Acht

Auszug aus *Red River – Wenn der Fluss sich rot verfärbt* von Eileen Turner

Die Verhandlung fand zwischen April und Juli 1993 statt. Inzwischen war Dennis achtzehn geworden und wurde als Erwachsener vor Gericht gestellt. Das bedeutete, wie Dennis wusste, dass der Richter nach eigenem Ermessen die Todesstrafe verhängen konnte. Zusammen mit den strafverschärfenden Faktoren – das Opfer war jünger als zwölf Jahre[18] – und der mit dem Fall verbundenen Emotionalität bedeutete das, dass im Falle eines Schuldspruchs die Todesstrafe wahrscheinlich war. Am ersten Tag der Gerichtsverhandlung *Der Staat gegen Dennis Robert Danson* schien ein Todesurteil jedoch alles andere als wahrscheinlich.

Die Anklage stützte sich ausschließlich auf Zeugenaussagen, die unter genauerer Befragung schnell in sich zusammenfielen. Bonnie Matthews, eine Frau aus dem Ort und Hauptzeugin der Anklage behauptete, Dennis habe am Abend des 29. Mai 1992, einem Freitag, bei ihr zu Hause ein Geständnis abgelegt. An diesem Abend spielte Dennis in einem Auswärtsspiel gegen

18 Parlament von Florida 1993.

das Team der Jacksonville Highschool. Als die Verteidigung sie befragte, machte sie einen Rückzieher und räumte ein, sich womöglich im Datum geirrt zu haben, obwohl sie sich in ihrer ursprünglichen Aussage so sicher darin gewesen war.

Abschrift: Aussage von Bonnie Matthews bei der Polizei von Red River County

Officer: Können Sie mir sagen, warum Sie sich sicher sind, dass das Datum der 29. Mai war?

Bonnie: Es war der Tag nach meinem Geburtstag. Ich erinnere mich daran, weil die Ballons noch da waren. Meine Freunde hatten Luftballons für meine Party aufgehängt. Ich erinnere mich wegen der Ballons.[19]

Außerdem fragte die Verteidigung, warum Bonnie, eine sechsunddreißigjährige Frau, an einem Freitagabend einen siebzehnjährigen Jungen bei sich zu Besuch gehabt hatte und warum sie mehr als vier Monate brauchte, um dieses Geständnis der Polizei zur Kenntnis zu bringen. Nach zwölfminütiger Befragung war ihre Darstellung des angeblichen Geständnisses so gründlich demontiert, dass die Verteidigung – einschließlich Dennis – glaubte, die Anklage könne das unmöglich noch drehen.

Auch als Jason Gunner, ein Zellengenosse von Dennis, in den Zeugenstand kam, wurde seine Geschichte schnell in der Luft zerpflückt. Jason behauptete, Dennis habe gestanden, Holly Michaels mit bloßen Händen erwürgt zu haben, was bei der Obduktion als Todesursache festgestellt worden war. Allerdings

19 Abschrift der aufgezeichneten Aussage aus dem Oktober 1992.

erklärte Jason auch, Dennis habe darüber hinaus gestanden, die Leiche verstümmelt zu haben: Er habe ihr ein Pentagramm in die Haut geritzt, um »einen Pakt mit dem Teufel zu schließen, damit er nicht erwischt wird«.

Diese delikate Aussage hielt der Vernehmung nicht stand und passte auch nicht zu den Fakten des Falls – an Hollys Leiche gab es kein Pentagramm und keine »Schnitzereien«.

Dennis war sich darüber bewusst, wie viel Aufsehen sein Fall erregte. Jeden Tag schritt er mit gesenktem Kopf durch eine Masse von lechzenden Reportern ins Gerichtsgebäude, und sein Anwalt schirmte ihn von den Blitzlichtern der Kameras ab. Im Gebäude selbst flaute der Ansturm ab, und während der langen Zeitspannen, in denen die Anwälte vorn am Richtertisch leise mit dem Richter sprachen, in den Pausen und während der endlosen Rituale und Prozeduren empfand Dennis bodenlose Langeweile. Wenn er nicht gerade zuhörte, wie Menschen unwahre Geschichten über ihn erzählten, oder sich vor Scham wand, während sein Leben vor aller Augen ausgebreitet und auseinandergenommen wurde, konnte er nur daran denken, wie sehr er von dort wegwollte. »Ich konnte nicht klar denken«, sagt er heute, »ich dachte sogar, selbst das Gefängnis wäre besser als das Gericht, denn dort könnte ich wenigstens lesen. Ich könnte mich mit den anderen Männern unterhalten oder sogar arbeiten. Alles musste besser sein als das Gericht.«[20]

Dennis' Anwalt Charles Clarkson versicherte ihm, es wäre bald vorbei, und Dennis dachte darüber nach, was anschließend aus ihm werden würde. Am ersten Tag hatte er sich umgesehen und in die Gesichter der Menschen auf der Galerie geblickt. Seine Eltern waren nicht darunter gewesen. Mit seiner Mutter

20 Interview im Gefängnis Altoona, 1996.

oder seinem Vater hatte er seit Monaten nicht mehr gesprochen, sie hielten ihn für schuldig und hatten ihn praktisch verstoßen. Wenn das hier vorbei war, wohin sollte er dann gehen?

Die Verteidigung rief forensische Sachverständige auf, die allesamt zu dem Schluss kamen, Dennis nicht mit Sicherheit mit dem Tatort in Verbindung bringen zu können. Gegen Ende der Verhandlung versicherte Clarkson Dennis, es sei beschlossene Sache, dass er in wenigen Wochen draußen wäre. Doch das Bild von Dennis in der öffentlichen Wahrnehmung änderte sich nicht, auch nicht angesichts solch starker Beweise für seine Unschuld. Vielleicht hätte es der Verteidigung eine Warnung sein sollen, dass in diesem Fall eine auf Gründen und Fakten basierende Beweisführung nicht ausreichen würde. Auf der Gegenseite hatten sie es mit nackten Emotionen zu tun, und gegen Gefühle lässt sich mit Vernunft nicht argumentieren.

Red River Tribune

12. Juni 1993

Wie jetzt bekannt wurde, war Dansons Anwalt Charles Clarkson erst im vergangenen Jahr für die Freilassung des bekannten Sexualstraftäters Lyle Munday verantwortlich, der nur wenige Wochen nach seiner Freilassung ein elfjähriges Mädchen vergewaltigte und ermordete. Clarkson sagt, er empfinde keine Reue über seinen Anteil an dieser Tragödie. »Es ist tragisch«, so Clarkson, »dass Lyle einen Menschen umgebracht hat, kaum dass er draußen war. Ich denke jeden Tag daran. Aber er wurde für ein Verbrechen, das er nicht begangen hat, von einer Jury für unschuldig befunden. Wir können Menschen nicht für Taten einsperren, die sie nicht begangen haben. Wir dürfen nicht spekulieren, dass sie irgendwann in der Zukunft ein Verbrechen verüben könnten, und sie wegsperren. So funktioniert unser Rechtssystem nicht.«

In den Augen der Öffentlichkeit war Charles Clarkson ein Kindermörder-Verteidiger. Die Einwohner von Red River hatten Angst davor, was geschehen würde, wenn die Jury Dennis für nicht schuldig befand. Wären dann ihre eigenen Kinder in Gefahr?

Die Verteidigung blieb bei ihrem Kurs. Sie fragte die Jury: »Können Sie Dennis Danson ohne jeden begründeten Zweifel für schuldig befinden?« Sie fragten nicht, ob sie Dennis mochten, ob er auf sie vertrauenswürdig, kalt oder verdächtig wirke. Nur, ob sie angesichts des Beweismaterials, das ihnen vorgelegt worden war, mit absoluter Sicherheit würden sagen können, dass er Holly Michaels umgebracht habe. »Ich könnte es nicht«, sagte Charles Clarkson, »und ich bitte Sie inständig, sich das gründlich und ohne persönliche Voreingenommenheit zu überlegen. Es gibt kein Beweismaterial. Dennis *kann* Holly Michaels nicht umgebracht haben.«[21]

Die Jury beriet sich nur sechs Stunden. »Schuldig«, sagte der Sprecher. Auf der Galerie klatschte jemand Beifall. Dennis fühlte sich von dem Schuldspruch »völlig überrumpelt«[22] und konnte, als er ins Gefängnis zurückkehrte, das Ergebnis nicht vollständig begreifen. Am nächsten Tag wurde er ins Büro des Gefängnisdirektors geführt. Man hatte seine Mutter in der Garage aufgefunden, ihre Haut so blau wie ein Entenei. Der Motor des Wagens war die ganze Nacht gelaufen. Als man sie fand, konnte man

21 Verhandlungsprotokoll, Schlussplädoyer, 193.
22 *Framing the Truth*. Florida: Carrie Atwood, Patrick Garrity, 1993. VHS.

nichts mehr für sie tun. Mit leiser Stimme und feierlich mildem Blick sagte der Direktor, es tue ihm leid, dann wurde Dennis in seine Zelle zurückgebracht.

Das Begräbnis fand ohne Dennis statt. Sein Vater wollte die erforderlichen Papiere nicht unterschreiben, mit denen er unter polizeilicher Aufsicht hätte teilnehmen dürfen. Man ließ ihm keinen Raum zum Trauern. Stattdessen fühlte er sich wie betäubt. Selbst bei der Urteilsverkündung war er geistig nur halb anwesend und wusste selbst nicht, ob ihn das, was jetzt kam, überhaupt noch interessierte. Er hatte gelernt, die monotonen Stimmen bei Gericht auszublenden, bis sie zu einer Art Hintergrundrauschen wurden. Als dann hinten im Raum eine Personengruppe anfing zu jubeln, schrak er hoch und sah mit hoffnungsvoll aufgerissenen Augen seinen Anwalt an. Doch der legte Dennis die Hand auf die Schulter, drückte sie und schüttelte den Kopf. *Nein.* Der Richter rief den Saal zur Ordnung, doch ein Mann schrie: »Sag uns, wo sie sind! Nur Gott kann dich richten!«[23]

23 *Framing the Truth*, Atwood, Garrity.

Neun

Das Geld aus dem Erbe von Sams Großmutter ging zur Neige. Sie hatte unterschätzt, wie teuer alles war, und jetzt musste sie aufpassen, um sich den Rückflug nach Hause noch leisten zu können. Sie sprach das Wort »zu Hause« laut aus und spürte nichts. Das Haus in Bristol stand leer, und sie dachte daran, es zu vermieten, doch auch dafür müsste sie zurückfliegen, und sie wusste nicht, ob sie das fertigbrächte. Abgesehen vom Geld hatte sie keinen Grund zurückzugehen. Und was sollte sie dann dort tun? Sie hatte ihre Arbeit, ihr Zuhause und ihre Familie aufgegeben. Alles, was ihr noch etwas bedeutete, war hier.

Sie sah in den Spiegel. Das Kleid für die Junggesellinnenparty, die Carrie für sie gab, sah gut aus, doch ihr Gesicht war noch verquollen, nachdem sie am Nachmittag bei einem Telefonat mit ihrer Mutter geweint hatte. »Was tust du da?«, hatte ihre Mutter mit ersten Anzeichen von Hysterie in der Stimme gefragt. »Was denkst du dir dabei?«

Sam wollte ihr von dem Justizirrtum erzählen, davon, was für ein sanfter Mensch Dennis war, von ihren Freunden, die bei ihr waren und sich so für sie freuten.

»Das ist ein Hirngespinst. Du weißt doch überhaupt nichts über diesen Mann«, sagte ihre Mutter.

»Er heißt Dennis«, sagte Sam.

»Es spielt keine Rolle, ob er unschuldig ist oder nicht.«

»Und ob es das tut!«

»Er sitzt im Gefängnis. Man wird ihn hinrichten.« Es tat weh, wie ihre Mutter das sagte.

»Nein! Das wird nicht passieren! Mum, begreif doch, was für eine Riesensache das ist. Die Petition hat Hunderttausende Unterschriften ...«

»Ach, und was soll eine Petition bringen? Sei doch mal realistisch, Samantha. Du bist nicht so dumm, das weiß ich.«

»Selbst wenn er nie freigelassen wird, selbst wenn ... ich werde ihn trotzdem lieben und trotzdem seine Frau sein wollen.«

»Warum? Ich verstehe es nicht. Warum?«

»Ich liebe ihn.«

»Und was sollen wir den Leuten sagen?«

»Die Wahrheit. Die ganze Welt weiß, was hier passiert.«

»Es ist nur ... ich schäme mich. Ich schäme mich zutiefst. Wenn deine Großmutter das noch erleben müsste ...«

Sam legte auf, legte sich ins Bett und weinte, bis ihr Handy schließlich vibrierte und Carrie sie in einer Nachricht daran erinnerte, dass sie um sechs da sein würde. Sam stand auf und drehte die Dusche zu heiß auf. Sie zwang sich, darunter stehen zu bleiben und sich den Strahl auf den Rücken prasseln zu lassen, bis der Schmerz groß genug wurde, um zu vergessen. Anschließend saß sie auf der Bettkante und bemühte sich, dass ihr Make-up nicht im Schweiß zerlief, bevor sie überhaupt aus dem Haus ging.

»Du siehst heiß aus!«, sagte Carrie zur Begrüßung. Sie gingen in ein Schnellrestaurant in der Nähe, wo an Barhockern befestigte Luftballons in der Luft zitterten. Die Wände waren mit Straßenschildern, Gitarren und Geweihen dekoriert. Die Crew applaudierte, als sie ankamen, und alle kamen zu Sam, um ihr die Hand zu schütteln oder sie zu umarmen und ihr zu gratulieren. Sam setzte sich zu Patrick auf die Sitzbank, und Carrie quetschte sich daneben. Ihr Cocktail wurde mit einer Wunderkerze serviert, und als sie abgebrannt war, verstummten alle wie aufs Stichwort. Carrie überreichte Sam eine kleine Samtschachtel. »Das ist von uns allen. Er ist nicht sehr groß oder so, aber du weißt ja …«

Der Verlobungsring war aus Weißgold mit einem kleinen Diamanten. Schlicht und zierlich. Sam konnte niemanden ansehen, weil sie fürchtete, in Tränen auszubrechen, aber Carrie umarmte sie. »Dennis ist wie ein kleiner Bruder für mich! Und du machst ihn so glücklich. Das ist wirklich das Mindeste, was wir tun können.«

»Ich kann doch nicht …«

»Ach, scheiß drauf. Natürlich kannst du«, sagte Carrie, und damit hatte es sich.

Sam steckte sich den Verlobungsring an den Ringfinger, und Carrie bestand darauf, dass sie damit für ein Foto posierte. Dann bestand Carrie auf weiteren Fotos mit ihr zusammen und twitterte sie sofort über den offiziellen Account der Doku-Serie. Als Sam sich wieder setzte, drückte Carrie ihr einen Schleier und ein Plastikdiadem auf den Kopf. Die Zähne des Diadems stachen in ihre Kopfhaut und zerrten an ihren Haaren, die Wärme des Alkohols und der zuckrige Fruchtpunsch putschten sie auf, und sie fühlte sich lebendig, ganz im Hier und Jetzt.

Vor ein paar Tagen hatten Sam und Carrie einen Streit gehabt. Einen kleinen. Sam hatte von Lindsay gesprochen. Vielleicht hatte sie wirklich zu viel gesagt, aber Carrie hatte laut aufgestöhnt und war ihr ins Wort gefallen.

»Mein *Gott*, Mädchen, du musst damit aufhören. Ernsthaft. Mann, in deinem Kopf muss es ja echt stressig sein!«

»Ehrlich gesagt, das ist es wirklich«, sagte Sam. »Wenn ich damit aufhören soll, hättest du es einfach sagen können. Du hättest nicht so … sein müssen.«

»Ich habe an die tausend Mal versucht, das Thema zu wechseln, aber du landest immer wieder bei Lindsay. Ich meine, wen interessiert die Olle schon? Dennis jedenfalls nicht. Er hatte sogar vergessen, dass sie ihn besucht hat, bis du davon angefangen hast. Die meiste Zeit hat er *niemanden.* Du willst, dass sie ihn nicht mehr besucht, nur weil du dich damit unwohl fühlst? Dennis würde dir so etwas nicht sagen, aber ich schon: Das ist beschissen egoistisch von dir. Und außerdem hart an der Grenze zur Klapse. Dennis liebt dich, und ich hab dich auch verdammt gern, also bitte, um Himmels willen, lass es gut sein.«

»Das verstehe ich, aber …«

»Nein. Mh-mh. Lass es einfach gut sein.«

»So einfach ist das nicht.«

»Doch, ist es.«

»Na schön.«

»*Danke.*«

Anschließend war Sam kleinlaut gewesen, der Schreck saß ihr in den Gliedern, und sie fragte sich, ob Dennis und Carrie heimlich über sie sprachen. Was hatten sie wohl sonst noch gesagt?

Sie bestellten Essen; Schalen mit Nachos und Wings sowie riesige Berge Rippchen und Burger.

»Morgen um diese Zeit bin ich Mrs Dennis Danson!«, sagte Sam und leerte ihr Cocktailglas. Die Crew jubelte. Sie hatte das Hochzeitskleid ausgesucht: leuchtende Farben, hochgeschlossen, mit einem kaschierenden Umschlagtuch um die Taille und dreiviertellangen Ärmeln, wie sie die Gefängniskleiderordnung vorschrieb. Die Rechtsabteilung half ihr mit dem Papierkram. Es war nicht die Hochzeit, die sie sich erträumt hätte, musste sie zugeben, aber andererseits hatte sie sich nie viel aus Hochzeiten gemacht. Dass sich alle um sie herum so selbstverständlich freuten, half Sam, die hin und wieder aufkommenden Zweifel zu unterdrücken: eine kalte, heimtückische Angst wie langsam steigendes Hochwasser.

Die Musik war laut, und alle im Restaurant mussten schreien, um sich zu verständigen; ein Kind bekam einen Wutanfall und eine Gruppe Kellner sang ein Ständchen für ein junges Mädchen, das peinlich berührt wirkte und sich ein schiefes Lächeln abrang. Patrick war gerade dabei, allen von der Doku zu erzählen, die er im Irak gedreht hatte, als Jackson Anderson auftauchte und plötzlich am Kopf des Tisches stand. Überrascht unterbrachen alle ihre Gespräche, um ihn zu begrüßen. Er beugte sich vor und umarmte Sam ungeschickt. »Ich habe von Ihrer Verlobung gehört. Herzlichen Glückwunsch!« Sie bedankte sich und rutschte ein Stück zur Seite, um ihm einen Platz anzubieten, doch er blieb stehen, die Hände in den Taschen. »Ich dachte nur, ich schau mal kurz vorbei und stelle mich vor, bevor wir morgen drehen.«

»Morgen?« Sam nahm das Diadem vom Kopf und legte es auf die Sitzbank.

»Wir filmen die Hochzeit. Wir haben mit Dennis darüber gesprochen und waren uns einig, dass es für die Geschichte, die wir erzählen wollen, am besten ist, seine andere Seite zu zeigen. Ohne eure Beziehung wirkt er ein bisschen … irgendwie eindimensional. Verstehst du?«

Plötzlich wurde Sam schlecht; Alkohol, frittiertes Essen und Angst rotierten in ihrem Magen. Plötzlich kam ihr das Kleid, das sie tragen wollte, hausbacken vor, ihre Haut großporig und fleckig, ihr Bauch zu dick, wie überhaupt alles an ihr.

Hinter ihnen brachten zwei lächelnde Kellner eine Schokoladentorte mit brennenden Wunderkerzen. In der Mitte steckte eine Kerze in Form eines Brautpaares. Während Sam die Kerzen ausblies, zog Jackson sich einen Stuhl heran und rückte seine Schirmmütze zurecht.

Sam hatte Jackson schon einmal bei einem Interview auf BBC News gesehen, in einem beigefarbenen Raum mit zugezogenen Vorhängen. Seine Adaptionen einer dystopischen Young-Adult-Trilogie hatte Hunderte Millionen eingespielt. Trotzdem war ihm an seiner Haltung und der Art, wie er mit hochtrabenden Formulierungen auf Fragen zu den Filmen antwortete, anzumerken, dass er jetzt ernst genommen werden wollte. Sam hatte ihn damals nicht gemocht, und sie mochte ihn auch jetzt nicht, wie er sich rittlings auf den Stuhl setzte, die Mütze auch hier drinnen tief ins Gesicht gezogen. »Er hält sich für den verfickten Ron Howard«, hatte Carrie einmal gesagt.

»Also, jedenfalls drehen wir die Zeremonie – Trauzeugen braucht ihr ja ohnehin – und für den Rest der Besuchszeit lassen wir euch in Frieden. Ihr habt eine Stunde, glaube ich? Das ist ziemlich gut, oder?«

»Ich weiß es nicht. Ist es nicht ein bisschen, hm, privat?« Sam suchte in den Gesichtern der anderen nach Unterstützung, doch alle hatten den Blick abgewandt, zwirbelten Cocktail-Schirmchen und ließen winzige, von Maraschino-Kirschen klebrige Plastikschwerter schwirren.

»Das ist doch … okay für dich … oder?«, fragte Jackson.

»Ja, klar. Ich bin nur überrascht«, sagte Sam. »Ich dachte, ich müsste irgendetwas unterschreiben.«

»Nicht nötig, ist alles geregelt. Dann sehen wir uns alle morgen früh. Carrie, ich *liebe* die Materialschnipsel, die du mir geschickt hast. Weiter so!« Er schob seinen Stuhl schwungvoll zurück an den Nebentisch und ging. Die Gruppe atmete auf.

»Als wären unsere Väter alle gleichzeitig hier aufgetaucht, um vor unseren Freunden auf cool zu machen«, sagte Carrie, und alle lachten erleichtert. Doch als sie den Kuchen anschnitten, wich Sams Hochgefühl einer bleiernen Müdigkeit; sie wollte am liebsten allein sein und suchte nach einer Entschuldigung, um sich zurückziehen zu können.

Am nächsten Morgen lag sie wach und wartete darauf, dass der Wecker klingelte. Ihr Kleid hing an der Tür, die Etiketten baumelten noch daran. Sie war zu lange geblieben und hatte mehr getrunken, als sie vorgehabt hatte. Die ganze Nacht war sie immer wieder ins Bad gerannt und hatte sich übergeben, bis nur noch das Wasser, das zu trinken sie sich zwang, warm und faserig wieder hochkam. Das Fett vom Essen schien immer noch auf ihrer Haut zu kleben.

Sie putzte sich die Zähne zu fest und spuckte Blut, kämmte sich die Haare zu einem Pferdeschwanz zurück und schlang ihn zu einem straffen Knoten. Die Haarnadeln stachen schmerzhaft in ihre Kopfhaut. Ihre Haut sah grau aus, ihre Augen wässrig und müde. Das Kleid, in dem sie sich letzte Woche noch so gut gefühlt hatte, fand sie jetzt zu bieder und zu eng. Trotzdem riss sie das Etikett ab, warf es in den Müll und beschloss, sich heute nur im absoluten Notfall anzusehen. Auf dem Weg nach draußen kaufte sie sich am Automaten eine Flasche Dr. Pepper, deren Kohlensäure auf ihrer Zunge brannte, dann ging sie zum Parkplatz und wartete im Schatten einer Markise auf Carrie.

Als sie in den Besucherraum kamen, wurden sie von der Crew, allen voran Jackson, begrüßt und außerdem von einem Mitarbeiter des Gerichts, der die Zeremonie durchführen sollte.

»Hier kommt die Braut!«, rief Carrie.

»Nervös?« Patrick wirkte genauso blass wie sie selbst.

»Aufgeregt?«, fragte Jackson hinter der Kameralinse.

»Mir geht's gut, alles okay. Wo ist Dennis? Ist er …«

»Noch fünf Minuten«, sagte einer der Wachleute. »Meine Tochter *liebt* Ihre Filme, sie wird so neidisch sein, wenn sie hiervon erfährt.«

»Geben Sie Carrie Ihre Kontaktdaten, dann lassen wir Ihrer Tochter etwas schicken«, sagte Jackson zu ihm.

Carrie nickte und winkte, wandte sich dann an Sam und formte, mit einem flüchtigen Seitenblick auf Jackson, lautlos das Wort *Arsch*.

Sam überkam ein altbekanntes Gefühl, es war, als würde etwas an ihrem Körper zerren, als wollte sie weglaufen. Doch stattdessen atmete sie tief durch und stemmte die Füße in den Boden. Kalte Füße, sagte sie sich, die bekam jeder.

Sie hörten Dennis, bevor sie ihn sahen: die Ketten, das Quietschen einer schweren Metalltür wie das Monster aus irgendeinem B-Movie. Er war ganz in Weiß gekleidet und sein Haar so kurz rasiert, dass Sam am liebsten die Hand ausgestreckt hätte, um die im Licht schimmernden Stoppeln zu berühren. Doch wie immer waren sie durch die Plexiglasscheibe voneinander getrennt. Keine Ausnahmen. Nicht einmal am Tag ihrer Hochzeit.

Als beide vor der Trennwand Platz nahmen, fiel Sams Blick auf seine Arme. Neue Konturen, die beim letzten Mal noch nicht dagewesen waren, und sein Bauch schien flach zu bleiben, als er sich vorbeugte. »Hast du abgenommen?«, fragte sie und zog ihr Kleid über einem Speckröllchen glatt.

»Ja«, sagte er, erfreut, dass es ihr aufgefallen war. »Seit du hier bist, trainiere ich. Mir war gar nicht klar, wie schlimm es geworden war.«

»Du siehst … toll aus. Wirklich.«

»Danke.« Er sah an sich hinunter und spannte den Arm an, um seine Muskeln zu betrachten. »Du siehst auch verändert aus. Bist du müde?«

»Äh … ja. Wir hatten gestern Abend so ein Junggesellinnending. Ich hab wohl ein bisschen was getrunken.« Mit brennenden Wangen wandte Sam das Gesicht ab.

»Oh-kay.« Jackson klatschte in die Hände und rieb die Handflächen aneinander. »Sind wir so weit?«

»Hey«, sagte Dennis. »Entschuldige. Du bist wunderschön.«

Sie hob den Kopf und sah, wie er die Finger an die Plastikscheibe drückte. Lächelnd tat sie dasselbe.

Da keiner von ihnen religiös war, hatten sie sich für eine standesamtliche Trauung entschieden. Ein Friedensrichter, ein Mann in beigem Anzug und blauer Krawatte, las seinen Text aus einer Plastikmappe ab, die bei jedem Umblättern und jeder Bewegung knarzte. Es war unerträglich stickig im Raum, Schweiß sammelte sich in Sams Ausschnitt. Als der Gerichtsmitarbeiter sprach, sahen Dennis und sie sich an. Sam sprach ihr Gelöbnis, hörte Dennis seines sagen, betrachtete sein Gesicht und fragte sich, was er wohl dachte. Ob es für ihn genauso seltsam war wie für sie, diese Worte nachzusprechen, die nicht auf ihre Lippen passten und hölzern in der Luft hingen. Sie wünschte, sie hätten ihre eigenen Gelöbnisse geschrieben, dann hätte sie ihm sagen können, dass sie da sein würde, egal, ob er je freikommen würde oder nicht. Dass sie bis zum bitteren Ende für ihn kämpfen würde und dass sie ihn so sehr liebte, dass es bis in die Knochen wehtat.

Sie durften sich nicht küssen. Die Gefängnisregeln legten fest, dass jeder auf seiner Seite der Trennwand bleiben musste. Ohne Ausnahme. Die Mitglieder der Crew umarmten Sam und gratulierten Dennis, dann entschuldigten sie sich.

Sam stellte sich vor, wie es hätte sein können: ihr erster Tanz, sich gegenseitig mit Torte füttern, eine Hochzeitsnacht in zerwühlten weißen Laken. Stattdessen sprachen sie miteinander, und er bat sie, nicht wegzufahren. »Ich dachte, ich würde damit klarkommen«, sagte er. »Aber ich schaffe es nicht. Du musst bleiben.«

»Ich habe nicht genug Geld. Ich muss zurück nach England, arbeiten und etwas sparen.«

»Bitte«, sagte er. »Ich habe mit Jackson darüber gesprochen, und er sagt, er kann dir hier einen Job besorgen. Bleib hier, nur noch ein paar Monate. Ich lebe nur für deine Besuche …«

»Und was ist mit meinem Visum? Ich glaube nicht, dass ich hier arbeiten darf …«

»Wir sind jetzt verheiratet. Du kannst dich einbürgern lassen. Such nicht länger nach Gründen, warum du nicht bleiben kannst. Du bist jetzt meine Frau. Ich brauche dich.«

Zehn

Wenige Wochen später wohnte Sam in einem billigen Apartment am Stadtrand von Gainesville, dessen Miete Jackson Anderson bezahlte. Damit sie sich nicht wie eine Schmarotzerin fühlte, ließ er sie gelegentlich niedere Dienste verrichten, wie zum Beispiel E-Mails von *Framing the Truth*-Fans zu lesen und zu beantworten oder die Social-Media-Kommentare zu sichten und alles, was mit der bevorstehenden Serie zu tun hatte, mit den Followern zu teilen. Doch das machte nur einen kleinen Teil ihres Tages aus, die restliche Zeit verbrachte sie vor dem Fernseher oder lief ziellos durch die Gänge von Walmart, wo sie sich nicht entscheiden konnte, was sie später essen wollte, dann vergaß, weshalb sie hergekommen war und ungesundes Zeug kaufte, das ein pelziges Gefühl auf ihren Zähnen hinterließ und von dem sie Magenschmerzen bekam.

Nach Ende der Dreharbeiten zog Carrie zurück nach L. A. Sie rief regelmäßig an, und dann telefonierten Sam und sie über eine Stunde am Stück. Wenn sie aufgelegt hatten, war die Stille für Sam wie ein Schraubstock. Sie fing an, wie besessen die Facebookprofile ihrer Bekannten zu Hause in England zu verfolgen; es kam ihr vor, als würden diese Leute einzig und allein für sie posten, um mit ihren Babys, neuen Jobs, Schlammrennen und Restaurantbesuchen anzugeben. Marks Profil hatte sie nicht mehr aufgerufen, seit er sie verlassen hatte, doch jetzt sah sie es sich einfach nur an, um sich damit wehzutun. Sie durchforstete es nach irgendwelchen Spuren von sich, doch es war, als hätte es sie nie gegeben.

In den Foren wurde ihre Hochzeit mit Dennis nicht gut aufgenommen. Man bezeichnete sie als Groupie und machte sich mehr Sorgen wegen der Fortschritte seines Falls – beziehungsweise wegen deren Ausbleiben. Die User forderten einen anderen Richter, einen, der nicht voreingenommen war, und organisierten eine Petition, jemand anderen mit der Berufung zu betrauen. Sam fragte sich, wie sie diese Menschen je hatte bewundern können. Glaubten sie etwa, all das hätten Dennis' Anwälte nicht längst versucht?

Einmal in der Woche besuchte sie Dennis, dafür bürstete sie sich die Haare und lächelte, und mit jedem Mal hatten sie sich weniger zu sagen.

Dieser Kreislauf wurde durchbrochen, als eines Nachmittags ihr Handy klingelte. »Es gibt Neuigkeiten«, sagte Carrie. »Sitzt du?«

Dann erklärte sie: Die Hinweis-Hotline hatte einen Anruf von einem Mann erhalten, der anonym bleiben wollte. Er gab an, wegen sexueller Vergehen an Kindern zehn Jahre im Gefängnis gesessen zu haben und einige Monate nach seiner Entlassung auf die Reklametafeln gestoßen zu sein. Bei seiner Festnahme damals habe er sich mit einem Mann namens Wayne eine Zelle geteilt und dieser habe ihm erzählt, er habe Mädchen umgebracht, von denen die Polizei noch gar nichts wisse. Er sagte, eine von ihnen wäre sogar gefunden worden, und er sei sich sicher gewesen, dass er dafür einfahren würde, aber die Polizei war nie zu ihm gekommen. Vor lauter Schreck habe er danach für Jahre mit dem Töten aufgehört. Der Anrufer sagte aus, anfangs geglaubt zu haben, dass Wayne log, denn wer war schon so blöd, einem beinahe Fremden zu gestehen, dass er ein verfluchter Serienkiller ist? Doch wegen der unheimlichen Detailgenauigkeit, und weil Wayne seine Story so voller Stolz erzählte, sei ihm die Sache nicht mehr aus dem Kopf gegangen.

Welche Haarfarbe hat Wayne?, hatte der Hotline-Mitarbeiter gefragt. Der Anrufer antwortete, er habe grau melierte Haare, und an einigen Stellen noch ein dichtes, kräftiges Schwarz. Wayne habe sich außerdem damit gebrüstet, wie er dem Mädchen als Andenken eine Haarlocke abgeschnitten habe, die er jedoch wenige Wochen später am Straßenrand verbrannt hatte, damit die Polizei sie nicht finden konnte. Das Mädchen hatte ihn heftig gekratzt, daher musste er ihr die Finger abschneiden, und davon sei Wayne damals kotzübel geworden, habe er dem Anrufer gesagt, obwohl er bei der Erzählung gelacht habe und mit den Zähnen das Geräusch splitternder Knochen nachgeahmt habe. Wayne berichtete dem Anrufer, er habe nie Befriedigung empfunden, und sei jedes Mal, wenn er ein Mädchen in seine Gewalt bekam, weiter gegangen. Deshalb habe man ihn schließlich auch gefasst: Er hatte sich zu lange am Tatort aufgehalten, und dann wurde alles sehr unschön. Der Anrufer hatte den Kerl nicht gemocht und war froh gewesen, als er in eine andere Zelle verlegt wurde. Er sei kein Verräter, sagte er, aber die Belohnung habe ihn gelockt, denn als Sexualstraftäter sei es schwer, Arbeit zu finden.

Das Detail über Holly Michaels Haare war nie an die Öffentlichkeit gegeben worden: Der Täter hatte ihr am Hinterkopf eine Schnittwunde zugefügt, als er ihr eine Locke abgeschnitten hatte. Dennis' Team stürzte sich unter Hochdruck in die Arbeit, schrieb neue Anträge auf die Untersuchung von Beweismitteln und telefonierte mit den Behörden. Schließlich spürten sie einen

Wayne Nestor auf; er war aus dem Gefängnis, das der Anrufer genannt hatte, in ein anderes in Kansas überstellt worden. Er war wegen der brutalen Vergewaltigung und Ermordung mehrerer junger Mädchen verurteilt worden. Sein Modus Operandi passte also zum Mord an Holly, ebenso wie der Umstand, dass er zur fraglichen Zeit in Ocala lebte und einen Lkw fuhr, dessen Route ihn direkt an Ocklawaha vorbeiführte – jenem Cheerleader-Camp, in dem damals der Exhibitionist gesichtet worden war.

Carrie wartete eine Weile ab, um sicherzugehen, dass die Sache die Aufregung auch wert war, und ließ sich von allen versprechen, dass sie es Sam als Erste erzählen dürfe.

»Und? Was meinst du?«, fragte sie jetzt.

»Was passiert jetzt?« Sam kaute auf ihrer Daumenkuppe. Sie sah sich im Spiegel an: blass und mit dunklen Ringen um die Augen, eine Reihe Pickel auf dem Kinn.

»Wir lassen Hollys Shirt erneut untersuchen. Wenn Waynes DNS darauf ist, gibt es einen Treffer in der Verbrecherkartei CODIS und, na ja, schon ein paar Tage später könnte Dennis freikommen. Ich meine, dieser Kerl *war* es doch, verdammte Axt, oder nicht?«

Sam hörte auf, hin und her zu laufen, hielt sich an einer Stuhllehne fest und versuchte, sich zu konzentrieren. Überall im Zimmer lagen getragene Kleidungsstücke, benutztes Geschirr und leere Essensverpackungen herum.

»Tage?«, fragte sie.

»Ja, Süße, Tage. Freispruch. Es wurde nie auch nur eine Spur von Dens DNS an Holly gefunden, wenn wir also den Namen haben, der zu dem Blut auf ihrem Shirt gehört, bleibt dem Gericht keine andere Möglichkeit, als ihn freizulassen. Und dieser Anrufer hat uns stichhaltige Gründe geliefert, das Shirt testen zu lassen.«

»Wie wahrscheinlich ist es, dass die Tests zugelassen werden?« Sie wusste nicht mehr, was sie wollte. War es das?

»Ich würde sagen, ziemlich wahrscheinlich. Bisher wurde unser Antrag immer abgewiesen, aber mit einem echten Verdächtigen, auf den man das Material testen kann? Die Anwälte sind jetzt ziemlich optimistisch. Am Mittwoch kommen Patrick, ich und die Crew zu euch nach Florida, damit wir nichts verpassen. Ich bin ja so aufgeregt! Wie geht's dir?«

Wenn der Antrag abgelehnt wurde und die Behörden einen erneuten Test des Shirts verweigerten, gab es keine Hoffnung mehr. »Habt ihr es Dennis schon gesagt?«

»Nein. Wir mussten noch so viele Fakten überprüfen, um auszuschließen, dass der Typ einfach nur ein Idiot oder ein Irrer ist. Wir wollten ihm keine falschen Hoffnungen machen.«

»Ehrlich gesagt weiß ich nicht, was ich tun soll.« Sam setzte sich, ihre Beine gaben unter ihr nach.

Was auch immer als Nächstes geschah, sie musste darauf gefasst sein.

Elf

Nur drei Tage später erhielt Sam die Nachricht. Wayne Nestor hatte dem Gefängnisgeistlichen den Mord an Holly Michaels gestanden. Um Erlösung zu finden, legte er ein umfassendes Geständnis ab, das er im Beisein seines Anwalts vor einer Videokamera wiederholte, und wünschte sich nichts weiter als Gottes Vergebung. Das Gericht ließ das T-Shirt erneut testen und fand eine Übereinstimmung. Dennis würde freikommen. Nach so vielen Enttäuschungen und erfolglosen Anläufen geschah plötzlich alles auf einmal.

In der Nacht vor Dennis' Entlassung trank Sam ein Gläschen, um ihre Nerven zu beruhigen, und dann noch ein paar mehr, bis ihr Handy sie weckte und Carrie dran war und sagte, sie würde in zwanzig Minuten da sein. Sam fragte, ob es nicht eher eine Stunde sein könnte, und Carrie lachte, als wäre es eine völlig absurde Vorstellung, auch nur eine Sekunde länger warten zu wollen.

Sie wusch sich am Waschbecken und sprühte sich von oben bis unten mit Deo ein, bis das Spray in dem kleinen, fensterlosen Bad Schwaden bildete. Sie trug frisches Make-up über das vom Vortag auf, zerrte ein zerknittertes, müffelndes Kleid aus dem Wäschekorb und fluchte, als Carrie schon nach einer Viertelstunde eintraf. Weil sie nicht wusste, wo sie übernachten würden, warf sie ein paar Sachen in eine kleine Reisetasche. Sie konnte nicht glauben, dass Dennis dann bei ihr sein würde.

Als Carrie abermals auf die Hupe drückte, schrie Sam: »Scheiße! Scheiße! Immer mit der Ruhe, verdammt! Ich komm ja schon!«

Im Getränkehalter des Wagens wartete ein riesengroßer Kaffee auf sie, gerade weit genug abgekühlt, um ihn zu trinken. Carrie erzählte von ihrer Freundin Dylan, die sich darüber beklagte, wie viel Zeit dieser Fall in Anspruch nahm. »Ich habe den Eindruck, sie glaubt gar nicht wirklich daran, dass er rauskommt, verstehst du? Es ist schwierig. Ich mache das jetzt schon seit einundzwanzig Jahren, aber Dylan und ich sind erst seit drei Jahren zusammen. Manchmal versteht sie es einfach nicht. Es tut so gut, dass du da bist, weil du es *verstehst*.«

Sam stimmte ihr in allem zu, während Autohändler und Discountläden am Fenster vorbeiflogen. Sie schienen sich dem Gericht in rasendem Tempo zu nähern. Carrie klang so aufgedreht, dass Sam ihr kaum folgen konnte, das Radio wurde immer lauter, ihr wurde eng um die Brust, und ihre Rippen pressten ihr die Lunge zusammen.

»Halt an. Du musst anhalten. Ich kriege keine Luft mehr«, sagte sie.

»Jetzt?« Carrie sah sich um, und Sam erkannte, dass sie nicht die Spur wechseln konnte, um zum Standstreifen zu kommen.

Sie öffnete das Fenster, aber die Luft draußen war noch stickiger als die im Wagen. Sie ließ ihren Sicherheitsgurt zurückschnalzen; das Piepen und Schrillen des Sensors nötigte sie, sich wieder anzuschnallen. Doch sie zerrte sich das Kleid von der Haut und fuhr sich mit den Fingernägeln über die kalte, klamme Haut. »Halt an. Halt den Wagen an.«

Jemand hupte lange, als Carrie scharf nach rechts zog. Noch

bevor der Wagen stillstand, stieß Sam die Tür auf und taumelte auf den unbefestigten Boden neben dem Highway.

»Was hast du? Was ist los mit dir?« Carrie rannte um die Motorhaube herum und ging in die Hocke. Sie fasste Sams Haare im Nacken zusammen und sagte, sie solle sich beruhigen und tief durchatmen.

»Ich weiß nicht, ob ich das kann«, gab Sam zu, nachdem sie sich ein wenig gefangen hatte.

»Mit Dennis?« Mit angstvoll geweiteten Augen starrte Carrie sie an. Sam fühlte sich schrecklich, weil sie wusste, wie sehr sie Carrie damit belastete, aber sie konnte nicht anders.

»Es ist alles so schnell gegangen.«

»Ja, ich weiß. Hör mal, du musst das nicht tun. Ich kann dich nach Hause fahren, oder du kannst irgendwo anders auf ihn warten. Einen Schritt nach dem anderen. Oder du kommst später zur Party? Oder … sag einfach, was du brauchst, dann machen wir es so.« Carrie klang aufrichtig. Sie legte Sam die Hand auf den Rücken, und sie beruhigte sich allmählich wieder.

»Ich muss da sein. Ich bin seine Frau.«

»Scheißdreck, das versteht er schon. Es ist auch für ihn ganz schön viel, weißt du? Ich werde es ihm erklären.«

»Nein … es ist ja nicht so, dass ich es nicht will … ich … ich habe nur Angst.« In Wahrheit hatte sich Sam daran gewöhnt, dass ihre Beziehung so war, wie sie war: getrennt durch eine dicke Plexiglaswand. Ohne diese Wand, fürchtete sie, gab es nichts mehr, was sie und Dennis daran hindern würde, sich gegenseitig zu verletzen, so wie Mark und sie es getan hatten. Oder an all den anderen Dingen, die Menschen einander antaten: einfach wegzugehen, zu lügen, das Handy auszuschalten, diese ganzen kleinen Grausamkeiten, vor denen Dennis und sie bisher geschützt gewesen waren.

»Ist doch klar. Hab ich auch! Das ist doch alles total verrückt!«

»Du hast Angst?«

»Na klar!« Carrie lachte nervös. »Ich kenne ihn jetzt seit über zwanzig Jahren, und die ganze Zeit habe ich auf diesen einen Augenblick hingearbeitet. Das war mein ganzes Leben, und auf einmal … oh Mann! Ich sollte eigentlich längst da sein, weißt du? Ich müsste es eigentlich filmen, aber ich hab's nicht fertiggebracht. Ich wollte mit dir zusammen hinfahren, weil ich mir dachte, dass es dir im Moment genauso komisch geht wie mir. Ich weiß, dass es schwierig ist, das ist es für mich auch. Das ist ganz normal.« Sie sah nervös auf die Uhr. »Es ist deine Entscheidung. Wir machen, was immer du willst.«

»Ich komme mit«, sagte Sam. Ihr Atem ging ruhig. Die Angst kauerte immer noch wie ein Klumpen in ihrem Bauch, aber sie dachte jetzt an andere Dinge, an die guten Dinge: wie Dennis sich vorbeugen und sie küssen würde, die Wärme seiner Lippen, wie sie sich an ihn schmiegen würde, so fest, dass sie seinen Herzschlag an ihrem Herzen spüren würde. Ihn endlich zu berühren und von ihm berührt zu werden – war es nicht das, was sie sich die ganze Zeit gewünscht hatte?

»Bist du sicher?«

»Ja.«

Carrie reichte Sam die Hände und half ihr beim Aufstehen. Beide stiegen wieder in den Wagen und fuhren weiter Richtung Gericht.

»Bist du sicher, dass es dir gut geht?«, fragte Carrie.

»Ja. Ich schaff das schon.«

»Ich weiß.« Carrie lächelte sie an. »Du musst *stark* sein. Häng dir den Sattelschlepper an die Eier und *zieh*!«

In der Umgebung des Gerichtsgebäudes hatten sich Menschenmengen versammelt, die von gestreiften Absperrungen auseinandergehalten wurden. Auf der einen Seite standen um die hundert Menschen mit Dennis-Danson-T-Shirts und Schildern, auf denen »Endlich Gerechtigkeit!« oder »ENTLASTET« oder »Todesstrafe abschaffen« stand. Auf der anderen Seite intonierte ein kleiner Sprechchor: »Trotzdem schuldig!« und »WO SIND SIE, DENNIS?« und »LASS UNS TRAUERN!«

Näher am Eingang standen die Reporter, einige sprachen live in die Kameras, andere warteten mit gelangweilten Mienen, und dann waren da die drängelnden, selbstsicheren Paparazzi. Sam schirmte ihr Gesicht ab, während sie sich einen Weg durch die Pressemeute bahnte. Fremde riefen ihren Namen. Der Gerichtssaal war schon ziemlich voll, als sie hineinkamen. Der Rest der Crew war ganz vorne und filmte, Jackson Anderson saß direkt hinter Dennis' Anwalt. Carrie wollte die Leute bitten aufzurücken, damit sie näher bei Dennis sitzen konnten, doch Sam mochte lieber weiter hinten bleiben. »Geh ruhig«, sagte sie, doch Carrie setzte sich neben sie und hielt mit beiden Händen Sams Hand.

»Wer sind die ganzen Leute?«, fragte Sam.

»Absolut keinen Schimmer. Fans, schätz ich mal.«

Sam kam es vor wie eine Invasion. Die tumultartige Atmosphäre passte so gar nicht zu ihrer lange gehegten Fantasie von diesem Tag, einer Fantasie, in der es nur sie und die Crew, feierliche Stimmung und einen Richter mit sanfter Stimme gegeben hatte. Dennis würde von seinen Handschellen befreit werden, sich zu ihr umdrehen und vorsichtig auf sie zugehen. Er würde einen Moment zögern, bevor er sie küsste – natürlich wäre er schüchtern – und es würde ein zarter Kuss sein, seine Hand an ihrer Wange, die Finger in ihren Haaren. Nur widerstrebend würde er seine Aufmerksamkeit schließlich von ihr lösen, um sich bei allen zu bedanken, Hände zu schütteln und Fragen zu beantworten. Dann würde er sich und seine Frau entschuldigen, sie an der Hand nehmen und zu ihrem Wagen führen, und dann wären sie allein und konnten auf der Fahrt zu irgendeinem Hotel, das die Crew für sie gebucht hatte, nicht mehr voneinander lassen. Tagelang würden sie sich in ihrem Zimmer einschließen, die verschwitzten Leiber ineinander verschlungen. Noch im Halbschaf würden sie anfangen, sich zu lieben, sich träge aneinander reiben, die Laken bis zu den Knöcheln heruntergerutscht.

Lauter Jubel riss sie aus ihrem Tagtraum. Eine Bewegung ging durch die Menge, und dann sah sie Dennis. Er hatte ihr den Rücken zugedreht, trug ein zu großes, kurzärmliges, beiges Hemd, unter dessen Kragen eine braune Krawatte hervorguckte. Er unterhielt sich mit seinem Anwalt, der neben ihm stand und ihn breit grinsend immer wieder kräftig an der Schulter packte. Fast hätte Sam seinen Namen gerufen, damit er sich umdrehte und sie sah, doch er blieb stehen und blickte starr geradeaus. Weiter vorne entdeckte sie den Hinterkopf einer Frau mit langen, glatten Haaren. *Ist das Lindsay?*, fragte sie sich, ein Schwall Kälte stieg in ihrem Hals auf. Fast hätte sie Carrie danach gefragt, bremste sich aber, weil sie an ihren Streit denken musste und an das Übelkeitsgefühl, das sie danach tagelang verspürt hatte.

Der Saal wurde zur Ordnung gerufen, der Richter trat ein, und alle erhoben sich. Das Murmeln verstummte bis auf ein gelegentliches Flüstern und das Quietschen von Schuhen auf dem gebohnerten Fußboden. Formalitäten wurden abgehandelt, die Worte prallten an Sam ab; sie hatte den Blick auf den Rücken ihres Mannes geheftet und beobachtete, wie sich seine Schulterblätter unter dem Hemd bewegten. Als Carrie ihre Hand drückte, versuchte Sam, sich zu konzentrieren und über das Rauschen des Blutes in ihren Schläfen hinweg zuzuhören.

»Als jemand, der seit mehr als vierzig Jahren in der Justiz arbeitet, habe ich die besten Seiten dieses Systems erlebt – und leider auch die schlimmsten. Es ist nicht unfehlbar, und das ist keine Entschuldigung für die gewaltigen Justizirrtümer, von denen wir heute einen vor uns haben. Einundzwanzig Jahre seines Lebens sind für einen jungen Mann ein Verlust, der mit nichts entschädigt werden kann.

Dass durch das Versagen in diesem Fall noch mehr Kinder ihr Leben verloren haben, ist eine zusätzliche Tragödie. Das ganze Land sollte den unermesslichen Verlust betrauern, den diese Übeltat verursacht hat.

Es steht mir nicht zu, Ihnen zu sagen, wie Sie jetzt leben sollen, Dennis. Aber ich hoffe, dass Sie Frieden finden werden und ein gutes Leben führen, dass Sie glücklich sind, Gutes tun und Freundlichkeit verbreiten, wo es Ihnen selbst verwehrt geblieben ist.

So erfüllt es mich mit Trauer um Ihren Verlust, aber ebenso mit Freude über Ihre Erlösung, dass ich Sie hiermit von allen Anklagepunkten freispreche …«

Tosender Applaus brach los, Menschen strömten nach vorn. Die Frau weiter vorne wurde von der Menge verschluckt, Sam konnte sehen, wie sie den Kopf einzog, als sich jemand an ihr vorbeidrängte. Dennis und sein Anwalt standen auf, und Sam sah, wie Dennis vor dem Richter leicht den Kopf neigte. Weil alle aufgestanden waren, verlor Sam Dennis für einen Moment aus den Augen, doch Carrie fasste sie am Arm, zog sie hoch und führte sie durch die Menschenmenge, um sie zu ihm zu bringen. Als sie ihn wieder sehen konnte, wurden ihm gerade die Handschellen abgenommen, der Beamte schüttelte ihm beherzt die Hand, Dennis drehte sich um und wurde von seinem Anwalt umarmt. Jeder wollte ihm die Hand schütteln. Er lächelte, als ihn die Männer um ihn herum vorwärtsschoben, doch an der Schwingtür warf er einen Blick über die Schulter, als rechnete er damit, aufgehalten zu werden.

Sam konnte nicht genau erkennen, ob er sie gesehen hatte, weil sich das Licht auf seiner Brille spiegelte und seine Augen vor den Blicken abschirmte, doch als er sich in ihre Richtung drehte, schien sein Lächeln für einen Moment zu erstarren. Carrie und sie gingen auf ihn zu. Köpfe drehten sich nach ihnen um, jemand raunte: »Seine Frau.«

Er streckte die Hände nach ihr aus, mit den Handflächen nach oben, und Sam ergriff sie, sie verschränkten die Finger miteinander, und er zog sie ein Stück näher zu sich.

Als sie den Kopf zur Seite neigte und ihn küssen wollte, zuckte er zusammen. »Entschuldige«, sagte er eilig und drückte die Lippen auf ihre. Sam merkte, dass sie die Augen offen hatte, und kniff sie zu; klackend stießen ihre Zähne aneinander, sein Atem schmeckte abgestanden. Als sie die Zunge in seinen Mund schob, fuhr er erschrocken zurück. Sam löste sich von ihm, und beide fuhren sich verlegen mit der Hand über den Mund.

Er hielt ihre Hand, als sie hinausgingen, seine Fingerknöchel drückten gegen ihre. Vor den schweren Türen schlug ihnen Lärm entgegen, Reporter schrien ihre Fragen durcheinander. Dennis' Anwalt las eine vorbereitete Erklärung vor. »Gerechtigkeit … unschuldig …«, hörte Sam. »Freiheit … Unterstützung … gekämpft …«

Von der Polizei wurden sie zu einem silbernen Wagen mit schwarz getönten Scheiben eskortiert, der sie zum Hotel bringen sollte. Jackson hatte das organisiert. Die Tür wurde geöffnet, und Sam stieg sofort ein, um den Journalisten zu entkommen, die auf sie zuströmten und alle durcheinanderriefen, um sich Gehör zu verschaffen. Dennis jedoch blieb ruhig stehen, legte den Kopf in den Nacken und ließ sich die Sonne auf die Haut scheinen.

»Wie fühlt sich das an?«, riefen die Journalisten. »Wie fühlen Sie sich? Wie fühlt sich die Freiheit an?«

Dennis sah sich um. Alle Kameras und Mikrofone wetteiferten um seine Aufmerksamkeit. Er holte tief Luft. »Das weiß ich noch nicht.«

NEW YORK

Zwölf

Die Fahrt nach Orlando dauerte zwei Stunden. Sam lehnte den Kopf an Dennis' Schulter und lauschte auf die tiefe, hallende Stimme in seiner Brust. Wenn er lachte, hüpfte ihr Kopf auf und ab. Im Radio liefen Songs, die er noch nie gehört hatte, und ab und zu wurde eine Nachrichtenmeldung über seine Entlassung gesendet, und dann lachten sie alle. Dennis, Sam, Jackson, selbst der Fahrer lachte mit. Jedes Mal. Jackson redete davon, später noch zu drehen, irgendetwas für den Abschluss der Reihe, um die Story zu Ende zu bringen, und Dennis beschwerte sich darüber, dass seine Kleidung juckte.

Das Hotel, in dem sie übernachteten, war von Palmen umgeben. Vor der Lobby stand ein Springbrunnen; Dennis hielt die Hände unter den Strahl, als wäre er wieder ein kleiner Junge, und ließ sich das kalte Wasser über die Haut laufen. Alle paar Schritte stolperte er über seine eigenen Füße. »Wahrscheinlich liegt es an den Schuhen«, sagte er. »Ich bin schon so lange nicht mehr in richtigen Schuhen gelaufen.«

Sie wurden draußen vom Personal in Empfang genommen und zum Konferenzraum geführt, in dem ein Banner mit der Aufschrift HERZLICHEN GLÜCKWUNSCH hing. Auf weißen Tischtüchern stapelten sich Berge von Torten, Chickenwings, Tortillachips, Austern auf Eis und Hummus mit Sellerie- und

Karottensticks. Menschen, die Sam aus Zeitschriften kannte, kamen auf sie zu und umarmten Dennis. Sie hoffte darauf, dass er sie vorstellen würde, doch das tat er nicht. Einige Crewmitglieder trafen ein. Wieder gab es Applaus, Patrick umarmte Dennis herzhaft und klopfte ihm kräftig auf den Rücken. Das Personal brachte noch mehr Essen, diesmal warme Gerichte: Pommes, Burger und Pizza.

»Wir wussten nicht, was du magst, deshalb haben wir einfach alles bestellt«, sagte Jackson. »Bedien dich.«

Dennis füllte seinen Teller mit frischem Obst und Gemüse und erzählte allen, danach sehne man sich im Gefängnis am meisten, man träume von dem vitaminreichen Zeug, von Obst, dessen Saft einem übers Kinn liefe, vom Knacken kühler Karottensticks: Das ließ einem das Wasser im Munde zusammenlaufen, wenn man nach einem Tag mit trockenen Chicken-Nuggets oder heißem Chili con Carne, das einem wie ein Stein im Magen lag, am Abend im Bett lag.

Sam hielt sich abseits, sie hatte einen Teller mit Essen in der Hand, das sie nicht anrührte, und behielt die Flügeltür im Auge, um nach Carrie Ausschau zu halten. Sie waren so eilig aus dem Gericht ins Auto gestiegen, dass Sam keine Gelegenheit gehabt hatte, sie zu suchen, und jetzt tat es ihr entsetzlich leid um jeden Augenblick, den Carrie von Dennis' erstem Tag in Freiheit verpasste. Menschen flöteten ihr im Vorbeigehen zu: »Sie müssen so glücklich sein!«, und Sam lächelte und versuchte, das schlechte Gewissen zu ignorieren, das ihr den Magen zuschnürte. Sie hatte das Gefühl, sie hätte eigentlich gar kein Recht, hier zu sein, als hätte sie Carrie den Platz weggeschnappt.

Kellner boten Dennis Wein, Bier und Champagner an, doch er bat um Sprudelwasser, wovon er beim Trinken Schluckauf bekam. Jackson übergab ihm einige Taschen. »Kleidung«, sagte er. »Wir dachten, du könntest eine neue Garderobe gebrauchen.«

Dennis verschwand und kam nach einer Weile in Bluejeans und Karohemd mit offenem Kragen über einem weißen T-Shirt zurück. Trotz des gedämpften Lichts behielt er die Sonnenbrille auf. Jackson sagte zu ihm: »Wir müssen dir ’ne neue Brille organisieren, Warby Parkers oder so.«

»Was?«

»Ne Designerbrille.«

»Ach, klar, sicher. Okay.« Wieder rieb er sich die Arme, und jemand ging los, um das Personal zu bitten, die Klimaanlage herunterzuschalten.

Einige Gäste erkannten Sam und sprachen sie an, sagten, wie glücklich sie jetzt sein müsse, und sie nickte und beobachtete, wie ihr Mann von einem zum anderen ging. Es waren schöne Frauen darunter, noch schöner, als Sam sie sich in Wirklichkeit vorgestellt hatte. Sie hatte gehofft, Schauspielerinnen wären nur so schön wie das kaschierende Make-up und das Licht, aber jetzt, aus der Nähe, sah sie, dass die Schönheit echt war.

»Hey!« Jemand zwickte sie in die Schulter. Es war Carrie, und sie hatte Sams Reisetasche dabei.

»Mein Gott, Carrie! Es tut mir so leid! Ich hab dich aus den Augen …«

»Sei nicht albern. Das ist der Wahnsinn, oder? Wo ist er?« Carrie stellte die Tasche vor Sam auf den Boden.

»Da drüben.«

»Ach du Scheiße. Sieh ihn dir nur an! In *Jeans*!« Sie rief nach ihm: »Dennis!«

Er drehte sich um, legte die Brille auf den Tisch und kam mit ausgebreiteten Armen auf sie zu.

Carrie schüttelte den Kopf und barg das Gesicht in den Händen, blieb aber nicht stehen, sondern lief in seine Umarmung, erst schloss er sie in die Arme, dann sie ihn, das Gesicht an sein sauberes weißes Hemd gedrückt. Er hob sie hoch, und sie legte die Arme um seinen Hals und lehnte sich lachend zurück. Sam wurde übel, als sie den beiden zusah. Genau so hätte es für sie im Gerichtssaal sein sollen. Dennis sagte Carrie etwas ins Ohr, drückte die Wange an ihre. Ein paar Gäste seufzten. *Oooh!* Sam leerte ihr Glas in einem Zug und lächelte schmallippig. Die beiden wirkten so innig miteinander verbunden, fand sie, wie sie es selbst gern empfunden hätte. Es war beinahe wie ein Betrug.

Endlich lösten sich die beiden voneinander, er gab ihr einen Kuss auf die Haare, und Carrie strich sich mit, wie Sam augenrollend annahm, gespielter Schüchternheit die Frisur glatt. Die beiden redeten weiter, als wäre Sam überhaupt nicht da. Sie betrachtete ihre Reisetasche und fing an, sie mit dem Fuß Stück für Stück über den Teppich zum Tisch hinüberzuschieben. Als die Tasche ganz unter dem weißen Tischtuch verborgen war, ging Sam zu den beiden und füllte unterwegs ihr Weinglas auf, als sie an einer Flasche vorbeikam. Es kostete sie einige Konzentration, geradeaus zu gehen, doch sie vertraute auf die Klarheit ihrer Gedanken und die Gewissheit ihrer Emotionen. In der Nähe der beiden blieb sie stehen und wartete darauf, dass einer von ihnen sie bemerken und in ihren Kreis einbeziehen würde.

»Das ist so toll, Den! Ich kann es nicht … Ich meine, *sieh dich nur an!* Mein Gott!« Carrie fasste ihn immer wieder an: hier ein Tätscheln auf den Arm, da noch eine kurze Umarmung, ein Zupfen am Kragen, der nach einer weiteren kurzen Umarmung verrutscht war.

»Danke dir. Vielen Dank.«

»Nein, hör auf. Sonst fang ich wirklich an zu heulen.«

Die beiden umarmten sich schon wieder. Sam trat einen Schritt näher.

»Sam! Ist das zu glauben?« Endlich drehte sich Carrie zu ihr um. »Er sieht toll aus!«

»Ich weiß«, sagte Sam.

»Also, wie geht es jetzt mit euch beiden weiter? Führst du sie zum Essen aus, oder was?«

Sam sah Dennis lächelnd an, doch sein Gesicht war ernst und besorgt.

»Ich habe wirklich überhaupt kein Geld. Ich habe … drei Dollar. Man hat mir mein Portemonnaie zurückgegeben. Hier.« Er zog ein marineblaues Portemonnaie mit Klettverschluss aus der Tasche. Drinnen waren drei Dollar und ein Bibliotheksausweis.

»Du brauchst kein Geld, Mann«, sagte Carrie lachend. »Um den Kram kümmern sich die Leute hier. Wart ihr schon oben im Zimmer?«

Sie schüttelten beide den Kopf.

»Da sieht's aus wie Weihnachten«, sagte Carrie. »Hört mal, wenn ihr zwei irgendwo anders neu anfangen wollt, könnt ihr eine Weile bei Dylan und mir in L. A. wohnen. Ihr werdet eine Menge Angebote vom Fernsehen kriegen, es könnte sich also lohnen, drüber nachzudenken.«

Dennis und Sam murmelten etwas Unverbindliches und sahen sich betreten an. Sie hatten keine Ahnung, was sie in der nächsten Stunde tun würden, von den nächsten Monaten ganz zu schweigen. Dann fingen Sams Gedanken wieder an zu rasen, und sie stellte sich vor, wie sie beide schon bald allein sein würden, und sie bekam nicht mehr mit, was Carrie sagte oder was Dennis antwortete. Sie beobachtete ihn genau: wie er die Hand um ein Glas schloss, wie er sich mit der anderen an den Nacken fasste, wie er dastand und auf eine Art gestikulierte, die sie noch nie an ihm gesehen hatte.

Andere Gäste umringten sie und reckten die Hälse, um zu sehen, ob Dennis ansprechbar war. Bald wurde er von anderen in Beschlag genommen. Sam war gereizt und mied demonstrativ Carries Blick.

»Alles in Ordnung?«, fragte Carrie in einem Ton, in dem allzu deutlich das Wissen mitschwang, dass es nicht so war.

»Eigentlich nicht.« Sam seufzte.

»Okay, du bist super ätzend zu mir. Was ist los?«

Sofort überkam Sam Ekel vor sich selbst, und sie entschuldigte sich. »Es ist nur … ihr seid so vertraut miteinander, und mich scheint er überhaupt nicht in seiner Nähe haben zu wollen. Mag er mich nicht? Was ist, wenn er mich nicht mehr mag? Jetzt kann er jede haben.«

»Hör auf damit! Du machst dich wegen nichts und wieder nichts verrückt. Du bist praktisch seine erste Freundin, und du bist seine Frau, das ist 'ne ziemlich große Sache. Mit mir geht er nur so vertraut um, weil er nicht darüber nachdenkt. Das hat nichts zu bedeuten, verstehst du? Es ist gerade mal fünf Stunden her, gib ihm ein bisschen Zeit.«

Sam wusste, dass Carrie recht hatte, trotzdem konnte sie die Angst und die sich windenden Würmer nicht aufhalten. Am liebsten hätte sie Carrie gefragt: *Warum sollte er mich mögen? Ich mag mich ja nicht mal selbst.* Doch sie brachte es nicht über die Lippen.

Also hängte sie sich an Dennis, um wenigstens in seiner Nähe zu bleiben. Jackson stellte ihn verschiedenen Leuten vor, Sam folgte ihnen stumm und schäumte jedes Mal innerlich, wenn sie nicht vorgestellt oder zur Kenntnis genommen wurde. Sie trank mehr. Sie hielt sich an Dennis' Arm fest. Sie wollte ihn für sich haben, aber immer mehr Leute kamen zu ihm. Als er zur Toilette ging, stand Sam allein am Ende des Buffets. Sie entdeckte Katy Perry und wollte unauffällig ein Foto schießen, doch ihr rutschte das Handy aus der Hand. Sie ging in die Hocke, um es aufzuheben, und überprüfte, ob es noch funktionierte. Es waren Hunderte Benachrichtigungen und verpasste Anrufe eingegangen. Sam kniff ein Auge zu, um klarer sehen zu können, doch die Worte schienen zu tanzen.

»Was machst du da?« Dennis half ihr hoch und fasste sie am Ellbogen.

»Ich habe so viele Nachrichten gekriegt.«

»Du bist betrunken.«

»Ich weiß, ich weiß. Das ist einfach alles so *verrückt*. Findest du nicht auch alles so verrückt?«

Dennis sah sich um. »Du blamierst dich. Vielleicht gehst du lieber aufs Zimmer.«

»Kommst du mit? Wir haben noch kaum miteinander gesprochen …«

»Es wäre unhöflich, wenn ich jetzt gehe.«

»Aber ich möchte Zeit mit dir verbringen.«

»Du solltest wirklich ins Bett gehen«, sagte er und wandte sich ab. »Wir reden später.«

Dreizehn

Sam öffnete die Tür zu ihrem Hotelzimmer und blieb verblüfft stehen, als sie sah, was Dennis alles geschickt bekommen hatte. Die Geschenke türmten sich regelrecht: ein Stapel weißer Apple-Verpackungen und dazu eine Karte mit dem Text: »Genieß den Rest deines Lebens! Johnny Depp.« Da waren Körbe voller Pflegeprodukte in glitzernden Folien, verziert mit Metallicbändern, frisch gebügelte Hemden und Anzüge hingen in Schutzhüllen an einer Stange, und überall standen Blumensträuße, in denen wie Liebesgrüße Gutscheinkarten für Designerläden steckten.

Sam strich mit den Fingerspitzen über die Geschenke und wendete eine iPad-Schachtel in den Händen. Zu gern hätte sie die verschlossenen Umschläge geöffnet. Stattdessen legte sie sich aufs Bett und las die Karte vom Zimmerservice. Auch darin lag ein Gruß: »Die Rechnung wird bezahlt – Jackson.«

Sie duschte und bestellte sich Cola und Mineralwasser. Dann rief sie noch einmal an, um sich eine Pizza zu ordern. Ihre Mutter hatte angerufen, und auf ihrer Facebookseite wimmelte es ausnahmsweise von Benachrichtigungen von Leuten, die sie bei BuzzFeed gesehen hatten: »Hey! OMG, ich kann es gar nicht glauben! Haha, wir haben uns ja ewig nicht gesprochen, müssen wir nachholen! Kommst du bald nach Hause??« Sie fühlte sich außerstande, sich damit auseinanderzusetzen, schaltete das Handy aus und vergrub es ganz unten in ihrer Tasche.

Weil sich der Raum langsam um sie zu drehen begann, atmete sie tief durch und legte sich ein feuchtes Tuch aufs Gesicht. Nach einiger Zeit setzte sie sich wieder auf, sah sich im Fernsehen mit halbem Auge eine Doppelfolge *Real Housewives of New Jersey* an und aß Pizza. Mit der langsam einsetzenden Nüchternheit schlich sich auch die Besorgnis darüber wieder ein, wie furchtbar mies alles lief. Irgendwann schlief sie ein, die Pizzaschachtel war vom Bett gerutscht und das feuchte Tuch lag neben ihrem Kopf auf dem Kissen. Es war zwei Uhr früh, als Dennis an die Tür klopfte.

»Ich komme mit diesem Ding einfach nicht klar«, sagte er und hielt die Schlüsselkarte hoch. »Warum liegt da Pizza auf dem Boden?«

»Tut mir leid.« Sam strich sich die Haare glatt, doch sie fühlten sich verfilzt und strohig an. »Sieh nur, die ganzen Geschenke!«

Dennis stieg ins Bett, wobei er die Schuhe abstreifte und darunter schob. »Das Kissen ist nass.«

»Ich hatte Kopfschmerzen und … alles okay mit dir?«

»Ich bin müde. Du hast hier ganz schön Unordnung gemacht.«

»Tut mir wirklich leid.« Sam rückte zu ihm hinüber, legte den Kopf an seine Schulter. Er schaltete den Fernseher aus und alles wurde ruhig. Er seufzte. Nebeneinander lagen sie in der Stille; sie legte den Kopf auf seine Brust und wollte seinem Herzschlag lauschen, hörte jedoch nur das Gurgeln und Knurren seines Magens. Sie wagte den Versuch, über seinen festen Oberkörper zu streichen, der sich beim Atmen hob und senkte. Sie wollte sich ihm näher fühlen. Sie wollte, dass es sich endlich echt anfühlte.

»Entschuldige, Samantha, ich bin müde.« Er rückte von ihr ab. »Das war alles ganz schön viel für mich. Ich würde jetzt gern einfach ein bisschen schlafen.«

Sam wurde rot. »Verstehe«, sagte sie und stand auf, um sich die Zähne zu putzen.

Als sie zurückkam, lagen seine Kleider ordentlich gefaltet auf dem Stuhl vor dem Frisiertisch, eine nackte Schulter guckte unter dem Laken hervor. Als sie die Decke zurückschlug, drehte er sich zu ihr, und sie sah die hellen Haare auf seiner Brust.

»Hör mal, versteh das jetzt nicht falsch, aber meinst du, wir könnten vielleicht … heute Nacht in getrennten Zimmern schlafen?«

»Aber warum?« Sam zog ihren Morgenmantel enger um sich und verschränkte die Arme vor dem Bauch.

»Ich habe seit zwanzig Jahren nicht mehr in einem richtig guten Bett geschlafen. Vielleicht sogar überhaupt noch nie. Und das geht alles so schnell, verstehst du? Es ist nur …«

»Ich kann auf dem Sofa schlafen …« Sam wollte das Licht ausschalten, damit sie lautlos weinen konnte. Damit er sie nicht ansehen musste.

»Bist du sicher?«

»Das ist okay. Ehrlich.«

»Also, wenn du sicher bist, dass es dir bequem genug ist … Und könntest du die Klimaanlage runterdrehen, wenn du schon stehst? Hier« Er warf ihr eines der schweren Daunenkissen zu. Das mit der nassen Stelle.

Mit einer Fleecedecke, die sie im Kleiderschrank fand, richtete sich Sam ihr Bett auf dem Sofa. Zusammengerollt und mit eingezogenem Kopf lag sie da, betrachtete Dennis' Umrisse in der Dunkelheit und sehnte sich nach seiner Nähe. Doch dann dachte sie daran, welche Wohltat dieses Bett für seine schmerzenden Glieder sein musste, und wusste, dass es richtig so war. Auch wenn es höllisch wehtat.

»Es ist so still«, flüsterte er.

»Ja.« Die Stille beruhigte sie, und endlich fiel auch sie in einen leichten Schlaf.

Um kurz nach neun am nächsten Morgen wurde sie von einem Rascheln geweckt. Dennis stand in einer Ecke des Raums und wühlte in einer Tasche mit Kleidung.

»Guten Morgen«, sagte er, ohne aufzusehen. »Ich suche etwas zum Anziehen fürs Fitnessstudio. Meinst du, sie verkaufen hier so etwas? Ich würde wirklich gern trainieren.«

»Ruf die Rezeption an. Die wissen das bestimmt.«

»Stimmt.« Er ging zum Telefon. »Möchtest du Frühstück?«

»Gibt es Eier Benedikt?«

»Ich bestell sie dir. Du solltest duschen gehen. Im Moment siehst du nicht allzu sexy aus ... Hallo, kann ich bitte ...«

Als er sich dem Telefonat zuwandte, schnappte sich Sam ihren Kulturbeutel und ihr Make-up und rannte ins Bad. Drinnen betrachtete sie das Türschloss. Schlossen Verheiratete die Tür ab, wenn sie duschten? Sie kam zu dem Schluss, dass nicht, und ließ sie offen, doch als sie den ersten Fuß in die Wanne setzte, änderte sie ihre Meinung und drehte langsam und leise die Türverriegelung, bis sie einrastete.

Nach dem Duschen zog sie sich im Badezimmer an. Das Gefühl, nur durch diese Tür von Dennis getrennt zu sein, war etwas einschüchternd.

Im Hotelzimmer sortierte Dennis seine Geschenke in Stapel verschiedener Kategorien: Elektronik kam auf den Frisiertisch, Kleidung in Schubladen und Schränke, Karten auf den Nachttisch. Essen wurde gebracht, dazu Zeitungen und Kaffee. Sie aßen schweigend, Messer und Gabel waren für Dennis' Hände ungewohnt. Das Kreischen von Besteck auf Tellern. Als er aufgegessen hatte, ging er zu den Karten, öffnete jede einzelne und las sie, um sie dann wieder in ihre Umschläge zu stecken und auf den Nachttisch zu legen.

»Willst du sie nicht aufstellen?«, fragte Sam.

»Unordnung«, sagte er. »Schau mal, ein Scheck über zehntausend Dollar.« Er lachte.

»Das ist so … großzügig.«

»Ich habe nicht mal ein Konto.« Er faltete den Scheck zusammen und steckte ihn in sein kleines blaues Portemonnaie.

Es klopfte an der Tür, und ein Portier brachte eine Tasche mit Sportsachen vorbei. »Bin in einer Stunde zurück«, sagte Dennis und ging.

Sooft Sam sich ihre erste gemeinsame Nacht ausgemalt hatte – ineinander verschlungene Glieder, kuscheliger Sex im Halbschlaf, wie er ihr Schlüsselbein küsste und ihr sagte, wie sehr er sie liebte – auf die Idee, dass es so ablaufen könnte, war sie nie gekommen. Sie schob die Frühstückstabletts vor die Tür und ließ sich wieder aufs Bett fallen. Nach der Nacht auf dem Sofa schmerzte ihr Nacken. Sein Kopfkissen roch noch nach ihm. Sie drückte das Gesicht in den Stoff und atmete ein. Sie konnte warten, sagte sie sich, das würde sie wohl müssen.

Vierzehn

Nach dem Training hatte Dennis bessere Laune. Mit roten Wangen und schimmernder Haut kam er ins Hotelzimmer und strich Sam über die Haare. Feine Schweißtröpfchen wirbelten durch die Luft. Er warf sein durchnässtes T-Shirt in eine leere braune Tasche und verschwand unter der Dusche. Kaum war die Tür zu, rastete das Schloss ein. Sam hob sein T-Shirt auf und roch daran. Es hatte noch seinen chemisch-neuen Geruch an sich, der Schweiß roch nach gar nichts. Enttäuscht ließ sie es wieder fallen. Bevor Dennis zurückkam, setzte sie sich mit einem Buch in eine, wie sie hoffte, niedliche, ungestellte Pose, das Kleid ein kleines Stück zu weit hochgerutscht. Sie versuchte, ihn nicht anzusehen, als er mit einem Handtuch um die Hüften aus dem Bad kam.

Sein Rücken war voller Narben, von denen einige perlweiß glänzend hervortraten.

»Was ist das?« Sie steckte den Finger zwischen die ungelesenen Seiten und legte das Buch weg.

»Was ist was?« Wie ein Schulmädchen am Strand zog er sich seine Unterwäsche unter dem Handtuch an.

»Die Male auf deinem Rücken.« Das Wort *Narben* klang für sie irgendwie unanständig.

Er blickte über seine Schulter, wie um nachzusehen, wovon sie sprach.

»Das«, er zog sich das Handtuch über die Schultern, um sich den Hals abzutrocknen, »sind die Narben, die ich von meinem Vater hab. Mit dem Gürtel. Richtig schlimm hat er mich nur einmal verprügelt. Sonst war es meistens ziemlich harmlos.«

Sam stellte sich vor, wie sie mit den Händen über diese Narben strich, wie Dennis leicht erzitterte, wie sie ihm sagte, dass er in Sicherheit war, und er es wusste. Stattdessen baute sich eine unbehagliche Stille zwischen ihnen auf, während er seine Auswahl aus den Taschen mit Designerhemden traf und sich anzog. Um das Schweigen zu brechen, schaltete Sam schließlich den Fernseher ein.

Doch da fasste er sich an die Nasenwurzel und kniff die Augen zusammen. Es sei wie im Gefängnis, sagte er, da habe das Ding rund um die Uhr im Hintergrund gequäkt, als hätten die Leute Angst davor, ihre eigenen Gedanken zu hören. Sam schaltete den Fernseher aus und tippte auf ihrem Laptop vor sich hin, wobei sie neidische Blicke auf das noch originalverpackte MacBook Air auf dem Frisiertisch warf. Ihr eigener Computer war alt und zerkratzt. Sie rief die aktuellen Nachrichten über Dennis auf und sah sich die Bilder von ihnen beiden vor dem Gericht an: er, über dessen Gesicht das Licht strömte, und sie mit kreidigen Haaren vom Trockenshampoo und unvorteilhaften Schatten, die sie wie ein Sack Kartoffeln aussehen ließen.

»Du, Dennis?«, fragte sie.

»Was?«

»Hast du gestern im Gericht Lindsay gesehen?«

»Lindsay?« Stirnrunzelnd sah er zu ihr auf.

»Ja. Im Gericht.«

»Nein, ist mir nicht aufgefallen. Warum? War sie da?«

»Ich dachte, ich hätte sie gesehen, war mir aber nicht sicher.«

»Oh. Wäre das denn wichtig?«

»Nein! Nein, ich dachte nur, ich hätte sie erkannt.«

»Wäre sie nicht zu mir gekommen, wenn sie da gewesen wäre? Käme mir komisch vor, wenn nicht.«

Sam stimmte ihm zu, obwohl sie ziemlich überzeugt war, dass es Lindsay gewesen war. Sie ließ das Thema fallen und scrollte weiter durch die Bilder von sich und Dennis. Sie kam sich blöd vor, weil sie danach gefragt hatte. Eine Zeit lang schaffte sie es, nur die Artikel zu lesen, doch dann nahm die Versuchung überhand, zum Ende der Seite zu scrollen. Kurz darauf fing sie an zu weinen.

»Was ist jetzt los?«, fragte Dennis.

»Was die Leute alles sagen …« Sie drehte den Computer zu ihm um. »Sieh dir das an.«

»›Wow, ist der heiß. Nichts für ungut, aber er könnte was Besseres kriegen …‹ Das ist doch nicht so schlimm.«

»Doch, ist es! Und sieh dir das hier an!«

»›W-T-F …‹«

»Das heißt ›What the fuck‹ …«

»What the fuck – was will er denn mit der? Der dürfte liebend gern bei mir aufschlagen, wenn ihr wisst, was ich meine …«

»Es heißt, die wollen mit dir vögeln und finden, ich bin zu hässlich für dich.«

»Und das macht dir was aus?«

»Ja!«

»Dann solltest du dieses Zeug vielleicht nicht lesen.«

Sam stopfte den Laptop zu ihrem Handy ganz nach unten in ihre Reisetasche. Sie fühlte sich bloßgestellt und beurteilt wie damals nach ihrer Hochzeit, als sie die Postings über sich in den Foren gelesen hatte. Es war, als hätte sie im Augenblick ihrer Heirat mit Dennis eingewilligt, gnadenlos unter die Lupe genommen und ständig mit dem Mann an ihrer Seite verglichen zu werden. In dieser Konstellation konnte sie nie gut wegkommen, ganz gleich, was die Leute von Dennis hielten. Plötzlich empfand sie diese Bürde als sehr schwer und fragte sich, wie sie je hatte glauben können, dass es leicht werden würde.

Das Telefon klingelte, und Dennis meldete sich mit seinem vollen Namen. Seine Stimme hellte sich vor Freude auf, als er bat, den Anrufer durchzustellen – eine Freude, von der Sam sich wünschte, auch sie selbst könnte sie in ihm hervorrufen. Nachdem er aufgelegt hatte, sagte er, Sam solle sich fertig machen, sie würden sich unten in der Bar mit Jackson und dem Agenten treffen, den dieser ihm empfohlen hatte. Während er sein Aussehen überprüfte, trat Sam hinter ihn. Er nahm die Sonnenbrille ab, und Sam starrte ihn im Spiegel an: die goldenen und grünen Sprenkel in seinen blauen Augen. Sie überlegte, ihn auf den Hals zu küssen, tat es aber nicht.

Jackson begrüßte sie unten in der leeren Hotelbar und stellte sie einem Mann namens Nick Ridgeway vor, der fast so groß war wie Dennis, aber runder. Er hatte einen so dicken Bauch, dass er die Anzugjacke nicht schließen konnte.

»Zuallererst, herzlichen Glückwunsch«, sagte der Mann und gab Dennis einen herzhaften Klaps auf den Arm. »Fantastische Neuigkeiten, fantastisch. Da draußen gibt es eine Menge Leute, die Ihnen die Daumen gedrückt haben. Ich habe den ganzen Tag darüber gelesen. Sie sind jetzt richtig angesagt.«

»Danke«, sagte Dennis.

»Ich kenne Jackson schon seit Jahren und war sehr geschmeichelt, als er mich Ihnen empfohlen hat, weil ich weiß, wie viel ihm an Ihnen und Ihrer Situation liegt. Ich wollte mich heute kurz mit Ihnen unterhalten, um zu sehen, was Sie von einem Agenten erwarten, und was ich Ihnen anbieten kann.«

Dennis erklärte, er habe noch keine konkreten Pläne, aber

Carrie habe gesagt, möglicherweise wolle ihn jemand interviewen. Nick lachte und sagte, das wäre eine Untertreibung. Er zückte eine Liste von Leuten, die Schlange standen, um mit Dennis zu reden, und las ihm einige Nachrichten vor, die an der Rezeption für ihn hinterlassen worden waren.

»Sämtliche Anrufe für Sie werden abgefangen, damit Sie sich ganz in Ruhe an die neue Situation gewöhnen können. Wie läuft es übrigens?«

»Ich würde irgendwann im Laufe des Tages sehr gern nach draußen gehen …«, sagte Dennis.

»Hast du gesehen, was da draußen los ist? Sie sollten unbedingt ausgehen, aber Sie brauchen eine Strategie. Und im Moment würde ich mit niemandem reden. Geben Sie nichts umsonst preis. Ich habe mir die Reaktionen auf Ihren Fall angesehen, das müssen wir zu Geld machen. Wir müssen Ihre Marke aufbauen.«

»Meine Marke?«

Jackson und Nick erklärten ihm, wie Dennis sich selbst vermarkten müsse, um die maximale Rendite aus seiner Situation zu ziehen.

»Bei einem Vergleich würden Sie eine Million kriegen, wahrscheinlich mehrere Millionen. Wenn Sie Ihre Karten richtig ausspielen, die Medien geschickt nutzen, Ihr Buch schreiben und sich als Paar vermarkten, glaube ich tatsächlich, dass Sie über zehn Millionen kommen können. Falls Sie diesen Weg gehen wollen, heißt das.« Die Gürtelschnalle grub sich in Nicks Bauch, als er sich vorbeugte.

Dennis sagte, dass er das wolle, und dann sprachen sie darüber, worauf er sich in den nächsten Tagen alles gefasst machen müsse. Nick riet beiden, für Fotos zu posieren, wenn sie auf der Straße angesprochen wurden, und dazu ein einfaches, aber nichtssagendes Statement abzugeben: *Wir sind sehr glücklich* oder *Wir genießen diese erste gemeinsame Zeit.*

Dennis hielt Sams Hand, und sie ließ den Daumen auf seiner Handfläche kreisen. Sie fühlte sich, als würde der Raum sie sanft wiegen. Das Wohlbehagen machte sie schläfrig, und sie hörte nicht mehr zu, was um sie herum gesprochen wurde, bis Dennis plötzlich aufstand.

»Richte dein Smartphone ein. Du wirst es brauchen!«, sagte Jackson beim Hinausgehen.

Zurück in ihrem Zimmer, packten sie das iPhone aus.

»Wie schaltet man das ein?« Dennis drehte das Gerät in den Händen. Als es aufleuchtete, tippte er mit dem Finger auf dem Bildschirm herum, drückte zu lange und ungeschickt, markierte Stellen und schloss Seiten. Schließlich gab er frustriert auf und reichte es Sam. Gemeinsam richteten sie seine erste E-Mail-Adresse ein – dennisdanson1975@icloud.com – dann nahmen sie seinen Bibliotheksausweis, die uralten Dollarscheine und den Scheck aus seinem alten Portemonnaie und verstauten sie in einem neuen aus schwarzem Leder von Dolce & Gabbana. Sam tippte ihre Nummer in Dennis' Handy und kramte ihr eigenes wieder aus ihrer Tasche. Weitere verpasste Anrufe und ein paar neue E-Mails. Die Arbeit hatte angerufen. Sam sagte, Dennis solle sie anrufen, damit sie seine Nummer hatte.

»Wie geht das?«

Sam lächelte und zeigte es ihm.

Sie zeigte ihm das Internet, erklärte ihm Twitter, Google, Blogs, YouTube, Apps. Sie genoss es, wie dicht er sich zu ihr beugte, um auf den Bildschirm zu schauen, und wie er sie ansah, wenn ihn etwas, das sie ihm zeigte, beeindruckte.

Dennis twitterte zum ersten Mal. »Hi«, schrieb er, und achttausend Menschen retweeteten es. Sam seufzte. Ihr erfolgreichster Tweet hatte sieben Favs und drei Retweets bekommen, und sie hatte ihn für erstklassige Satire gehalten. Sie lasen in der *Huffington Post* über sich und machten ein Selfie, für das Dennis die Sonnenbrille abnahm und ernst in die Kamera blickte. Sie zupfte ihm eine Wimper von der Wange und wollte ihn gerade küssen, als er sagte: »Kannst du mir das mit diesen Blöcken zeigen?«

»*Blogs!*«

»Wie auch immer.« Er starrte aufs Display, während Sam einen Blog über ihn suchte. Es dauerte nicht lange, bis sie auf jemanden stieß, der Dennis abartig fand. »Was hat das zu bedeuten?«, fragte er.

»Okay.« Sam atmete hörbar aus. »›Cis-gendered‹ heißt, dass du ein Mann bist, der als Mann geboren wurde. ›Heteronormativ‹ heißt, dass du, na ja, nicht schwul bist. ›White-male privilege‹ heißt … warum lachst du?«

»Das ist lustig!« Er nahm das Handy wieder an sich und versuchte, nach unten zu scrollen. »Wie komme ich weiter runter? Zum Ende?«

Noch einmal zeigte sie ihm, wie er über das Display streichen musste, und dass er nicht zu drücken brauchte. Sie hatte das Gefühl, als würde sich ein Ring um ihren Kopf zusammenziehen. Plötzlich kam es ihr vor, als hätte sie ihm den ganzen Vormittag lang beigebracht, wie er sie ignorieren konnte.

»Wow«, sagte er, als er zum Ende des Blogbeitrags kam. »Das Mädel hat ja echt 'nen Hass auf mich.«

Sam stand auf und rieb sich die Augen. »Können wir zum Pool oder so gehen, bevor wir uns mit Jackson und den anderen zum Interview treffen? Ich glaube, ich brauche ein bisschen frische Luft.«

Fünfzehn

Am Pool wurde Dennis sofort erkannt. Die meisten sahen einen Augenblick zu lange hin, bevor sie sich abwandten und sich flüsternd in einem Ton unterhielten, der Sam zusammenzucken ließ. Dennis schüttelte Menschen die Hände, die auf ihn zukamen, um ihm zu gratulieren, und posierte für Fotos. Ein paar Mädchen nahmen für ihn ihre Handtücher von ihren Sonnenliegen, er zog sein Hemd aus und ließ es dort liegen. Die Sonne blendete Sam, und sie schirmte die Augen mit der Hand ab, um die im Licht glitzernde Wasseroberfläche zu betrachten. Dennis bückte sich, fühlte die Wärme des steinernen Terrassenbodens und stieg dann in den Pool.

Im Film, dachte sie, würde er geschmeidig durchs Becken tauchen. Doch stattdessen bewegte er sich unbeholfen im Wasser und verursachte bei jedem Schwimmzug ein lautes Platschen, während er wild von einem Ende zum anderen pflügte. Schwer atmend hielt er an einer Seite an, Wassertropfen perlten auf seinen Muskeln. Schließlich setzte er die Brille ab und legte sie an den Beckenrand, um dann doch unterzutauchen und am flachen Ende wieder hochzukommen.

Als sie sich an diesem Abend fürs Essen und das gefilmte Interview fertig machten, sah Sam, dass Dennis sonst blasse Haut stark gerötet war.

»Vielleicht hätten wir uns eincremen sollen«, sagte sie, während sie ihn mit Lotion einrieb. Sie tat es unbeholfen mit den Fingerspitzen und konnte dabei die Anspannung in seinem Rücken spüren. Wie lange war es her, dass ihn jemand auf diese Art berührt hatte? Sie empfand eine Macht von überraschendem Ausmaß. Von der Kälte zwischen seinen Schulterblättern stockte ihm der Atem. »Du bist die Sonne einfach nicht mehr gewohnt«, sagte sie.

»Meinst du?« Dennis schüttelte ihre Hände ab.

Auf dem Weg zum Abendessen war seine Haut noch fettig von der Creme. Er hatte schlechte Laune und zischte vor Schmerz, als Sam beim Drücken des Aufzugknopfes seinen Arm streifte. Doch als sie Carrie, Jackson und Patrick in der Lobby trafen, hellte sich seine Stimmung auf. »Schaut mal«, sagte er. »Mein erster Sonnenbrand seit zwanzig Jahren!« Er krempelte einen Ärmel hoch, um es ihnen zu zeigen, und die anderen verzogen mitfühlend das Gesicht.

Sie hatten einen Tisch in einem der Hotelrestaurants reserviert, der Raum war mit beruhigend blauem Licht ausgeleuchtet, und hinten in einer Ecke spielte ein Pianist. Die anderen teilten sich eine Flasche Wein, doch Dennis wollte nur Sprudelwasser. Sam spürte seinen Blick, als sie die Weinkarte las, und entschied sich dafür, bei Cola light zu bleiben.

»Amüsierst du dich gut, Dennis?«, fragte Patrick.

»Ich möchte unbedingt bald mal raus. Irgendwohin. Ich weiß auch nicht.«

»Das muss alles ziemlich überwältigend sein«, sagte Carrie, und alle anderen murmelten etwas Zustimmendes.

»Wir haben uns das Internet angeschaut«, sagte Dennis.

Carrie lachte. »Da musst du schon ein bisschen genauer werden, Dennis.«

»Was die Leute so sagen. Ihr wisst schon: Kommentare.«

»Oh Mann, lies bloß nicht die Kommentare«, sagte Patrick.

»Warum nicht?«, fragte Dennis.

»Ich muss zugeben, ich habe sie mir angesehen.« Carrie zückte ihr Handy und bediente es mit dem Daumen einer Hand, während sie mit der anderen Risotto zum Mund führte. Sam hatte vergessen, dass es so leicht aussehen konnte. »Habt ihr das auf Twitter gesehen? Das meiste ist okay, aber …« Sie las laut vor: »›Wann sorgen weiße Filmemacher dafür, dass ein Schwarzer aus dem Todestrakt kommt? Hashtag White Justice.‹« Verlegenes Gelächter. »Dieser Mist trendet gerade. Ich habe eine Stunde meines Lebens damit verschwendet. Ich meine, wahrscheinlich haben sie recht, aber was sollen wir machen?«

Dennis legte seine Gabel weg. Das Blut aus seinem Steak sickerte in den Brokkoli. »Ich weiß. Es ist, als wäre es heutzutage etwas Schlechtes, weiß und männlich zu sein.«

Es entstand eine Pause, Blicke wurden gewechselt, dann brach der ganze Tisch in Gelächter aus. Sam war zuerst starr vor Scham und Entsetzen, doch dann verstand auch sie und lachte mit.

»Mein Gott, du klingst wie mein Grandpa.« Carrie beugte sich vor und fasste Dennis am Handgelenk. »Aber ganz im Ernst: Sag sowas *nie* in der Öffentlichkeit, okay?«

Dennis nickte verwirrt, unter dem Sonnenbrand kroch frische Röte in seine Wangen.

Wieder in ihrem Hotelzimmer baute die Crew die Kamera und einen Scheinwerfer auf und stellte Stühle vor die zugezogenen Vorhänge. Carrie puderte Dennis mit Sams Make-up das Gesicht ab und richtete den Strahler so aus, dass er weniger rot aussah. Sie und Patrick hatten beschlossen, Sam und Dennis zuerst gemeinsam zu interviewen.

»Wie ist es, so plötzlich zusammen zu sein?«, fragte Carrie.

»Surreal«, sagte Sam. Sie hielt Dennis' Hand, die Armlehne des Stuhls bohrte sich in ihren Ellbogen.

Dennis nickte. »Ja, surreal.«

»Es ist, als … als würden wir uns noch einmal ganz neu kennenlernen.«

»Genau, ja.« Er drückte ihre Hand.

»Mir war nicht klar, wie viel er im Gefängnis verpasst hat. Wir haben heute viel Zeit damit verbracht, uns im Internet umzusehen und zu lernen, wie man einen Computer und ein Smartphone mit Touchscreen benutzt.«

»Ich hatte nicht mal eine E-Mail-Adresse.«

»Wie viel sich verändert hat, ist einem gar nicht bewusst, bis man es jemandem erklären muss.«

»Ich werde mich noch an vieles gewöhnen müssen. Aber Samantha ist wirklich toll und so geduldig. Ich habe großes Glück.«

Wenn sie beobachtet wurden, gab es sie wirklich, dachte Sam. Dann waren sie das Paar, das sie sich vorstellte. Er war verletzlich, sie fürsorglich. Sie fragte sich, ob sie schon immer so gewesen war und sie nur zu viel um sich selbst gekreist war, um es zu bemerken.

Dann war Dennis allein dran. Der leere Stuhl wurde beiseitegeschoben, damit Dennis im Bildmittelpunkt war, und Carrie schenkte ihm ein herzliches Lächeln, bevor sie mit ihren Fragen begann.

»Was ist es für ein Gefühl, ein freier Mann zu sein, Dennis?«

»Oh, es ist … überwältigend. Ich bin von allem überwältigt.«

»Kannst du uns erzählen, wie es ist, sich umzugewöhnen?«

»Ja, also. Die Umgewöhnung ist schwierig. Nachdem ich so plötzlich aus der Todeszelle gekommen bin, habe ich ein paar Nächte nicht schlafen können. Ich wusste, dass eine Chance auf

Entlassung bestand. Einundzwanzig Jahre lang habe ich immer an ein und derselben Stelle geschlafen und war den Lärm dort gewohnt. Dann bin ich hier, in einem anderen Bett. Es ist so still im Hotelzimmer, und gestern Abend konnte ich eine ganze Zeit nicht einschlafen. Ich hatte mich an den Lärm gewöhnt, und ich musste die ganze Zeit daran denken, wie bequem das Bett war. Gestern Abend gab es eine Party, ich war lange auf und habe dann bis neun Uhr geschlafen, was ich sehr, sehr lange nicht mehr gemacht habe.

Ich bin ein bisschen desorientiert, könnte man wohl sagen. Einerseits möchte ich ausgehen, irgendwohin, vielleicht in ein Einkaufszentrum. Aber andererseits kann ich mir nicht vorstellen, was ich dann dort tun würde. Ich habe Schecks geschenkt bekommen, aber ich kann sie nicht einlösen, weil ich nicht einmal ein Bankkonto habe. Ich kann nicht Auto fahren, weil ich nie den Führerschein gemacht habe. Dieser Raum ist voller Geschenke, es ist alles da, was ich brauche, aber bei vielen weiß ich nicht mal, wie man sie benutzt.«

Carrie fragte ihn, was er in der Zeit im Gefängnis am meisten vermisst habe; sie sprachen über Essen und Kleidung und über die Geschenke, die er bekommen hatte. Dann wurde Carrie ernst. »Empfindest du Wut oder Hass auf Wayne Nestor?«

»Ist das der Kerl, der das Mädchen wirklich umgebracht hat?«

»Er hat Holly Michaels umgebracht, ja.«

»Nein, eigentlich nicht.«

»Warum nicht?«

»Wut bringt nichts.«

»Findest du es gut, dass ihr wahrer Mörder endlich zur Rechenschaft gezogen wird?«

»Ja.«

»Kannst du das sagen?«

»Was sagen?«

»Dass es gut ist, dass ihr Mörder endlich zur Rechenschaft gezogen wird. Für die Kamera.«

»Oh, na klar. Sicher. Es ist gut, dass der echte Mörder endlich zur Rechenschaft gezogen wird.«

»Welche Pläne hast du jetzt? Wirst du deine lange Inhaftierung irgendwie für etwas Positives nutzen?«

»Mein Agent sagt, ich könnte Geld damit verdienen.«

»Nein, ich meine … Wirst du eine Kampagne starten? Wirst du dich irgendwelchen Gruppen anschließen?«

»Wozu?«

»Für eine Reform des Justizsystems, für die Abschaffung der Todesstrafe.«

»Oh. Nein, ich meine, die Todesstrafe ist schon in Ordnung, solange der Kerl es auch tatsächlich getan hat.«

Carrie brach die Aufnahme mit einer Handbewegung ab. »Schnitt, Schnitt! Dennis, ich kann nicht erkennen, ob das dein Ernst ist.«

»Es ist mein Ernst«, sagte er stirnrunzelnd.

»Nach allem, was du durchgemacht hast, glaubst du wirklich, dass die Todesstrafe etwas Gutes ist?«

»Nicht direkt etwas *Gutes* …« Er dachte darüber nach. »Sie ist notwendig, oder nicht? Ich sage nicht, dass sie *gut* wäre.«

»Oje, Dennis.« Carrie seufzte. »Was machen wir nur mit dir?«

Sechzehn

Die Crew reiste am nächsten Morgen in aller Frühe ab, und endlich gab es nur noch sie beide, Sam und Dennis, die jetzt das Zusammensein kennenlernten. Sie füllten die Formulare aus, um ein Bankkonto für Dennis anzulegen; dass er kein richtiges Leben hatte, machte alles schwieriger: Er hatte keine vorherige Adresse, ja nicht einmal eine aktuelle Adresse und keinerlei Vorgeschichte. Sie lösten die geschenkten Schecks ein und wären gern zusammen ausgegangen, wussten aber nicht, wohin sie hätten gehen oder was sie hätten tun sollen. Schließlich bestellte Sam einen Wagen, und sie ließen sich zur Florida Mall bringen, wo sie händchenhaltend umherschlenderten. Wenn Dennis angesprochen wurde, ließ er sich fotografieren. Andere drehten ihnen im Vorbeigehen den Rücken zu und machten mit ausgestreckten Armen Fotos. Dennis wirkte irritiert, bis Sam ihm erklärte, was Selfies waren.

Sie wurden von Zeitschriften als Paar interviewt, und Sam bewahrte ein Exemplar von jedem Artikel in ihrem Koffer auf, damit sie nicht knitterten. Dennis unterschrieb bei einem Verlag einen Vertrag mit sechsstelligem Vorschuss für zwei Bücher: eine Autobiografie und eine Sammlung seiner Schriften aus dem Gefängnis, einschließlich des Briefwechsels zwischen ihm und Sam. Sam stimmte zu, auch wenn ihr die Vorstellung unangenehm war, dass alle ihre Briefe lesen würden. Man würde sie sich als blasse graue Maus vorstellen, dachte sie verzweifelt, die allein in ihrem schäbigen Haus hockte und einem völlig Fremden ihr Herz ausschüttete.

Ständig googelte sie ihren Namen und saß brütend über den Kommentarspalten. Manche fragten, warum ein Mann wie Dennis eine Frau wie sie lieben sollte. Sie benutzten Wörter wie fett, hässlich, fade und Groupie. Andere fragten, welche normale Frau mit einem Mann wie Dennis zusammen sein wollte. Sie sagten, es wäre klar, was ihr bevorstand. Und sie sagten, sie hätte es verdient.

Es tat weh. Jeder Kommentar zehrte an ihr, bis sie sich wund und aufgerieben fühlte.

Doch wenn sie weinte, hielt Dennis sie im Arm, und wenn sie ausgingen, hielt er ihre Hand und küsste sie, die Lippen kalt vom Eiswasser, das er dauernd trank. Er sprach es nicht aus, doch sie wusste, dass er den Leuten zeigen wollte, wie sehr er sie liebte. Und sie dachte, dass das alles wäre, was sie brauchte. Dass es alles andere wiedergutmachen würde.

Sobald Dennis einen Ausweis hatte, buchte Nick für Dennis eine Interviewtour durch die Late-Night-Shows im Fernsehen, und er und Sam sollten sich darauf einstellen, über Weihnachten in New York zu sein. Auch von einem weiteren Kinofilm war die Rede, der auf Eileen Turners Buch *Red River – Wenn der Fluss sich rot verfärbt* basieren sollte.

»Jared Leto wird dich spielen«, sagte Nick zu Dennis.

»Wer?« Sam zeigte ihm ein Foto auf ihrem Smartphone. »Der sieht mir überhaupt nicht ähnlich.«

»Die Haare werden gefärbt! Er wird sich voll und ganz in diese Rolle hineinversetzen. Er macht *Method Acting*, deshalb will er einige Zeit mit dir verbringen, dich beobachten und lernen, was dich als Person ausmacht.«

»*Method* was?«

Sam erklärte es ihm.

»Ganz bestimmt nicht«, sagte Dennis. »Ernsthaft? Nein.«

Eines Abends blieben sie vor dem Schaufenster eines Juweliers stehen, und er forderte Sam auf, sich einen Ring auszusuchen. Irgendeinen. »Bisher konnte ich dir ja noch keinen kaufen«, sagte er, eine Hand an ihrem Rücken. Manchmal wurde ihr ganz schwindelig davon, wie glücklich er sie machte.

In anderen Momenten war er schwierig, verfiel plötzlich in düstere Stimmungen, wurde still und unnahbar. Sie waren fast die ganze Zeit zusammen, außer wenn Dennis im Fitnessstudio war oder einer von ihnen allein spazieren ging oder eine Runde schwamm, was selten vorkam. In ihrem Hotelzimmer sammelte sich immer mehr Zeug an, ihr ganzes Leben in ein einziges Zimmer gestopft. Sie zankten und stritten, und dann lagen sie stundenlang in loser Berührung in der Stille und wussten nicht recht, was sie tun oder fühlen sollten.

Jeden Abend ging Dennis ins Bett, und Sam legte sich aufs Sofa. Sie lag lange wach und fragte sich, warum er nicht mit ihr schlafen wollte, ob mit ihr irgendetwas nicht stimmte oder ob da etwas anderes war.

Keiner von ihnen hatte passende Kleidung für den Winter in New York, also gingen sie wieder einkaufen und gaben Geld aus, als wäre es nichts. Sie probierten dicke, mit Gänsedaunen gefütterte Wintermäntel an. »Ich habe mir noch nie einen Wintermantel gekauft«, sagte Dennis, als er die Hände in die tiefen Manteltaschen schob. Sie brachten alles zur Kasse, ohne auch nur einen Blick auf die Preisschilder zu werfen, und während er dem Kassierer seine MasterCard reichte, sagte Dennis: »Glaubst du, es wird schneien?«

»Vielleicht.« Sam dachte an Weihnachtsbeleuchtung, an

Handschuhe und heiße Schokolade. Sie sehnte sich nach kühler Luft, danach, dass es draußen kälter war als drinnen und ihr Atem vor ihrem Gesicht Nebelwölkchen bildete.

Sie fuhren mit dem Auto ins Hotel zurück und stapelten die neuen Sachen auf die alten. Bald würde Sam ihre Mutter anrufen müssen und ihr erklären, warum sie zu Weihnachten nicht nach Hause kommen würde. Sich außerdem dafür entschuldigen, dass sie seit Wochen nicht mehr angerufen hatte. Aber es war so viel in so kurzer Zeit passiert. Sie ignorierte die Anrufe von der Arbeit und hatte noch nicht auf die E-Mail geantwortet, in der man ihr geschrieben hatte, eigentlich bräuchte sie gar nicht mehr zurückzukommen.

Sam hatte mit niemandem von zu Hause sprechen wollen, weil sie genau wusste, was alle dort sagen würden. Jetzt aber kam sie nicht mehr darum herum, und so entschuldigte sie sich, ging zum Telefonieren hinaus auf den Balkon und zog die Glastür hinter sich zu.

Ihre Mutter meldete sich sofort. »Sam?«

»Ja, ich bin's.«

»Warum hast du nie zurückgerufen? Ich habe mir solche Sorgen gemacht.«

»Mir geht's gut. Ich bin noch in Florida.«

»Ich weiß! Ich habe die Bilder gesehen. Du warst in allen Zeitungen. Unser Telefon stand gar nicht mehr still.«

»Warum sagst du dann, du hättest dir Sorgen gemacht?«

»Weil ich nicht weiß, wie es dir geht. Oder wie es dir mit ihm geht.«

»Wir sind glücklich.« Sam lehnte sich an die weiße Balkonfassade und beobachtete eine Eidechse, die unter ihnen über die Terrasse flitzte.

»Ich verstehe es einfach nicht.«

»Ich liebe ihn, Mum.«

»Er macht mir Angst.«

»Warum?«

»Wenn man Jahrzehnte im Gefängnis war, kann man nicht mehr normal sein. Das geht einfach nicht.«

»Aber er ist normal.« Sam zog sich in den Schatten zurück. »Er ist reizend und nett und schüchtern.«

»Aber er ist ein Mörder.«

»Er ist kein Mörder, Mum. Darum geht es doch. Er wurde freigesprochen.«

Sam hörte ihre Mutter seufzen. »Ich weiß, die Sache mit Mark ist nicht gut ausgegangen, aber …«

»Fang nicht davon an.«

»Das heißt nicht, dass du keinen Mann verdient hättest, der …«

»Mum, bitte!« Sam merkte, dass sie schrie.

»Du willst das eigentlich gar nicht, mein Schatz. Das wissen wir. Wenn du wieder nach Hause kommst, suchen wir dir Hilfe.«

So ging es weiter. Sam stand mit dem Rücken zu den Balkontüren, damit Dennis nicht sehen konnte, wie aufgewühlt sie war. Sie war noch nicht bereit, ihm von ihrem Ex zu erzählen, aber irgendwann würde sie es müssen. Wenn Mark seine Geschichte an die Presse verkaufte – war das jetzt möglich? Oder jemand anderes, vielleicht einer seiner Freunde? Oder sogar seine Mutter, die sie mit seinem Handy vom Krankenhaus aus angerufen hatte, um ihr zu sagen, dass Mark von einer Anzeige absehe, Sam aber nie wieder Kontakt zu ihm aufnehmen dürfe. Es war nur ein kurzer Augenblick gewesen, ein Ausrutscher, mehr nicht. Das war nicht sie selbst gewesen. Es waren die Spielchen, die Mark mit ihr gespielt hatte. Dass er gesagt hatte, er würde sie lieben, aber es nicht so gemeint hatte. Und dann war sie einfach … Sie schüttelte den Gedanken ab.

Sie waren gekommen, während Sam bei der Arbeit gewesen war, hatten Marks Sachen allesamt abgeholt und anschließend den Schlüssel durch den Briefschlitz geworfen. Sie wünschte, er wäre zurückgekommen, um ihr Haus zu verwüsten, ihre Kleider zu zerschneiden oder ein Fenster einzuschlagen, irgendetwas, das ihr zeigte, dass er wütend oder aufgebracht wäre – irgendetwas. Aber zum Schluss hatte er beim Gedanken an sie nur noch eines empfunden: Angst.

Von Anfang an hatte Mark ihr immer wieder gesagt, ihre Beziehung sei *unverbindlich*. Sie war selber schuld, wenn er sie verletzte. Das begriff sie jetzt. Sie hatte die Regeln gekannt und sie ignoriert und es übertrieben. Diesmal war es anders, sagte sie sich. Dennis gehörte ganz ihr. Sie waren verheiratet; das war zweifellos verbindlich. Noch einmal würde sie nicht den Verstand verlieren, nicht einmal für eine Sekunde, selbst wenn das bedeutete, dass sie jeden Tag ihr Bettzeug zusammenlegen und wegräumen musste, bevor der Zimmerservice kam, damit niemand erfuhr, dass sie nicht im selben Bett schliefen. Dennis brauchte Zeit, das wusste sie. Er war so schön, dass sie manchmal vergaß, dass sie das nicht war. Wenn er sie im Arm hielt und seiner Fingerspitzen knapp unter den Rand ihres T-Shirts rutschten, hielt sie den Atem an und hoffte auf mehr, und wenn er dann die Hände wieder wegnahm und sich abwandte, musste sie das verstehen. Er war noch nicht bereit. Das war alles.

Siebzehn

Einige Tage später brachen sie nach New York auf. Vom Fliegen bekam Dennis schlechte Laune; er hatte bei der Landung Probleme mit dem Druckausgleich und konnte eine Zeit lang nichts hören, was ihn wie durch einen großen Wattebausch von der Welt abschirmte. »Was? Was?«, fragte er Sam immer wieder, während sie den Sicherheitsbereich im Flughafen passierten und liebenswürdig zu allem lächelten, was Personal und Passanten sagten und er nicht verstand. *Ganz toll das alles.*

Ein Wagen brachte sie zum Hotel, wo sie von einem Portier mit einem Schirm in Empfang genommen wurden, um sie vor dem eisigen Sprühregen zu schützen, der eher in der Luft schwebte, als wirklich zu fallen. Ihr Gepäck wurde auf einen Rollwagen geladen, und sie hielten Smalltalk, während sie im Aufzug in die vierzigste Etage fuhren. Ihr Zimmer war ganz in Rot und Gold gehalten, und in der Mitte stand ein riesiges Himmelbett mit Mahagonischnitzereien. Durch die bodentiefen Fenster im Wohnbereich blickten sie hinaus auf die verstopften Straßen und die Lichter der Stadt, die sich in den hinunterrinnenden Tropfen an der Scheibe brachen.

Sam nahm Dennis' Arm und legte ihn sich um die Schultern. »Ich finde es herrlich hier.«

»Es ist kalt.« Er zog den Arm weg.

»Du bist ein Isegrim«, sagte sie lächelnd.

»*Isegrim?* Samantha, ich bin beeindruckt.«

»Wenn du Samantha sagst, denke ich, ich kriege Ärger.«

»Vielleicht stimmt das ja auch«, sagte er, und wieder spürte Sam dieses plötzliche Verlangen. Vielleicht war das ein Annäherungsversuch, dachte sie. Vielleicht würde es jetzt und hier passieren. Doch dann machte er sich daran, seine Koffer auszupacken und seine Hemden in den Schrank zu hängen. Sie selbst ließ ihre Sachen im Koffer und schob ihn unters Bett, damit Dennis nicht schimpfte.

Er packte seinen Laptop aus und stellte ihn auf den Schreibtisch im Wohnbereich. Bei der Erinnerung an das entschlossene Tap-tap-tap seines Ein-Finger-Tipp-Systems verkrampfte sich Sam. Stundenlang *tap-tap-tap* in dem sonst stillen Hotelzimmer. Kein Fernseher, damit er sich konzentrieren konnte. Er wollte sie seine Autobiografie nicht lesen lassen und drehte sich so, dass er mit seinem Körper den Bildschirm verdeckte, wenn sie an ihm vorbeiging. Jedes Mal, wenn er das Zimmer verließ, musste sie den Drang unterdrücken, heimlich einen Blick zu riskieren, um das Einzige zu sehen, das er vor ihr geheim hielt. Wie schlimm konnte es schon sein? Arbeit allein macht auch nicht glücklich, dachte sie.

In ihrem Zimmer gab es ein paar Sessel, einen Esstisch und eine Chaiselongue. Sam bettete sich mit einem Kissen auf die Chaiselongue. Ihre Beine ragten so weit über den Rand, dass sie sich zu einer Kugel zusammenrollen musste, um ganz daraufzupassen.

»Ähm, Den? Ich passe hier nicht drauf.« Sie streckte sich wieder aus, um es ihm zu zeigen. Er blickte sich im Zimmer um, und als er sah, dass es keine Alternativen gab, verdüsterte sich seine Miene. »Was soll ich machen?« Sam versuchte, unbeschwert zu klingen, nicht hoffnungsvoll, nur freundlich und auf der Suche nach einem Kompromiss.

»Inzwischen hatte ich wohl eine ganze Menge guter Nächte«, sagte er.

»Wirklich?« Ihr Herz raste.

»Wo willst du sonst schlafen?«

Sie ging zu ihm, küsste ihn und ließ sich von ihm hochheben und zum Bett tragen. Sie zog ihn auf sich und hielt ihn fest, um ihn noch einmal küssen zu können. Sie schlang die Beine um seine Hüften und drängte sich an ihn, spürte seine heiße Zunge in ihrem Mund. Ihr entschlüpfte ein Geräusch, ein unerwartetes Stöhnen. Er hielt inne.

»Alles okay mit dir?«

»Ja.« Sie versuchte, ihn wieder an sich zu ziehen.

»Habe ich etwas falsch gemacht?«

»Nein.«

»Sicher?«

»Ja.«

Er zog sich weiter zurück. Sie setzte sich auf und hielt ihn am T-Shirt fest, doch er stand auf und streckte sich. »Ich sollte hiermit weitermachen«, sagte er und deutete auf Kleider, die aus seinem Koffer quollen. Sam ließ sich aufs Bett zurückfallen und spürte das Pochen zwischen den Beinen.

Sein Handy vibrierte auf dem Nachttisch. »Kannst du sehen, wer das ist?«

»Da steht ›Unbekannt‹«, sagte Sam und hielt es ihm hin.

»Was heißt das?«

»Dass die Rufnummer unterdrückt wird.«

Er hielt das Telefon in der Hand und betrachtete es, bis das Vibrieren aufhörte, dann gab er es Sam achselzuckend zurück. Als er das nächste T-Shirt zusammenfaltete, um es in den Schrank zu legen, vibrierte das Handy erneut. »Geh ran«, sagte er zu ihr.

»Hallo?«

»Wer ist da?«, fragte eine Männerstimme.

»Samantha«, sagte Sam. »Wer ist da?«

»Ist Dennis da?« Er klang kurz angebunden, fast wütend.

»Äh, wer ist da?«

»Sagen Sie ihm, ich bin ein alter Freund. Er wird schon wissen, worum es geht.«

»Ein alter Freund?« Sam hielt Dennis das Handy hin. Einen Augenblick lang starrte er aufs Display, bevor er es sich ans Ohr hielt.

»Hallo?« Er hob einen Finger und verschwand im Bad. Sam wartete ein, zwei Sekunden, ehe sie auf Zehenspitzen zur Tür schlich und das Ohr dagegen drückte. Doch sie konnte nichts hören, und so setzte sie sich enttäuscht wieder aufs Bett und wartete nervös darauf, dass Dennis wieder herauskam.

Nach ein paar Minuten tauchte er wieder auf, wischte das Display an seinem Shirt ab und kramte im Koffer nach dem Ladegerät.

»Und?«, fragte Sam. »Wer war das?«

»Niemand.« Er steckte das Ladegerät in die Steckdose, das Display des Smartphones leuchtete auf, als er es anschloss. »Jemand, den ich früher mal kannte. Woher kann er diese Nummer haben?«

»Ich weiß nicht. Woher kennst du ihn?«

»Aus der Schule«, sagte er. »Hast du irgendjemandem meine Nummer gegeben?«

»Natürlich nicht«, sagte sie. »Warum sollte ich?«

»Ich weiß nicht, woher er sie hat, das ist alles.«

»Glaubst du, dich stalkt jemand?« Sam war besorgt, doch Dennis schnaubte nur.

»Mach dir deswegen keine Sorgen. Es ist nur komisch, mehr nicht.«

»Willst du irgendwo hingehen? Wir könnten uns etwas zu essen holen oder ein bisschen spazieren gehen.«

»Ich glaube, ich gehe erstmal ins Fitnessstudio«, sagte er.

»Oh«, sagte Sam. »Okay.« Sie sah ihm zu, während er sich umzog, die getragene Kleidung ordentlich gefaltet in seinen leeren Koffer legte und sich ein graues T-Shirt überstreifte.

Im Hinausgehen machte er noch einmal kehrt und zog das Handy vom Ladegerät ab. »Musik«, sagte er, dann war er weg. Sam sah die Kopfhörer, die noch zusammengerollt auf dem Nachttisch lagen.

Achtzehn

Am nächsten Tag ging Dennis zu einem Augenarzt, weil die lange Zeit im Todestrakt negative Auswirkungen auf seine Sehkraft gehabt hatte. Nachdem er einundzwanzig Jahre lang nicht weiter als bis zur nächsten Wand hatte blicken können, waren seine Augen schwächer geworden und durch das fehlende Sonnenlicht außerdem lichtempfindlich. Der Arzt verschrieb ihm Augentraining und neue Brillengläser, um einen Teil der verlorenen Sehkraft zurückzugewinnen. Jeden Tag saß Sam geduldig neben ihm und führte einen Bleistift langsam bis dicht an seine Augen heran und wieder weg. Dabei lauschte sie auf seinen Atem und spürte die lastende Anspannung zwischen ihnen. Wann immer es möglich war, ging er ohne Sonnenbrille aus und blickte dann mit schmerzverzerrtem Gesicht in den Central Park, bis er sie wieder aufsetzen musste. Er hatte ein neues Designergestell, das sein Gesicht weicher wirken ließ, und Sam war nicht entgangen, dass die Optikerin mehr Zeit als nötig darauf verwendete, sich zu vergewissern, dass die Brille auch richtig auf seiner Nase saß, wobei sie die Hände fast zärtlich an seine Wangen legte.

Man teilte ihm mit, dass er die höchstmögliche Entschädigung für das Fehlurteil erhalten würde – zwei Millionen Dollar – doch seine Anwälte versprachen, auf mehr zu klagen. Für die Gerichtskosten würde es eine zusätzliche Entschädigungszahlung geben, doch da das meiste Geld für seine Berufungsverfahren von Fans gekommen war, schlug Nick eine Spende an das Innocence Project vor.

»Na ja, die Entscheidung überlasse ich dir. Ich weiß nicht, was wir sonst damit machen würden«, sagte Dennis.

Als Weihnachten näher rückte, ging Sam zur Rezeption und bat um einen Weihnachtsbaum für ihr Zimmer. »Es ist sein erstes, seit er … wieder da ist, wissen Sie? Ich möchte, dass es etwas Besonderes ist.«

»Kein Problem«, sagte der Rezeptionist und reservierte ihnen für den folgenden Abend einen Tisch in einem Restaurant, damit der Baum in ihrer Abwesenheit geschmückt werden konnte.

Als sie zurückkamen, stand der erleuchtete Baum in einer Ecke, und unter dem Fernseher hingen zwei Weihnachtsstrümpfe. Dennis musste gegen seinen Willen lächeln. »Na, komm schon«, sagte Sam und zupfte ihn am T-Shirt. »Das ist süß.«

»Es ist *zu* süß«, sagte er und gab ihr einen Kuss auf die Haare.

Zu Silvester kamen Carrie und ihre Freundin Dylan zu Besuch. In gelöster Stimmung vom Rotwein und dem reichhaltigen Essen, gingen sie nach dem Essen noch aufs Hotelzimmer, um noch etwas zusammen zu trinken. Dylan hatte kurzgeschnittene Haare und pflegte einen eleganteren, geschäftsmäßigeren Kleidungsstil als Carrie. Sie waren in vielerlei Hinsicht unterschiedlich – Carrie war künstlerischer, Dylan eher akademisch; Carrie so frech und leichtfertig, Dylan bedachter und ernsthafter – aber sie funktionierten auf eine Art miteinander, die Sam und Dennis fehlte. Sam fiel auf, wie die beiden sich bewegten, dass sich ihre Glieder wie Wasser umspülten, wohingegen sie und Dennis oft zusammenstießen, wenn einer den anderen zum falschen Zeitpunkt küsste oder sich ihre Ellbogen ungeschickt in die Quere kamen.

»Schön ist es hier«, sagte Carrie. »Ich könnte mich dran

gewöhnen, euch an solchen Orten zu besuchen. *Viel* besser als Altoona. Oder, Sam?«

»Es ist unglaublich.« Sam nahm Dennis' Hand.

»Überlegt ihr, auf Dauer in New York zu bleiben?«

»Nein«, sagte Dennis. »Zu kalt.«

Sam schwieg. Sie liebte die Stadt und wollte nicht wieder fortgehen. Dennis blieb die meiste Zeit im Hotelzimmer, zu Fuß ging er nur bis zum wartenden Taxi, dessen Tür ihnen von einem Portier aufgehalten wurde. Sam hingegen lief stundenlang in der Gegend herum, sog mit geschlossenen Augen die Gerüche auf, saß in den Fenstertischen von Cafés und beobachtete die Menschen. Sie fing heimlich wieder an zu rauchen, die Arme gegen die Kälte um den Oberkörper geschlungen, und sie sprühte sich mit Parfüm ein, bevor sie ins Hotel zurückkehrte. Sie wusste, dass Dennis Zigarettenrauch hasste. Wenn sie auf der Straße an einer Gruppe Raucher vorbeikamen, beschwerte er sich über den Gestank oder hustete übertrieben. Aber vor allem wollte auch sie ihre Geheimnisse haben. Genau wie er. *»Ein alter Freund«*, flüsterte sie, die Worte glitten mit dem Zigarettenrauch aus ihrem Mund und lösten sich kräuselnd in Luft auf.

Später stand Carrie neben Sam am Fenster, und sie blickten gemeinsam über die Stadt. »Und, wie laufen eure Flitterwochen so?«

»Ach, du weißt schon.« Sam wurde rot. Carrie lachte glücklich und betrunken.

»Vielleicht ist es ganz praktisch, dass ihr immer noch im Hotel wohnt. Wahrscheinlich kommt ihr im Moment zu gar nichts anderem, was?«

Sam dachte an die Nächte, die Dennis und sie Rücken an Rücken, Steißbein an Steißbein verbrachten. Wie sie von seinem spitzen Ellbogen in den Rippen aufwachte.

»Du redest schon wieder im Schlaf«, murrte er dann.

»Was habe ich gesagt?«, fragte sie, heiß und feucht von Träumen, in denen er sie gegen die Wand drängte oder über einen Tisch beugte.

»Ist doch egal.« Dann gähnte er, drehte sich weg und zog die Decken enger um sich.

»Wir wollen uns bald was Festes suchen«, sagte Dennis jetzt zu Carrie und Dylan. »Im Hotel haben wir lange genug gewohnt.«

»Kommt nach L. A.«, schlug Dylan vor.

»Du würdest L. A. lieben, Dennis. Das passt perfekt zu dir«, sagte Carrie.

»Wir fliegen zur Premiere der Serie hin«, sagte Dennis. »Vielleicht bleiben wir ja länger.«

Sams Magen zog sich zusammen. Er wusste, dass sie nicht in L. A. bleiben wollte. Sie musste für einige Zeit nach England reisen und ihr Haus für den Verkauf vorbreiten. Sie war noch nicht wieder bereit für die Hitze. Sie liebte Wintertage, an denen es nie richtig hell wurde, mit grauem Himmel und orangefarbenem Licht in den Fenstern.

Als Dylan und Carrie am nächsten Tag abreisten, hatten Sam und Dennis einen heftigen Streit. Er ging abends um elf Uhr abends zum Laufen und kam erst um ein Uhr früh zurück. Eiskalt schlüpfte er unter die Bettdecke, und sie zuckte zusammen, als seine frostigen Hände ihre Haut berührten.

»Tut mir leid«, flüsterte er und schmiegte sich an ihren Rücken.

»Mir auch«, sagte sie. »Es ist okay, wenn wir eine Weile in L. A. bleiben. Ich war egoistisch.« Er bedankte sich bei ihr und gab ihr einen Kuss auf den Hals. Sie erschauerte in seinen Armen. Die von draußen mitgebrachte Kälte schien alle Wärme aus dem Raum zu treiben.

Neunzehn

In den nächsten Wochen trat Dennis in Talkshows auf und gab einstudierte Antworten auf Standardfragen, die ihm immer und immer wieder gestellt wurden. *Wie geht es Ihnen, seit Sie aus dem Gefängnis gekommen sind? Können Sie der Polizei von Red River verzeihen, was Ihnen angetan worden ist? Werden Sie jetzt anderen unschuldig Inhaftierten helfen?*

Dennis absolvierte ein Rede- und Kommunikationstraining für öffentliche Auftritte. Heikle Ansichten – wie seine gleichgültige Haltung gegenüber der Todesstrafe – mussten verharmlost oder bestenfalls ganz umgangen werden. Die Trainerin half ihm, Antworten zu formulieren, die nicht polarisieren würden, sondern sich auf Vergebung und Verständnis und Nach-vorn-Sehen konzentrierten. Sie brachte ihm bei, seine Aufmerksamkeit in einer Fernsehsendung zwischen dem Moderator und dem Publikum aufzuteilen, unangenehmen Fragen auszuweichen und die Wirkung seiner Antworten durch wohlplatzierte Pausen und offenen Blickkontakt zu maximieren.

Ein Ernährungsberater brachte ihm schlammfarbene Smoothies und natürliche Proteinriegel, die aussahen, als gehörten sie eigentlich in ein Vogelhäuschen. Statt Kaffee schlürfte er becherweise heiße Bone Broth, deren Geruch Sam an die Suppe erinnerte, die es an Winterabenden bei ihrer Großmutter gegeben hatte. Immer wieder versuchte er, sie zu überreden, unaussprechliche Dinge wie Açaibeeren oder Echinaceaextrakt zu essen, doch Sam zog eine Grenze, nachdem er ihr Kokoswasser gegeben hatte, das ihrer Ansicht nach wie Sperma schmeckte – was sie ihm allerdings nicht sagen konnte.

Man sagte ihm, was er anziehen, wie er für Fotos posieren und wann er wo zu sein hatte. Jemand fuhr ihn zu den Terminen, wo er von jemand anderem in einen Raum gebracht wurde, wo man ihm ein paar vereinzelte Haare auszupfte und seine Stirn abpuderte, damit sie nicht glänzte wie die Haut normaler, mängelbehafteter Menschen.

»Du bist jetzt so weit«, sagte Nick am Sonntag beim Mittagessen zu Dennis.

»Ich weiß nicht«, sagte Dennis. »Live-Sendungen?«

»Wo ist der Unterschied zwischen einer Live-Sendung oder einem Interview vor Studiopublikum? Bei *Colbert* warst du großartig, die Leute haben dich geliebt. Vertrau mir, du bist so weit.«

Am Mittwochmorgen trafen Dennis und Sam kurz vor Sendebeginn um elf Uhr im Studio von *Today's Talk* ein. Dennis würde nicht vor Mittag drankommen, also hatten sie ein wenig Zeit, sich umzusehen. Die Stimmung war anders als bei den Late-Night-Shows und den vorab aufgezeichneten Interviews. Der Druck, live auf Sendung zu gehen, schuf eine aufgeregte, ängstliche Anspannung. Nick rief an, um Dennis viel Glück zu wünschen. »Tut mir leid, dass ich es nicht schaffe«, sagte er. »Du machst das schon. Entspann dich einfach und hab deinen Spaß.« Dann wurde Dennis in die Maske gescheucht, und Sam blieb allein zurück.

Sie nahm sich etwas vom Buffet und hielt Smalltalk mit einem Finalisten von *America's Got Talent*. Als Dennis fertig war, begleitete sie ihn zum Bühneneingang und hielt seine leicht zitternde Hand – sie hatte nicht geahnt, wie nervös er war – und als das Licht über der Tür auf Grün umsprang, weil die Sendung in die Werbepause ging, küsste sie ihn.

»Viel Glück«, sagte sie und ließ seine Hand los. Er lächelte sie zaghaft an, dann wurde er von einem anderen Mann mit Headset auf die Bühne geführt. Das Set war ein Wohnzimmer, ganz in Pastelltönen gehalten, mit immerblauem aufgemalten Himmel hinter einem unechten Fenster. Der Raum war in der Mitte geteilt, die zweite Hälfte war in Schwarz gehalten und bildete den Bereich für die Kameras und die Crew. Sam musste an Ed und seinen Krater denken: sein Haus, das zur Hälfte über einem Abgrund hing.

Ein anderer Bühnenarbeiter brachte Sam in ein grünes Zimmer, von dem aus sie die Sendung während der Übertragung verfolgen konnte. Hier waren noch andere Leute, die Schwester einer Frau, die eine seltene Krebserkrankung hatte, der Freund eines Mannes, dessen Trauzeugenrede ein viraler Hit geworden war. Alle lächelten Sam an, als sie hereinkam. Im Fernsehen lief ein Werbespot für Babyshampoo, und ein Wasserspender gurgelte, als Sam sich einen Plastikbecher füllte.

Dann ging die Sendung weiter; Sam spürte dasselbe Ziehen im Magen wie immer, wenn sie Dennis im Fernsehen sah. Er saß steif auf dem Sofa, die Hände auf den Knien. Sam wünschte, er würde daran denken, was ihm die Medientrainerin über Körperhaltung, entspannte Schultern und eine offene Ausstrahlung erklärt hatte.

Auf einem Sofa neben Dennis saßen drei Moderatoren: ein Mann im Anzug mit unnatürlich schwarzen Haaren, eine stark geschminkte Frau in einem gelben Kleid und eine prominente Gastmoderatorin, die zu breit lächelte, als sie Dennis mit einer kurzen Zusammenfassung seines Falls und der neuen Netflix-Serie vorstellte.

»Zuallererst«, begann die Frau im gelben Kleid, »Sie waren über zwanzig Jahre im Gefängnis. Wussten Sie überhaupt, was Netflix ist?«

Die Prominente lachte. Dennis lächelte, doch als er anfing zu sprechen, verschwand das Lächeln zu schnell.

»Am Anfang nicht, nein. Man hat es mir erklärt ...«

»Haben Sie schon irgendwas auf Netflix gesehen?«, fragte die Prominente.

»Noch nicht, ich bin nicht so der Fernseh ...«

»Für alle, die die erste Dokumentation nicht kennen, könnten Sie erklären, was in Ihrem Fall passiert ist? Es ist schon eine krasse Geschichte, wenn man sie noch nicht gesehen hat.« Während er sprach, legte der Mann seine Moderationskarten auf den Tisch und hob sie wieder auf. Doch bevor Dennis antworten konnte, fing die andere Moderatorin an, über die verschwundenen Beweismittel und falsche Zeugenaussagen zu plaudern. Dennis beobachtete sie schweigend. Eine Kamera zeigte sein Gesicht gerade in dem Moment in Nahaufnahme, als er aufsah und direkt in die Linse blickte. Sam zuckte zusammen, als hätte er sie dabei ertappt, dass sie ihn anstarrte.

»Also, was kommt in dieser Serie Neues hinzu?«, fragte der Mann und wandte sich abrupt an Dennis, der überrascht zu stottern begann und unfähig war, die so oft eingeübten Sätze zu formulieren.

»Beweise. Neue Beweise. Und natürlich wird gezeigt, was zu meinem Freispruch geführt hat.«

»Weil es nach *Framing the Truth* noch eine Menge unbeantworteter Fragen gab. Werden die Menschen, die vom ersten Film an zu Ihnen gehalten haben, diese Antworten endlich bekommen?«

Dennis wirkte verwirrt. »Na ja, ich denke, Holly Michaels' Familie kann jetzt endlich etwas Frieden finden, weil sie weiß, dass der Mann, der für ihre Ermordung verantwortlich ist, endlich verurteilt wurde.«

»Natürlich. Hollys Vater hat die mediale Aufmerksamkeit, die Ihr Fall erregt hat, im Vorfeld recht kritisch gesehen.«

»Es muss schwer für ihn gewesen sein«, sagte Dennis. »Die Familie ist so tapfer …«

»Und die anderen Familien?«, fragte die Frau im gelben Kleid. Sie blickte auf ihre Karten und lächelte.

»Entschuldigung?«

»Die vermissten Mädchen aus Red River«, sagte der Mann. »Nach dem ersten Film blieben immer noch Fragen offen – wer war für das Verschwinden all dieser Mädchen verantwortlich? Man war davon ausgegangen, dass derjenige, der Holly umgebracht hat, auch die anderen Mädchen auf dem Gewissen hat, aber diese Theorie war falsch. Hollys Mörder – Wayne – war äußerst mitteilsam, als er diesen und, wie sich herausstellte, zwei weitere ungeklärte Morde gestand. Aber er beharrte felsenfest darauf, nichts von den vermissten Mädchen aus Red River zu wissen. Wird die Serie eine Antwort auf die Frage liefern, wo diese vermissten Mädchen sind?«

Es entstand eine lange Stille. Sie kam Sam vor wie eine Ewigkeit. Noch nie zuvor hatte sie im Fernsehen eine solche Stille erlebt.

»Nein«, sagte Dennis schließlich. Alle am Tisch hörten auf zu lächeln, selbst die prominente Gastmoderatorin blickte stirnrunzelnd auf ihre Karten.

»Meinen Sie nicht …«

»In der Serie werden die Fehler des ersten Verfahrens und die nachhaltigen Auswirkungen des ersten Films beleuchtet.

Sie dokumentiert meinen Weg zur Anfechtung des Urteils und schließlich zu meiner Freilassung. Es geht um den Mord an Holly Michaels und das Unrecht, das ihrer Familie und mir durch eine Gruppe korrupter Menschen widerfahren ist.«

Sam wurde übel. Es war genau das, was er sagen sollte, aber es klang falsch, und die einstudierten Betonungen fehlten völlig. Sie wollte bei ihm sein, wollte seine Hand drücken und ihm ins Ohr flüstern: *Bleib einfach ruhig und entschärfe die Situation.*

»Aber auf diese Frage wollen doch garantiert viele Menschen eine Antwort. Das verfolgt Sie doch immer noch, oder nicht? Wir hatten heute Morgen eine Gruppe von Demonstrierenden vor dem Studio. Sie sind eine ziemlich kontroverse Figur! Offenbar gibt es immer noch Menschen, die Sie für schuldig halten.«

»Aber das bin ich nicht.« Dennis rutschte auf seinem Platz hin und her. Er beugte sich vor. Sam wollte ihn an den Schultern fassen und zurückziehen. Das war nicht der richtige Zeitpunkt, um sich vorzubeugen. Es wirkte konfrontativ, als würde er gleich auf jemanden losgehen. »Ich wurde freigesprochen …«

»Die Leute glauben, Sie sind für das Verschwinden der Mädchen verantwortlich«, unterbrach ihn die Frau.

»Sie irren sich«, sagte Dennis. »Und ich bin nicht hier, um über das alles zu reden. Ich habe keine Antworten für diese Menschen.«

»Natürlich nicht! *Natürlich* haben Sie diese Antworten nicht.« Der Mann versuchte, die aufkommende Anspannung aufzulockern, die Mitmoderatoren lachten ein leises, unbehagliches Lachen. »Aber es muss Sie doch belasten, dass dieses Fragezeichen über Ihnen schwebt, obwohl Sie freigesprochen wurden.«

»Ja«, sagte Dennis. »Das tut es. Manche Menschen werden nie von meiner Unschuld überzeugt sein, ganz egal, wie viele Beweise man ihnen vorlegt.«

»Was würden Sie diesen Menschen gerne sagen?«

Dennis war überfordert. Sam wartete darauf, dass er irgendetwas sagte, doch nichts passierte. Die Kamera zeigte sein emotionsloses Gesicht in Großaufnahme.

»Wenn Sie die Gelegenheit hätten, ihre Zweifel ein für alle Mal auszuräumen, würden Sie sie nutzen?« Alle Moderatoren warteten auf seine Antwort.

Sam wusste nicht mehr, wo das hinführen sollte, aber sie bekam ein ungutes Gefühl. Alle im Raum waren wie gebannt, und Sam fragte sich, ob die anderen wussten, dass sie Dennis' Frau war. Ein Teil von ihr hoffte, sie wüssten es nicht. Alle schienen ihn misstrauisch zu beäugen. Eine Frau schüttelte den Kopf, als Dennis antwortete.

»Ja. Aber manche werden sich nie überzeugen lassen, wie schon gesagt …«

»Wir könnten Ihnen helfen, das zu ändern«, sagte die Frau mehr zur Kamera und zum Publikum als zu Dennis. »Backstage haben wir einen ausgebildeten Lügendetektorspezialisten und einen der führenden Experten für Körpersprache in Amerika sowie einen Mann, der zwanzig Jahre lang Mordermittler beim NYPD war. Sie könnten sich einem Test unterziehen und diesen Fragen ein für alle Mal ein Ende machen.«

»Ich bin nur hier, um über die Serie zu sprechen …«, sagte Dennis. Sam sah die Bewegung seines Adamsapfels, als er schluckte, wie er nach einem Glas Wasser greifen wollte und es sich dann anders überlegte.

»Aber diese Fragen werden in der Serie überhaupt nicht behandelt, richtig? Dann ist das hier doch eine großartige Gelegenheit für Sie. Der Lügendetektortest würde etwa eine halbe Stunde dauern …«

»Die Dinger werden heute gar nicht mehr eingesetzt«, sagte

Dennis mit einem verächtlichen Lachen. »Sie sind absolut ineffizient und liefern oft ganz falsche Ergebnisse.«

»Genau deshalb haben wir den Körpersprachespezialisten und einen erfahrenen Detective, die …«

»Gerade Detectives und Experten haben mich für einen Mord, den ich nicht begangen habe, in den Todestrakt gebracht! Also danke, aber *nein,* danke. Können wir jetzt bitte über die Serie sprechen?«

»Haben Sie Angst davor, was dabei herauskommen könnte?«, fragte der Mann.

Sam wusste, dass sie nicht lockerlassen würden. Sie sah auf die Uhrzeit am Bildschirmrand und fragte sich, wie lange es bis zur nächsten Werbepause dauerte. Vielleicht konnte Dennis sie so lange hinhalten, bis sie das Thema fallen lassen und zum nächsten Teil der Sendung übergehen mussten. Sie hoffte es.

»Ich werde keinen dieser Scheißtests machen …«

»Wir möchten uns bei allen für diese Ausdrucksweise entschuldigen, die sich davon angegriffen fühlen …«

»Tut mir leid, okay? Tut mir leid. Ich wollte niemanden brüskieren«, sagte Dennis in die Kamera.

»Die Stimmung hier wird ziemlich feindselig«, sagte die Prominente mit sorgenvoller Stimme.

»Ich bin nicht feindselig«, fauchte Dennis sie an.

»Das ist nicht die Antwort, die wir erwartet hatten.« Die Frau machte große Augen.

»Was hatten Sie denn erwartet? Dass ich über die Gelegenheit begeistert wäre, von einem ehemaligen Bullen befragt und hinterrücks mit einem Lügendetektortest überfallen zu werden?«

Aufhören, dachte Sam. *Hör bitte auf zu reden.*

»Ich bin hier, um über die neue Serie zu sprechen. Die neue

Doku-Serie, die von meiner Entlastung handelt. Davon, dass ich unschuldig bin«

»Ja, aber Sie haben selbst gesagt, dass es noch eine Reihe offener Fragen im Zusammenhang mit …«

»Das habe ich nicht gesagt.«

»Nun ja, Sie sagten, in der neuen Serie würde die Frage nach den vermissten Mädchen nicht behandelt …«

»Weil ich nichts über die vermissten Mädchen weiß!«

»Werden Sie bitte nicht laut«, sagte die Frau.

»Ich bin hier fertig.« Dennis stand auf. Er nahm sein Mikro ab und zog es unter dem Hemd hervor. Mit einem zischenden Geräusch streifte es seine Haut. Eine Frau neben Samantha schnalzte mit der Zunge, und der Mann gegenüber schüttelte lachend den Kopf. Auf dem Bildschirm sagte Dennis noch etwas, doch das Mikro hing baumelnd von seiner Hand herab und nahm seine Stimme nicht auf. Er zeigte auf jemanden, löste den Akku von seinem Gürtel und sah sich im Davongehen noch einmal nach den Moderatoren um, die sich beim Publikum für die Störung entschuldigten.

Inzwischen hatte Sam das Gesicht in den Händen verborgen, die Ellbogen auf die Knie gestützt, und konnte den anderen nicht ins Gesicht sehen. Sie blieb so sitzen, während Musik und ein Ausblick auf die weiteren Themen der Sendung eingespielt wurden. Niemand im Raum sagte ein Wort.

Dennis stieß die Tür auf und sagte ihren Namen. Sie sah auf, und das plötzliche Licht blendete sie; kleine Punkte verdeckten sein Gesicht.

»Wir gehen«, sagte er. »Jetzt sofort.«

Sam spürte, dass alle sie anstarrten, als sie ihre Handtasche nahm und seine ausgestreckte Hand ergriff. Er schloss die Finger um ihre und zog sie mit sich, zwischen den Menschen hindurch.

die ihnen im Korridor entgegenkamen. An der Garderobe versperrte ihnen ein Security-Mitarbeiter den Weg.

»Mein Handy«, sagte Dennis. »Ich muss meine Sachen holen.«

Hinter dem Mann gab jemand Dennis' Handy und sein Portemonnaie heraus.

»Ich hatte eine Jacke dabei«, sagte er, und Sam bekam seinen Mantel gereicht. Dann zog Dennis sie weiter, durchs Foyer und hinaus auf die Straße. Er winkte ein Taxi heran, das langsam auf sie zurollte und erst ganz anhielt, als Dennis schon die Tür aufgerissen hatte und Sam hineinschob. Als sie sich durch die Tür duckte, legte er ihr schützend die Hand auf den Kopf. Eine eigenartige Geste, die zugleich beschützend und kontrollierend wirkte.

Zwanzig

Zurück im Hotel, blinkten auf Dennis' iPhone die Benachrichtigungen. Eine Nachricht von Carrie: »Oh Dennis, es tut mir so leid! Küsschen!« und verpasste Anrufe von Nick, die Dennis allesamt ignorierte. Er schaltete das Gerät aus und knallte es in eine Schublade.

Sam saß hinter ihm auf dem Bett und massierte ihm die Schultern, bis er sie abschüttelte. Sie hörte ihm zu, wie er auf die Moderatoren und Produzenten schimpfte, und versuchte, ihm zu versichern, dass er in dieser Situation nicht wie der Böse ausgesehen hätte. Doch während er im Bad war, warf sie auf ihrem eigenen Smartphone einen Blick auf die Zuschauerreaktionen und wusste, dass sich etwas verändert hatte. »Okay, äußerst fragwürdiges Verhalten vom gruseligsten Weißen, wie Amerika sie gerade zu bieten hat …«, postete ein *Jezebel*-Autor auf Twitter und verlinkte ein YouTube-Video der Sendung, das schon tausende Klicks hatte.

Als Dennis zurückkam, schaltete sie ihr Handy in den Flugmodus und schlug vor, Nick anzurufen, um zu besprechen, wie es jetzt weiterging. Doch das erwies sich als unnötig. Nick rief von der Hotellobby aus im Zimmer an, und Dennis erklärte sich widerstrebend bereit, sich unten mit ihm zu treffen.

»Hör zu«, sagte Nick, als sie in der Bar Platz nahmen. »Ich

bin schon mit Schlimmerem fertiggeworden, versprochen. Wir müssen jetzt eine Stellungnahme schreiben und erklären, warum du durch diese Befragung getriggert wurdest, okay? Dennis, du hast Schlimmes durchgemacht, furchtbare Dinge. Du musst ja praktisch unter einem posttraumatischem Belastungssyndrom leiden. Diese Typen wollen dich plötzlich in einen Raum schleppen und dich von einem Mordermittler verhören lassen? Dich an einer Maschine festschnallen und dich über Mitschüler ausfragen, die vor vierundzwanzig Jahren verschwunden sind? Völlig inakzeptabel. Kein Wunder, dass du so reagiert hast! Und es gibt Leute da draußen, die das jetzt schon so sehen.«

»Wirklich?«, fragte Dennis mit glänzenden, geröteten Augen.

»Die meisten sagen, dass es komplett unangebracht war, total schmierig. Und nicht nur deinetwegen. Was ist mit den Familien dieser Mädchen? Deren ganzes Trauma wird wieder aufgewühlt, und das nur für einen leichten Unterhaltungsbeitrag in einer Mittags-Talkshow?

Ich hätte dich nie in dieser Sendung auftreten lassen, wenn ich gewusst hätte …«

»Ich weiß. Aber jetzt ist einfach alles nur noch scheiße.«

»Wir können das Blatt wenden. Es zum Positiven drehen.«

Doch auch nach der öffentlichen Stellungnahme ebbte die Welle negativer Reaktionen nicht ab. *Today's Talk* hatte den Beitrag später in der Sendung noch einmal aufgegriffen, und der Experte für Körpersprache sowie der Mordermittler hatten ihre Meinung darüber geäußert, worauf Dennis' Verhalten in diesem Interview schließen lassen könnte. Beide waren sich einig, dass er etwas zu verbergen hatte, dass seine Körpersprache defensiv war und dass er sich verhielt wie ein schuldiger Politiker, indem er nie direkt auf eine Frage antwortete. Beide achteten sorgsam darauf, ihn nicht zu beschuldigen, etwas mit dem Verschwinden der Mädchen zu tun zu haben. Doch die Andeutungen genügten, um online hitzige Diskussionen auszulösen, und eine neue Welle von Petitionen forderte, dass sich Dennis den Tests unterziehen sollte.

»Vielleicht fahren wir am besten einfach für eine Weile nach England«, sagte Sam, nachdem sie sich wieder einen ganzen Tag in ihrem Hotelzimmer verkrochen hatten. »Irgendwohin, wo du nicht ganz so, na ja, bekannt bist.« Sie hatte es satt, sich zu verstecken, wurde rastlos und gierte nach einer Zigarette.

»Ich sollte mir keine Sorgen darum machen müssen, wie ›bekannt‹ ich bin! Ich habe *nichts* falsch gemacht!«

»Ich weiß, aber vielleicht könnten wir beide mal eine kleine Auszeit von allem hier gebrauchen. Es ist so viel passiert, und wir hatten kaum Zeit, zusammen zu sein.«

»Wir sind die *ganze Zeit* zusammen«, sagte er.

»Ich meine ... es geht immer um Interviews und Fotosessions und dein Buch. Wir könnten wegfahren und uns eine Zeit lang nur auf uns konzentrieren.«

»Ich mache das hier nicht, weil ich es *will*. Was soll ich denn sonst tun? Ich habe nicht mal die Highschool zu Ende gemacht. Und du hast ja auch keinen Job.«

»Das soll keine Kritik sein«, sagte Sam, ohne auf seine Bemerkung einzugehen. Sie saß neben ihm auf der Bettkante. »Ich sage nur, du hast jetzt so viele dieser Sachen gemacht, und vielleicht ist es Zeit, dass wir beide mal allein sind und uns richtig kennenlernen. Ohne das ganze Drama und Getöse.«

»Wir kennen uns doch. Du weißt *alles* über mich«, sagte Dennis. Seufzend ließ er sich aufs Bett fallen.

»Ich meine ... intim«, sagte sie errötend. Dennis barg das Gesicht in der Ellenbeuge und stöhnte. »Tut mir leid, aber ... es ist nicht so, dass ich nicht daran denken würde.« Sam versuchte, das Zittern in ihrer Stimme unter Kontrolle zu bekommen. »Manchmal habe ich das Gefühl, du findest mich nicht attraktiv.«

Dennis setzte sich auf und nahm sie in den Arm, während sie weinte. Sie schämte sich, es endlich ausgesprochen zu haben, und fürchtete, dass sie jetzt nicht mehr zurückkonnte, wo es nicht mehr zu ignorieren war. Vielleicht würde er sagen, dass es stimmte, dass er sie nicht attraktiv fände, und dann würde er sie verlassen und sie ganz allein wäre schuld daran.

»Das ist nicht so einfach«, sagte er. Ihre Tränen bildeten Flecken auf seinem Hemd. »Ich habe viel erlebt. Ich bin nicht bereit, darüber zu sprechen. Noch nicht. Es liegt nicht an dir. Ich brauche Zeit. Verstehst du das?«

Für einen Augenblick war sie so erleichtert, dass sie nicht darüber nachdachte, was er gemeint haben könnte, Sie sagte ihm, sie verstehe es und küsste ihn leicht auf die Schläfe. Sie lagen nebeneinander auf dem Bett. Sie schloss die Augen, während er mit ihren Haarsträhnen spielte und sie immer fester um seine Finger wickelte, so lange, bis es wehtat.

Als sie am nächsten Morgen aufwachte, war er schon aufgestanden und band sich gerade die Laufschuhe zu. Es war erst halb sechs.

»Willst du schon raus?«

»Mein Dad liegt im Krankenhaus«, sagte er, ohne sich umzudrehen. »Hat sich in den Kopf geschossen, sich das halbe Hirn weggeblasen. Seine Pflegerin hat ihn gefunden und den Notruf gewählt. Jetzt liegt er im Krankenhaus und wird auf meine Kosten von Maschinen am Leben erhalten.«

»Oh Gott!« Sam setzte sich auf. »Den, es tut mir so …«

»Schon gut. Es ist ja nicht so, als hätten wir uns nahegestanden.«

»Trotzdem, es tut mir leid. Mein Gott, Den …«

»Er hätte doch zumindest richtig zielen können, oder nicht?« Dennis machte ein Geräusch, das irgendwo zwischen einem Lachen und einem Zischen lag. »Wie dem auch sei. Jetzt soll ich hinfahren – der Dreckssack hat mich als nächsten Angehörigen eingetragen. Ich muss die Papiere unterschreiben, wenn ich will, dass die Geräte abgeschaltet werden. Ist das zu fassen?«

»Willst du das denn?«, fragte Sam.

»Sie sagen, es sei unwahrscheinlich, dass er wieder zu Bewusstsein kommt, und selbst wenn, würde er für den Rest seines Lebens auf die Geräte angewiesen sein. Also, ja, ich denke, ich will es.«

»Wann ist das …« Wieder sah Sam auf die Uhr. »Wann hast du mit ihnen gesprochen?«

»Vor etwa einer Stunde, als ich endlich mein Handy eingeschaltet habe«, sagte er.

»Warum hast du mich nicht geweckt?«

»Du hast so friedlich ausgesehen«, sagte Dennis. »Du hast einen tiefen Schlaf.«

Sam umarmte ihn und sagte, sie sei für ihn da, und er solle ihr sagen, wenn sie etwas für ihn tun könne.

»Ich muss hier raus«, sagte er, stand auf und zog sich einen dicken Pullover über. »Ich brauche nur ein bisschen Luft, um den Kopf freizukriegen.«

Eine Stunde später kam er zurück, die Wangen von der Kälte gerötet. »Ich hab dir was mitgebracht«, sagte er breit lächelnd.

»Das wär doch nicht nötig gewesen.« Sam wunderte sich über seinen Stimmungsumschwung und fragte sich, ob es ihm gut ging oder ob er eine Art psychischen Aussetzer hatte.

»Augen zu, Hände auf. Na los.«

Sam tat, was er gesagt hatte. »Ist alles okay, Den?« Auf den

Handflächen spürte sie das Gewicht von etwas, das von seinen Händen angewärmt war.

»Mach sie auf«, sagte er.

Sie betrachtete den Gegenstand aus leuchtend grünem Plastik Es sah aus wie ein Feuerzeug, nur größer. »Was ist das?«

»Eine E-Zigarette!«

Sam lachte. »Aber ich …«

»Ich weiß, dass du geraucht hast. Ich rieche es manchmal, und die hier sind wie Zigaretten, nur dass statt Rauch Dampf herauskommt.«

»Ich weiß, was eine E-Zigarette ist, Den.«

»Sie hat Schoko-Geschmack. Das riecht besser. Probier mal.«

Sam kam sich albern vor, als sie sie an die Lippen setzte und an die Raupe aus *Alice im Wunderland* denken musste.

»Oh Gott.« Sie hustete. »Das ist ja ekelhaft.«

Dennis Lächeln erstarb. »Aber es riecht so gut.«

»Probier mal selbst«, sagte sie und gab ihm die E-Zigarette. Er inhalierte und verzog angewidert das Gesicht.

»Das brennt auf der Zunge!«

»Wie wär's, wenn ich einfach nicht mehr rauche?«, fragte Sam, und Dennis schmiss die E-Kippe in den Papierkorb.

»Der Geruch«, sagte Dennis. Sam wollte schon sagen, sie wisse Bescheid, doch er unterbrach sie. »Ich glaube, er erinnert mich an meinen Dad. Ich hasse ihn einfach.«

Sie verstand ihn, und sie wollte nicht, dass er sich durch sie daran erinnert fühlte. Sie gingen nach unten in die Hotelbar, um sich noch einmal mit Nick zu treffen. An der Fahrt nach Red River führte kein Weg vorbei.

»Zuerst müssen wir uns um meinen Vater kümmern«, sagte Dennis. »Und dann wohl irgendeine Art Beerdigung organisieren. Und wir können das Haus nicht einfach sich selbst überlassen. Wenn wir nicht zuerst dort sind, werden die Menschen es plündern. Wie die Geier.«

»Wie lange wird das alles dauern?«, fragte Sam.

»Ein paar Tage? Eine Woche?«, sagte Dennis. »Wir wollen die Premiere nicht verpassen.«

Nick kam herein und schüttelte sich den Schnee vom Mantel. »Das kann doch wohl alles nicht wahr sein … Dennis, das mit deinem Vater tut mir wirklich leid.«

»Schon gut«, sagte Dennis und berichtete von seinem Plan, nach Red River zu fahren und rechtzeitig zur Premiere zurück zu sein.

Nick sog die Luft durch die Zähne. »Um ehrlich zu sein, weiß ich nicht, ob es ganz so einfach wird. Ich habe mit Jackson gesprochen, und wir sind uns einig, dass es bei allem, was gerade passiert, das Beste wäre, wenn du nicht zur Premiere kommst. Und die Sache mit deinem Vater – vielleicht hältst du dich da am besten bedeckt. Es soll doch nicht so aussehen, als wäre dir sein Tod egal.«

»Aber das ist er«, sagte Dennis. »Außerdem ist er noch nicht tot. Deshalb muss ich ja extra hinfahren, um die Formulare zu unterschreiben.«

»Aber du verstehst doch, was ich meine – dass die Leute es ein bisschen herzlos finden könnten, wenn du einfach ganz normal weitermachst, auch wenn der Mann vielleicht ein, na ja … war.«

»Arschloch«, sagte Dennis. »Das ist *meine* Premiere. Ich sollte dabei sein.«

»Wir müssen daran denken, was langfristig das Beste ist. Für dich *und* die Serie. Hör mal«, Nick beugte sich über den Tisch und fasste Dennis am Handgelenk. »Warum nimmst du dir nicht eine kleine Auszeit und überlässt es fürs Erste mir, mich um dein Image in der Öffentlichkeit zu kümmern?«

Red River

Einundzwanzig

Lionel lag in einem Einzelzimmer, sein Kopf war bandagiert wie in *Der Unsichtbare*. Schläuche kamen aus seiner Nase und seinem Hals, und eine Pumpe zwang seine Brust unter leisem Pfeifen und Piepen, sich zu heben und zu senken. Nachdem die Schwestern die Türen hinter ihnen geschlossen hatten, standen Sam und Dennis Hand in Hand da und starrten auf den leblosen Körper, der vor ihnen lag. Sam wurde plötzlich mulmig zumute, und sie wandte sich ab. Sie hatte Lionel gehasst. Doch jetzt hatte sie Schuldgefühle, weil sie so neben ihm stand, während er völlig hilflos war und nicht mal mehr eigenständig atmen konnte. Was hatte ihn dazu getrieben, fragte sie sich. Warum jetzt? War es Dennis' Freilassung? Konnte ein Vater seinen Sohn so sehr hassen? Sie stellte sich vor, wie düster seine letzten Augenblicke gewesen waren: Lionel allein mit der Pistole in der Hand. Sie hoffte, Dennis lag mit seiner Einschätzung richtig, Lionel sei vermutlich betrunken gewesen und habe nicht gewusst, was er tat.

»Wie lange müssen wir hierbleiben?«, fragte Dennis. »Ich habe Hunger. Wir sollten was essen, bevor wir zum Haus fahren. Gibt es hier in der Nähe was Anständiges?«

»Ich such uns was«, sagte Sam, obwohl sie auf der Fahrt vom Flughafen hierher keinen Laden gesehen hatte, in dem Dennis etwas hätte essen wollen. Während sie an einem Diner und

Drive-in nach dem anderen vorbeifuhren, wurde Sam immer hungriger, ihr Magen knurrte und krampfte sich zusammen. Sie hatten im Flugzeug gefrühstückt, waren am Vormittag angekommen und direkt zum Krankenhaus gefahren, weil sie gehofft hatten, sie könnten den Papierkram unterschreiben und rechtzeitig zum Mittagessen wieder im Auto sitzen.

»Was möchtest du?« Sam versuchte, Lionel nicht versehentlich aus den Augenwinkeln anzusehen.

»Such uns doch was Gesundes.«

Sam googelte »Restaurant, gesund«. »Es gibt ein veganes Café, etwa …«

»Nein. Gesund *und* mit Fleisch. Ich habe Hunger, ich brauche was Richtiges.« Dennis ging zu den Apparaten und blickte dahinter, um sich die verschiedenen Kabel und Funktionen anzusehen. Er stieß mit einem Finger gegen einen Infusionsbeutel, der oben von einem Ständer herabhing und beobachtete, wie er hin- und herschwang. »Können wir jetzt gehen? Ich weiß wirklich nicht, was wir hier sollen …«

»Dennis … Ich weiß, ihr hattet kein gutes Verhältnis, aber es sollte so aussehen, als wäre es dir wichtig, verstehst du? Lass uns noch fünf Minuten bleiben.«

»Na gut.«

Er ging im Zimmer auf und ab. Sam betrachtete die Bettdecke, die dort ganz flach war, wo Lionels Beine hätten sein sollen, und erschauerte. Er musste sein zweites Bein verloren haben, bevor er … Sie wandte sich zum Fenster und beobachtete die Leute, die auf dem Parkplatz rauchten. Jetzt wäre auch sie gerne von hier verschwunden.

Nachdem einige Minuten verstrichen waren, gingen sie wieder zum Schwesternzimmer und antworteten auf die Frage, ob sie bereit seien, mit einem traurigen Nicken. Ein Pfleger gab

Dennis ein Klemmbrett mit Formularen, die er unterschreiben sollte. Dennis schrieb seinen Namen in Druckschrift und unterschrieb mit einem einzelnen Strich, woraufhin ihm ein Arzt die Hand schüttelte und beide wieder ins Krankenzimmer begleitete, um die Geräte abzuschalten. Das Piepen und Pfeifen verstummte, sie versanken in Stille. Der Arzt nahm sein Stethoskop vom Hals, steckte sich die Bügel in die Ohren und legte die Membran auf Lionels fassförmige, jetzt reglose Brust. Den Blick von ihnen abgewandt, sah der Arzt auf seine Uhr. Nach einer Weile drehte er sich zu ihnen um und nickte. Dennis schüttelte abermals den Kopf, er wirkte gefasst, der Arzt ließ sie allein. Eine Viertelstunde später gingen sie.

Das nächste Restaurant war vierzig Minuten entfernt. Dennis aß einen Proteinriegel und hielt sich den Bauch. Das Navi schickte sie in die falsche Richtung, sie mussten umkehren, und Dennis verfiel in eine düstere, gemeine Stimmung.

»Du bist hangry«, sagte Sam.

»Was?«

»Hangry. Wenn man schlechte Laune kriegt, weil man Hunger hat. Von *hungry* und *angry*.«

»Hangry«, wiederholte Dennis. Sam dachte über die Neologismen nach, die an ihm vorbeigegangen waren (hangry, Mansplaining, YOLO, Detoxing, liken) und schämte sich wieder dafür, dass sie hin und wieder ungeduldig mit ihm wurde. Die Welt hatte sich in seiner Abwesenheit verändert, und damit war auch eine völlig neue Sprache entstanden.

Als sie im Restaurant ankamen, waren sie beide hangry, und Sam war erleichtert, dass sie sofort einen Tisch bekamen. Das Restaurant war weitläufig, und die Küche hinter dem Tresen wirkte sauber und ruhig. Auf jedem Tisch stand ein Topf mit frischem Weizengras als Dekoration. Die Speisekarte enthielt genau die Art von langweiligem Clean-Eating-Essen, das Sam grässlich fand. Sie war am Verhungern und wollte Fett: Burger und Pommes und Zwiebelringe. Seit Dennis einen Ernährungsberater hatte, aßen sie kaum noch gemeinsam. Sam hielt sich an Corned-Beef-Sandwiches und riesige Pizzastücke und alles andere, wovon sie wusste, dass sie es eigentlich nicht essen sollte.

Doch hier war Dennis in seinem Element. Er bestellte Steak und pochierte Eier und als Beilage verschiedenes Grünzeug, eine gebackene Süßkartoffel und eine Schale gedämpften braunen Reis.

»Und ich nehme … das Steak und den Quinoa-Salat«, sagte Sam zögerlich. Dennis prustete und wechselte ein spöttisches Grinsen mit dem Kellner, der sein Lachen hinter einem Husten versteckte und ihnen die Speisekarten abnahm. »Was? Was denn?«

»Man spricht es Ki-no-ah aus«, sagte Dennis kopfschüttelnd. »Nicht Kwi-noah! Du bist so lustig.« Mit flammend roten Wangen wartete Sam, dass er sich wieder beruhigen würde, aber er lachte immer weiter und setzte seine Brille ab, um sich die Tränen aus den Augen zu wischen.

»So lustig ist das auch nicht«, flüsterte Sam. »Es ist nicht so verdammt lustig! Hör auf damit!« Sie wurde jetzt lauter; die anderen Gäste drehten sich zu ihnen um und warteten verunsichert darauf, an diesem Witz teilhaben zu dürfen. »Hast du nicht noch vor fünf Minuten in der Todeszelle gesessen?«, schrie sie plötzlich. »Wann bist du so ein verdammter Snob geworden?« Dennis Gelächter brach abrupt ab, und alle im Restaurant verstummten. Er putzte sich die Brille mit seinem Hemd, setzte sie wieder auf und wandte sich von Sam ab. Der Kellner kam mit einem Krug Eiswasser und Sams Saft zurück.

Als sie aufbrechen wollten, wurden sie auf dem Parkplatz von dem Mann angesprochen, der sie bedient hatte. Er hielt eine aufgeschlagene Ausgabe von *Men's Health* in der Hand. Darin waren etwa ein halbes Dutzend Bilder von Dennis mit festen Muskeln in Plank- und Liegestütz-Posen oder mitten im Sprung in einem Jump Squat. Alles unter der Überschrift: »Body Weight Workouts, die man in der Todeszelle machen kann … oder in einem Hotelzimmer«, gefolgt von einem kurzen Interview. Eine Weile blätterte Dennis stumm durch die Seiten und las lächelnd die hervorgehobenen Zitate.

»Wann ist das erschienen?«, fragte er, während er ein ganzseitiges Schwarzweißfoto von sich signierte.

»Gestern erst. Ich hab das Heft abonniert, da kriege ich es immer sofort.« Der Mann wirkte nervös, dachte Sam, während sie Dennis dabei zusah, wie er sich noch einmal wortlos die Bilder ansah.

Sie legte ihm die Hand auf den Oberarm. »Wir sollten jetzt wohl gehen.«

»Man sieht sich«, sagte Dennis und gab dem Mann widerstrebend die Zeitschrift zurück.

Die Straße unter ihnen wurde uneben, sie ruckelten durch ein Schlagloch. Weil Dennis meinte, sie müssten noch was einkaufen, fuhren sie zur Hauptstraße und hielten vor dem kleinen Baumarkt.

Sie sahen sich auf der Straße um, entdeckten den Minimarkt, vor dem ein Werbeschild für die *Tribune* hing, und gingen in diese Richtung. Es war niemand zu sehen, nur ein alter Deutscher Schäferhund schleppte sich in der Nachmittagshitze hechelnd auf sie zu. Er trug ein rotes Halstuch. »Eine Geisterstadt«, sagte Dennis. Das Glöckchen klingelte, als er die Tür aufstieß.

An der hinteren Wand gab es Zeitschriften, ganz oben Pornohefte in grellen Farben, die zur Hälfte von einem Plastikbalken verdeckt waren.

»Hätte nicht gedacht, dass es noch jemanden gibt, der sowas verkauft!« Sam lachte.

»Was?«

»Na, die da.« Sam zeigte nach oben.

»Die haben sie hier immer schon verkauft«, murmelte Dennis.

»Aber wer *kauft* heute noch Pornos? Wo es das Internet gibt?«

»Woher soll ich das wissen?«

»Ich mein doch nur … Warum bist du so angespannt? Ich fand es nur lustig, wie altmodisch hier alles ist.«

»Kann ich Ihnen helfen?«

Sam zuckte zusammen. Der Mann stand so dicht hinter ihr, dass sie seinen Atem in den Haaren spürte. »Wir sehen uns nur um«, sagte sie.

»Wir wollen gleich schließen, wenn Sie also bitte gehen würden?« Er deutete auf die Tür. Sam sah auf die Uhr in ihrem Handy, es war Viertel vor vier.

Dennis verschränkte die Arme vor der Brust und lächelte den Mann an. »Ich möchte Zeitschriften und Lebensmittel kaufen, spricht etwas dagegen?« Dennis war einen halben Kopf größer als der Alte. Die Nachmittagssonne, die hinter ihm durchs Fenster fiel, ließ ihn wie einen langgestreckten, dunklen, gesichtslosen Schatten erscheinen.

»Wir haben nichts da, was Sie suchen. Probieren Sie es anderswo, außerhalb der Stadt.«

»Ganz sicher, dass Sie die aktuelle Ausgabe von *Men's Health* nicht haben? Die ist gut, da bin ich drin.« Er ließ die Zähne aufblitzen.

»Sowas verkaufen wir hier nicht. Tut mir leid, wir schließen jetzt. Schönen Tag noch.« Als sich der Mann abwandte, machte Dennis einen großen Schritt auf ihn zu.

»Es ist unser gutes Recht, hier einzukaufen, und überall sonst auch«, sagte Dennis.

»Genau wie es mein gutes Recht ist, jemanden in meinem Laden nicht zu bedienen.«

»Lass gut sein, komm, wir gehen einfach«, flehte Sam. Draußen stand der Hund, die Pfoten am Schaufenster.

»Dennis, wir wollen keinen Ärger. Und wir wollen dich nicht hierhaben, weil du Ärger machst. Das mit deinem Vater tut uns allen leid, aber du musst das Grundstück verkaufen und aus der Stadt verschwinden. Hier ist kein Platz für dich.«

Ein Schlurfen hinter dem Verkaufstresen ließ Sam und Dennis herumfahren. Eine Frau kam aus dem Hinterzimmer, die Tür ließ sie offen. Sie hielt einen kleinen, silberglänzenden Revolver in der Hand. »Alles in Ordnung, Bill?«, fragte sie.

»Komm jetzt, Den, bitte. *Bitte*, lass uns gehen. Es ist doch egal.« Sam machte einen Schritt zur Tür. Sie dachte daran, einfach allein zu gehen, und fragte sich, ob sie sich schuldig fühlen würde, wenn Dennis erschossen werden würde. Noch nie hatte sie etwas so dringend gewollt, wie aus diesem Laden rauszukommen.

»Also gut, meinetwegen«, sagte Dennis. Er hatte die Hände in die Hüften gestützt, die Finger gespreizt. »Man sieht sich, Bill.«

Sam zuckte zusammen, als der Hund über den Holzfußboden schlitterte und dabei ihre Wade streifte. Sie spürte die warme Sonne auf ihren Wangen, als sie in die stickige Luft hinaustrat. Hinter sich hörte sie Dennis lachen.

»Kein Wunder, dass diese kleinen Läden vom Aussterben bedroht sind«, sagte er und knallte die Autotür so fest zu, dass

Sam es bis ins Trommelfell spürte. Einen Augenblick lang saß sie schweigend auf dem Fahrersitz, schloss die Augen und versuchte, das Zittern ihrer Hände auf ihrem Schoß zu unterdrücken. »Und jetzt?«, fragte Dennis nach einer Weile. »Walmart?«

Zweiundzwanzig

Auf den leeren Straßen, die aus Red River hinausführten, kam Sam mit dem Fahren gut zurecht, doch als sie im Umkreis der Megastores und Einkaufszentren in dichteren Verkehr gerieten, wurde sie von den vielen Farben und Bewegungen überwältigt. Sie bekam Panik, und die Welt verschwamm hinter Tränen, die sie vor ihrem Mann nicht zeigen wollte.

Nachdem sie geparkt hatten, ging Sam bei Walmart auf die Toilette, um ihre Fassung zurückzugewinnen, und als sie wieder herauskam, war Dennis verschwunden. Nachdem sie minutenlang hektisch durch die Gänge gelaufen war, fand sie ihn bei den Heimtextilien, wo er Kissen und Decken in zwei Einkaufswagen warf.

»Was ist das alles?«, fragte sie.

»Für unseren Aufenthalt hier. Ich glaube nicht, dass irgendwas da ist. Wo gibt es hier Luftmatratzen?«

»Wir übernachten im Haus?« Sam versuchte, ruhig zu klingen, doch ihre Stimme war schrill vor Angst.

»Wo ist das Problem? Es ist nur für ein paar Wochen. Außerdem dachte ich, du hättest *die Schnauze voll davon, im Hotel zu wohnen.*«

Darauf wusste sie nichts zu erwidern. Sie dachte daran zurück, wie es in diesem Haus gewesen war: an den Geruch von

Krankheit und Verwesung. Sie fragte sich, wo Lionel sich die Kugel in den Kopf gejagt hatte, ob inzwischen jemand sauber gemacht hatte …

»Es ist ein bisschen … schmutzig «, sagte sie. Es war ihr unangenehm, als würde sie Dennis damit irgendwie kritisieren, obwohl er seit zwanzig Jahren nicht mehr dort gewesen war.

»Es war schon immer ein bisschen schmutzig«, sagte er und wandte sich wieder den Regalen zu.

»Nein, ich meine … es riecht komisch, und …« Sie wusste nicht, wie sie nach dem Selbstmord seines Vaters fragen sollte, ohne taktlos zu klingen.

»Und …?«

»Nichts«, sagte sie.

»Wir können ein bisschen sauber machen. Es wird schon gehen. Und ehe du dichs versiehst, sind wir wieder weg.«

Sam spürte dasselbe kribbelnde Unbehagen wie bei ihrem ersten Besuch, aber sie wollte Dennis unterstützen, auch wenn sie nicht verstand, warum um alles in der Welt er dorthin zurückwollte. Vielleicht war es Verleugnung, dachte Sam und setzte darauf, dass er in ein Hotel wollen würde, sobald er das Haus sah. Sicher war ihm nicht bewusst, wie schlimm es wirklich war.

»Kannst du kochen?«, fragte Dennis, wendete schwungvoll die beiden Einkaufswagen und schob einen davon zu ihr.

»Was?« Sam hörte kaum zu, sie träumte von dem Hotel, in dem sie diese Nacht zu verbringen hoffte.

»Kochen. Kannst du das?«

»Vermutlich«, sagte sie. »Ich meine, ein bisschen schon.«

»Das stimmt mich jetzt nicht gerade zuversichtlich«, sagte er lachend.

»Du weißt, was ich meine«, sagte sie und stieß ihn spielerisch an. »Ich bin kein Gordon Ramsay, aber …«

»Wer?«, fragte er.

Sam hakte sich bei ihm unter und erzählte von Gordon Ramsay, während sie den Einkaufswagen mit Lebensmitteln füllten. Würden sie das alles wegschmeißen, wenn sie ins Hotel gingen? Sie sagte sich, dass es egal war. Im Moment war sie einfach nur froh, dass sie nicht stritten. Wenn er glauben wollte, sie würde die Nacht in diesem Haus verbringen, dann sollte er das tun.

Das Haus war von noch mehr Müll und Schrott umgeben als beim letzten Mal. In der kurzen Zeit, die es leer und unbewacht gewesen war, waren die abblätternden weißen Wände mit roter Farbe angesprüht worden: »KILLER«, »KINDERMÖRDER«. Dennis nahm die Haustürschlüssel aus der Tüte mit den persönlichen Sachen seines Vaters, die ihm im Krankenhaus ausgehändigt worden war, und ging zur Tür. Sam blieb am Wagen zurück.

»Das überstreichen wir morgen«, rief Dennis ihr zu und zeigte auf die Wand. Sam trat von einem Bein aufs andere und rieb sich die nackten Arme. Dieses Haus machte ihr Gänsehaut. Nachdem er ein paar Mal zum Haus und wieder zurück gelaufen war, blieb Dennis stehen und fragte Sam, ob sie überhaupt mithelfen wollte. Sie nickte, nahm in jede Hand eine Einkaufstasche und trug sie bis zu den Verandastufen. Dort stellte sie sie ab. Die wackelige, provisorische Rollstuhlrampe gab nach, als sie probehalber einen Fuß daraufsetzte.

»Okay«, seufzte Dennis. »Was ist wieder?«

»Ich weiß nicht, wie es drinnen aussieht. Also … wo er gestorben ist.«

»Was?«

»Wo er gestorben ist.«

»Oh.« Dennis' Stimme wurde sanfter. Lächelnd nahm er ihre

Hand. »Du meinst, wo er sich erschossen hat? Da drüben.« Er zeigte auf die Garage mit der rostigen Tür am Rande des Grundstücks. Die Spinnweben an den Ecken zitterten im Wind.

»Wirklich?« Sam umklammerte seine Hand.

»Ja, wirklich. Vielleicht, weil Mom es dort getan hat? Vielleicht aus Sentimentalität, vielleicht weil er drinnen keinen Dreck machen wollte, wer weiß?« Sam blickte zu der Garage hinüber, die so alt und marode aussah, als würde sie bei der kleinsten Berührung in sich zusammenfallen. »Besser?«, fragte er. Sie nickte schwach. »Soll ich dich über die Schwelle tragen? Das haben wir noch gar nicht gemacht.«

»Nein! Ich bin viel zu schwer!«

Dennis verdrehte die Augen. »Du bist nicht zu schwer. Na los, komm.« Sie wollte vor ihm weglaufen, doch bevor sie auch nur einen Schritt machen konnte, hatte er sie am Handgelenk gepackt. Kichernd versuchte sie, sich loszumachen. Eine Hand über die andere, arbeitete er sich an ihrem Arm hinauf, zog sie näher heran, um ihr dann die Beine unter dem Körper wegzuziehen und sie ins Haus zu tragen. Sie fühlte sich überhaupt nicht schwer. Sie fühlte sich, wie sie es sich immer gewünscht hatte: wie diese Mädchen, die ständig froren oder in der Nachmittagshitze umkippten, zierlich und verletzlich. Sam lachte. Ihr echtes Lachen; sie hatte es schon so lange nicht mehr gehört, dass sie es selbst nicht wiedererkannte. Es war ein lautes, gackerndes Lachen, das in dem weiten Wald wiederhallte, der sie vom Rest der Welt abschnitt.

Im Haus stellte Dennis sie wieder auf die Füße und küsste sie zärtlich. »Es ist nur für ein paar Wochen, versprochen.«

Während er wieder zum Wagen ging, um die letzten Sachen zu holen, sah Sam sich um und hatte immer noch das Gefühl, einen Fehler zu machen.

Im Wohnzimmer schwebten Staubkörner in den Sonnenstrahlen, die durch die Lücken in den Fensterläden hereinfielen. Die Luft war abgestanden. Sam ging ins Schlafzimmer: Regale voller Krempel, alles unter einer Staubschicht, im Bett ein plattgedrücktes, vergilbtes Kopfkissen, eine Kommode mit Medikamentenfläschchen darauf. Die Wände waren holzvertäfelt, was das Haus selbst bei Tageslicht düster wirken ließ. Als sie aufsah, bemerkte Sam die Umrisse toter Insekten in den Lampenschirmen. Dennis' altes Zimmer lag am Ende des Flurs, die Tür war geschlossen. Sie kam am Badezimmer vorbei und warf einen Blick durch den Türspalt.

In der Küche stand Wasser im Spülbecken, eine Kakerlake flitzte über einen schmutzigen Teller. Das Linoleum unter ihren Füßen wellte sich und löste sich an den Schrankkanten ab. Ein zerbrochenes Fenster war mit Klebeband gerichtet worden. Sam hielt sich mit einer Hand Mund und Nase zu und versuchte, die Hintertür zu öffnen, doch die hatte sich in ihrem Rahmen verklemmt. Dahinter befand sich nichts. Nur Wildnis.

»Es ist nicht toll, das weiß ich«, sagte Dennis hinter ihr, stellte einige Kartons mit Putzmitteln ab und stemmte sich mit dem ganzen Gewicht gegen die Hintertür. Dann beugte er sich zurück und trat dagegen. Die Tür schwang auf und knallte gegen den Rahmen. »Wäre es für dich okay, hier anzufangen? Ich räume das Wohnzimmer aus und schaffe Platz, um unser Bett aufzustellen.« Er zog sie an sich, schlang die Arme um ihre Taille und küsste sie auf den Mund. »Ich liebe dich«, hauchte er an ihren Lippen.

Als sie allein war, lehnte Sam sich mit geschlossenen Augen an die Arbeitsfläche und lächelte. Vielleicht würde es hier doch nicht so schlimm werden, dachte sie. Seit sie angekommen waren, wirkte Dennis verändert, als hätte sich etwas in seinem

Inneren gelöst. Vielleicht lag es daran, dass sie – endlich – allein waren. Sam dachte an die vielen Kilometer Wald um sie herum, an all den Platz, all die Zeit, die sie jetzt endlich für sich allein hatten.

Das Geschirr zu spülen, das überall in der Küche herumstand, wäre sinnlos gewesen. Sam zog sich Gummihandschuhe über, warf alles in extrastarke Müllsäcke und genoss das befriedigende Krachen, wenn ein Teil auf das andere traf. Sie zog den Stöpsel aus dem Spülbecken, sah zu, wie das faulige Wasser in die Tiefe gesogen wurde und ein schlammiger Haufen fauliger Essensreste auf dem Grund zurückblieb. Sie fühlte sich am ganzen Körper schmutzig. Sie musste aufs Klo, wollte aber lieber nicht wissen, wie das Bad aus der Nähe aussah. Nachdem sie die Krümel und Gott-weiß-was-sonst-Noch aus den Geschirrschränken gewischt hatte, sprühte sie alles gründlich mit Chlorreiniger ein, bis ihr die Augen brannten und ihr die Tränen kamen und sie in den Garten gehen musste, um frische Luft zu kriegen.

Draußen rieb sie sich mit dem Handrücken die Augen und blinzelte die Tränen fort. Obwohl sie alles verschwommen sah, glaubte sie, eine Bewegung an der Hausecke zu sehen. Sie blinzelte. Plötzlich schien die Gestalt einen Schritt in ihre Richtung zu machen. Die Angst traf sie wie Eiswasser, und sie schrie nach Dennis, während sie, immer noch halb blind von den chemischen Dämpfen, zurück in die Küche stolperte.

»Was ist los? Oh, hier sieht's ja schon viel besser aus. Sehr schön.«

»Da draußen war jemand, gerade eben«, sagte Sam.

»Wirklich?« Dennis runzelte die Stirn, seine Stimme klang ruhig, aber ernst. Er ging hinaus und sah sich um. »Hat er irgendwas gesagt?«

»Nein, ich glaube, er hat sich versteckt. Ich konnte nicht richtig sehen, weil meine Augen tränen.«

»Bist du sicher?«

Sie sah ihm an, dass er Zweifel hatte. Aber sie war sich sicher. »Ja. Es war unheimlich.«

»Wahrscheinlich die Jugendlichen, die das Haus angesprüht haben. Nichts Schlimmes. Ruf mich, wenn du mich brauchst. Es sieht gut aus hier.« Er zwinkerte ihr zu.

Sie machte sich wieder an die Arbeit, schrubbte klebrige Stellen sauber und sprühte alle Oberflächen mit einer letzten Schicht Desinfektionsmittel ein. Als sie fertig war, betrachtete sie stolz die Verwandlung. So viel Mühe hatte sie sich in ihrem eigenen Haus noch nie gegeben. Mark hatte sich immer über den riesigen Wäscheberg beschwert, der sich in einem unbenutzten Zimmer türmte. Sie dachte an ihr Spülbecken, in dem sich immer nudelsoßenfleckiges Geschirr gestapelt hatte, und an den ständig überquellenden Mülleimer. Wenn sie ihn lange genug stehen ließ, krempelte Mark irgendwann unausweichlich die Ärmel hoch, seufzte und fing an, sauber zu machen, als müsse er sie retten. Jetzt genoss sie es richtig, wie ihre Arme vom Schrubben schmerzten, und das Gefühl, dass jetzt sie es war, die jemanden rettete. Es war ein gutes Gefühl, als würde sie wachsen.

Als Sam fertig war, war es dunkel geworden, und sie machte sich auf die Suche nach Dennis. Auf dem Wohnzimmerfußboden entfaltete sich ein selbstaufblasendes Luftbett, dessen Kabel quer durchs Zimmer zur Wand lief. Die alten Möbel waren fast alle verschwunden, nur das Sofa und eine Lampe standen noch an einer Wand und ein abgewetzter Sessel sowie ein Fernseher in einer Ecke. Alles andere war draußen im Garten aufgetürmt. Von Dennis war nichts zu hören oder zu sehen. Sie rief ein paar Mal nach ihm, bekam aber keine Antwort. So viel zum Thema *miteinander* allein sein, dachte sie.

Vorsichtig betrat sie das Badezimmer. Sie linste an der Tür vorbei, damit sich ihr der Raum zentimeterweise offenbarte. Es war so verdreckt, wie sie erwartet hatte. Also holte sie alle Putzsachen aus der Küche und fing im Bad von vorne an.

Dreiundzwanzig

Nach Einbruch der Dunkelheit füllte sich die Luft mit dem Lärm der Zikaden, und Motten prallten gegen die Fliegengitter an den Fenstern. Während Sam durchs Haus ging, konnte sie spüren, wie sich die Holzdielen unter ihren Füßen bogen. Unter einem nikotinfleckigen Telefon an der Flurwand entdeckte sie sie auf einem Tisch voller ungeöffneter Briefe ein Modem und einen Router. Sofort fühlte sie die Erleichterung. Während sie das WLAN-Passwort in ihr Handy tippte, hörte sie das schabende Geräusch der Hintertür auf dem Fußboden und erstarrte. Aus den Augenwinkeln sah sie einen Mann in der Küche, hörte schwere Stiefel auf den Dielenbrettern. »Dennis?«, rief sie. »Dennis? Bist du das?«

»Ja«, rief Dennis zurück. Sam fasste sich ans Herz, bis sie sich wieder beruhigte.

»Wo bist du gewesen?«, rief sie, doch er antwortete nicht. Als er auf dem Weg zum Bad an ihr vorbeikam, blieb er stehen und gab ihr einen Kuss auf den Kopf. Er schloss die Tür hinter sich, und Sam hörte, wie die Dusche aufgedreht wurde.

Als er wieder herauskam, trug er nur Boxershorts und hatte sich ein Handtuch unter den Arm geklemmt. Sam fragte, ob er etwas essen wolle, und auf dem Weg in die Küche noch einmal: »Wo bist du gewesen? Ich habe auch das Bad geputzt.«

»Ist mir aufgefallen, danke«, sagte Dennis. »Ich habe mich umgesehen, wer sich hier herumtreibt. Es hat dich beunruhigt, deshalb bin ich nachsehen gegangen. Ich habe niemanden gesehen, versuch also, dir keine Sorgen zu machen.«

»Danke, das ist süß von dir.« Vor sich hin lächelnd, nahm Sam die nagelneuen Pfannen aus dem Küchenschrank. Weil der Backofen kaputt war, musste sie alles auf den Herdplatten zubereiten, und manches wurde kalt, während anderes zerkochte. Es war Essen nach Dennis' Geschmack: Hühnchen, Naturreis und Brokkoli. Langweiliges, trockenes Essen. Funktional. »Ich esse, um zu leben, und lebe nicht, um zu essen«, sagte Dennis gern. Sam kaute und schluckte und sagte sich, es würde ihr guttun.

Dennis hatte innerhalb weniger Minuten alles aufgegessen, bedankte sich und setzte sich aufs Sofa, um in der *Men's Health* zu lesen, die er bei Walmart gekauft hatte. Sam hatte die Füße auf seinen Schoß gelegt. Von Zeit zu Zeit hörte sie ein Kratzen, das von direkt unter ihr zu kommen schien. Ratten, dachte sie, bis sie auf einmal ein Heulen wie von einem Baby hörte, hochschrak und das Gesicht in Dennis' Armbeuge drückte.

»Psst«, sagte er. »Das kommt bestimmt aus dem Kriechkeller. Sicher nur ein Tier. Mach dir keine Sorgen, lass mich los, damit ich aufstehen und nachsehen kann.«

Sie folgte ihm nach draußen und sah zu, wie er auf dem Bauch unter das Haus kroch, während sie gleichzeitig in den umstehenden Bäumen nach jemandem suchte, der sie beobachten könnte. Etwas huschte an ihr vorbei und streifte ihr Bein. Sie kreischte.

»HerrGOTT nochmal, das war ein Waschbär, verdammt nochmal. Ein Waschbär! Moment …«

Erschrocken und beschämt zog sich Sam auf die Veranda zurück. Das Heulen hatte aufgehört, und Sam fragte sich, was

Dennis so lange da unten machte. Sie konnte ihn unter sich leise und beruhigend reden hören.

»Hier unten ist eine Katze. Sie hat Junge … Hey, hey ihr da! Hallo! Bestimmt hat sie mit dem Waschbären gekämpft. Sie scheint nicht verletzt zu sein … Sam, hol eine Dose Thunfisch aus dem Haus.«

Sam kam mit einem Schälchen Thunfisch und einem Schälchen Milch zurück.

»Stell es hier hin; wir müssen ihr Vertrauen gewinnen. Sie kann nicht hier draußen bleiben. Keine Milch! Sie dürfen keine Milch trinken!« Dennis schüttete die Milch ins hohe Gras und gab Sam das Schälchen zurück.

Er ging ins Haus und holte ein paar alte Handtücher, die er unter der Veranda als provisorisches Katzenkörbchen ausbreitete.

»Ich hatte früher einen so tollen Kater. Er ist mir zugelaufen, genau wie diese hier. Er war ein Streuner, und sein Auge war entzündet. Ich habe ihn gefüttert, hab ihn kommen und gehen lassen, und irgendwann ist er einfach geblieben. Ich musste sein Auge selbst verarzten, weil wir uns keinen Tierarzt leisten konnten. Das Desinfizieren hat er gehasst – hat mich tierisch zerkratzt. Aber das war's wert, der Eiter und die Schwellung sind zurückgegangen. Ich glaube, er ist dabei blind geworden; das Auge war ganz milchig. Ich habe ihn Ted genannt. Er hat immerzu gekämpft – mit Katzen, Opossums, mit allem, was ihm in die Quere kam.«

»Wie alt warst du da?«

»Sieben? Ich hatte ihn, bis ich vierzehn war. Er wurde draußen auf der Straße von einem Auto angefahren. Und der Fahrer hat ihn einfach liegen lassen. Er lag lang ausgestreckt und steif da, auf einer Seite war das Fell komplett abgeschürft, und ein Ohr fehlte. Wo die Augen gewesen waren, waren nur noch Löcher. Ich glaube, die Vögel haben sie gefressen. Wenn ich herausgefunden hätte, wer ihn angefahren hat, ich hätte ihn umgebracht. Wie konnte er ihn einfach liegen lassen? Die Leute sind echt krank.«

Sam dachte an ihren alten Kater Tiger und daran, wie oft er weggelaufen war. Sie erinnerte sich daran, dass sie sich immer Sorgen gemacht hatte, bis er am nächsten Tag wieder auftauchte, als wäre nichts gewesen. Sie hatte es gehasst, sich Sorgen um ihn zu machen, und sie hatte ihn dafür gehasst. Es tat einfach zu weh, etwas zu lieben, das sein eigenes Leben hatte und kommen und gehen konnte, wie es wollte. Als er starb, war sie beinahe erleichtert gewesen. Jetzt dachte sie kaum noch an ihn. Aber sie sorgte sich um die Katze und ihre Jungen im Kriechkeller: War ihnen kalt? Was, wenn es regnete? Würde der Waschbär wiederkommen? Fraßen Waschbären Katzenbabys?

In dieser Nacht schliefen sie beide schlecht und dachten nur daran, ob die Katze noch da sein würde, wenn sie aufwachten. Als sie am Morgen im Kriechkeller nachsahen, lag die Katze zusammengerollt neben ihren Jungen. Sie fuhren wieder stadtauswärts zu den Superstores, um kistenweise Katzenfutter, Katzenbabykost (obwohl sie noch so klein waren, dass sie in den nächsten Wochen noch kein Futter brauchen würden), Katzenbettchen und klimpernde Spielzeuge zu kaufen. Sie fuhren nach Hause und stellten der Katze etwas zu fressen und eine Schale frisches Wasser hin. Am Nachmittag tat Dennis noch einmal das Gleiche, und während sie auf der Veranda warteten, unterhielten Sam und er sich leise miteinander, um das Tier nicht zu verschrecken.

»Ich finde die Vorstellung schrecklich, dass sie die ganze Nacht da unten sind«, sagte Dennis.

»Ich auch.« Sam legte ein Bein auf seinen Schoß. Diese neue Seite an ihrem Mann zu entdecken, weckte eine Woge der Zuneigung in ihr.

»Manchmal hat mich mein Vater aus dem Haus geworfen und gesagt, ich dürfe nicht wieder reinkommen. Dann musste ich unter der Veranda schlafen. Da gab es Schlangen und Spinnen. Manchmal fand ich die Knochen von Tieren, die sich zum Sterben dahin verkrochen hatten.« Sam wusste nicht, was sie sagen sollte. »Ich kann die Katze nicht da unten lassen.«

»Was machen wir, wenn wir von hier weggehen? Nehmen wir sie mit?«

»Ich denke schon. Je nachdem, wo wir hingehen.«

Eine Zeit lang schwiegen beide.

»Ich muss hier wirklich mal loslegen.« Dennis deutete auf den Garten vor dem Haus. »Die Container, die ich bestellt habe, kommen morgen, und ich muss bald ein paar Erledigungen im Ort machen.«

»Im Ort?« Beklommen dachte Sam an den Vorfall im Minimarkt zurück.

»Keine Sorge, du musst nicht mitkommen. Ich kann mir jederzeit ein Taxi rufen. Und ich werde keinen Ärger machen. Es geht nur um Beerdigungskram.«

Nach dem Essen zog sich Dennis eine Jogginghose an und sagte, er gehe eine Runde laufen. Sam versuchte, sich damit zu beschäftigen, ihre Kleidung zu ordnen, sie nahm sie aus dem Koffer und legte sie frisch gefaltet wieder hinein. Hin und wieder sah sie nach der Katze. Weil sie immer noch nicht herauskommen wollte, kroch Sam auf dem Bauch unter die Veranda und schnalzte behutsam mit der Zunge, um sie auf sich aufmerksam zu machen, ohne sie zu verschrecken. Zögerlich kam die

Katze auf sie zu und reckte den Hals, um an Sams ausgestreckten Fingern zu schnuppern. Der Luftstrom aus ihrer Nase kitzelte auf Sams Hand. Sie versuchte, die Katze zu streicheln, doch die wich zurück um ihre quiekenden Jungen zu beschützen. Sam freute sich darauf, Dennis von den Fortschritten zu berichten, die sie in seiner Abwesenheit gemacht hatte.

Zwei Stunden vergingen, und Dennis war immer noch nicht zurück. Es wurde dunkel, jedes Geräusch war verdächtig und konnte Gefahr bedeuten. Als sie zur Toilette ging, ließ sie die Tür einen Spalt offen, damit sie den Flur im Auge behalten und auf Dennis' Rückkehr lauschen konnte. Beim Abwischen sah sie hinter dem kleinen Milchglasfenster an der Rückseite einen Schatten, der sich bewegte. Sie wandte den Blick, um genauer hinzusehen und erkannte deutlich den Umriss eines Kopfes, der eingezogen wurde, gefolgt vom dumpfen Geräusch von Füßen auf dem ausrangierten Sperrholz neben dem Haus. Wie erstarrt saß sie da, die Unterhose auf den Oberschenkeln umklammert, und wusste nicht, was sie tun sollte. Sie stieß mit dem Fuß die Badezimmertür zu, zog mit einer Hand ihre Unterhose hoch und schob mit der anderen den Riegel vor die Tür. Sie suchte ihr Handy, um die Polizei zu rufen, sah es dann aber vor ihrem geistigen Auge auf der Sofalehne liegen. Sie schaltete das Licht aus und wieder ein und stopfte ein Handtuch in den unteren Türspalt. Dann fiel ihr ein, dass man das bei Feuer machte und sie nie gelernt hatte, wie man sich bei einem Einbrecher verhielt.

Sie wusste nicht genau, wie lange sie im Bad blieb, sich mit dem Rücken an die Wand drückte, immer abwechselnd zum Fenster und dem Spalt unter der Tür spähte und darauf harrte, den Schatten sich nähernder Füße zu sehen. Lange genug, dass sie das Gefühl in den Beinen verlor und sich ihr Rücken verkrampfte. Sie malte sich aus, wie ihr jemand ein Messer an die Kehle drückte, das Klicken eines Abzugs, eine Faust auf ihrer Wange, das Brechen von Knochen.

Dann hörte sie das rostige Kreischen der Hintertür. Schritte näherten sich. Sie hielt den Atem an und lauschte. Jemand rüttelte am Türgriff und versuchte, die verriegelte Badezimmertür zu öffnen. Sam kauerte sich in die Lücke zwischen Wanne und Waschbecken und kniff die Augen fest zu.

»Sam?« Dennis' Stimme. »Bist du da drin?« Sie zog den Riegel zurück und fiel Dennis um den Hals. Er roch nach Gras und etwas anderem, etwas Metallischem, wovon sie leichte Zahnschmerzen bekam. Sie löste sich von ihm und berichtete von dem Schatten am Fenster, und dass diesmal ganz sicher jemand dort gewesen war.

»Das ist doch lächerlich. Geh aus dem Bad, ich muss unter die Dusche«, sagte Dennis.

»Nein, ehrlich, da war jemand und hat hier reingeschaut«, beharrte Sam, obwohl sie wusste, wie das für ihn klingen musste.

»Da war nichts. Komm schon, ich will duschen.«

»Ich will nicht allein sein.«

»Dann bleib halt hier. Ist mir egal.« Dennis schälte sich aus seinem feuchten T-Shirt, der Hose und dem Paar Nikes, das er beim Shooting für die Zeitschrift bekommen hatte.

»Hast du nicht deine alten Sneakers angehabt, als du vorhin losgelaufen bist?«, fragte sie.

»Was?«

»Deine alten ... Laufschuhe, als du losgelaufen bist. Die weißen.«

»Nein.« Er stieg aus seiner Boxershorts, öffnete die Duschkabine und drehte das Wasser auf. Sam beobachtete seine Bewegungen und das Wasser, das ihm über den Rücken rann. Als er sich umdrehte, um nach dem Shampoo zu greifen, beugte sie sich vor, um besser sehen zu können.

»Nicht gucken«, sagte er.

»Mach ich nicht.«

»Du lügst.«

Sie lächelte.

»Gib mir das Handtuch.« Er streckte die Hand aus der Duschkabine. Sie reichte es ihm. Fast war die Angst vergessen, die sie noch vor wenigen Augenblicken gehabt hatte, stattdessen dachte sie an Sex, daran, ihn zu packen, sich an ihn zu drängen und ihn ganz wild zu machen.

»Das ist wieder wie im Knast, wo mir so ein Fiesling beim Duschen zuguckt«, sagte er, während er sich frische Sachen anzog.

»Das war mein Ernst, ehrlich, da draußen war jemand, ganz bestimmt.«

»Also gut, ich glaube dir.«

»Macht dir das keine Angst?«

»Nein. Wahrscheinlich sind das nur irgendwelche Jugendlichen, die sich das alte Danson-Haus angucken wollen. Wahrscheinlich glauben sie, es spukt hier.«

»Und wenn dich immer noch jemand für schuldig hält? Was ist, wenn sie uns etwas antun wollen?«

»Du bist so dramatisch.« Daraufhin ging er durch alle Zimmer, um ihr zu zeigen, dass niemand darin war, und dann schritt er mit einer Fackel in der Hand den Garten ab. Sam folgte ihm, wobei sie sich immer wieder nervös umsah. Dennis stampfte mit dem Fuß auf das Holz vor dem Badzimmerfenster und fragte Sam, ob es das gleiche Geräusch wäre, das sie gehört hatte. Sie sagte »nein«, dann sagte sie »vielleicht doch«, womöglich habe es sich von drinnen nur anders angehört.

»M-hmmm«, sagte er, leuchtete mit der Fackel in die Dachrinne und schnalzte abfällig mit der Zunge, als er sah, mit wie viel Dreck sie verstopft war. Das Plastikrohr bog sich unter dem Gewicht der Blätter. »Weißt du, was dir helfen würde?«, fragte er.

»Was?«

»Du musst sehen, dass es hier nichts gibt, wovor du Angst haben müsstest. Hier spukt es nicht, und es gibt auch keine schlechte Energie.« Er schlang die Arme um ihre Taille und gab ihr einen Kuss auf die Nase. »Na komm.« Er hob sie von den Füßen und warf sie sich über die Schulter. Sie lachte und trommelte spielerisch mit den Fäusten auf seinen Rücken. »Wir gehen zur Garage«, sagte er.

Sam hörte auf zu lachen. Seine Schulter drückte sich in ihr Brustbein und machte ihr das Atmen schwer. »Nein, bitte nicht. Ich will da nicht rein«, sagte sie.

»Du musst gegen die Angst ankämpfen. Sie ist irrational.«

»Nein, ich will das wirklich nicht. Du machst mir Angst. Das ist nicht lustig. Bitte!« Sie versuchte, sich von ihm loszumachen, aber Dennis hielt sie an den Oberschenkeln und am Rücken fest, sodass sie sich nur hin und her winden konnte. »Bitte! Bitte!« Sam fing an zu weinen. Dennis öffnete das Garagentor und trug sie über die Schwelle. Dann setzte er sie ab und versetzte ihr einen Stoß, der sie ins Stolpern brachte, bis sie den Halt verlor und mit einem dumpfen Schlag zu Boden fiel. Dennis war schon wieder draußen, das Letzte, was sie von ihm sah, waren seine Umrisse, als er das Metalltor zuwarf und sie in der Finsternis zurückließ. »Bitte, Dennis!« Schluchzend hämmerte sie mit den Handballen gegen das Tor.

»Es ist nur ein bisschen Blut«, rief er. »Da ist nichts weiter dabei. Aber fass lieber nicht die Wände an.«

»Dennis, *bitte*!« Noch nie in ihrem Leben hatte Sam so

geschrien; sie hatte nicht gewusst, dass sie zu solchen Lauten fähig war. Die Schreie brannten in ihrem Hals und hallten von den Metallwänden um sie herum wider. In Albträumen konnte sie nie schreien.

Als sich ihre Augen an die Dunkelheit gewöhnten, erkannte sie die Umrisse. Werkzeuge an den Wänden, Gartengeräte unter Abdeckplanen; irgendetwas, das auf grausige Weise wie eine Leiche aussah: ein lebloser Körper auf einem Stuhl, der Kopf kraftlos zur einen Seite hängend, während auf der anderen Seite der Umriss einer Schrotflinte hervorschaute.

»Bist du noch da?« Sie blieb dicht an der Tür. »Dennis?«

Endlich wurde das Tor geöffnet. Sam rammte ihm die Hände gegen die Brust und stürmte an ihm vorbei. Dennis gab ein leises *Uff* von sich, wofür sie ihn am liebsten gleich nochmal geschlagen hätte, diesmal fester, doch sie rannte weiter Richtung Haus. Drinnen suchte sie ihre Schlüssel, schleuderte Briefe zu Boden und Sofakissen quer durchs Zimmer. Als sie Dennis hinter sich hereinkommen hörte, suchte sie schneller. Schweiß rann ihr den Hals hinunter; dann rannte sie in die Küche, wo sie auf dem Boden zusammensackte und die Arme um die Knie schlang.

»Hey«, sagte er sanft. »War doch nur Spaß. Alles okay mit dir?«

»Nein!« Sam starrte ihn finster an und rückte von ihm ab.

»Ich hätte nicht gedacht, dass du so durchdrehst«, sagte er, als wäre es ihre Schuld.

»Ich hab gesagt, du sollst aufhören! Ich habe geschrien!«

»Mädchen schreien eben.« Er zuckte die Achseln. »Ich dachte, das wäre ein Spiel.«

»War es nicht!« Sam wusste nicht, ob sie ihm glauben sollte. »Warum bist du immer noch … Warum sagst du nicht einfach, dass es dir leidtut?«

»Tut mir leid«, sagte er seufzend, und Sam spürte neue Wut in sich aufkommen. Verstand er nicht, warum sie so aufgebracht war, oder war es ihm egal?

»Das meinst du nicht ernst.«

»Ach Sch…! Es tut mir leid, okay? Ich bin zu weit gegangen.« Sam gab nach und ließ sich von ihm in den Arm nehmen. »Ich hätte das nicht sagen sollen. Das mit dem Blut und so. Das war ein schlechter Scherz.«

»Sieht es da drin wirklich so aus?« Sam suchte ihre Hände und ihre Kleidung nach Flecken ab.

»Nein. Er hat sich nicht da drin umgebracht. Ich hätte doch nie… Es war vor der Garage. Draußen vor der Wand. Das ist schon sauber gemacht worden.«

»Warum hast du es dann gemacht?«

»Ich weiß nicht, ehrlich. Du bist deswegen so ausgeflippt, ich wollte dich nur ärgern. Ich habe nicht damit gerechnet, dass du wirklich glaubst, er hätte sich da drin umgebracht. Aber du hast dich aufgeführt, als ob es hier spukte oder so. Es ist irgendwie… ich meine, für mich ist es real. Das hier ist keine Geisterbahn auf dem Rummel oder sowas.«

Mit angespannter Miene wandte Dennis den Blick ab, für Sam sah es aus, als würde er gleich anfangen zu weinen. Sie legte die Hand an seine Wange und drehte sein Gesicht behutsam zu sich, damit er sie ansah.

»Den, es tut mir leid. Ich glaube nicht, dass es hier spukt. Wirklich nicht. Ich weiß, dass es für dich real ist. Aber ich habe wirklich jemanden gesehen. Keinen *Geist*. Einen Menschen. Ich glaube, jemand beobachtet uns.«

»Okay.« Er küsste sie und ließ die Lippen einen Moment lang auf ihren liegen, bevor er sich von ihr löste. »Wenn du dir wirklich solche Sorgen machst, passe ich jetzt auf dich auf.«

Er kochte Sam einen grünen Tee, den sie eklig fand, aber trotzdem trank, um zu zeigen, dass sie die Geste zu schätzen wusste. Er strich ihr übers Haar, bis sie in einen Dämmerzustand fiel. Von draußen hörten sie ein Miauen; sie sahen sich an und liefen zur Tür. Dennis machte ihr ein Zeichen, sich im Hintergrund zu halten. So langsam und lautlos, wie er konnte, schlich er zur Tür und öffnete sie Millimeter für Millimeter. Er ging in die Hocke und näherte sich vorsichtig. Im Licht der Verandabeleuchtung sah Sam, dass die Katze langes graues Fell und einen weißen Bauch hatte.

»Man sieht, dass sie mal gepflegt war«, Dennis kämmte ihr Fell mit den Fingern, »bis sie trächtig wurde. Wahrscheinlich ist jemand mit dem Auto hier herausgefahren und hat sie am Straßenrand ausgesetzt.«

»Ich verstehe nicht, wie Menschen so etwas tun können«, sagte Sam.

»Menschen tun noch Schlimmeres«, sagte er. Die Katze reckte den Kopf nach Dennis' Hand, rieb ihn daran und drehte sich mit steil in die Höhe gestrecktem Schwanz um. Sam brachte eine Schale Katzenfutter, und sie sahen ihr beim Fressen zu. Dann gingen sie zur Veranda und entdeckten, dass die Katze ihre Jungen in das Katzenkörbchen gelegt hatte. Sie lagen aneinandergeschmiegt da wie zusammengerollte Socken.

Gemeinsam hoben Sam und Dennis das Körbchen mit den Kätzchen darin hoch, trugen es ins Haus und warteten darauf, dass die Mutter ihnen folgte. Zuerst lief sie ängstlich miauend auf und ab, doch schließlich beruhigte sie sich und fraß vorsichtig etwas von dem Futter, das sie an ihr Körbchen gestellt hatten. Die ganze Nacht über herrschte Radau: Die Katzenjungen quiekten und tapsten herum und wurden von ihrer Mutter wieder ins Körbchen getragen.

Vierundzwanzig

Dennis stand bei Tagesanbruch auf. Er ließ die Tür weit offen, damit die Katze ein und aus gehen konnte, wie sie wollte. Um sie zum Frühstück zu rufen, schlug er mit einem Löffel an ihr Schälchen, und dann sah er ihr mit einem Lächeln auf dem Gesicht beim Fressen zu.

»Du machst das so gut«; sagte Sam. »Du wärst ein toller Vater.«

Dennis verzog das Gesicht, und Sam wünschte, sie hätte nichts gesagt.

Die Katzenmutter ging zum Körbchen zurück, um ihre Jungen zu säugen. Ein besonders kleines, unkoordiniertes hatte Schwierigkeiten, sich im Gedränge durchzusetzen; ungeschickt kletterte es über die anderen. »Er ist der Kümmerer«, sagte Dennis. »Hoffentlich wächst er bald.«

Statt zu seinem Morgenlauf aufzubrechen, blieb Dennis im Haus, spielte mit der Katze und ließ sie in wilden Sprüngen den Punkt eines Laserpointers über den Boden jagen. »Wir müssen ihr einen Namen geben«, sagte er.

»Flecki?«

»Auf keinen Fall. Tuna?«

»Vielleicht.«

»Tuna.«

Es war ein träger, heißer Vormittag. Dennis warf Krimskrams und Kleidung in Müllsäcke und stellte sie in eine Ecke. Sam schlug vor, die Sachen für einen guten Zweck zu spenden, aber Dennis lehnte ab und zeigte ihr die abgeplatzten Dekors und die vergilbten Achseln der Hemden. »Wer sollte diesen Dreck haben wollen?«, fragte er und wartete keine Antwort ab.

Als sich Motorengeräusche näherten, fuhr sich Dennis mit der Hand über die Stirn. »Das müssen die Container sein.« Er trug in jeder Hand einen schweren Sack, seine Muskeln waren angespannt.

Sam sah vor dem Fenster einen Polizeiwagen, in dem drei Männer saßen. Der Fahrer war jung, etwa dreißig, die beiden anderen schienen Ende siebzig zu sein und trugen keine Uniform. Einer der beiden älteren kam ihr bekannt vor, und als sich ihre Blicke trafen, erkannte sie Officer Harris. Sein Gesicht war abgehärmt, und er sah aufgedunsen und ungesund aus, als hätte er viel getrunken. Dennis ließ die Müllsäcke fallen und blieb an den Türrahmen gelehnt stehen, als die drei aufs Haus zuschlenderten.

»Morgen, Dennis«, sagte Officer Harris.

»Mein Gott, Officer Harris, sind Sie das? Ich hätte Sie fast nicht erkannt.«

»Ja. Und das sind Officer Gacy und Officer Cole.«

In Harries' Stimme schwang etwas mit, das Sam nervös machte. Etwas, das ihr sagte, dass dieser Besuch nichts Gutes zu bedeuten hatte.

»Komm mal her, Sam. Die Männer hier waren damals bei der Polizei, als ich auf der Highschool war.«

Sam hielt sich hinter ihm und wartete ab, was geschehen würde.

»Weißt du, warum wir hier sind, Dennis?«, sagte Harries.

»Weil Sie Autogramme wollen?«, fragte Dennis.

»Wo warst du gestern Abend, Dennis?«

»Hier. Wir sind sogar ganz froh, dass Sie vorbeischauen, Sam hat es nämlich ein bisschen mit der Angst zu tun gekriegt. Wir glauben, jemand schleicht hier rum und beobachtet uns heimlich durch die Fenster. Wissen Sie was darüber?«

»War er den ganzen Abend hier, Ma'am?« Der jüngste Officer, Cole, beugte sich an Dennis vorbei, um Sam direkt anzusprechen. Sam nickte. »Sind Sie sicher?«

»Ja, ich bin sicher«, sagte Sam leise. Sie räusperte sich, sagte es noch einmal und hoffte, es klänge nach Gewissheit: »Er war mit mir zusammen, hier, den ganzen Abend.«

»Worum geht es hier eigentlich?« Dennis streckte die Arme über den Kopf und hielt sich am Querbalken des Türrahmens fest. Sam hörte Holz unter seinem Griff splittern.

»Bill Landry hat uns heute früh angerufen. Er hat seinen Hund draußen tot aufgefunden, meinte, er wäre evisziert worden. Er war ziemlich aufgebracht. Sowas hab ich auch noch nicht gesehen.«

Dennis legte den Kopf schief. »Was heißt ›evisziert‹?«

»Man hat ihm die Eingeweide rausgerissen, ihn zerfetzt. Es sah aus, als wäre es ein Tier gewesen.«

»Dann war es ein Tier?«

»Nein, es war kein Tier, Dennis. Wir haben uns in der näheren Umgebung umgesehen, da war ein ausgebrannter Mülleimer und in dem lag der Kopf des Hundes. Bill sagt, vor ein paar Tagen hätte es in seinem Laden einen Zwischenfall mit dir gegeben.«

»Sie meinen, als seine Frau uns mit einer Waffe bedroht hat, weil wir eine Zeitschrift kaufen wollten? Ja, das ist passiert.«

»Er erzählt die Geschichte ein bisschen anders. Sagt, du hättet ihm gedroht.« Er machte eine Pause. »Hast du den Hund getötet, Dennis?«

Sam beobachtete, wie sich die Schultern unter Dennis' Hemd spannten.

»Das ist genau wie früher, nicht?«, sagte Dennis schließlich. »Natürlich habe ich den Hund nicht getötet.«

»Sind Sie da sicher?«, fragte Gacy.

»Ganz sicher. Ich war die ganze Zeit hier und habe die persönlichen Sachen meines Alten sortiert. Ich sollte wohl von hier verschwinden, bevor ich so bekloppt werde wie alle anderen hier.«

»Solche Sachen scheinen dich zu verfolgen, Dennis. Wäre große Klasse, wenn du deine Angelegenheiten schnell erledigst und von hier verschwindest, bevor die Leute richtig ungemütlich werden.«

»Hören Sie, Sie blockieren meine Einfahrt, und ich erwarte jeden Moment die Container, also fahren Sie lieber wieder, bevor der Transporter kommt. Ich soll von hier verschwinden? Na schön. Aber erst muss ich das hier erledigen.«

»Du hast dich kein bisschen verändert, Dennis«, sagte Officer Harries. »Wir sehen uns.«

»War mir eine Freude.« Dennis drehte sich um und ging ins Haus.

»Ma'am.« Harries war stehen geblieben. Sam wartete ab, bis er weitersprach. »Ich weiß nicht, wie viel Sie über Dennis oder seine Situation wissen …«

»Ich weiß alles«, sagte sie.

»In dieser Gegend steckt für ihn eine ganze Menge Vergangenheit. An Ihrer Stelle würde ich mich fragen, warum er in einen Ort zurückkommen will, wo ihn alle hassen, wenn er doch überall anders sein könnte.«

Beinahe hätte Sam Officer Harries von dem Haus erzählt, davon, wie sie es geputzt und hergerichtet hatten, weil auch sie selbst nicht verstand, warum sie hier sein mussten. Sie hatten genug Geld, um jemanden für diese Aufgaben zu bezahlen. Das Haus an sich war wertlos; das Holz war morsch, das Dach undicht. Am besten wäre, man würde es abreißen und das Grundstück zuwuchern lassen.

Als Harries sich gerade zum Gehen wandte, fragte sie: »Der Hund – warum glauben Sie, dass es Dennis war?«

Harries seufzte. »Es ist nicht das erste Mal, dass jemandem so etwas zustößt, der Dennis gegen sich aufgebracht hat. Scheint mir ein zu großer Zufall zu sein.« Er blickte über ihre Schulter und nickte. Sam drehte sich um und sah Dennis reglos und angespannt am Fenster stehen, einen Ausdruck höchster Konzentration auf dem Gesicht. »Wenn Sie drüber nachdenken und Ihnen einfällt, dass er gestern Abend doch nicht bei Ihnen war, rufen Sie einfach auf dem Revier an.« Harries gab ihr eine Karte, die Sam widerwillig entgegennahm.

»Er war mit mir zusammen«, sagte sie noch einmal und sah dem Polizisten fest in die Augen. »Den ganzen Abend.«

Harries lächelte.

»Ihr seid doch alle gleich«, sagte er und ging zum Wagen.

Sam schluckte den Köder nicht, sondern blieb wie angewurzelt stehen und wartete darauf, dass er sich noch einmal umdrehte; er würde nicht widerstehen können, noch eine letzte Drohung oder Beleidigung loszuwerden, bevor er wegfuhr. Doch er tat es nicht. Er zog den Kopf ein, stieg mit langsamen Bewegungen, die sein Alter verrieten, in den Wagen und zog die Tür hinter sich zu. Sam behielt die Männer im Auge, bis sie davongefahren waren.

Im Haus fragte Dennis, was Harries gesagt hatte.

»Er wollte nochmal wissen, wo du gestern Abend gewesen bist.«

»Was hat er dir gegeben?« Sie zog die Karte aus der Tasche, und er lachte.

»Soll ich sie wegwerfen?«, fragte Sam.

»Mach, was du willst«, sagte er und fuhr fort, alle Gegenstände aus den Regalen in Müllsäcke zu fegen.

»Ich weiß, dass du so etwas, wie sie dir vorwerfen, nie tun würdest«, sagte Sam. »Aber …«

»Aber?« Er blieb stehen. Staub stieg hinter seinem Kopf auf und legte sich auf sein Haar.

»Du warst gestern Abend nicht hier.«

»Doch, war ich.«

»Nicht den ganzen Abend. Du bist joggen gewesen.«

»Hier in der Nähe. Wie sollte ich ohne Auto in den Ort und wieder zurückkommen?«

»Natürlich, ich weiß ja.«

»Willst du 'nen Bonus fürs Lügen, oder was? Ich war hier. Ich war eine Runde im Wald joggen. Das ist alles. Die wollen mir nur was anhängen, wie immer. Wahrscheinlich ist der Hund in echt von einem Auto überfahren worden oder so 'ne Scheiße.«

»Aber sie haben gesagt, der Kopf …«

»Die lügen. Sie wollen dir Angst einjagen.«

»Vielleicht …«, sagte Sam.

»Vielleicht? Glaubst du mir etwa nicht?«

»Natürlich glaube ich dir«, sagte Sam.

»Sieht für mich nicht so aus. Entweder du stehst auf deren Seite oder auf meiner, ist das klar?«

»Ich bin auf deiner Seite«, sagte Sam. Plötzlich fühlte sie sich schrecklich, als hätte sie ihn betrogen.

»Du bist meine Frau«, sagte er, jetzt sanfter. »Du musst mir vertrauen.«

»Sie haben mich nur erschreckt«, sagte sie. »Ich werde immer auf deiner Seite sein.«

Fünfundzwanzig

Um Abstand zu bekommen, fuhr Sam zu einem Donut-Laden außerhalb der Stadt und bestellte sich zwei leuchtend bunt glasierte Donuts und einen riesigen Iced Coffee. Sie machte ein Foto davon, postete es bei Instagram mit den Hashtags »Paleo«, »Clean Eating« und »Health«, und lächelte beim Essen vor sich hin, bis ihr ein bisschen schlecht wurde.

Sie stellte sich vor, wie Dennis leise nach Tuna rief, wie er die Katzenbabys auf der Handfläche hielt und seine Nase zärtlich an ihren Köpfchen rieb. Sie wusste, dass er keinem Tier etwas zuleide tun könnte. Dann dachte sie wieder an die Gestalt, die sie gesehen hatte – jemand *war* ums Haus herumgeschlichen. Sie wusste, dass jemand dort gewesen war; sie hatte den Blick gespürt, bevor sie die Umrisse gesehen hatte. Ein Blick, als würden ihr Fingernägel über den Rücken streichen. Wie viele widerliche Spanner es wohl in diesem Ort geben mochte?, überlegte sie.

Zwei Wochen, beschloss sie. Dann würde sie gehen. Als sie zum Haus zurückkam, standen drei gelbe Container davor, einer bereits zur Hälfte mit den schwarzen Müllsäcken und kaputten Möbeln gefüllt, die sie am Tag zuvor im Garten aufgestapelt hatten. Die Graffiti an einer Hausseite hatte Dennis überstrichen, doch die roten Buchstaben schimmerten unter der frischen weißen Farbe hindurch. Außerdem fiel Sam ein ihr unbekannter Pick-up auf, und auf den Stufen hockte mit mürrischer Miene ein etwa zehnjähriger Junge – mager und mit schmutzigen Knien. Als sie aus dem Auto stieg, hörte sie ein raues Raucherlachen und dazu das An- und Abschwellen von Dennis' Stimme. Der Junge würdigte Sam keines Blickes. Er zog wässrig klingenden Schleim durch die Nase hoch, hustete und spuckte ins Gras.

»Ich bin wieder da«, rief Sam.

Dennis antwortete nicht. Sam hörte verschwörerisches Lachen von zwei Personen, eine davon eindeutig eine Frau. In der Küche lehnte Dennis an der Arbeitsplatte, die Kleidung voller weißer Farbspritzer, in der Hand eine feucht beschlagene Flasche Pellegrino. Ihm gegenüber, das Gewicht auf ein Bein verlagert und die Hüfte vorgeschoben, in Richtung von Sams Mann, stand Lindsay Durst.

»Was geht ab?«, fragte Lindsay.

»Wow, hey, wie geht's?« Sam gab sich Mühe, fröhlich zu klingen.

»Gut, ziemlich gut. Echt klasse, den Kerl hier wiederzusehen. Hätte nicht gedacht, dass er es so eilig hat herzukommen.«

»Lindsay kennst du schon, oder? Vom Filmdreh?«, fragte Dennis.

Warum tat er so, als hätten sie noch nie über Lindsay gesprochen? Sam lächelte zähneknirschend. »Ja!« Ihre Stimme klang zu laut, zu schrill. Sie riss sich zusammen. »Kurz. Freut mich so, dich wiederzusehen.«

Die Einkaufstüten hingen schwer in ihren Händen; ihre Handflächen schwitzten, das Plastik schnitt ihr in die Haut. Stumm und reglos stand sie da und sah zu, wie Lindsay und Dennis sich anlächelten. Ihr Blick fiel auf Lindsays Füße in den Flipflops. Die Zehennägel waren kirschrot lackiert, und Sam fiel ihr kleiner Zeh auf, der sich hässlich und verwachsen krümmte. Lindsay musste Sams Blick gespürt haben, denn sie zog den Fuß ein und versteckte ihn hinter dem anderen Bein.

»Willst du die nicht absetzen?« Dennis deutete auf die Tüten. Sam wollte sie abstellen. »Nicht hier drin«, fuhr er fort. »Wir haben hier zu tun. Bring sie doch ins Wohnzimmer.«

Gedemütigt verließ Sam die Küche. Sie stellte sich vor, wie Dennis und Lindsay einen Blick wechselten und sich im Stillen über sie lustig machten. Sie malte sich das breite Grinsen auf Lindsays Gesicht und Dennis' hässliches, boshaftes Lächeln aus, das von seinem hübschen Gesicht getarnt wurde. Draußen vor dem Fenster ritzte der Junge mit einem scharfkantigen Stein Kerben in die Dielenbretter.

Sam ging zurück in die Küche und unterbrach das Gespräch. »Ist das dein Sohn da draußen?«

»Ja«, sagte Lindsay gelassen. »Ich konnte ihn nicht zu Hause lassen, er hat die Grippe.« Dann fügte sie hinzu: »Er macht doch gar nichts.«

»Ja, lass ihn einfach. Er ist schon in Ordnung«, sagte Dennis.

»Ich …« Sam unterbrach sich, ihr Mund war trocken. »Ich hab ja nur gefragt. Warum kommt er nicht rein?«

»Oh nein«, sagte Dennis. »Dann fasst er noch was an, und er ist ansteckend. Ich hab zu viel zu tun, um jetzt krank zu werden.«

Lindsay zuckte die Achseln. »Frische Luft wird ihm guttun.«

Es entstand eine Stille, und Sam spürte, dass die beiden nur darauf warteten, dass sie wieder ging. Schließlich drehte sie sich um und ging vors Haus.

»Hey, geht's dir gut hier draußen?«, fragte sie. Erschrocken drehte sich der Junge um. »Hast du Hunger? Möchtest du was trinken?« Er nickte. »Was möchtest du? Essen oder trinken?«

»Beides.« Er wischte sich die Nase am Arm ab.

»Ich kann dir ein Sandwich machen, wenn du möchtest?«

»Ist mir egal«, sagte er und machte sich wieder daran, das Holz mit seinem Stein zu bearbeiten.

Er war schmutzig, und seine Manieren waren abstoßend. Sam nahm sich vor, Dennis später zu sagen, dass das ein Zeichen von schlechter Erziehung war. Sie war sich bewusst, dass das Sandwich nur eine Ausrede war, um sich in der Küche aufzuhalten, doch als sie hereinkam, brach die Unterhaltung ab.

»Du machst Ricky doch nichts zu essen, oder?«, fragte Lindsay. »Er isst die ganze Zeit. Er ist der reinste Müllschlucker. Wenn ihr nicht aufpasst, isst er alles auf, was ihr im Haus habt.«

»Isst er Fleisch?«, fragte Sam.

Lindsay lachte. »Oh ja.«

»Ist er auf irgendwas allergisch?«

»Nicht, dass wir wüssten.«

Lindsay sah zu, wie Sam ein Sandwich mit Truthahnscheiben aus dem Feinkostladen und Schweizer Käse belegte. Sie nahm eine Bio-Cola aus Kaktussaft aus dem Kühlschrank, der einzige Softdrink, über den Dennis beim Einkaufen keine abfälligen Bemerkungen gemacht hatte, und brachte beides nach draußen zu Ricky. Der Junge sah erst das Sandwich, dann die Dose und schließlich Sam an und schüttelte den Kopf.

»Dunkles Brot esse ich nicht.« Er schob den Pappteller mit einem Finger von sich.

»Was anderes haben wir nicht.« Sie gab ihm die Limonade, die er von allen Seiten betrachtete, um über das unbekannte Logo die Stirn zu runzeln.

»Was ist das?«

»Eine Cola. Nur aus Kaktus und irgendwas anderem. Die ist okay, ehrlich.« Sam stellte den Pappteller mit dem Sandwich auf den Boden und setzte sich neben den Jungen. Er zog die Nase kraus und wollte ihr die Dose gerade zurückgeben, als sie sagte: »Es gibt entweder das oder Wasser. Dennis erlaubt uns keine richtige Cola.«

»Warum nicht?«

»Er sagt, die ist voller Maissirup.«

Ricky zuckte die Achseln.

»Ich mag sie aber. Ich kauf sie immer, wenn ich unterwegs bin.« Beide schwiegen, hinter sich hörte Sam gedämpftes Gelächter aus der Küche. Die Dose zischte, als Ricky den Verschluss öffnete und zögerlich einen Schluck probierte.

»Schmeckt wie light.« Ricky sah enttäuscht aus.

»Na ja, es ist nicht super, aber besser als nichts.«

»Kann schon sein.« Er trank in langen Zügen und verzog beim Schlucken das Gesicht. Seine Nasenspitze war rot und wund, wieder wischte er sie sich am Handrücken ab.

»Wie lange bist du schon krank?«, fragte Sam irgendwann.

»Weiß nicht. Die ganze Woche.«

»Warst du beim Arzt?«

»Nein.« Er schnaubte. »Ich weiß nicht mal, was wir *hier* sollen. Hier ist es unheimlich.« Er sah kurz zu ihr auf. »Tschuldigung.«

Sam seufzte. »Ich finde es auch unheimlich.«

»Alle finden es unheimlich. Ich war mal mit meinem Bruder Aaron hier, und er hat mit seinem Freund gewettet, dass er sich nicht traut, bis zur Garage zu gehen und sie zu berühren. Aber er wollte es nicht machen. Und dabei hat er mal 'nen Wurm gegessen.«

»Einen Wurm?«

»Ja. Er macht alles, wenn man drum wettet.«

»Klingt ganz schön eklig.«

»Das ist er.« Ricky fing an zu kichern, und Sam hörte das Rasseln von Flüssigkeit tief in seiner Brust. Nach einem kleinen

Hustenanfall fragte der Junge: »Hat er das wirklich alles getan?« Er sah Sam an, die Augen vor Hoffnung und Grauen aufgerissen – er wollte eine Gruselgeschichte hören, aber er wollte sich nicht ängstigen.

»Dennis?«, fragte Sam. »Er hat überhaupt nichts gemacht. Deshalb ist er auch nicht mehr im Gefängnis.«

»In der Schule sagen sie, dass es hier Leichen gibt. Wenn man die gefunden hätte, wäre er nicht aus dem Gefängnis gekommen, aber er hat sie richtig gut versteckt.«

»Nein, das stimmt nicht. Die wollen dir nur Angst einjagen. Die Polizei hat hier alles abgesucht. Sie haben überall gesucht. Hier ist nichts. So gut könnte sie niemand verstecken.«

»Und da draußen?« Er deutete zu den Wäldern, deren Laub so dicht war, dass Sam ihr gewaltiges Ausmaß nicht einmal erahnen konnte.

»Da haben sie auch gesucht.«

»Und was ist, wenn …« Er brach ab und schüttelte den Kopf. »Manche sagen, er hat sie gegessen.«

Sam sah ihm in die Augen. »Das ist einfach nicht wahr. Hast du Angst vor ihm?«

Wieder zuckte Ricky die Achseln.

»Du brauchst keine Angst vor ihm zu haben. Dennis hat nichts getan. So etwas würde er nie tun.« Sie überlegte, wie sie ihm beweisen könnte, dass das alles nur Märchen und Gerüchte waren. »Außerdem«, sagte sie, »bin ich mit ihm verheiratet. Ich *wüsste* es, wenn er ein schlechter Mensch wäre. Er hat nie irgendjemandem etwas getan.«

Ricky sah sie an und nickte schwach.

Sie brachte das unangerührte Sandwich wieder ins Haus. Kurz vor der Küche blieb sie stehen, um das Gespräch zu belauschen. »Erinnerst du dich an Mr Jeffries?«, hörte sie Lindsay sagen. »Der hatte doch eine Videothek im Ort, aber die Polizei hat irgendwann ’ne Razzia gemacht, wann war das … siebenundneunzig, achtundneunzig? Und er hatte alle möglichen illegalen Videos da. Kinder, Tiere, Vergewaltigungen.«

»Igitt. Dachte ich’s mir doch.«

»Ja, oder? Jedenfalls war er zweitausendzwei wieder draußen, hat eine Zeit lang im Fummler-Park gelebt und ist jetzt wieder im Ort. Den macht keiner blöd an. Verstehst du, was ich meine?«

»Er war immer schon ein Widerling.«

»Und jetzt ist er da draußen, und die Leute lassen ihn in Frieden, aber du bist sowas wie ein Pa… Pa…«

»Paria?«

»Genau! Ach Gott, jetzt wollte ich mal *schlau* sein. Wie peinlich.«

»Gut, dass du es versuchst.«

»Oh, danke.« An ihrem Lachen klebte der Zigarettenrauch vieler Jahre.

Das ungegessene Sandwich wie einen Schild vor sich tragend ging Sam in die Küche, als ob sonst niemand dort wäre.

»Oh, hey, Sam. Hat er es nicht gegessen?«, fragte Lindsay.

»Nein.« Sie warf es in den Schwingeimer. Ich glaube wirklich nicht, dass es ihm gut genug geht, um draußen zu sein. Vielleicht solltest du ihn zum Arzt fahren?«

»Wegen einer *Grippe*? In zwei Tagen ist er wieder auf dem Damm. Er versucht nur, so viel schulfrei zu kriegen wie möglich. Ich muss drauf achten, dass er sich nicht zu gut amüsiert, sonst kriege ich ihn nie wieder dahin zurück. Wie Aaron. Hab ich dir schon von Aaron erzählt, Dennis? Mein Gott, er ist dir so ähnlich. Er hat sich zwei Wochen Schulverweis eingehandelt. Hat sich geprügelt und zur Lehrerin gesagt, sie soll sich ins Knie ficken. Aber sie war grob zu ihm, und ich habe ihm gesagt, wenn ihn ein Erwachsener schlägt, muss er sich dagegen wehren, weil man nur sein eigen Fleisch und Blut schlagen darf.«

Dennis lächelte.

»Ich hab ihn nach dir benannt.« Wieder lachte Lindsay. »Mit dem zweiten Vornamen, natürlich. Er heißt Aaron Dennis.«

»Aaron Dennis Durst?« Dennis zog die Augenbrauen hoch.

»Jupp.« Sie wandte sich an Sam. »Den war so ein wichtiger Teil meines Lebens. Ich habe den Jungs immer erzählt, er wäre ihr Onkel, weil er für mich wie ein Bruder war. Na ja. Sowas in der Art.« Lindsay zwinkerte.

»Du bist echt unmöglich.« Dennis schüttelte den Kopf und ließ sich von Lindsay spielerisch boxen. »Ehrlich Linds, du bist un-*mög*-lich.« Lindsay wischte sich imaginäre Lachtränen aus den Augen, wobei sie ihr starkes Make-up ein wenig verschmierte. Sam sah ihr an, wie sehr sie seine Aufmerksamkeit und die Neckereien genoss.

»Also«, sagte Lindsay schließlich außer Atem. »Wir sollten jetzt gehen. Aber wir sehen uns Sonntag, ja?«

»Sonntag?«, fragte Sam.

»Da wird die erste Folge der Serie ausgestrahlt«, sagte Dennis gereizt. »Das weißt du doch. Da sollte die Premiere sein.«

Sam versuchte, das spöttische Grinsen zu ignorieren, mit dem Lindsay ihre schäbige, abgewetzte Handtasche schulterte. Am Träger baumelte ein Bündel übergroßer Stofftierschlüsselanhänger.

»Ach ja, und keine Sorge«, sagte Lindsay zu Dennis und tippte sich mit dem Zeigefinger an den Nasenflügel. »Ich hab es nicht vergessen.« Dennis antwortete nicht, doch Sam ertappte ihn dabei, wie er lautlos etwas mit den Lippen formte, bevor er ihren Blick bemerkte.

Sam sah den beiden nach, als Dennis Lindsay zur Tür begleitete, eine Hand auf ihrem Rücken. Die Vertrautheit zwischen den beiden entsprang einer gemeinsamen Vergangenheit, zu der Sam nie dazugehören würde.

Sechsundzwanzig

Sobald das Motorengeräusch verklungen war, fragte sie Dennis: »Was hat sie damit gemeint?« Sie tippte sich an die Nase und verzog das Gesicht zu einer höhnisch grinsenden Karikatur von Lindsay. Sie wusste, dass sie fies war, aber es war ihr egal.

»Sie hat auf ein paar von meinen persönlichen Sachen aufgepasst, solange ich weg war. Damit mein Dad sie nicht verkaufen konnte. Ist das für dich okay?«

Damit ging er ins Nebenzimmer und fuhr fort, das Haus auszuräumen. Sam blieb stehen und lauschte darauf, wie Möbel in Stücke gebrochen und kleingestampft wurden. Sie wusste nicht, ob sie im Unrecht war oder nicht. Mark hatte immer gesagt, sie wäre anhänglich. Sie wäre paranoid und besitzergreifend und lästig. Sie stellte sich vor, sie wäre ein anderer Mensch, eine Frau, die lachte und *Halt die Klappe* sagte und Männer spielerisch schubste, statt zu schmollen und einen Streit anzufangen. Warum konnte sie nicht so eine Frau sein?, überlegte Sam. Vielleicht sollte sie es versuchen.

Dennis war in seinem alten Kinderzimmer. Der Raum war beinahe unberührt, als hätte Lionel ihn konserviert – nicht so sehr aus Sentimentalität, sondern als eine Art Kuriosität, ein morbides Museum, aus dem er Gegenstände zum Verkauf auswählte, wenn ihm das Geld ausging. Dennis ging die oben an den Wänden angebrachten Regalbretter durch. Sie waren so mit Gerümpel vollgestopft, dass er mit einer Hand alles festhalten musste, während er mit der anderen vorsichtig einzelne Gegenstände herauslöste.

»Was willst du?«, fragte er, ohne sich umzudrehen.

»Es tut mir leid«, sagte sie.

»Okay.«

»Tut es wirklich. Ich habe dir nicht genug vertraut. Es ist schwer für mich, dich mit Lindsay zu sehen, weil … wahrscheinlich, weil es zwischen uns nicht so ist.«

»Ich verstehe nicht, warum du auf sie eifersüchtig bist.«

»Das bin ich nicht, aber ich sehe, wie ihr beide miteinander scherzt. Ihr habt so viel zusammen erlebt.«

Dennis seufzte und stieg vom Bett. »Wir sind nur Freunde, okay? Ich glaube, du würdest sie mögen, wenn du sie nur richtig kennenlernst. Du bist gar nicht so anders als sie. Sie mag einfach männliche Aufmerksamkeit, genau wie du.«

Sam suchte auf seinem Gesicht nach Anzeichen dafür, dass das ein Witz sein sollte, doch seine Augen waren hinter den Brillengläsern verborgen, und in seiner Miene regte sich nichts.

»Tu mir einen Gefallen.« Er nahm ihre Hand, und sie lehnte sich an ihn und legte den Kopf an seine Schulter. »Geh nachsehen, ob die Farbe schon trocken ist und ich die nächste Schicht auftragen kann, ja?«

»Wozu das Ganze, Dennis?«, fragte Sam.

»Was?«

»Das ganze Putzen und Streichen. Was tun wir hier? Willst du das Haus verkaufen?« Sam konnte sich nicht vorstellen, dass irgendjemand hier draußen wohnen wollen würde. Und vor allem konnte sie sich nicht vorstellen, dass jemand aus dem Ort dieses Haus kaufen würde.

»Das weiß ich noch nicht«, sagte er gereizt. »Das macht man eben. Wenn jemand stirbt, kümmert man sich um das, was er zurücklässt. Man lässt es nicht einfach rumliegen und verrotten. Und ich will nicht länger mit diesen beschissenen Graffiti an der Wand leben. Du etwa?«

Das wollte Sam nicht. »Tut mir leid«, sagte sie. »Ich hab's kapiert.«

Draußen war es drückend heiß; Moskitos verfingen sich in den Schweißperlen auf Sams feuchter Haut. Als sie sich in den Nacken schlug, klebten die schwarzen schmierigen Überreste eines Insekts an ihrer Handfläche. Sie strich mit einem Finger über die Farbe: noch feucht. Weil sie nicht wieder ins Haus gehen und weiter putzen wollte, setzte sie sich auf die Veranda und träumte davon, wo Dennis und sie als Nächstes hingehen würden. Sie hoffte auf New York, wusste aber, dass er damit nicht einverstanden sein würde. Vielleicht ein Haus in The Canyons in L. A., mit einem Infinity-Pool, der so kalt war, dass ihre Herzen schneller schlugen, wenn sie hineinstiegen, und der nachts in grünem Licht leuchtete, während sie aneinandergeschmiegt auf die Bewegungen des Wassers um sie herum lauschten.

Es war möglich, sich zu verändern. Es musste möglich sein. *Du bist kein schlechter Mensch, denn du willst gut sein.* Wäre sie ein schlechter Mensch, dann würden sie die Gedanken an Marks Schreie, an das Splittern von Glas und das schreckliche Geräusch, das in ihrem Schädel widerhallte, nicht nachts wachliegen lassen.

Sie trank gerade eine Flasche Mineralwasser auf der Veranda, als plötzlich etwas an ihrem Ohr vorbeisauste und das Fenster hinter ihr zerbrach. Einen Moment lang saß sie reglos da und überlegte, was in aller Welt das gewesen sein könnte. Dann traf sie etwas an der Schulter, ein Stein kullerte an ihr hinunter, gefolgt von einem weiteren, der von der alten, kaputten elektrischen Insektenfalle abprallte. Sie rannte ins Haus, beide Hände schützend vor dem Gesicht, und rief nach Dennis. Die Stelle an ihrem Arm, wo der Stein sie getroffen hatte, brannte und färbte sich rot. »Da draußen ist wieder jemand und schmeißt mit Steinen. Er hat mich getroffen.«

Dennis war nicht in seinem Zimmer. Sam suchte im Schlafzimmer, in der Küche, im Bad, doch er war nicht da. Dann hörte sie, wie die Hintertür geöffnet wurde, und Dennis kam um die Ecke gestapft, über der Schulter eine Schrotflinte an einem mit US-Flaggen bedruckten Gurt. Mit ausgestreckter Hand machte er Sam ein Zeichen, dicht an der Wand stehen zu bleiben und sich ruhig zu verhalten. Sie beobachtete, wie er die Waffe aushakte und aus der Haustür ging. Sam erschien alles wie ein Traum, bis zwei Gewehrschüsse sie so heftig zusammenfahren ließen, dass sie sich den Kopf an der Wand hinter sich stieß. Sie hielt sich die Ohren zu und machte sich auf weitere Schüsse gefasst, doch nichts weiter geschah.

Dennis kam zurück und lehnte das Gewehr an die Wand. »Kinder«, sagte er.

Sam wartete auf weitere Erklärungen, doch er war schon in die Küche gegangen, um sich die Hände zu waschen. »Was ist passiert?«, fragte sie mit wackelnder Stimme.

»Ich hab ein paar Mal in die Luft geschossen. Da sind sie aus den Sträuchern geflitzt. Haben sich wahrscheinlich vor Schreck in die Hose gemacht.«

»Wo … wo kommt das her?«

»Das Gewehr? Ich hab endlich das Geheimversteck meines Dads gefunden. Er hatte nie einen Waffenschein, aber an die zehn von diesen Dingern hier in einem Koffer unter seinem Bett.

Hast du Angst? Das brauchst du nicht. Die kommen bestimmt nicht nochmal zum Gaffen.« Er nahm sie in die Arme. »Geh dich frischmachen. Wir müssen noch etwas einkaufen, und dann können wir vielleicht was essen gehen.«

Weil das schwächste Kätzchen aus dem Wurf immer noch nicht gut trank, kaufte Dennis Ersatzmilch und eine Futterspritze. Den Kleinen würden sie behalten, beschloss Dennis, und auch Tuna, aber für die anderen würden sie vor ihrer Abreise ein neues Zuhause suchen. Dennis war auffallend freundlich zu Sam. Er bestand darauf, in einen Burgerladen zu gehen, obwohl er das hasste. Er bestellte einen Hähnchenfilet-Burger ohne Mayonnaise, bekam ihn aber trotzdem mit. Sam sah zu, wie er das schlaffe, mit Mayo getränkte Salatblatt vom Hühnchen pulte und in eine Serviette wickelte.

»Du kannst ihn zurückgehen lassen«, sagte Sam. Sie fühlte sich schuldig, als wäre es irgendwie ihr Fehler gewesen.

»Schon gut«, sagte er. »Wirklich. Mach dir keine Gedanken.«

Der Kellner brachte eine Gemüsebeilage: schlaffer, zerkochter Brokkoli. Dennis sah enttäuscht aus, beklagte sich aber nicht. Er sprach sogar davon, wo sie wohnen könnten, wenn sie das hier hinter sich hätten, und lächelte höflich, als sie das Haus in New England beschrieb, von dem sie immer geträumt hatte. Sie wusste, dass er ein schlechtes Gewissen hatte, weil er sie erschreckt hatte, deshalb räumte sie ein, sich mit dem Wissen, dass sich die Jugendlichen nicht mehr am Haus herumtreiben würden, jetzt besser zu fühlen.

Als sie wieder zu Hause waren, sah sie ihm zu, wie er das Katzenkind auf dem Arm hielt, es war so klein, dass es auf seiner Handfläche Platz fand. Es atmete schnaufend, winzige Atemzüge, gefolgt von einem kurzen, harten Ausatmen. Sam liebte es, wie behutsam Dennis mit diesem zarten kleinen Ding umging, mit welcher Geduld er ihm die Ersatzmilch mit der Spritze zu trinken gab und ihm mit dem Ärmelaufschlag das Mäulchen abwischte. Dennis hatte diesen Hund nicht umgebracht, das wusste Sam.

»Sieht nicht gut aus für den kleinen Kerl«, sagte er, hob das Kätzchen dicht an sein Gesicht und berührte den kleinen Kopf mit der Nasenspitze.

»Sollen wir den Tierarzt rufen?«

»Wir werden sehen, wie es ihm morgen geht.« Er legte das Tierchen zurück zu seinen Geschwistern. Sam fiel auf, wie viel kleiner als die anderen es war und wie viel weniger agil. Es rollte sich fest zusammen, sein Atem ging immer noch schwer. »Hoffentlich geht es ihm morgen besser.«

Sam putzte sich die Zähne und betrachtete im Spiegel ihre Sommersprossen, die sich nach dem Tag in der Sonne zeigten.

»Oh Gott«, sagte Dennis hinter ihr.

»Was?« Sie drehte sich um und spuckte hinter vorgehaltener Hand aus, damit er es nicht sah.

»Du benutzt meine Zahnbürste ...«

»Oh? Tut mir leid.« Sie sah sich die Zahnbürste an. Er hatte recht. Sie spülte sie aus und stellte sie in den Becher zurück.

»Und womit soll ich mir die Zähne putzen?«

»Nimm einfach diese. Es tut mir leid, okay?«

»Das ist eklig, die kann ich nicht benutzen.«

»Sei nicht albern. Wir sind verheiratet, so wild ist das nicht.«

»Damit holt man Essensreste aus den Zähnen. Wir müssen nochmal in den Laden, damit ich eine neue kaufen kann.«

»Was?«

»Er hat noch offen. Er hat die ganze Nacht offen. Komm, lass uns fahren.«

»Ich bin zu müde, ich hab den ganzen Tag gearbeitet.«

»Du hast vielleicht zwei Stunden gearbeitet. Und es ist ja nicht so, als ob du was anderes zu tun hättest. Was *machst* du eigentlich? Außer alles zu fotografieren, was du isst, und die Bilder ins Internet zu stellen?«

Sam starrte ihn an. Sie hatte den ganzen Tag lang ihr Bestes gegeben. Sie war still und unvoreingenommen und kooperativ gewesen. Er hatte eine Schrotflinte abgefeuert, dachte sie. Auf *Kinder*, verdammt nochmal. Und sie hatte kein bisschen rumgezickt.

»Hasst du mich?«, fragte sie schließlich.

»Hä?«

»Manchmal habe ich das Gefühl, dass du mich hasst.«

»Hör mal, vergiss es. Ich bin heute einfach ein bisschen aufgewühlt.«

Er nahm seine Zahnbürste aus dem Becher und hielt sie lange unter den Wasserstrahl. Sam, die hinter ihm stand, sah ihm dieselbe sture Weigerung an, sich zu entschuldigen, die sie auch von sich selbst kannte. Statt mit ihm zu streiten, schlang sie die Arme um seine Taille und entschuldigte sich dafür, seine Zahnbürste benutzt zu haben. Er akzeptierte es mit einem Grummeln, und sie machte es sich im Wohnzimmer auf dem Luftbett bequem.

Ein paar Minuten später kam er nach, immer noch schweigsam, aber nicht mehr so angespannt. Ohne etwas zu sagen, klappte er seine Sonnenbrille zusammen und legte sie auf den Couchtisch, kam verlegen zu ihr geschlurft und zog sie an sich. Sie küssten sich zärtlich; sie hörte seinen Atem und das Quietschen der Matratze unter ihnen. Doch als sie die Hand in seine Shorts schob, zuckte er vor ihr zurück.

»Entschuldige«, sagte er. Sie küssten sich, und sie versuchte es erneut und streichelte ihn.

»Nicht«, sagte er und drehte sich weg.

»Ich wollte nur …«

»Hör auf. Noch nicht.« Er legte sich auf die Seite und drehte ihr den Rücken zu.

Es tat schon fast weh, wie sehr sie ihn begehrte. Sie schmiegte sich von hinten an ihn, und er fasste ihre Hände und hielt sie fest. Sie wollte ihn fragen, was mit ihm los war. Sie stellte sich ihn im Gefängnis vor, achtzehn Jahre jung und wunderschön, die Monate im allgemeinen Vollzug, bevor er in den Todestrakt verlegt worden war. War damals etwas passiert? Oder noch früher? Ihr fiel ein, wie sehr er seinen Vater gehasst hatte. Sie stellte sich die dunklen Nächte vor, wenn sich im Flur betrunkene Schritte näherten. Sie hielt ihn fester. Danach konnte sie ihn nicht fragen, dachte sie.

Endlich entspannte sich Dennis, und sie schlief an seiner Seite ein. Als sie später in der Nacht aufwachte, war er fort. Sie versuchte, wach zu bleiben, bis er zurückkam, aber ihr fielen die Augen zu, und sie döste ein. Als sie im hellen Morgenlicht wieder erwachte, lag er neben ihr und roch nach frischer Luft, sein T-Shirt fühlte sich kühl an.

Siebenundzwanzig

Am nächsten Morgen fragte Sam, wo er in der Nacht gewesen war, doch er zuckte nur die Achseln.

»Musste mal raus, konnte nicht schlafen.«

Als er zum Joggen ging, holte sie sich den Laptop ins Bett, stellte ihn auf ihre angezogenen Knie und suchte im Internet nach Nachrichten aus Red River und Umgebung. Der tote Hund war die Topmeldung, aber es hieß, er sei bei einem Einbruch getötet worden, es gab keine Angaben über den Kopf, und von Ausweiden war nicht die Rede. Die Polizei hatte gelogen, dachte Sam. Genau wie Dennis gesagt hatte. Dem Bericht zufolge sei der Hund vermutlich mit einem Baseballschläger erschlagen worden. Sie konnte nicht weiterlesen, das wühlte sie zu sehr auf. Stattdessen lehnte sie sich zurück und dachte an Dennis, stellte sich vor, wie seine Hände unter ihr Kleid glitten und seine Finger ihren Slip beiseiteschoben.

»Heute gibt's viel zu tun«, rief Dennis, als er zurückkam. »Ich muss die Beerdigung planen, und wir müssen das restliche Zeug in die Container schaffen, damit sie abgeholt werden können, und dann müssen wir unbedingt was auf dem Tisch stehen haben, wenn Lindsay nachher zur Premiere vorbeikommt.« Bevor Sam etwas antworten konnte, war er unter der Dusche verschwunden.

Sie folgten ihrer eingespielten Routine. Sam putzte die Zimmer, die Dennis leergeräumt hatte, entfernte Spinnweben mit einem Staubwedel und rückte mit einer alten Zahnbürste den vergilbten Lichtschaltern zu Leibe. Doch so lange sie auch putzte, es sah immer noch schmutzig aus, der Dreck und das Elend waren in die Oberflächen eingedrungen. Das Holz fühlte sich weich und klebrig an, als würde es sich abschälen und an ihrer Haut haften, bis auch sie selbst mit dieser unsichtbaren Schmutzschicht überzogen war.

Das Geräusch eines Autos vor dem Haus schreckte sie auf. Diesmal waren sie zu zweit: Officer Harries und der junge Polizist in makellos gebügelter Uniform kamen langsam auf die Tür zu. Sam war als Erste an der Tür; der junge Mann tippte sich an den Hut und lächelte pflichtschuldig.

»Morgen. Ist Ihr Mann zu Hause?« Dennis trat an ihr vorbei und drückte ihre Schulter, was ihr einen behaglichen, lustvollen Schauer über den Rücken jagte.

»Was gibt's denn schon wieder, die Herren?«

Es geht um letzte Nacht, dachte Sam. Sie sah von einem zum anderen, während sie überlegte, was sie tun oder sagen sollte, wenn sie gefragt würde, wo Dennis gewesen war.

»Uns wurden Schüsse in dieser Gegend gemeldet, gestern Nachmittag gegen sechzehn dreißig. Wissen Sie etwas darüber?«

Sam atmete erleichtert auf.

»Nein.« Dennis zuckte die Achseln. »Hast du was gehört, Schatz?«

»Nein, nichts.« Sam zog die Schultern hoch und hob die Hände. Dann merkte sie, wie absurd diese Geste war.

»Wir haben da ein paar Kids, die ziemlich durch den Wind sind. Die sagen, du hättest ein paar Mal in die Luft geschossen, weil du sie beim Rumschnüffeln erwischt hast.«

»Klingt, als hätte es deutlich schlimmer kommen können. Was ist mit meinem Recht, meinen Grund und Boden zu verteidigen? Vielleicht sollten diese Kinder besser aufpassen, wo sie sich rumtreiben. Manche hier nehmen solche Dinge sehr ernst.«

»Haben Sie einen Waffenschein für diese Waffe?«, warf der jüngere Polizist dazwischen.

»Das war natürlich nur hypothetisch gesprochen. Hier gibt es keine Waffen. Vielleicht haben sich die Kids verlaufen und waren bei irgendeinem anderen Haus hier draußen.«

»Hier gibt's keine anderen Häuser. Meilenweit nicht.«

»Na ja, vielleicht erfinden sie auch nur Geschichten.«

»Wir können uns einen Durchsuchungsbeschluss besorgen«, sagte Officer Harries. »Oder du lässt uns rein, und wir nehmen nur die Waffe mit. Dein Vater hat vermutlich mehr als nur die eine Waffe besessen, mit der er sich erschossen hat.«

»Hören Sie, wir würden Sie wirklich gern hereinbitten, aber wir haben so viel zu tun. Vielleicht ein andermal?«

»Dann bis zum nächsten Mal. Und passen Sie auf sich auf.« Harries sah Sam an und nickte ihr unauffällig zu.

Als die Männer fort waren, schlug Dennis immer wieder mit der Hand gegen die Hauswand, bis aus dem gesprungenen Fenster eine Scherbe auf die Veranda geschleudert wurde. »Verstehst du jetzt? Die wollen mich wieder im Knast sehen. Sie können es einfach nicht lassen.«

»Vielleicht sollten wir hier so schnell wie möglich alle Angelegenheiten regeln und einfach abreisen. Sieh doch nur, wie sehr dich das stresst.«

Daraufhin wurde Dennis hektisch. Er rasselte eine lange Liste von Dingen herunter, die noch erledigt werden mussten, bevor man ihn aus der Stadt jagen konnte, er warf Sam vor, ihn nicht zu unterstützen, und machte sich wütend daran, das Bett in seinem alten Zimmer in seine Einzelteile zu zerlegen, wobei er etwas von Bestattungsunternehmern und Särgen und gottverfluchten Pfarrern vor sich hin brummte. Er trat den Rahmen mit dem Stiefel entzwei und warf die Trümmer zur Seite. Sam hob sie auf und trug sie zu den Containern, die inzwischen fast voll waren. Einen Moment hielt sie inne, um sich noch einmal bewusst zu machen, wie sehr sich ihr Leben innerhalb eines Jahres verändert hatte, und wie anders alles hätte laufen können.

Sie hatte oft gedacht, wenn Mark von Anfang an interessiert und verfügbar gewesen wäre, hätte sie es gar nicht so weit getrieben. Sie hatten fast nichts gemeinsam, und sie erinnerte sich mit Bitterkeit daran, ihm stundenlang dabei zugesehen zu haben, wie er *Call of Duty* spielte und in sein Headset sprach, während sie neben ihm und auf dem Schoß Probeklausuren korrigierte. Er war nicht so ein Typ wie Dennis; er war rundlich und untrainiert. Da draußen gab es eine Milliarde Marks, die mit ihren immer kurzgeschnittenen braunen Haaren in ausgewaschenen Fan-Shirts von *Der weiße Hai* und *Star Wars* und *Zurück in die Zukunft* herumliefen und Frauen sagten, sie würden keine Beziehung wollen, in Wahrheit aber, das wusste Sam, nur darauf warteten, dass ihnen etwas Besseres über den Weg lief. Und es kam immer etwas, weil Frauen eben so dumm waren. Sie glaubten, ein Mann wie Mark würde sie mehr zu schätzen wissen, sie glaubten, weil er langweilig und hässlich war, würde er sie allein deshalb lieben, weil sie ihn liebten. Aber so funktionierte es nicht; das wusste Sam jetzt. Selbst die Fetten und Langweiligen glaubten, ihnen stünde mehr zu.

Bei Dennis fühlte sie sich sicherer. Die meisten Frauen schienen für ihn unsichtbar zu sein, selbst die wirklich schönen, die wie Katzen um ihn herumstrichen, wenn er etwas sagte. Da war nur Lindsay, die ihn mit irgendetwas in der Hand zu haben schien. Lindsay, die verschmierten alten Eyeliner unter dem frischen trug, deren Gesicht von haarfeinen Fältchen überzogen war und an der auf Schritt und Tritt der Gestank von kaltem Zigarettenrauch haftete. Da war etwas in ihrer gemeinsamen Vergangenheit, es war alt und tief verschüttet, aber Sam konnte es fühlen. Sie fühlte es, wie man einen herannahenden Zug schon vor seiner Ankunft spürt: eine Kraft, deren Vibration sie bis in die Knochen spürte.

Sam setzte sich hinter dem Haus auf eine alte, rostige Gefriertruhe und blickte zum dunklen Wald hinüber. Hier war es wie in einer völlig anderen Welt. Sie dachte daran, wie Dennis aufgewachsen war, wie sein Leben in der Todeszelle für über zwanzig Jahre angehalten worden war. Manchmal vergaß sie, dass er keine Gleichung, keine Geschichte war, die sie auflösen musste, sondern ein chaotischer, verwirrter Mensch. Genau wie sie.

»Können wir jetzt essen gehen?« Dennis' Frage ließ sie zusammenzucken.

»Klar.« Er reichte ihr die Hand, damit sie sich daran hochziehen konnte. Drinnen holte sie ihre Handtasche und suchte darin nach ihrem Schlüssel.

»Hier.« Dennis schwenkte den Schlüssel an seinem Finger. »Ehrlich, was würdest du ohne mich tun?«

Achtundzwanzig

Lindsay kam am Sonntagabend, während Dennis und Sam noch Teller mit Karottensticks und Hummus für die Premiere der ersten Folge vorbereiteten. Für Sam war es, als täten sie zum ersten Mal etwas, was normale Ehepaare auch taten. Szenen wie diese hatte sie aus ihrer Kindheit in Erinnerung: wie sie von der Treppe aus zugesehen hatte, wenn ihre Mutter und ihr Vater Teller mit Partysnacks vorbereiteten und mit Frischhaltefolie abdeckten. Doch die Illusion wurde jäh zerstört, als Lindsay in die Einfahrt fuhr und so lange hupte, bis Dennis nach draußen getrabt kam, um durchs Autofenster mit ihr zu reden.

Als er zurückkam, trug er etwas in einer braunen Papiertüte. Etwas, das klapperte. Dennis spähte in die Tüte hinein und atmete hörbar aus, bevor er sie wieder verschloss. Dann kam Lindsay ins Haus, stellte zwei Sixpacks Bier ab und umarmte Dennis fest. Für einen Moment öffnete sie dabei die Augen, sah Sam über seine Schulter hinweg an, und schloss sie dann wieder.

Dennis machte sich los und durchquerte eilig das Wohnzimmer, um dann Richtung Schlafzimmer zu verschwinden. Sam richtete weitere Schälchen mit Nüssen und Edamame um Dennis' MacBook herum auf dem Couchtisch an. Heute war die Premiere der ersten Folge von *Der Junge aus Red River*, der Rest der Serie würde am kommenden Freitag veröffentlicht werden.

Carrie hatte angerufen und gesagt, es tue ihr leid, dass sie nicht bei der Premiere dabei sein konnten. Sam wusste, dass sie es ernst meinte. Der Rest des Produktionsteams hatte sich seit dem Zwischenfall bei *Today's Talk* kaum noch gemeldet. Wie schnell hatten sie doch das Interesse an ihrem Todestrakt-Spielzeug verloren, dachte Sam.

Dennis kam ohne die Tüte zurück, die Lindsay ihm gegeben hatte, und setzte sich zwischen die beiden aufs Sofa. Während sie sich die Vorschau ansahen, hielt er das kränkliche Katzenbaby in ein Handtuch gewickelt auf dem Schoß, Tropfen der Ersatzmilch hingen ihm am Kinn.

»Glaubst du, er schafft es?« Lindsay streckte einen Finger aus, um dem Kätzchen die Stirn zu streicheln.

»Vielleicht«, sagte Dennis.

»Wenn es ihm morgen nicht besser geht, bringen wir ihn zum Tierarzt«, sagte Sam, die ihm mit dem Handtuchzipfel das Kinn abwischte.

»Wenn ihr für die anderen ein Zuhause sucht, könnt ihr auf mich zählen. Zwei Katzenbabys wären toll. Da kann der Junge ein bisschen Verantwortung lernen.«

»Es sind noch vier übrig, du kannst dir welche aussuchen. Geh ruhig gucken.«

»Weißt du, welche davon Jungs sind? Ich will nicht, dass eine von denen eines Tages trächtig nach Hause kommt.«

»Keine Ahnung.«

»Du musst sie ohnehin kastrieren lassen«, sagte Sam.

»Nicht nötig, wenn's Kater sind«, sagte Lindsay, legte den Kopf in den Nacken und warf sich ein paar Cashews in den Mund.

»Oh, aber doch«, sagte Sam. »Jeder muss seine Katzen sterilisieren oder kastrieren lassen. So funktioniert das. Sonst kommt doch die nächste Katze trächtig nach Hause und wird ausgesetzt, so wie diese.«

Lindsay verdrehte die Augen. Ein starkes Gefühl rechtschaffener Entrüstung stieg in Sam auf, und plötzlich hatte sie das Gefühl, als wäre das ganz ihr Ding, als wäre genau das schon immer ihre wahrhafte Überzeugung gewesen. »Du kannst die Katzen nicht kriegen. Du bist ganz offensichtlich nicht verantwortungsbewusst genug.«

»Ha! Fick dich doch! Dann hole ich sie mir halt aus der verschissenen Zoohandlung. Entschuldige, Dennis, ich bin nicht verantwortungsbewusst genug für deine Katzen.«

»Aber sie hat schon irgendwie recht«, sagte Dennis, und das spöttische Grinsen auf Lindsays Gesicht verblasste. »Sorry, Linds, aber hier bist irgendwie du das Problem.«

Eine Zeit lang blickten sie schweigend auf den Bildschirm. Die erste Folge befasste sich zu Sams Enttäuschung hauptsächlich mit den zentralen Fakten des Falls. Es kam nichts über ihre Beziehung und auch nichts von dem Material, das sie mit Carrie aufgenommen hatte. Plötzlich nahm das Gesicht eines jungen Dennis den ganzen Bildschirm ein. Es flackerte und war ein wenig verblasst wie ein altes VHS-Heimvideo.

»Oh mein Gott, Dennis«, sagte Lindsay mit gedämpfter Stimme. »Du siehst so *jung* aus …« Sie beugte sich näher zum Laptop, als wollte sie jeden Moment die Hand nach dem Bild ausstrecken, um es anzufassen. »Es ist so … so …« Sie fing an zu weinen und schlug die Hände vors Gesicht. Sam wusste nicht, wo sie hinschauen sollte.

»Nicht weinen, Linds«, sagte Dennis. Er hielt das Kätzchen in einem Arm und legte den anderen um Lindsay.

»Tut mir leid, tut mir wirklich leid. Das ist so albern«, sagte Lindsay. Ihr Schluchzen klang abgehackt wie ein Schluckauf.

»Aber jetzt bin ich doch hier, oder nicht?«, sagte Dennis. Sam wünschte, sie wäre wegen der Katzenbabys nicht so gemein zu Lindsay gewesen. Und sie wünschte, sie wüsste, was sie jetzt sagen sollte.

»Ja, ich weiß«, schniefte Lindsay. »Es hat mich nur gerade kalt erwischt. Wenn ich daran denke, wie lange du …« Sie ließ den Kopf hängen und weinte noch immer.

Sam wollte ihr Taschentücher anbieten, aber sie hatte keine. Sie ging aus dem Zimmer, kam mit einer Rolle Klopapier zurück und reichte sie Lindsay mit einer Entschuldigung.

»Schon gut, danke«, sagte Lindsay. »Es ist mir so peinlich.«

»Das muss es nicht«, sagte Sam aufrichtig. »Mir passiert das ständig, stimmt's, Dennis?«

»Ist nicht gelogen«, sagte Dennis. »Sie weint wegen allem und jedem.«

Lindsay rang sich ein Lachen ab. »Aber es ist doch verrückt, oder?«, sagte sie. »Ich dachte, du würdest nie wieder hier sein. Und jetzt bist du es.«

Im Abspann lief düstere Klaviermusik zu Schwarzweißbildern von Holly Michaels, dem Fluss und Dennis' Polizeifoto. Lindsay und Sam applaudierten, Dennis strahlte.

»Das wird ein Riesending«, sagte Sam.

»Was haben die Leute dazu gesagt?«, fragte Lindsay. »Auf Twitter, meine ich.«

Sam hatte den ganzen Tag absichtlich nicht nachgesehen und war sofort gereizt, weil Lindsay das Thema aufbrachte. Dennis holte sein Handy und fing an, die Reaktionen zu lesen. Wie Sam erwartet hatte, gab es viel Negatives.

»Es war nur die erste Folge«, sagte Sam. »Und es kam so viel altes Bildmaterial vor. Sie hatten einfach etwas Neues erwartet. Warte mal ab, bis der Rest der Serie online geht.«

»Hört euch das mal an«, sagte Dennis. »›Das ist die wohl weißeste Story aller Zeiten‹. Was soll das überhaupt *heißen*?«

»Ignorier es einfach«, sagte Sam.

»Okay, was hat Weißsein damit zu tun?«, fragte Lindsay. »Tut mir leid, aber das ist einfach nur rassistisch.«

»Ja, oder?«, sagte Dennis.

»Eigentlich nicht«, sagte Sam. »Moment, was schreibst du da?«

Dennis tippte wild auf seinem Handy. »Nichts«, sagte er.

»Ehrlich, antworte nicht!«, flehte Sam

»Warum nicht?« Er sah einen Augenblick lang aufs Display und drückte einmal darauf.

»Was hast du gesagt?«, fragte Lindsay kichernd.

»Ich habe gefragt, was Weißsein damit zu tun hat.«

»Lösch es«, sagte Sam. »Du verstehst das nicht. Sie sagt nicht, dass …«

»Sie hat geantwortet!«, sagte Dennis. »›Check mal deine Privilegien.‹«

»Sie kann es nicht erklären, weil es Schwachsinn ist«, sagte Lindsay.

»Sag einfach, du verstehst, was sie meint, aber … Was schreibst du?«

»›Ich war das ärmste Kind in der Stadt, mein Vater hat mich verprügelt, und ich soll privilegiert sein?‹«

»Oh Gott«, sagte Sam.

»Aber er hat doch recht. Findest du nicht, dass er *recht* hat?«, sagte Lindsay. »Sieht dieser Dreck hier für dich wie ein Privileg aus?«

Dennis tippte weiter. Sam holte ihr eigenes Handy und las, was er postete: »In einem Jahr war ich der einzige Weiße im Todestrakt. Kein Privileg.«

Das Mädchen antwortete: »Genau mein Punkt. Nimm mich bitte aus den Mentions.«

Dennis twitterte in seinem eigenen Feed: »Wo ich herkomme, haben Weiße keine Privilegien. Hört damit auf. Wenn ihr mich nicht mögt, dann guckt halt nicht #DerJungeausRR.«

»Dennis!« Sam verlor die Geduld. »Du musst das löschen. Sofort!«

»Vergiss es. Ich darf doch wohl meine Meinung zu dem Mist haben, den die da erzählen.«

»Aber du *verstehst* es nicht!«, sagte Sam.

»Ich glaube, *du* verstehst nicht«, sagte Lindsay. »Dennis hatte *nichts*.«

Lindsay ging, als das Bier leer war und sie keine Lust mehr hatte, Dennis dabei zuzusehen, wie er sich über sein Handy beugte. Zu Sams Empörung stieg sie auf wackeligen Beinen in ihren mitgenommenen Pick-up und hupte zum Abschied, als sie aus der Einfahrt auf die dunklen Nebenstraßen schlich.

»So läuft das hier eben«, murmelte Dennis, ohne aufzusehen.

»Sie könnte jemanden totfahren!«

»Der ist dann wahrscheinlich auch besoffen.«

»Ich fahre hier abends nicht mehr Auto, wenn hier alle so knallvoll sind.«

»Meinetwegen.«

Carrie rief ein paar Mal an. Nick rief an. Aber Dennis drückte alle Anrufe weg und verteidigte weiter seinen Standpunkt. Doch je länger er kämpfte, umso schlechter stand er da, was ihm nicht begreiflich war. Er war wie ein Verdurstender, der Meerwasser trank, und Sam konnte ihn nicht davon abhalten.

Dennis machte bis spät in die Nacht weiter, bis irgendwann sein Akku leer war und er das Handy quer durchs Wohnzimmer schleuderte. Es prallte von der aufblasbaren Matratze ab und rutschte unter den Fernsehtisch.

»Schlaf eine Nacht drüber.« Sam rieb ihm die Schulter. »Morgen sieht es bestimmt schon nicht mehr so schlimm aus.« Sie hoffte, dass das stimmte. Dass sich die Wogen von allein glätten oder Nick die richtigen Worte finden würde, um den Wahnsinn dieses Abends wieder auszubügeln.

Dennis hob das Katzenjunge auf und klemmte es sich unter den Arm.

»Ich verstehe ja, was du sagst«, sagte Sam. »Aber ich glaube, du verstehst nicht, was die anderen sagen. In gewisser Weise habt ihr beide recht. Nimm das nicht so persönlich. Diese Menschen kennen dich nicht.«

»Ich nehme es nicht persönlich«, sagte er gereizt.

Dennis stand auf und ging ins Bad. Sam folgte ihm und redete ihm weiter gut zu, während er auf dem Badewannenrand saß und den Wasserstrahl im Waschbecken betrachtete. Er sah müde aus. Liebe wallte in Sam auf, als er dem Katzenkind einen Kuss auf den Kopf gab und es in die Bauchtasche seines Kapuzensweaters setzte.

»Das wird schon wieder«, log Sam. »Morgen gibt es jemand anderen, auf den sie alle sauer sind, und niemand wird sich mehr daran erinnern.«

Dennis lächelte matt und hielt seine Zahnbürste unter den Wasserstrahl.

»Ich liebe dich«, sagte Sam.

»Ich liebe dich auch.«

Sam ging ins Wohnzimmer und schminkte sich ab. Mit einem Handspiegel inspizierte sie Poren und Augenbrauen und zupfte hier und da vereinzelte Härchen aus. Sie guckte auf ihr Handy und fragte sich, warum Dennis so lange brauchte.

»Den?«, rief sie. »Kommst du ins Bett?«

Er antwortete nicht.

»Dennis?« Sie stand auf und sah zur Badezimmertür, die einen Spaltbreit offen stand. Sam klopfte mit dem Fingerknöchel dagegen. »Dennis?« Sie öffnete die Tür. Das Waschbecken war voll, der Hahn tropfte. Dennis stand mit dem Rücken zu ihr vor der Badewanne. »Was machst du?«, fragte sie und berührte ihn sacht an der Schulter. Er zuckte zusammen, und etwas fiel mit einem leisen Aufprall in die Wanne. »Was ist …« Sam schrak zurück. Das Katzenjunge lag reglos da, der Körper schlaff und leblos. »Was ist passiert?«

»Er ist gestorben«, sagte Dennis. »Ich hatte ihn auf dem Arm, und er ist einfach …«

»Aber es schien ihm doch gut zu gehen, ich meine …«

»Das Atmen wurde schlimmer. Ich hatte ihn auf dem Arm, und hat sich gequält, und irgendwann hat er einfach … aufgehört.«

Sam wollte das Kätzchen sehen, doch Dennis stellte sich vor sie.

»Ist er nass?«, fragte sie.

»Was? Weiß ich nicht. Schau ihn nicht an, das wühlt dich nur auf.«

»Er hat einfach aufgehört zu atmen?«

»Ja, nach einer Weile. Wie ich gesagt habe, er hat sich gequält. Es wurde immer schlimmer, und dann hat er aufgehört zu atmen.«

Sie hatte das Gefühl, dass irgendetwas nicht stimmte. Zwar hatte auch sie den Eindruck gehabt, dass es dem Kätzchen schlechter ging, hätte aber nicht gedacht, dass es so schnell gehen würde. Es sei denn, es war kränker gewesen, als sie gedacht hatte.

»Ich fühle mich furchtbar.« Sam fing an zu weinen.

»Wir haben unser Bestes getan«, sagte Dennis. »So etwas passiert.«

Er nahm sie in den Arm und drehte sie dabei so, dass sie die Wanne nicht sehen konnte. Als er sich ihre Haarsträhne um den Finger wickelte, spürte sie den Ärmel seines Kapuzensweaters an ihrer Wange. Er war feucht. Sam zitterte.

»Findest du, wir waren egoistisch? Dass wir so lange versucht haben, ihn am Leben zu erhalten? Ich mache mir Sorgen, dass er gelitten hat.«

»Was hätten wir sonst tun sollen?«, fragte er.

»Der Tierarzt hätte ihn einschläfern können«, sagte Sam.

Dennis ließ sie los und sah sie an. Plötzlich war sein Gesicht starr vor Zorn. »*Ihn einschläfern*?«, sagte er. »Wieso sollte das gnädiger gewesen sein?«

»Dann hätte er wenigstens nicht gelitten«, sagte Sam unsicher.

»Woher willst du das wissen? Woher willst du wissen, dass es nicht wehtut? Würdest du mich auch einfach *einschläfern* lassen?«

»Das habe ich nicht gesagt …«

»Du weißt nicht, ob das schmerzhaft ist. Du weißt nicht, ob es gnädiger ist als …«

Als was?, dachte Sam. Was war passiert? Sie sah noch einmal zu der toten Katze in der Badewanne, doch Dennis zog sie wieder an sich und schloss sie fest in die Arme.

»Tut mir leid, dass wir ihn nicht retten konnten«, sagte er. »Morgen beerdigen wir ihn. Geh jetzt schlafen. Ich suche etwas, wo wir ihn so lange hineinlegen können.«

Dennis küsste sie, manövrierte sie geschickt aus dem Bad und schloss die Tür zwischen ihnen. Sie sagte sich, sie wäre paranoid und aufgewühlt. Aber etwas an der Stille hinter der geschlossenen Tür jagte ihr einen kalten Schauer über den Rücken, und vor ihrem geistigen Auge stand das Bild des Kätzchens, das sie kurz gesehen hatte: die Augen glasig, das Fell ganz glatt an den winzigen Körper geschmiegt, und um seinen Kopf sammelte sich Wasser.

Neunundzwanzig

Als Dennis am nächsten Morgen zum Joggen aufbrach, fühlte Sam sich so erleichtert, als hätte sie die ganze Nacht den Bauch eingezogen und dürfte zum ersten Mal wieder atmen. Albträume waren in dichter Folge durch ihren Kopf geschossen wie Feuerwerksraketen. Da war Dennis, wie er das Katzenbaby unter Wasser drückte. Als Nächstes sah sie ihn, wie er einen jaulenden Hund am Genick packte, ein flinker Schnitt mit dem Messer durch die Kehle. Zuletzt sah sie ihn, wie er auf Lindsay lag, ihre Hände über dem Kopf festhielt und ihr tief in die Augen sah.

Sie musste das tote Katzenbaby mit eigenen Augen sehen. Sie musste sich vergewissern, dass sie sich geirrt hatte, dass sein Fell trocken und seine Augen geschlossen waren. Es war absurd zu glauben, Dennis könnte es ertränkt haben, sagte sie sich. Und sei es mit dem Ziel, sein Leiden zu beenden, wie sie glaubte. Doch als sie das Haus durchsuchte, fand sie keine Spur von dem Tier. Sie suchte in jedem Winkel des Badezimmers, ob Dennis es dort versteckt haben könnte, während sie wachgelegen und gelauscht und die Szene in Gedanken immer wieder durchgespielt hatte.

Als sie an diesem Morgen von Zimmer zu Zimmer ging, fiel ihr Blick auf die zerknitterte braune Papiertüte, die Lindsay Dennis mitgebracht hatte. Sie stand ordentlich zwischen seinen alten Sachen in seinem früheren Kinderzimmer, als hätte er sie an ihren angestammten Platz zurückgebracht. Sam wusste, dass sie nicht hineinschauen sollte, aber die Tüte zog sie magisch an. Wenn Lindsay all die Jahre darauf aufgepasst hatte, würde es sicher nicht schaden, wenn auch Sam einen Blick hineinwarf. Vorsichtig öffnete sie die Papiertüte. Darin lag ein grüner, rostiger Metallkasten, der Sam an eine Armee-Brotbüchse erinnerte. Als sie den Kasten hochhob, klapperte es. Obwohl er offensichtlich abgeschlossen war, schob sie die Fingernägel unter den Rand und versuchte, ihn aufzustemmen. Als das nicht funktionierte, knallte sie die Kiste gegen die Wand und murrte frustriert. Dann steckte sie sie in die Papiertüte zurück, die dabei einriss, und stopfte sie wieder zwischen Dennis' Sachen. *Scheiß auf ihn*, dachte sie. *Scheiß auf seine Geheimnisse. Scheiß auf Lindsay. Scheiß auf alle beide.*

Als sie sich wieder beruhigt hatte, war ihr ganz schlecht vor Gewissensbissen. Genau so hatte sie nie sein wollen: die verrückte Ehefrau, die in den Sachen ihres Mannes herumschnüffelte. Paranoide Fantasien von ertränkten Katzenbabys und Affären mit alten Freundinnen. Das war jetzt vorbei. Warum nur schien sie so fest entschlossen, alles kaputt zu machen, was sie glücklich machte?

Die Tüte war zerrissen, das konnte sie nicht verbergen. Also packte sie die Kiste so sorgfältig wie möglich ein und stellte sie an ihren Platz zurück. Dies war ein Neuanfang. Wenn Dennis sie darauf ansprach, würde sie ehrlich sein, und sie würden damit abschließen und nach vorn sehen.

Doch als sie Dennis zurückkommen hörte, wurde ihr flau im Magen, und sie bekam Panik. Ausreden schwirrten ihr durch den Kopf, doch keine erschien ihr glaubwürdig. Sie durfte nicht warten, bis er es herausfand, sie musste es ihm von sich aus sagen. Sobald er mit dem Stretching fertig war. Sam hörte, wie er in die

Küche ging und den Kühlschrank öffnete. Beschämt und verlegen nahm sie all ihren Mut zusammen. Als sie sich im Flur trafen und Dennis gerade einen großen Schluck aus einer Flasche Smartwater trank, setzte Sam zu ihrem Geständnis an.

»Ich …«

Sein Handy klingelte im Wohnzimmer. Er nahm es vom Ladegerät und meldete sich. »Carrie. Tut mir leid. Ich wollte dich anrufen …«

Sam atmete tief aus und ging in die Küche, um in Ruhe mithören zu können. Sie hörte, wie Dennis versuchte, sich zu verteidigen, schließlich aber verstummte. Sam beneidete Carrie darum, dass sie zu Dennis durchdrang. Schließlich sprach er wieder:

»Du hast recht. Ich hab's verbockt. Tut mir leid. Ich muss wohl akzeptieren, dass sie die Dinge anders sehen als ich.« Seine Stimme kam näher. »Okay. Wir sprechen uns bald wieder. Ja, du auch. Sam.« Er hielt ihr das Handy hin. »Carrie will mit dir reden.«

»Bist du auch so stinksauer auf ihn wie ich?«, fragte Carrie.

»Es war ein … verrückter Abend.« Sam vergewisserte sich, dass Dennis außer Hörweite war. »Ich habe versucht, ihn aufzuhalten, aber er wollte nicht aufhören.« Sam überlegte, wie viel sie Carrie vom Vorabend erzählen sollte.

»Er kann stur sein, wenn er will«, sagte Carrie. »Für die Serie ist das nicht gerade toll, um ehrlich zu sein, aber …«

»Wie war die Premiere?«, fragte Sam.

»Es waren Demonstranten da. Ehrlich gesagt lief es ziemlich beschissen. Wahrscheinlich besser, dass Dennis nicht da war. Jedenfalls dachte ich das, bis ich das auf Twitter gesehen habe.«

»Es tut mir so leid«, sagte Sam. Es kam ihr vor, als ginge alles den Bach hinunter.

»Alles nicht so wichtig. Dennis ist draußen, und ihr zwei seid glücklich. Oder?«

»Ja«, sagte Sam halbherzig. »Ja, uns geht's weitgehend gut. Ich meine… um ehrlich zu sein, hasse ich diesen Ort. Ich bin einsam. Und diese Lindsay ist die ganze Zeit hier.«

»Urgs«, machte Carrie.

»Zwischen den beiden läuft so ein komisches Bruder-Schwester-Ding, aber irgendwie flirten sie auch.« Sam war bewusst, wie das klang, aber sie musste einfach mit jemandem reden. »Vielleicht bilde ich mir das auch nur ein. Aber sie ist hier. Die ganze Zeit. Auch gestern Abend war sie hier und hat ihn richtig aufgestachelt wegen dieses blöden Tweets.« Sam berichtete, was passiert war. Bis zu der Stelle, als Lindsay betrunken nach Hause gefahren war. Dann brach sie ab.

»Wenn es dich irgendwie tröstet: Dennis hat mir gesagt, dass er es kaum erwarten kann, aus Red River rauszukommen und mit dir irgendwo ganz neu anzufangen. Er will nur, dass du glücklich bist.«

»Das hat er gesagt?«

»Klar. Er redet von nichts anderem als von dir, wenn wir telefonieren. Hör mal, ich muss jetzt los. Aber ich komme zur Beerdigung. Dann können wir weitersprechen.«

»Danke. Ich möchte einfach mit jemandem reden, der *normal* ist. Die Leute hier draußen sind…« Sam konnte es nicht richtig in Worte fassen. »Egal, wir reden bei der Beerdigung.«

Nachdem sie aufgelegt hatte, ging Sam ins Wohnzimmer, wo Dennis die zerknitterte und zerrissene Papiertüte auf den Knien hatte. Sie setzte zu einer Erklärung an, doch er unterbrach sie.

»Zwanzig Jahre, und Lindsay hat nicht mal danach gefragt, was da drin ist. Weißt du, warum?«, fragte Dennis.

»Weil sie dir vertraut?« Mit einem flauen Gefühl im Magen dachte Sam an den vergangenen Abend.

»Nein. Weil sie möchte, dass *ich* ihr vertraue. Willst du das nicht auch?«

»Natürlich will ich das«, sagte Sam.

»Glaubst du, da ist etwas drin, das ich vor dir verstecken müsste?« Er schüttelte die Kiste, nahm einen kleinen Schlüssel aus der Tasche und versuchte, ihn ins Schloss zu stecken. Weil das Schloss verrostet war und der Schlüssel nicht mehr passte, holte er einen Schraubenzieher, zwängte ihn unter den Rand der Kiste und hebelte den Deckel auf. Die Kiste sprang auf.

»Hier«, sagte Dennis. Da waren Fotos: von ihm als Baby, von seiner Mutter und seinen Großeltern. Da waren Grundstücksurkunden, eine abgerissene Kinokarte, ein kleines versilbertes Kreuz an einer zerrissenen Kette, ein Adressbuch. Langsam nahm er einen Gegenstand nach dem anderen aus der Kiste und legte ihn auf das freie Sofapolster neben sich. Alles Gegenstände ohne echten Wert, erkannte Sam, nur Dinge, die er vermissen würde, wenn sie nicht mehr da wären.

Sie konnte ihm nicht einmal sagen, dass es ihr leidtat. Stattdessen kniete sie sich neben ihn auf den Boden und hob die Fotos auf: eines von seiner Mutter, die ihn im Krankenhaus in den Armen hielt, eines, auf dem er als kleiner Junge, nicht älter als fünf Jahre, barfuß auf den Stufen vor dem Haus stand. Zuletzt ein Schnappschuss von ihm als Teenager, den Arm um eine junge Lindsay in abgeschnittenem Top und einer weiten Schlaghose gelegt, deren Haare zu White-Girl-Cornrows geflochten waren. Sam lächelte. Und da war noch jemand, ein Junge, der den Kopf an Dennis' Schulter legte, mit langen, dünnen Haaren und einem flaumigen Teenagerbärtchen.

»Wer ist das?«, fragte Sam.

»Howard.« Dennis nahm ihr das Foto aus der Hand. Er betrachtete es einen Moment und legte es dann in die Schachtel zurück.

»Das war ein schönes Bild«, sagte Sam. »Ihr habt glücklich ausgesehen.«

»Ich glaube, das waren wir«, sagte er. »Ich kann mich nicht mehr erinnern.«

Dreißig

Dennis wollte das Kätzchen an einer bestimmten Stelle weit entfernt vom Haus begraben, in den Wäldern jenseits des Zauns. Kurz nach dem Mittagessen kam er mit einem Schuhkarton ins Wohnzimmer, und Sam wusste, dass darin das tote Katzenbaby liegen musste. Er legte den Karton in eine Tragetasche, die er Sam gab, während er sich fertig machte. Die Tasche hatte beinahe gar kein Gewicht, stellte Sam traurig fest und dachte daran, wie klein und zart das Kätzchen gewesen war. Ihr Magen krampfte sich zusammen, und sie war froh, als Dennis ihr die Tasche wieder abnahm. Auf dem Weg in den Wald erklärte er ihr, dass er den Kleinen neben seinem alten Kater Ted begraben wollte, an einem Ort mit einer besonderen Bedeutung.

Der Boden gab unter ihren Füßen nach. Sie spürte, wie ihre Schuhsohlen in Moos und Gräsern versanken, die hier alles überwucherten. Dennis wies sie an, sich dicht hinter ihm zu halten, während er den Boden mit einem langen Ast nach Stellen abtastete, an denen es wer weiß wie tiefe Löcher gab oder Baumwurzeln, über die man stolpern konnte. Über alles hier war eine Decke Grün gebreitet.

Sie waren über eine Stunde gegangen, und als Sam sich umsah, konnte sie das Haus nicht mehr entdecken und auch sonst keinerlei Anzeichen von Zivilisation. Dennis versicherte ihr, dass er sich den Weg merken konnte, und schritt zuversichtlich voraus. Hin und wieder blieb er stehen, um sich zu orientieren. Doch Sam wurde bewusst, dass sie keine Ahnung hatte, wie sie wieder zurückfinden sollte, wenn er sie hier allein ließe.

Zunächst bewegten sie sich auf einer Diagonalen nach rechts, bogen dann scharf links ab, bevor sie seitwärts einen steilen Abhang hinunterstiegen, um danach wieder geradeaus weiterzugehen. Seit dem Abhang hatte Sam keine wiedererkennbaren Merkmale mehr ausmachen können, und langsam wurde sie von Paranoia erfasst. Er würde sie hier zurücklassen, sie wusste es, und wenn es dunkel würde, würde sie stolpern und in eine Grube stürzen und in irgendeinem bodenlosen Loch sterben.

Die Luft war stickig, so feucht und erdrückend wie in einer Umkleidekabine im Schwimmbad. Die Kleidung klebte ihr am Leib. Trotzdem ging sie schweigend hinter Dennis her, trank in kleinen Schlucken pisswarmes Wasser und beobachtete, wie sich ein Rorschachmuster aus Schweiß auf der Rückseite von Dennis' T-Shirt ausbreitete, während sie sich durch dichtes Laub und zwischen umgestürzten Bäumen hindurcharbeiteten.

»Wir sind fast da«, sagte er endlich. »Ich kann mich an das alles hier noch erinnern.«

Sam konnte sich nicht vorstellen, dass sich jemand etwas derart Chaotisches merken konnte, doch Dennis schien sich hier so zu Hause zu fühlen, wie sie es noch nie bei ihm gesehen hatte. Sie sah sich orientierungslos um, stolperte und verdrehte sich den Knöchel, als sich ihr Fuß in einem Gewirr aus Wurzeln verfing. Sofort kam der Schmerz, und sie schrie auf.

Dennis drehte sich zu ihr um. »Was ist los?«

»Mein Fuß. Ich glaube, ich habe mir den Fuß gebrochen.«

»Scheiße. Warum bist du nicht hinter mir geblieben?« Er warf seinen Ast beiseite und zog ihr den Schuh aus. »Alles gut, ich schaue nur, ob er wirklich gebrochen ist oder nur verstaucht.« Er umfasste ihre Ferse und bewegte den Fuß nach rechts. Instinktiv wich sie zurück, und er stützte ihren Fuß, damit er nicht auf den Boden prallte. Er wiederholte die Bewegung zur anderen Seite, und wieder schrie Sam auf.

Eine Weile saßen sie auf dem Boden. Dennis fragte Sam, wie sich der Schmerz auf einer Skala von eins bis zehn entwickelte, und endlich ließ er ein wenig nach. Er suchte einen zweiten Ast, den sie als Krücke benutzen konnte, und überredete Sam, die letzten zehn Minuten bis zu Teds Grab weiterzugehen. »Er ist nur verstaucht«, sagte er. »Wenn er gebrochen wäre, könntest du jetzt nicht laufen.«

Bei jedem Schritt schoss ihr der Schmerz durchs Bein und fuhr ihr bis ins Mark. Der Ast splitterte in ihrer Hand, und als Dennis endlich sagte: »Hier ist es!«, hätte sie vor Erleichterung beinahe laut geschluchzt.

Auf der nächsten Lichtung entdeckte Sam ein Stück blaue Plastikfolie, das an einen Baum gebunden war. Unter dem Baum lag ein flacher Stein mit einer aufgemalten blauen Inschrift: »Ted 1990«. Er war mit Gegenständen dekoriert, wie sie auch eine Krähe hätte zusammentragen können: flaschengrüne, baumelnde Glasscherben an einer Schnur, eine vom Wetter ausgebleichte Keramikkatze, Figuren aus Zweigen und Draht: Sterne, Herzen, Rauten. Dennis ging neben dem Stein in die Hocke und rupfte das Unkraut aus, das darüber gewachsen war.

Sams Knöchel schmerzte, sie suchte nach einem Platz, um sich hinzusetzen. Als sie einen Schritt zurücktrat, spürte sie unter der Ferse eine harte Kante, und als sie den Blick senkte, sah sie eine weitere Steinplatte, überwuchert mit dunkelrotem und grünem Gestrüpp, das wie ein Adergeflecht aussah. Sie fuhr mit dem Zeh über den Stein, schob die Pflanzen beiseite und konnte ein Datum erkennen, das ebenfalls mit Farbe aufgemalt war: »1987«. Ihr fielen weitere dieser Glasgebilde auf, die im Sonnenlicht aufblitzten, wenn sie sich drehten. Immer noch auf der Suche nach einer Sitzmöglichkeit, fand sie noch mehr dieser flachen Steine, jeder mit einem Datum versehen. Auf einigen stand »Hund« oder »Ratte«. Die Farbe schien eins mit der Oberfläche des Steins geworden zu sein, und manchmal weitere Informationen in den Stein eingeritzt und mit Farbe ausgemalt worden. Ihr fielen immer mehr Stellen menschlicher Einmischung in die ungeordnete Natur auf. Für Sam sah dieser Ort fast wie ein Schrein aus. Ein Schauer überlief sie.

»Dennis?« Sie lehnte sich an einen Baum, um ihren rechten Knöchel zu entlasten. »Was ist das alles?«

Er sah sich um, als sähe er es zum ersten Mal.

»Waren das alles … deine Haustiere?«

»Nein. Nur Tiere, die ich gefunden habe.«

»Tote Tiere?«

Er trat mit dem Fuß an eine auf dem Boden liegende Holzplatte, so groß wie ein Schreibtisch. Als sie sich verschob, huschten Insekten in alle Richtungen davon, ein paar zerquetschte Dennis unter seinem Stiefel.

Er zuckte die Achseln. »Jedes Lebewesen hat ein eigenes Grab verdient. Selbst mein Vater, oder nicht?« Er lächelte, und sie starrte ihn verunsichert an. Hier waren geschätzt an die dreißig kleine Gräber.

Unter der Holzplatte fand sich eine primitive Werkzeugkiste, in der es ebenfalls vor Insekten wimmelte. Dennis nahm eine rostige alte Gartenschaufel heraus, suchte eine Stelle neben Teds Grab aus und fing an, die Erde auszuheben. Der Boden war weich und nachgiebig wie ein Kuchen, und Sam sah ihm dabei zu, wie er mit äußerster Sorgfalt ein Loch aushob und die Erde daneben aufhäufte. Schließlich klopfte er sich die Hände an der Jeans ab und hob den Schuhkarton auf. Er nahm den Deckel ab und sah das tote Kätzchen eine Weile einfach nur an. Sam wandte sich ab. Sie hatte das tote Tier gesehen, zusammengekrümmt und erstarrt, das Gesichtchen fest zusammengekniffen, als wollte es sich gegen einen Schlag wappnen. Das wollte sie nicht noch einmal sehen. Erst als sie hörte, wie die Erde auf die Schuhschachtel fiel, drehte sie sich wieder um. Dennis schniefte und fuhr sich mit dem Handrücken über die Nase. Sam fragte sich, ob er weinte.

Dennis bat sie, ihm bei der Suche nach einem Grabstein zu helfen, doch nachdem sie eine Zeit lang über den tückischen Boden gehumpelt war, beschloss sie, sich für den langen Rückweg auszuruhen. Sie setzte sich auf einen umgefallenen Baumstamm und sah auf ihr Handy. Kein Empfang. Sie lauschte auf Dennis, doch der war außer Hörweite und blieb so lange fort, dass Sam schon fürchtete, er hätte sie zurückgelassen.

Als er wiederkam, trug er mit beiden Händen einen Stein. Er war nicht so flach wie die anderen, hatte aber eine ganz glatte Oberfläche, und Dennis grub ihn so tief ein, dass nur noch diese glatte Seite zu sehen war. Dann holte er eine Flasche von Sams Nagellack aus seiner Tasche und malte in grellem Rot »2015« und dann »S+D« darauf. Sie wusste nicht recht, ob sie sich geschmeichelt fühlen oder gruseln sollte.

Dennis verbrachte einige Zeit damit, Äste zurechtzubiegen und mit Draht zu verbinden, während Sam beobachtete, wie der Himmel hinter den Bäumen immer grauer wurde. Regen würde den Weg noch beschwerlicher machen, und sie wünschte, Dennis würde sich beeilen, damit sie nach Hause gehen und ein paar Schmerzmittel nehmen konnte. Bald darauf war ein tiefes Rumpeln zu hören, schwere Regentropfen fielen auf ihre Wangen und liefen wie Tränen daran hinunter.

»Verdammt«, sagte Dennis. Er trat einen Schritt zurück, um das Grab zu betrachten, und klopfte die Erde um den Katzengrabstein herum glatt. Bevor er ging, legte er das Holzbrett wieder auf die Werkzeugkiste und machte Sam ein Zeichen, ihm zu folgen.

Sam ging langsam und versuchte, ihren rechten Knöchel nicht zu stark zu belasten. »Wie weit ist es noch?«, fragte sie; sie musste laut sprechen, um sich über das Geräusch des Regens auf den großen Palmwedeln hinweg Gehör zu verschaffen.

»Ungefähr eine Stunde«, rief er zurück.

»In welche Richtung liegt die Straße? Können wir irgendwo anders hin?«

Er schüttelte den Kopf und zeigte auf den Wald, der vor ihnen lag. »In die Richtung gibt es meilenweit nur Bäume. *Hier* ist der Weg, den wir gekommen sind. Und der dort drüben führt zu den Mangroven und zum See und außerdem zu dicht am Bärengebiet vorbei.«

»Bären?« Sams Stimme zitterte.

»Es gibt nicht allzu viele in der Gegend, aber ja, Bären. Es ist am besten, wenn wir uns an diesen Weg halten.«

Bisher waren Sams engster Kontakt mit der Natur die Center-Parks-Ferien mit ihren Eltern in ihrer Kindheit gewesen. Damals war sie auf einem gemieteten Fahrrad auf einem bestens ausgeschilderten Weg gefahren und hatte unter einem Mammutbaum Picknick gemacht. Es war schwer, sich in Großbritannien einen Wald vorzustellen, der groß genug war, dass man sich darin verlaufen konnte: Ein Gebiet, das so riesig war, dass man zwei Stunden lang laufen und an einen seit zwanzig Jahren unberührt gebliebenen Ort gelangen konnte.

Er drehte sich zu ihr um. »Schaffst du das?«

»Ich weiß nicht«, sagte sie. »Ich glaube nicht.«

Seufzend drehte er sich um, ging in die Hocke und klopfte sich mit der flachen Hand aufs Schulterblatt, und plötzlich wurde sie verlegen und wollte nicht auf seinen Rücken steigen. Sie fühlte sich nicht mehr verletzlich, sondern riesig und schwer und ungelenk. Ohne auf ihr Zögern zu achten, hakte er die Arme unter ihre Knie und hob sie hoch, und so musste sie sich wohl oder übel an ihm festhalten, um nicht nach hinten zu kippen. Endlich war sie oben, die Beine um seine Taille geschlungen, und versuchte, ihm nicht die Luft abzuschnüren.

Auf diese Art kamen sie langsamer voran als zuvor, und als sie am Haus ankamen, den kaputten Maschendrahtzaun zur Seite bogen und sich einen Weg durch den Schutt im Garten bahnten, ging bereits die Sonne unter. Sobald sie ebenen Boden erreicht hatten, setzte Dennis sie ab, und während er seinen Rücken streckte, humpelte sie zum Haus und zog als Erstes den Schuh aus.

Ihr Knöchel war geschwollen, und ein schwacher Bluterguss breitete sich aus wie Tinte auf Wasser. Weil sie es nicht allein unter die Dusche schaffte, bat sie Dennis, ihr zu helfen; er tat es, ohne sie dabei anzusehen. Als sie herauskam, hielt er ihr mit abgewandtem Blick ein Handtuch hin, was nur dazu führte, dass sie sich noch erbärmlicher fühlte.

Die Schmerzen ließen auch nach einer Paracetamol nicht nach, und sie konnte auch nicht neben Dennis schlafen, weil ihr jede Bewegung Schmerzen durchs Bein jagte.

Mitten in der Nacht weckte sie ihn. »Er ist bestimmt gebrochen. Ich muss ins Krankenhaus …« Doch er drängte sie, bis zum Morgen zu warten, damit die Schwellung zurückging. Am nächsten Morgen war es schlimmer geworden.

»Soll ich einen Krankenwagen rufen?«, fragte sie. »Ich glaube nicht, dass ich fahren kann.«

»Ich habe keinen Führerschein, und du weißt ja, dass die Bullen hier nur nach einem Grund suchen, mich zu schikanieren. Aber du kannst nicht nur wegen einer Verstauchung einen Krankenwagen rufen. Kannst du nicht einfach mit dem linken Fuß fahren?«, sagte Dennis, verschwand im Flur und kam mit den Autoschlüsseln zurück. Er könne sie nicht begleiten, sagte er, weil er sich heute mit dem Bestatter treffen müsse. »Mach dir keine Sorgen, Lindsay kann mich fahren.«

Bevor sie aufbrach, bat er sie noch, dem Arzt nicht zu sagen, wo sie sich den Fuß verletzt hatte. »Diese Stelle im Wald ist so etwas wie mein geheimer Ort. Weißt du, was ich meine? Du bist die Einzige, der ich ihn gezeigt habe. Ich will nicht, dass die Leute da alles platttrampeln, weil sie heiß auf eine Story sind. Kannst du sagen, du hättest dich bei der Arbeit hier im Haus verletzt?«

Sie war benommen vom Schlafmangel und wollte endlich loskommen, also stimmte sie zu.

Es war nicht zu übersehen, dass sie nicht fahren sollte: Mit dem linken Fuß wechselte sie zwischen Gas und Bremse und blieb dabei mit dem Schuh immer wieder am jeweils anderen Pedal hängen, während ihr rechter Fuß pochend auf der Seite lag.

Nach einer Stunde war sie wieder in dem Krankenhaus, in dem sie Lionel hatten sterben sehen. In der Notaufnahme war es lauter als damals in seinem Zimmer. Mit zitternder Hand füllte Sam die Formulare auf ihrem Schoß aus und wurde viel schneller aufgerufen, als sie erwartet hatte. Schuldbewusst sah sie sich nach einem an seine Mutter gekuschelten Jungen um, dem das Haar an der fieberfeuchten Stirn klebte.

Der Fuß war nicht gebrochen, sagte der Arzt, aber sie habe

eine schwere Verstauchung, und die Bänder hätten auch etwas abbekommen. Er verband den Fuß fest mit einer Mullbinde und riet ihr, ihn so weit wie möglich zu schonen.

»Wenn Sie in acht Wochen noch Beschwerden haben, kommen Sie wieder«, sagte er und stellte ihr ein Rezept aus. Das alles berichtete sie Dennis am Telefon, als sie auf einer Wolke aus Vicodin vor dem Krankenhaus auf ihrer Krücke lehnte. Ihre Krankenversicherung war vor Monaten erloschen, und der Schock über die Arztrechnung wurde nur durch die orangefarbene Flasche Schmerzmittel gedämpft, die man ihr zusammen mit einem Rezept für zwei weitere ausgehändigt hatte. Die Vermietungsagentur würde den Wagen vom Krankenhausparkplatz abholen lassen müssen, und Sam musste irgendwie nach Hause kommen. Für einen Moment kam ihr der beängstigende Gedanke, Lindsay würde sie abholen, doch stattdessen sagte Dennis: »Ich rufe dir ein Taxi«, und legte auf, ohne ihr zu sagen, wann es käme. Auf der Rückfahrt döste Sam ein und träumte davon, dass sie aus Red River wegzogen. Wenn das hier vorbei war, dachte sie, würde es mit Dennis besser werden. Irgendetwas an diesem Ort schien Dennis zu verändern, und Sam spürte, dass auch mit ihr etwas geschah.

Einunddreißig

Da Sam nun indisponiert war, musste sich Dennis bei den Einkäufen und der Organisation der Beerdigung ganz auf Lindsays Hilfe verlassen. Sam hielt ihren Ärger unter Kontrolle, indem sie alle vier Stunden ihr Vicodin nahm. Die Pillen dämpften alles in ihrer Umgebung, wärmten sie und machten sie schläfrig.

Am Tag von Lionels Beerdigung beschloss sie, ihre Dosis unterwegs im Leichenwagen einzunehmen, weil sie hoffte, den Gottesdienst auf einer Opiatwolke hinter sich bringen zu können. Dennis trug einen maßgeschneiderten Anzug, den er an einem der ersten ihrer gemeinsamem Tage von irgendwem geschickt bekommen hatte. Bisher hatte er ihn noch nie getragen, und jetzt erschien er Sam wie ein neuer Mensch. Sie wurde schüchtern und versuchte ungeschickt, ihm die Krawatte zu binden, während er eine widerspenstige blonde Haarsträhne am Hinterkopf glättete. Obwohl sie jetzt schon so viele Monate zusammen waren, überraschte es sie immer noch, wie attraktiv er war. Und immer noch schmerzte das aufkommende Verlangen, als er ihre Hand wegschob.

Der Himmel draußen war besorgniserregend grau. Es gab Orkanwarnungen, und das alte Haus zitterte schon jetzt, als die ersten Windstöße durch die Ritzen und Löcher in den Fenstern und im Dach drangen. Sam war nicht klar, wie das Haus so viele

Stürme überstanden haben sollte. Vielleicht würde dieser es ja dem Erdboden gleichmachen, damit sie von hier fortkonnten. Dennis glaubte nicht an Orkanwarnungen und sagte, sie könnten das nach dem Begräbnis besprechen.

Während sie draußen auf den Wagen vom Bestattungsinstitut warteten, blickte Dennis starr geradeaus, seine Kiefer bearbeiteten ein Zimtkaugummi. Sie beugte sich vor, um ihn zu küssen, der würzige Zimtgeschmack kribbelte auf ihren Lippen.

Der Wagen kam zu spät, der Bestatter stieg auf der Beifahrerseite aus, um ihnen die Tür aufzuhalten und ihnen die Hände zu schütteln, dann stiegen sie ein. Sam warf einen Blick auf den Sarg hinter ihnen, der ihr grotesk klein vorkam, bis ihr wieder einfiel, dass Lionel amputiert gewesen war. Erleichtert, dass es ein geschlossener Sarg war, nahm sie eine Tablette aus der Handtasche und schraubte eine der Wasserflaschen auf, die zu beiden Seiten von ihnen in den Getränkehaltern standen. Dennis beobachtete sie aus den Augenwinkeln. Als sie um eine Kurve bogen, wurde der Wagen auf der unebenen Straße kräftig durchgeschüttelt, sodass die Blumen auf der Ladefläche durcheinandergerieten und aus ihrem perfekten Arrangement gerissen wurden. Als der Wagen durch ein Schlagloch fuhr, gab es ein rutschendes Geräusch und einen leisen Schlag, als hätte sich Lionels Leiche bewegt und wäre mit dem Kopf gegen die Sargwand gestoßen. Sam wurde flau im Magen, sie beugte sich an Dennis vorbei, um das Fenster einen Spalt zu öffnen, und atmete in flachen Zügen die frische Luft.

Am Ende der Fahrt entschuldigte sich der Fahrer vielmals: Sein Wagen sei einfach nicht für derartige Straßen ausgelegt, sagte er, während der Bestatter die Blumen neu arrangierte. Es war eine winzige weiße Kirche mit einem großen Holzkreuz über dem Eingang. Davor standen Carrie und ein paar Mitglieder der

Filmcrew und unterhielten sich. Einige Gäste waren gekommen, die Sam noch nie gesehen hatte, und außerdem einige Polizisten in Uniform.

»So eine Scheiße …«, murmelte Dennis und reichte Carrie die Hand, als diese zur Begrüßung auf ihn zukam. Dylan stakste hinter ihr her, sie sank mit ihren hohen Absätzen bei jedem Schritt im weichen Boden ein.

»Was für miese Arschlöcher!«, sagte Carrie. »Ich fasse es nicht. Das ist die Beerdigung deines Vaters! Meine Fresse. Aber geht's euch beiden so weit gut?« Sie umarmte Sam fest.

»Schön, euch wiederzusehen. Schade, dass der Anlass so traurig ist «, sagte Dylan.

»Ich bin so froh, dass ihr hier seid«, sagte Sam. Der Anblick dieser Menschen, die ihr so viel bedeuteten, machte ihr erst bewusst, wie einsam sie gewesen war.

»Was ist mit deinem Bein passiert?«, fragte Carrie.

»Hab mir bei der Arbeit im Garten den Fuß verstaucht«, sagte Sam.

»Du Arme!«

Sam deutete auf ihre Krücke und machte eine Geste, als würde sie *schon klarkommen*. In Wahrheit genoss sie es schon fast, verletzt zu sein: die Likes, wenn sie bei Facebook ein Foto von ihrem Knöchel postete. Wie Dennis ihr jedes Mal die Hand reichte, wenn sie aufstehen wollte. Das Ritual, den Knöchel jeden Morgen frisch zu verbinden und den gelb und violett gebatikten Bluterguss zu bewundern, dessen Farbtöne sich von Tag zu Tag veränderten. Die Tabletten.

»Es tut ziemlich weh. Vor allem, wenn ich so viel auf den Beinen bin wie heute, aber die Schmerzmittel wirken ganz gut.« Hinter ihnen stand eine Gruppe Menschen, die Sam nicht kannte und die Dennis mit feindseliger Miene beobachteten.

Dennis begrüßte die Trauergemeinde, und alle folgten ihm in die Kirche. In der ersten Reihe saßen Carrie, Sam und Dylan. Einige wenige Trauergäste saßen weiter hinten: Menschen, die Lionel gekannt haben mussten, und der Rest des Filmteams. Der Anblick der vielen leeren Plätze deprimierte Sam.

Der Pfarrer zog ein, eine rote Bibel vor der Brust haltend, gefolgt von den Sargträgern. Direkt hinter ihm ging Dennis, er trug eine Ecke des Sargs auf seiner Schulter. Die übrigen Sargträger waren Mitarbeiter des Bestattungsinstituts, Fremde, die Dennis ernst zunickten, als sie den Sarg vor dem Altar auf einem billigen Gestell absetzten. Es war mit einem roten Vorhang verhüllt, unter dem jedoch die goldfarbenen Rollen herausguckten.

Der Pfarrer fing an. Dennis setze sich neben Sam und nahm ihre Hand. Sie sah ihn an, und er fragte lautlos: »Was?«

Sam hob seine Hand an ihre Lippen und küsste sie.

Es wurden ein paar Gebete gesprochen, dann stand Dennis auf, um die Trauerrede zu halten.

»Vielen Dank, dass Sie alle gekommen sind«, las er von einem gefalteten Stück Papier ab. Er sah auf und lächelte, dann senkte er den Kopf wieder und las mit ruhiger Stimme weiter: »Mein Vater war ein Alkoholiker, der zu seinen Lebzeiten die meisten Brücken hinter sich abgebrochen und niedergebrannt hat. Er war nicht einfach im Umgang. Wenn er wüsste, dass ich in diesem Moment die Trauerrede für ihn halte, würde er sich wahrscheinlich gleich nochmal erschießen.« Er machte eine Pause für Lacher, doch in der Kirche blieb es still. Carrie und Dylan, die neben Sam saßen, lächelten ihn an, und er fuhr fort. »Wie dem auch sei. Wir hatten keine allzu gute Beziehung, aber er war die einzige Familie, die ich noch hatte, also ist das hier nicht leicht für mich. Natürlich. Ich wusste nicht einmal, wer heute kommen würde – es gab nicht viele Menschen, die ich einladen konnte.

Aber ich bin froh, dass ich Freunde und eine Frau habe, die heute hier sind. Ich danke euch.« Sam formte lautlos *Ich liebe dich* mit den Lippen, und er nickte.

»Die einzigen Worte, die mir eingefallen sind, um sie hier zu sagen, sind folgende: Er war kein toller Kerl, er war kein netter Mann, er hat es sich mit den meisten Leuten versaut und nie irgendetwas erreicht. Aber«, Dennis schob die Brille auf seiner Nase ein Stück höher, »er war der einzige Vater, den ich hatte. Danke.«

Leute husteten und rutschten unruhig auf ihren Plätzen hin und her, dann begannen im hinteren Teil der Kirche leise Gespräche. Der Pfarrer sagte noch ein paar Zeilen darüber, wie unersetzlich Väter seien, und dass der Verlust, wenn die Eltern dahinscheiden, nur schwer in Worte zu fassen sei, doch das Gemurmel von den hinteren Bänken ging weiter.

Kurze Zeit später waren wieder alle draußen auf dem Kirchhof, wo die Polizisten immer noch von einem Bein aufs andere traten und die Blicke über die Zuschauer am Rand schweifen ließen, als würden sie mit einem Angriff rechnen. Sam suchte Harries unter ihnen, konnte aber niemanden entdecken, den sie kannte. Das zumindest war eine Erleichterung.

»Ich weiß nicht mal, woher die alle überhaupt den Termin kennen. Ich habe ihn nicht in die Zeitung gesetzt«, sagte Dennis.

»Scheißgaffer«, sagte Carrie.

»Achte einfach nicht auf sie«, pflichtete Dylan ihr bei.

Der Bestatter und die Sargträger rollten den Sarg zum Rand des offenen Grabs auf dem kleinen Friedhof neben der Kirche. Die Menge rückte näher und setzte zu einem Sprechchor an.

»Was rufen die da für einen Scheiß?«, fragte Dennis. Alle reckten die Hälse, um zu sehen, was vor sich ging.

Als die Menge näher kam, konnte man die Worte verstehen.

»Wo sind die Mädchen? Wo sind die Mädchen?« Eine Frau hielt ein Bild von Lauren Rhodes hoch, darunter stand zu lesen »Laurens Eltern mussten einen leeren Sarg begraben!!!«

»Unglaublich«, sagte Carrie. »Was für Scheißspinner.«

»Wo sind sie, Dennis?«, rief ein Mann. »Wo liegen *sie* begraben?«

Die Polizei beobachte die Situation, machte aber keine Anstalten einzugreifen.

»Mir reicht's, ich hab die Schnauze voll von dieser Scheiße.« Dennis ging auf die Menge zu.

»Nicht, Dennis! Bleib stehen. Mach keine Dummheiten!« Carrie rannte hinter ihm her. Sam beobachtete, wie Dennis auf einen Mann in der ersten Reihe zuging und ihm den Zeigefinger unter die Nase hielt. Der Mann hatte offensichtlich Angst und wich instinktiv zurück. Durch die herannahenden Polizisten ermutigt, zwang er sich aber, Dennis weiterhin ins Gesicht zu sehen.

Carrie redete flehend auf Dennis ein und versuchte, ihn zurückzuziehen. Ein Polizist trat zwischen die beiden Männer, und der Demonstrant zog sich in die Gruppe zurück. Zwischen Dennis und dem Polizisten kam es zum Streit, bis sich die Polizei in einer Reihe zwischen den Demonstranten und der Trauergesellschaft postierte. Dennis und Carrie gingen zurück zum Grab, und er nickte dem Pfarrer zu, der nervös dastand und mit zitternden Händen seine Bibel hielt. Sam wollte Dennis' Hand nehmen, doch er zog sie weg und ballte die Fäuste.

Anschließend hatte Dennis einen Tisch in einem Restaurant gleich außerhalb von Red River reserviert. Lindsay kam dazu, als alle sich zum Essen hinsetzten, und bestellte einen doppelten Wodka mit Cola light. Carrie beugte sich vor und fragte: »Wer lässt denn das Begräbnis aus und kommt nur zum Leichenschmaus?«

»Macht man das nicht bei Hochzeiten?«, fragte Dylan.

»Wahrscheinlich säuft sie auf unsere Rechnung *und* fährt anschließend betrunken nach Hause ...«, sagte Sam. Carrie und sie lächelten sich an.

»Oh mein Gott ...«, sagte Lindsay so laut, dass alle mit offenem Mund und der Gabel in der Luft innehielten. »Da!« Sie zeigte zum Fenster. Alle am Tisch drehten sich um und starrten den Mann an, der die Hände an die Scheibe gelegt hatte und hereinspähte. Er war mager und ungepflegt, hatte lange, schwarze Haare und eine Stirnglatze. Als Dennis hinübersah, winkte der Mann langsam.

»Ist das ... Howard?«, fragte Lindsay.

Dennis war plötzlich bleich geworden. Er schob seinen Stuhl zurück, entschuldigte sich, und die Trauergemeinde beobachtete schweigend, wie er draußen an den Fenstern vorbeiging. Als er Howard sah, streckte er die Hand zur Begrüßung aus, doch Howard ergriff sie nicht. Carrie wandte verlegen den Blick ab und sagte leise etwas zu Dylan. Sam hatte das Gefühl, sie sollte nicht hinsehen, doch sie starrte die beiden Männer genauso gebannt an wie Lindsay und versuchte erfolglos, von ihren Lippen zu lesen. Howard war offensichtlich wütend, doch es ließ sich unmöglich erschließen, weswegen. Dennis stand schweigend da, Howard schimpfte heftig, versetze Dennis schließlich einen kräftigen Stoß und ging dann davon, während Dennis einige Schritte zurücktaumelte.

Dennis steckte die Hände in die Taschen und blickte zu ihnen hinein. Sam und Lindsay richteten den Blick eilig auf ihre Teller, obwohl er bemerkt hatte, dass sie ihn beobachteten. Kurz darauf kam er mit rot geränderten Augen und einem feuchten Film auf der Haut wieder herein. Auf die Frage, was los sei, sagte er, es wäre nichts, doch Sam fiel auf, dass seine Hand leicht zitterte, als er nach seinem Glas griff, und Lindsay warf ihr über den Tisch hinweg einen wissenden Blick zu.

»Wie lange bleibt ihr?«, fragte Sam Carrie, als sie das Restaurant verließen.

»Wir fliegen noch heute Abend zurück … Dieser Sturm … es ist zu riskant.«

»Aber ihr beide müsst uns unbedingt besuchen kommen!«, fügte Dylan hinzu.

»Klar. Unbedingt. Aber, hm, wir haben noch einiges am Haus zu tun …«, sagte Sam.

Carrie sah zu Dennis hinüber, der an Lindsays Wagen stand. Die beiden unterhielten sich angeregt.

»Du kannst übrigens auch jederzeit allein kommen.«

»Ich glaube, er braucht mich gerade wirklich. Es ist im Moment nicht leicht für ihn.«

»Ich denke daran, was *du* brauchst. Die Situation hier ist … nicht gerade optimal. Du machst keinen guten Eindruck. Als wärst du nicht du selbst.«

»Mir geht's gut. Das sind nur diese Schmerzmittel. Ich bin müde.«

»Mach dir keine Sorgen wegen der paar blöden Hater, okay? Die sind eine sehr laute, aber sehr kleine Minderheit, vergiss das nicht.«

»Ich weiß«, sagte Sam, obwohl sie es nicht glaubte.

»Danke, dass ihr da wart«, sagte Dennis hinter ihr. »Es war toll, euch beide zu sehen. Wir haben uns ehrlich sehr gefreut. Und ihr könnt wirklich nicht länger bleiben?«

Der Himmel über ihnen war grau wie Staub, der Wind pustete Dylan die Haare ins Gesicht und wickelte sie ihr wie einen Strick um den Hals.

»Wir haben schon Glück, wenn unser Flugzeug überhaupt starten kann«, sagte Carrie. »Dieser Hurrikan soll richtig groß werden.«

Dennis lachte. »Das sagen sie immer, und dann passiert doch nichts. Euch Kaliforniern würde es nicht schaden, wenn ihr hin und wieder ein bisschen Wetter abkriegt.«

»Ich denke, wir reisen trotzdem ab, Dennis.« Carrie umarmte ihn.

»Wir sind hier bald fertig, dann kommen wir euch besuchen. Versprochen.«

Sam fragte sich, was er mit »fertig« meinte. Im Laufe der Zeit war es immer weniger klar geworden, warum sie eigentlich hier waren. Wenn die Beerdigung erst vorüber wäre, so hoffte Sam, würde Dennis einsehen, wie sinnlos es war, das Haus für den Verkauf herzurichten. Was immer er dort tat, nur er selbst würde wissen, wann er damit fertig war.

Dennis half Sam in den Wagen, warf ihre Krücken auf die Ladefläche und quetschte sich dann daneben, sodass sie gegen Lindsay gedrückt wurde, die am Steuer saß. Während der Fahrt lehnte Sam den Kopf an Dennis' Schulter und döste ein.

»Sie ist ganz schön weggetreten. Was hat sie genommen?«, fragte Lindsay, ohne sich auch nur zu bemühen, die Stimme zu senken.

»Weiß nicht. Schmerzmittel. Lass gut sein, Linds, ihr Bein hat echt ziemlich was abgekriegt.«

»Wie du meinst. Hab ja nur gefragt.«

Sam spürte, dass er ihre Schulter drückte, und lauschte auf das Motorengeräusch; den Rest des Weges legten sie schweigend zurück. Geweckt wurde sie von den Schlaglöchern, weil ihr verletzter Knöchel im Fußraum der Fahrerkabine durchgeschüttelt wurde. Von der Zufahrt aus sah sie, dass Müll aus den Containern im Garten verstreut war. Der Wind trieb Verpackungen und Kartons über den Rasen vor sich her. Die Unordnung ließ das Haus verlassen aussehen, als hätten seine Bewohner in aller Eile aufbrechen müssen.

»Mist«, sagte Dennis. Er öffnete die Tür, half Sam beim Aussteigen und fragte Lindsay: »Kommst du noch kurz mit rein?« Sam sackte in seinen Armen zusammen.

»Klar.« Lindsay nahm noch einen Sixpack von der Ladefläche des Trucks und bot Dennis und Sam eine Dose an. Er schüttelte den Kopf, sie zuckte die Achseln.

Sie setzten sich auf die Veranda, und Lindsay schnippte Zigarettenasche in ihre leere Bierdose, während sie die nächste trank.

»Aber das mit Howard, ist das zu glauben?«, sagte sie nach einer Weile.

»Hätte nicht gedacht, ihn nochmal wiederzusehen«, sagte Dennis.

»Ich sehe ihn hin und wieder hier in der Gegend. Er grüßt nie. Und hängt immer mit seinem Dad zusammen. Erbärmlich ist das.«

»Wohnen die beiden zusammen?«, fragte Sam.

»Bis vor kurzem schon«, sagte Lindsay. »Zwei erwachsene Männer und nie eine Frau da, sie hatten überhaupt nie Besuch.«

»Wo wohnt er jetzt?«, fragte Dennis.

»Im Trailerpark, wo früher die alte Fabrik war. Oh Scheiße!« Lindsay zog hektisch die Füße hoch und schlang die Arme um die Knie. Sam klammerte sich an Dennis' Arm.

»Was ist?«, fragte sie und suchte nach Eindringlingen ab.

»Schaut euch dieses *Riesen*vieh an!« Lindsay zeigte auf den Boden, wo eine große braune Spinne vorbeispazierte.

Sam zog kreischend die Füße auf die Bank, und Lindsay lachte, bis sie husten musste. Dennis nahm ihr die Zigarette aus der Hand, beugte sich zu der Spinne hinab und berührte sie mit der Glut; die Spinne blieb daran kleben und ruderte mit den Beinen, um sich zu befreien. Dennis beobachtete sie eine Weile, dann nahm er die Zigarette mit der immer noch heftig zappelnden Spinne an der Spitze zwischen die Lippen und zog daran. Die Beine der Spinne rollten sich ein, zuckten ein paar Mal und regten sich dann nicht mehr.

Angewidert sah Sam zu, wie Dennis der Rauch aus Mund und Nasenlöchern quoll. Die Spinne fing an zu brennen, wurde schwarz und schrumpelte zusammen.

»*Wie eklig*, Den!«, sagte Lindsay. Lächelnd bot er ihr die Zigarette wieder an. »Igitt! Nein, danke!«

Sam wurde übel. Als er einen weiteren Zug nahm, dachte sie weniger an die Todesqualen der Spinne als daran, dass Dennis beim Inhalieren nicht husten musste. Es war, als hätte er sein Leben lang geraucht, und sie hatte nichts davon gewusst. Plötzlich fühlte sie sich sehr allein, so als hätte es den Menschen, den sie geheiratet hatte, nie gegeben. Als wäre sie gerade in einem Leben aufgewacht, das sie nicht wiedererkannte, mitten in einer Geschichte, die sie nicht verstand.

Zweiunddreißig

Am Abend wurde der Wind stärker, schwere Regentropfen prasselten wie Schüsse gegen die Fensterscheiben.

Dennis sicherte die Container vor dem Haus, indem er riesige Plastikplanen über den aufgetürmten Schutt spannte, der sonst weggeweht werden und das Haus treffen könnte. Die Katzenjungen miauten unaufhörlich, und die Mutter beobachtete mit angelegten Ohren und einem tiefen Knurren die Fliegengittertür, die in ihrem Rahmen wackelte.

Aus der Garage holte Dennis zwei riesige Wasserkanister. Er wusch die staubigen, vergilbten Behälter in der Badewanne aus und füllte sie mit Wasser vom Hahn.

»Das Unwetter hat wohl 'ne Schippe draufgelegt.« Er musste die Stimme erheben, um gegen den Sturm anzukommen, der gegen die Wände peitschte. »Vielleicht warten wir am besten im Schutzraum, bis er vorüberzieht.«

Sam gefiel es nicht, wie die Fensterläden im Wind schlugen oder wie der Regen gegen die Fenster peitschte. Deshalb nickte sie nur und ließ sich von Dennis zur Hintertür und die Treppe hinunter führen, ohne seinen Vorschlag zu hinterfragen. Kaum war sie draußen, war sie völlig durchnässt. Trotzdem lag die ganze Zeit eine Spannung in der Luft, die sich selbst im stärksten Regen nicht aufzulösen schien.

Am Ende der Treppe schob Dennis mit dem Fuß das Unkraut beiseite, bis eine hölzerne Falltür zum Vorschein kam, die unter das Haus führte. Er hob die Klappe an. Darunter war es so dunkel, dass Sam nicht das Geringste erkennen konnte.

»Da unten gibt es keinen Strom«, schrie Dennis. »Wir brauchen Taschenlampen. Ich bringe dich runter, dann gehe ich die Sachen holen.«

»Ich will da nicht rein«, sagte Sam.

»Willst du lieber erschlagen werden, wenn das Haus einstürzt?«

»Du hast doch gesagt, diese Stürme werden nie so schlimm.«

In der Ferne hörte Sam das Krachen und Ächzen von Bäumen, die sich im Wind bogen. Sie sah wieder Dennis an.

»Vertrau mir«, sagte er. »Da unten bist du sicherer.«

Die Luft drinnen war kühl und feucht. Als sich Sams Augen an die Dunkelheit gewöhnt hatte, konnte sie Einzelheiten um sich herum erkennen: an einer Wand eine Pritsche, ein durchhängendes, klumpig aussehendes Sofa an der anderen und in der hintersten Ecke ein großer Plastikeimer.

»Ich bringe dir trockene Sachen zum Anziehen mit. Was brauchst du sonst noch? Wir müssen vielleicht die ganze Nacht hierbleiben«, sagte Dennis.

»Meine Tabletten«, sagte sie schneller als beabsichtigt. »Und, äh, meinen Kindle. Äh …« Dennis stand an der Treppe und wurde allmählich ungeduldig. »Darf ich deinen Pullover anziehen? Den grauen, den ich so mag?«

»Klar, meinetwegen. Sonst noch was?«

»Beeil dich bitte. Es ist unheimlich hier unten.«

»Klar.«

Dennis ging hinaus und schloss die Tür hinter sich. Die Dunkelheit, die Sam umfing, war so dicht, dass sie nicht einmal die Hand vor Augen sehen konnte. Sie zwang sich, langsam zu atmen. Ihr fiel auf, dass Dennis diesen Schutzraum bisher noch nie erwähnt hatte. Für einen Moment bekam sie Angst: *Was ist, wenn ich hier nie wieder rauskomme?*

Sie stand auf, streckte die Arme vor sich aus und tastete sich mit winzigen Schritten Richtung Treppe voran. Wenn sie es die Treppe hinauf schaffte, konnte sie vielleicht die Tür öffnen. Sie berührte die Wand, spürte den glatten Beton unter ihren Fingern. Die Treppe war nicht da. Sie verlor die Orientierung, bekam Panik. Sie hatte nicht gewusst, dass sie Angst vor dunklen, engen Räumen hatte. Sie war noch nie in einem solchen gewesen. Die Wände waren dick, der lärmende Sturm über ihr drang nur als Flüstern hindurch. Wenn Dennis die Tür von außen verriegelte, könnte sie schreien, so viel sie wollte, niemand würde erfahren, dass sie hier unten war. Sie fragte sich, warum ihr diese Gedanken kamen.

Endlich ging die Tür auf, und Dennis kam mit einer Tüte und einer Lampe zurück, die mithilfe einer Kurbel an der Seite aufgeladen wurde und wie eine Hornisse brummte.

»Was hast du denn gemacht?«, fragte er, als er ihr zurück aufs Sofa half.

»Ich hab mich da in was reingesteigert«, sagte sie beschämt.

Diesmal ließ er die Tür offen, während er die Sachen herunterbrachte: Wasserflaschen, einen Karton mit Lebensmitteln, einen Karton mit miauenden Kätzchen und ihre Mutter, die sich wütend in seinen Armen wand, ein Katzenklo und schließlich einen Sack Katzenstreu. Sam faltete ihre nassen Sachen zusammen und zog an, was Dennis ihr gebracht hatte: seinen Pullover, der nach ihm roch und dessen Ärmel ihr so viel zu lang waren, dass sie sich darin zierlich vorkam. Sie zog sich den Halsausschnitt über die Nase und schnupperte daran.

»Leier ihn nicht aus«, sagte Dennis.

Sam sah auf die Uhr an ihrem Kindle und stellte bestürzt fest, dass sie die nächste Vicodin erst in zweieinhalb Stunden nehmen durfte. Dennis drehte ihr den Rücken zu, um seine nassen Sachen auszuziehen. Die rostigen Sprungfedern des Sofas quietschten bei jeder Regung von ihr.

»Zappel nicht so rum«, sagte Dennis.

Die Kätzchen erkundeten tollpatschig den Raum, während Tuna mit angelegten Ohren auf der Treppe hockte und schmollte. Wieder sah Sam auf die Uhr, und plötzlich fühlte sie sich wie ein Häuflein Elend. Schließlich entschied sie, ausnahmsweise eine zusätzliche Tablette zu nehmen, um die Zeit zu überbrücken.

Dennis kippte Katzenstreu in den Eimer. »Wenn du musst, mach da rein. Und dann kipp Katzenstreu drüber. Okay?«

Sam nickte, obwohl sie sich bereits felsenfest vorgenommen hatte, diese Nacht keinen einzigen Schluck mehr zu trinken. Zum Glück verursachten die Tabletten Verstopfung.

»Es ist unheimlich hier unten«, sagte Sam.

»Man gewöhnt sich dran«, erwiderte Dennis. »Mein Dad hat mich mal hier eingesperrt, nachdem ich dabei erwischt worden bin, wie ich im Altenheim ein paar Sachen hab mitgehen lassen. Er hat mich verprügelt und hier runtergestoßen. Über einen Tag lang hat er mich hier drin gelassen, ohne Licht, ohne alles.«

Über ihnen wütete die Welt. Sam konnte spüren, wie sie in ihren stillen, luftleeren Raum einzubrechen versuchte.

Hin und wieder tauchten diese Erinnerungen an das furchtbare Leben auf, das Dennis vor ihrer gemeinsamen Zeit geführt hatte, und sie fühlte sich hundsmiserabel, weil sie nicht in der Lage war, das alles ungeschehen zu machen. Sie hasste sich dafür, wie sie ihm stattdessen sogar sein jetziges Leben vermieste: wenn sie ihm nicht vertraute, wenn sie einen Streit vom Zaun brach, wenn sie ihn dazu bringen wollte, etwas zu sein, was er nicht war, oder etwas zu tun, das er nicht wollte.

»Es tut mir leid«, sagte sie.

»Was?«

»Dass ich dich gedrängt habe. Dass ich dich dazu bringen wollte, mit mir zu… du weißt schon, obwohl du noch nicht bereit bist.«

»Samantha.«

»Nein. Ständig dränge ich dich oder fange Streit an. Das mache ich immer. Immer.«

»Ist schon okay…«

»Es ist nicht okay! Immer versaue ich alles! Ich weiß nicht, was mit mir nicht stimmt.«

»Mit dir ist alles in Ordnung.«

»Nein, irgendetwas ist mit mir los. Ich bin ein schlechter Mensch. Ich habe schlimme Dinge getan, aber ich glaube, das hier ist sogar noch schlimmer.«

»Sogar noch schlimmer als was?«, fragte er.

Sie schüttelte den Kopf und wünschte sich, sie hätte nichts gesagt, doch andererseits wollte sie das alles endlich einmal jemandem erzählen, der sie nicht anlügen würde.

»Schlimmer als was, Sam?«

»Ich… als Mark mit mir Schluss gemacht hat…«

»Dein Ex-Freund?«

»Wir haben uns viel gestritten. Ich war eifersüchtig. Manchmal hat er mich ganz wirr im Kopf gemacht, verstehst du? In einem Moment sagt er, er liebt mich, und ihm nächsten sagt er, er will keine Beziehung. Drei Jahre lang ging das so! Wenn ich jetzt darüber nachdenke, weiß ich nicht einmal, ob ich ihn überhaupt geliebt habe. Es ist, als hätte ich den Verstand verloren. Eines Abends sind wir nach dem Abendessen nach Hause gefahren.

Er hatte eigentlich bei mir übernachten wollen, aber da fing er an, von wegen: ›Ich weiß nicht, ob ich über Nacht bleiben sollte, ich glaube, wir brauchen ein bisschen Abstand …‹ Und das nach einem ganzen Abend voller ›Was ist los?‹ ›Nichts.‹ ›Irgendwas ist doch?‹ ›Nichts.‹ Verstehst du? Jetzt rückt er damit raus. Im Auto. Ich hatte ein Glas Wein getrunken. Ich war müde.

Ich habe ihn gefragt: ›Warum? Warum jetzt?‹ Und er: ›Ich kann dir nicht länger wehtun.‹ Ist das zu fassen? Als ob er mir einen Gefallen täte. Ich so: ›Also schön, na schön‹, und er fragt, ob ich ihn nach Hause fahre. Er hat noch bei seinen Eltern gewohnt. Er sagte immer, er wollte das Geld sparen, aber … Er war ein richtiges Muttersöhnchen. Sie konnte mich nie leiden. Das hat mich wahnsinnig gemacht. Ich habe ihn also hingefahren. Ich dachte, ich würde damit klarkommen, aber als wir bei ihm waren … stieg er aus dem Auto, als würde es ihm überhaupt nichts ausmachen. Mir wurde klar, dass er mich nie geliebt hatte, dass er die ganze Zeit gelogen hatte. Ich bin ihm zur Tür gefolgt, und ich habe geschrien. Wahrscheinlich hat er sich Sorgen gemacht, dass uns die Nachbarn hören könnten, und mich deshalb reingelassen. Ich bin also da, und seine Eltern sind nicht zu Hause, und dann schreie ich nur noch lauter.

Und dann, ich weiß nicht, ich bin hoch in sein Zimmer. Er hat immer so ein Gewese um sein blödes Zimmer gemacht. Er hatte so viel *Spielzeug*. Actionfiguren, die er selbst bemalt hatte. Ich fing an, sie kaputt zu machen und sagte: ›Sag es mir. Sei ehrlich. Du hast mich nie geliebt, oder?‹, und endlich sagt er es, er sagt: ›Ich liebe dich nicht, es tut mir leid‹, und dann sagt er: ›Und ich habe jemand anderen kennengelernt, okay?‹

Das hatte ich nicht kommen sehen. Ich stand da und suchte nach etwas anderem, das ich kaputt machen konnte, um ihm wehzutun, nur ein bisschen, und dann nehme ich dieses Wasserglas und werfe es. Es trifft das Regal und explodiert und überall ist Glas. Er schreit, er hält sich die Hände vors Gesicht, und ich kriege Panik. Ich will seine Hände wegziehen, aber er lässt mich nicht an sich heran, als hätte er Angst vor mir. Blut läuft an seinem Hals runter. Ich sage immer wieder: ›Es tut mir leid! Es tut mir so leid!‹, aber er sagt nur, ich soll gehen. Er sagt, er wird die Polizei rufen, und ich flehe ihn an, es nicht zu tun. Ich wollte ihn nicht so verletzten, wirklich nicht. Ich wollte nur, dass er etwas spürt. Irgendetwas!

Ich habe ihm versprochen, dass ich gehe, wenn er mich sein Gesicht sehen lässt. Er konnte sein linkes Auge nicht öffnen, und da war so viel Blut. Ich sagte, er müsse ins Krankenhaus, aber mit mir wollte er nicht fahren. Stattdessen rief er einen Krankenwagen. Ich hab gewartet, weil ich nicht wollte, dass er die Polizei ruft. Er sagt wieder, ich soll gehen, wenn ich weggehe und ihn in Ruhe lasse, sagt er, wenn ich ihn nie wieder anrufe, würde er sagen, dass es ein Unfall war. Also bin ich gegangen. Ich bin mit dem Auto um die nächste Ecke und habe geheult. Ich habe gewartet, bis der Krankenwagen da war, dann bin ich gefahren.«

Sam holte Luft. Es brachte keine Erleichterung, alles erzählt zu haben. Es fühlte sich falsch an. Schmutzig.

»Ein paar Tage später rief seine Mutter bei mir an. Sie sagte, er würde auf dem Auge blind werden. Sie hatte die Polizei rufen wollen, aber er hätte sie daran gehindert – ich glaube vor allem, weil er Angst vor mir hatte. Nicht, weil ich ihm etwas bedeutet hätte.«

Eine Weile schwieg Dennis. »Das war's?«, fragte er dann.

»Ja«, sagte Sam irritiert.

»Hör mal. Als ich Lindsay gesagt habe, dass wir nur Freunde sind, wollte sie mich mit dem Auto ihres Vaters überfahren.

Lauren hat mir eine Bierflasche an den Kopf geschmissen. Sowas machen Mädchen eben, wenn sie sauer sind.«

»Lauren?«, fragte Sam. Zum ersten Mal seit dieser Geschichte fühlte sie sich ein bisschen besser.

»Ja. Lauren Rhodes. Ich habe ihr gesagt, ich wollte nicht mit ihr auf diesen Ball gehen. Aber sie wollte hingehen, und ich meinte, sie soll doch jemand anderen fragen. Das war wohl falsch, denn sie hat ihr Bier nach mir geworfen. Es hätte kaputtgehen können, und mir wäre dasselbe passiert wie …. Wie heißt er nochmal?«

»Mark.« Unwillkürlich musste Sam lachen.

»Stimmt. Keine große Sache. Es war ein Unfall, mehr nicht.«

»Du hältst mich nicht für verrückt?«, fragte sie.

»Ich glaube, alle Mädchen sind ein bisschen verrückt«, sagte er.

Das wollte Sam gern glauben. Seit diesem Vorfall hatte sie nichts als Scham und Schuld empfunden. Jetzt fühlte sie sich erlöst und erleichtert.

»Du hast noch nie von Lauren gesprochen«, sagte sie nach einer Weile.

»Gibt auch nicht viel zu sagen. Wir haben uns damals kaum gekannt. Ich weiß nicht, warum sie so ausgerastet ist.«

Sam stellte sich vor, was für ein Paar Dennis und Lauren damals abgegeben haben mussten: die Cheerleaderin und der Footballspieler. Für sie war das vollkommen logisch, sie verstand, warum er Lauren in den Wahnsinn getrieben haben musste.

»Nach ihrem … seitdem kann ich jedenfalls nicht mehr davon sprechen, ohne dass die Leute da was reininterpretieren.«

»Moment mal… Lindsay wollte dich überfahren?« Sam lachte, und er ließ sich neben ihr aufs Sofa fallen und zog sie in seine Arme.

»Du musst gerade was sagen«, neckte er sie. Er drückte sie fest an sich und küsste sie auf die Haare. Ein Schauer überlief sie. »Du bist ja ganz kalt«, sagte er und zog sie enger an sich. Er küsste ihren Hals und biss sanft hinein. Mit beiden Händen strich er über ihre Schenkel und unter ihre Kleidung. Sie hielt still und genoss seine Berührung, ohne ihn zu drängen. Er küsste ihr Ohrläppchen, umfasste ihre Brust, strich mit den Fingernägeln über ihre Haut, ihren Rücken hinunter. Sie wandte ihm das Gesicht zu, damit er sie küssen konnte, und er biss ihr ein klein wenig zu fest in die Lippe. Sie wich zurück, doch er zog sie wieder an sich. Sie legte ein Bein über seinen Schoß. Dann war es vorbei, seine Hände hielten still.

»Willst du was trinken?«, fragte er und stand auf, um eine Flasche Wasser aus einer Ecke zu holen.

»Nein«, sagte sie, am ganzen Körper von warmem, rauschendem Blut erhitzt.

Er kam nicht aufs Sofa zurück, sondern legte sich auf die Pritsche und drehte ihr den Rücken zu. Aber er schlief nicht, dafür lag er zu still. Sam lauschte auf die gedämpften Geräusche des Unwetters, das die Luft draußen reinigte. Sie stellte sich vor, am Morgen die Luke zu öffnen und frische, unbeschwerte Luft vorzufinden, aber so würde es nicht sein. Die Luft würde schon wieder drückend sein, aufgeladen mit dem sich aufbauenden Druck des nächsten Sturms.

Dreiunddreißig

Als Dennis am nächsten Morgen endlich die Tür des Schutzkellers aufstieß, blendete sie das Licht. Beide rannten ins Haus, um sich so schnell wie möglich die Zähne zu putzen und frische Kleidung anzuziehen. Das Wasser, das aus den Leitungen kam, war erst braun, bevor es klar wurde, und Sam zögerte, ehe sie ihre Zahnbürste unter den Hahn hielt. Weil sie von der Nacht im feuchten Schutzkeller müde und verspannt war, schlug Dennis vor, sie solle sich auf das Bett in Lionels Zimmer legen, statt auf die Luftmatratze. Es war das Einzige, was noch in dem sonst leeren Raum stand. Sam sträubte sich, doch Dennis zog frische Bettlaken auf, und sie war zu müde, um zu widersprechen. Bevor er sie zum Schlafen allein ließ, stellte er ihr einen Becher grünen Tee neben dem Bett auf den Boden. Sie war entschlossen, sich daran zu gewöhnen. Statt Kaffee mit vier Schuss Zuckersirup würde sie die nach nichts schmeckenden Grüntees trinken, die Dennis so liebte. Sie hatten eine reinigende Wirkung, und die hatte Sam bitter nötig. Ihr Inneres war so schwarz wie eine Raucherlunge; Eifersucht und Hass und Begierde waren in jeden Winkel ihres Ich gekrochen.

Als sie aufwachte, war der Becher gegen ein Glas Wasser und zwei aufeinandergestapelte Vicodin eingetauscht worden. Sam beugte sich aus dem Bett, nahm die Tabletten zwischen zwei Finger und betrachtete sie. An den Vortag konnte sie sich nur undeutlich erinnern, heute wollte sie klarer im Kopf sein. Doch sie hatte Kopfschmerzen, ihr Bein tat weh, und so legte sie sich – mit dem Versprechen an sich selbst, sich später einzuschränken – beide Tabletten auf die Zunge. Eine davon blieb ihr im Hals stecken, als sie schlucken wollte, und sie musste würgen. Mit einem weiteren Schluck Wasser spülte sie die Tablette hinunter, dann legte sie sich wieder hin.

Als sie aufgewacht war, hatte sie einen gewissen Geräuschpegel im Haus wahrgenommen. Der Ton einer Fernseh-Talkshow. Es kam ihr komisch vor, dass Dennis Fernsehen gucken sollte, noch dazu Talkshows. Dann dämmerte ihr, dass Lindsay zu Besuch sein könnte. Widerwillig kletterte Sam aus dem Bett und humpelte in den Flur.

Durch die offene Tür sah sie Lindsay im Profil, ihre Haare klebten elektrisiert am billigen Sofabezug. Sie stopfte sich Doritos in den Mund, an ihren Fingerspitzen hafteten lauter orangefarbene Krümel.

Sam überlegte kehrtzumachen, doch Lindsay bemerkte sie, bevor Sam den Gedanken in die Tat umsetzen konnte. »Meine Fresse, hast du mich erschreckt. Was machst du da?« In ihrem Ton lag eine Schärfe, die Sam an ihre Highschoolzeit erinnerte: *Was glotzt du so? Stehst du auf mich, oder was?* Das traf Sam bis ins Mark, am liebsten hätte sie Lindsay ebenfalls wehgetan, doch sie tat es nicht.

»Wo ist Dennis?«, fragte sie.

»Laufen, schätze ich. Er hat gesagt, ich soll dich nicht wecken. Du wärst wohl irgendwie krank.«

»Jetzt geht's mir wieder gut.«

»Na, Gott sei Dank.« Lindsay zog eine Augenbraue hoch und wandte sich wieder ihrer Talkshow zu.

»Hat er gesagt, wann er zurückkommt?«, fragte Sam.

»Nee.« Lindsay legte den Kopf in den Nacken und kippte sich die restlichen Krümel aus der Tüte in den offenen Mund. Unter dem Rand ihrer Bierdose haftete ein orangefarbener Halbmond. Sie sah Sam aus den Augenwinkeln an und seufzte. »Also, das war's dann … du kannst dann jetzt gehen.«

Sam drehte sich um, blieb dann aber stehen. »Ich brauche nicht zu gehen. Das hier ist mein Haus.«

»Wie bitte?« Lindsay lachte gezwungen. Ihre Augen blitzten wütend.

»Es ist unser Haus, Dennis' und meins. Und er ist mein Mann. Also kannst du mich nicht wegschicken.« Sam trat einen Schritt auf das Sofa zu und verschränkte die Arme vor der Brust.

Lindsay ließ die leere Tüte zu Boden fallen. »Also gut«, sagte sie und drehte sich wieder zum Fernseher. »Dann geh halt nicht. Mach was du willst. Ist mir eh egal.«

»Was hast du für ein Problem? Ich meine mit mir?« Sam versuchte, das Zittern in ihrer Stimme zu unterdrücken. Sie stritt sich nur mit Menschen, die sie sehr gut kannte und deren Reaktionen sie einschätzen konnte.

»Mein *Problem*?«

»Ja. Du versuchst ständig, dich zwischen uns zu drängen. Zwischen Den und mich.«

Lindsay verdrehte die Augen. »Du meinst *deinen Mann*?«

»Aber das wird nicht funktionieren«, sagte Sam. »Wir reisen schon bald ab.«

»Wann?« Plötzlich sah Lindsay verunsichert aus.

»Bald«, sagte Sam, die wünschte, sie hätte ein konkretes Datum.

»Macht nichts. Dennis und ich, wir haben eine Vergangenheit. Ganz egal, wo er hingeht, er wird immer wieder zurückkommen.«

Am liebsten hätte Sam ihr das selbstzufriedene Lächeln aus dem Gesicht gewischt. »Tja, das ist ja witzig, weil er mir erst gestern Abend erzählt hat, wie du damals völlig durchgeknallt bist, als er dir ins Gesicht gesagt hat, dass ihr nur Freunde seid.« Kaum hatte sie die Worte ausgesprochen, wünschte Sam, sie hätte es für sich behalten. Es kam ihr vor wie ein Verrat.

»Was hat er gesagt?« Lindsay war von der Couch aufgestanden und stand jetzt so dicht vor Sam, dass diese ihren Atem mit der Bierfahne riechen konnte.

»Tut mir leid.« Sam wich zurück.

»Was für einen Scheiß hat er dir erzählt?« Lindsay packte Sam am Arm. »Sag es mir!«

»Er… er hat nur Witze gemacht. Dass du ihn mit deinem Wagen überfahren wolltest, mehr nicht. Er meinte, es war witzig.«

»Wir sind Freunde.« Lindsay packte sie fester. »Wir sind wie Geschwister. Glaubst du, eure komische Ehe wäre eine tiefere Bindung? So sehr mag er dich nicht, glaub mir. Ich kenne das alles schon, ich weiß, was passiert, wenn er jemanden *mag*. Und weißt du was? Das wirst du nicht wollen.«

»Was soll das heißen?«

»Es heißt, dass ich diejenige bin, die noch hier ist. Das heißt es.«

Sam versuchte, sich aus ihrem Griff zu befreien, doch Lindsay bohrte die Fingernägel in ihren Oberarm. Als sie die Hintertür hörten, erstarrten beide. Dennis war zurück.

»Du bedrohst mich!«, sagte Sam so laut, dass Dennis es hoffentlich hören würde.

»Halt den Mund«, zischte Lindsay. »Versuch nicht, das irgendwie gegen mich zu verwenden.« Sie ließ los.

Sam rieb sich den Arm. Lindsays Fingernägel hatten tiefe,

sichelförmige Abdrücke auf ihrer Haut hinterlassen. Lindsay lehnte sich zurück und blickte starr in den Fernseher, als wäre nichts passiert.

»Du musst mich zu Target und Wholefoods fahren«, sagte Dennis, als er aus der Küche auf sie zukam. »Aber nicht jetzt, später. Zuerst muss ich hier etwas erledigen. Ich habe einen Anruf von …« Sam begutachtete ihren Arm und überlegte, Dennis direkt in die Arme zu laufen und es ihm zu zeigen. *Schau, schau nur, was diese kleine Schlampe gemacht hat. Sie ist verrückt!* Aber etwas hielt sie zurück. Lindsays Gesichtsausdruck, der auf einmal so gelassen wirkte, als hätte jemand einen Schalter umgelegt. Es war, als wäre die ganze Sache nie passiert.

»Klar«, rief Lindsay zurück.

»Oh, hey«, sagte Dennis, als er ins Wohnzimmer kam. »Du bist ja wach.« Fast klang es, dachte Sam, als wäre er enttäuscht, sie zu sehen.

Vierunddreißig

Bevor sie an diesem Abend einkaufen fuhren, half Dennis Sam beim Duschen und Anziehen, machte ihr ein Sandwich und kippte zwei weitere Vicodin aus dem Fläschchen. »Die sind bald leer. Ich hole dir neue aus der Apotheke«, sagte er und küsste sie aufs Haar, während Lindsay im Hintergrund ungeduldig mit den Wagenschlüsseln klimperte.

Als die Lichter des Pick-ups hinter der nächsten Biegung verschwunden waren und das Motorengeräusch verklang, rollte Sam sich vom Sofa und hievte sich auf ihre Krücke. Sie langweilte sich und war rastlos. Weil sie sich einsam fühlte und etwas suchte, um ihren Kopf zu beschäftigen, humpelte sie von einem Zimmer ins nächste.

In der Küche streifte ihr Blick Dennis' MacBook. Sie klappte es auf – und ihr zog sich der Magen zusammen. Es war mit einem Passwort geschützt. Wenn er nichts zu verbergen hatte, fragte sie sich, wozu brauchte er dann ein Passwort? Sie wollte es ignorieren, doch dieses Gefühl nagte an ihr, genau wie früher. Dir ist langweilig, sagte sie sich. Du wirst paranoid. Doch noch ehe ihr bewusst wurde, was sie tat, saß sie am Küchentisch und versuchte, den Rechner zu entsperren.

Sie tippte »PASSWORT« und »passwort« und »Passwort« ohne zu erwarten, dass eines davon funktionieren würde, war aber dennoch ein wenig enttäuscht, als nichts geschah. Sie probierte es mit verschiedenen Versionen ihres Namens, und als alle versagten, kehrte die Unsicherheit zurück. Sie probierte es mit »Lindsay« und atmete auf, als es abgelehnt wurde. Dann probierte sie es mit seinem Namen, dann seinem Geburtstag, seinem Namen *und* seinem Geburtstag, und plötzlich war der Bildschirm an, als sie gerade wieder anfangen wollte zu tippen. Eine Schrecksekunde lang konnte sie sich nicht erinnern, was sie eingegeben hatte. Hatte sie ein großes D benutzt? War es nur das Geburtsjahr gewesen? Dann fiel es ihr wieder ein, sie riss ein Stück von einem herumliegenden Briefumschlag ab, schrieb »Dennisdanson1975« darauf und steckte das Stück Papier in die Tasche ihres Cardigans. Seine Einfallslosigkeit schmerzte sie ein bisschen.

Auf dem Bildschirm war die Datei mit seinem Buch geöffnet, die Memoiren, an denen er für seinen Verlag schrieb. Der Cursor blinkte mitten in einem Absatz vor sich hin. Sie überflog die Seite auf der Suche nach ihrem Namen, las dann aber:

Dass ich als Kind so viel Zeit im Wald verbracht habe, alleine spielte und mich mit mir selbst unterhielt, sollte mich in vielerlei Hinsicht auf die Einsamkeit im Todestrakt vorbereiten. In meiner Zelle erinnerte ich mich wieder daran, wie ich in die endlose Wildnis gestarrt hatte, und auch an das Gefühl der Bedeutungslosigkeit, das mich dabei überkam …

*

Sam nahm sich fest vor, es zu lesen, wenn es veröffentlicht war, klickte das Fenster weg und öffnete den Browser. Er war leer. Sie überprüfte seinen Verlauf, fand jedoch nichts. *Wann hat er das gelernt?*, fragte sie sich.

Auf dem Desktop lagen drei Dateien: »Buch«, »Buch2« und »Buch3«, Entwürfe seiner Autobiografie. In den Notizen fand sich eine Liste seiner Passwörter, die sie sich für alle Fälle auf der Umschlagsrückseite notierte.

Die Enttäuschung war gewaltig. Sam öffnete die Worddatei und verdrehte die Augen, als sie den Satz las: »Ich wusste, dass ich nicht aufhören durfte, an mich zu glauben, denn in dem Moment, in dem ich nicht mehr an mich glaubte, würde ich meine Freiheit wirklich verlieren …« und klappte den Bildschirm zu. Sie sah sich um und hoffte darauf, dass ihr etwas anderes – irgendetwas – einen Anhaltspunkt dafür geben würde, was in ihm vorging, wer er war, und ob Lindsay recht hatte und er sie in Wahrheit gar nicht so sehr mochte. Sie durchsuchte seinen Koffer, öffnete jedes Fach und fand Dinge, die auf den ersten Blick extrem vielversprechend aussahen, sich dann aber doch als langweilig herausstellten: eine zusammengefaltete Quittung für die Container, ein handgeschriebener Brief an seinen Lektor in New York, ein Moleskine-Notizbuch, das bis auf seinen Namen, seine Telefonnummer und das Versprechen von zwanzig Dollar Finderlohn auf der ersten Seite leer war.

Sie ging in sein altes Kinderzimmer, öffnete Schubladen und Kleiderschränke, die allesamt leer waren, bis ihr Blick auf die Kiste fiel, auf die Lindsay so viele Jahre lang aufgepasst hatte. Weil der Deckel kaputt war, war sie jetzt mit einem Gummiband verschlossen, damit nichts herausfiel. Sam löste das Band, sah sich die Fotos noch einmal an und legte sie eines nach dem anderen auf den Fußboden. Diesmal war es etwas anderes, sagte sie sich. Sie hatte das alles schon einmal gesehen, deshalb war es im Grunde kein Herumschnüffeln.

In der Mitte des Bilderstapels stieß sie auf eine Seite, die aus einer Zeitschrift herausgerissen worden war. Es war ein ganzseitiges Bild von ihnen beiden, das Foto, das direkt nach seiner Entlassung aufgenommen worden war. Dennis stand hinter ihr, trug ein weißes Hemd mit offenem Kragen, hatte die Ärmel hochgekrempelt und einen Arm um Sams Schultern gelegt. Er lächelte. Sie hatte sich damals furchtbar gefühlt, geplagt von schlechtem Gewissen und Übelkeit.

Eilig legte sie die Fotos zurück und spannte gerade das Gummiband wieder über das Blech, als ihr das rostige Knarren der Hintertür durch Mark und Bein fuhr. So leise wie möglich versuchte sie, die Schachtel wieder hinter die Brettspiele zu stellen, doch schon näherten sich schwere Schritte, und sie wusste, dass sie ertappt war.

»Es tut mir so leid. Mir war langweilig. Ich dachte, wir wären mit diesem Zimmer noch nicht fertig, und …«

Der Mann in der Tür war groß, hatte lange, fettige schwarze Haare, die erst am Hinterkopf anfingen. Als er noch einen Schritt näher kam, sah Sam die Wut in seinen Augen.

Ihr Schrei war so klar und scharf wie zerbrochenes Glas. Howard hielt sich die Ohren zu, und Sam packte sich ihre Krücke und rammte sie ihm in den Bauch. Er kippte zur Seite um und kauerte sich an das Bücherregal. Vom Adrenalin getrieben, stürmte Sam auf ihrem verletzten Fuß vorwärts. Sie kämpfte sich die Verandastufen hinunter, die Krücke sank im zu weichen Rasen ein. Immer wieder sah sie sich um, erwartete, ihn direkt hinter sich zu sehen. Für einen Moment hatte sie Angst, ihn ernsthaft verletzt zu haben, doch dann rief sie sich in Erinnerung, dass genau das ihre Absicht gewesen war und dass es okay war.

Die Straße war dunkel. Sam konnte vor und hinter sich nicht viel sehen, doch sie lief weiter. Ihr Atem war so laut, dass sie nicht hörte, ob Howard näher kam oder nicht. Sie hatte keine Ahnung, wo sie hinsollte.

Ihr Knöchel fing an zu pochen, und schon bald wurde Sam langsamer. Sie war sicher, dass Howard ihr auf den Fersen war und erwartete, jeden Augenblick zupackende Hände an ihrer Kehle zu spüren. Aber keine Spur von ihm. Sie musste mitten auf der Straße laufen, weil es an den Seitenrändern tiefe Schlammpfützen gab. Die Straße war nicht beleuchtet, aber es war Vollmond, und Sam sah mehr Sterne am Himmel als je zuvor in ihrem Leben. Plötzlich summte etwas an ihrem Ohr, sie zuckte zusammen, verlor das Gleichgewicht und landete auf der Laubschicht am Straßenrand.

Eine Weile blieb sie so liegen, ihre Leggins war am Po von etwas durchtränkt, das nur Dreckwasser sein konnte. Sie spürte ein Kribbeln am Hals, und schlug kräftig auf die Stelle, dann stemmte sie ihre Krücke in den Boden und zog sich hoch. Ihr Schrei gellte durch die Dunkelheit. Ohne zu wissen, ob Howard ihr folgte oder im Haus auf sie wartete, lief sie weiter. Ihr Knöchel pochte stärker, die Bandage war durchweicht.

Sie hörte zuerst den Motor, bevor sie das Auto sah. Sam blieb mitten auf der Straße stehen und wartete darauf, dass die Scheinwerfer aus der Schwärze auftauchten. Sie kamen von vorn und blendeten sie, sodass Sam nicht sehen konnte, wer sich da näherte. Sie winkte mit der freien Hand und hob dann ihre Krücke, als der Pick-up keine Anstalten machte anzuhalten. Er fuhr zu schnell, schien sogar noch zu beschleunigen. Sam blieb ungläubig stehen, ehe sie schwerfällig einen Satz zur Seite machte und mit dem Gesicht voran im Gras landete. Der Pick-up brach zur Seite aus und schlitterte über den unbefestigten Untergrund. Der Motor erstarb. Sam hörte Gelächter, das lauter wurde, als das Fenster herunterfuhr.

»Sam? Was machst du da?« Dennis beugte sich aus dem Fenster.

»Ihr habt nicht angehalten!« Sie setzte sich auf, die Beine vor sich ausgestreckt.

»Warum bist du hier draußen?« Er klang jetzt ernster, fast schien etwas wie Besorgnis in seiner Stimme zu liegen, aber nur fast.

»Im Haus … Howard war im Haus. Ich habe sauber gemacht, und …«

Der Motor sprang abrupt wieder an, der Wagen setzte sich in Bewegung und Sam rappelte sich hastig auf.

»Wartet! Lasst mich nicht allein!«

Sie fuhren schnell davon, die Scheinwerfer verschwanden in der Ferne. Sam war vor Entsetzen wie gelähmt. Womöglich war es wieder ein blöder Streich, dachte sie, doch das erschien ihr mit jeder Sekunde unwahrscheinlicher, und in ihr breitete sich ein solcher Hass aus, dass ihr davon alles wehtat. Lindsay, die es witzig fand, so zu tun, als würde sie Sam überfahren. Lindsay, die davonfuhr und Sam im Dunkeln allein ließ. Sie fragte sich, ob Dennis gelacht und ihr gesagt hatte, sie wäre *un-mög-lich*.

Die Krücke rieb ihr den Arm auf, jeder Hüpfer zwickte und quetschte ihre Haut, außerdem bekam sie Kopfschmerzen. Als sie sich gerade damit abgefunden hatte, den ganzen Weg zu Fuß zurücklaufen zu müssen, hörte sie den Pick-up wieder näher kommen, er fuhr langsam, und die Scheinwerfer blendeten auf, um zu signalisieren, dass der Fahrer sie ebenfalls gesehen hatte. Der Beifahrersitz war leer.

»Er hat gesagt, ich soll dich abholen«, sagte Lindsay.

»Wo ist er?« Sam hievte sich in den Truck.

»Weiß ich nicht. Beeil dich. Scheiße.«

»War Howard noch da? Ich habe ihn verletzt.«

»Offenbar nicht schwer genug. Er ist weg.«

»Und wo ist er dann hin? Er hat mich nicht auf der Straße verfolgt.«

»Sag bloß.« Lindsay wendete, der Wagen holperte von der Straße hinunter und wieder hinauf.

»Er ist wie aus dem Nichts aufgetaucht. Da war keine Spur von einem Auto …«

»Er kennt sich hier genauso gut aus wie Dennis. Inzwischen vielleicht sogar noch besser. Vom Trailerpark führt eine Abkürzung hierher, wenn es einem nichts ausmacht, sich dreckig zu machen.«

»Durch die Wälder?«

»Ja. Luftlinie. Erspart einem den Weg an der Straße entlang und dauert nur halb so lang.«

»Ich glaube, er beobachtet uns«, sagte Sam, und ihr wurde bewusst, dass sie das bisher noch nie ausgesprochen hatte. »Da waren Geräusche, und einmal hat jemand durchs Badezimmerfenster gestarrt.«

»Howard ist gruselig, das stimmt.«

»Ist er … ein Vergewaltiger?«

Lindsay fing an zu lachen. »Du hast gedacht, er wollte dich *vergewaltigen*? Oh mein Gott. Das muss ich Dennis erzählen.«

Sam hielt die Luft an. Sie stellte sich vor, wie sie Lindsay an den Haaren packte und sie ihr büschelweise ausriss. »Was wollte er dann?«, fragte sie.

Lindsay seufzte. »Für dich interessiert er sich einen Scheiß, so viel kann ich dir sagen. Er war schon immer total besessen von Dennis. Wie so ein Scheißhundewelpe. Das ist schon richtig ekelhaft.«

»Besessen?«

»Er versucht wahrscheinlich, ein paar von seinen Sachen in

die Finger zu kriegen. Das hat er früher in der Schule schon immer gemacht. Zeug eingesteckt, meistens von Dennis.«

»Was hat Dennis, das Howard wollen könnte?«, fragte Sam.

Darüber schien Lindsay eine Weile nachzudenken.

»Es war immer total cool, mit Howard unterwegs zu sein, weil er alles tat, was man wollte. Sein Dad hat ihm *so* viel Geld gegeben. Und dann hat er immer das Bier besorgt oder Benzin oder was wir sonst brauchten. Aber wenn Dennis sein eigenes Leben führen wollte, ohne Howie, ertrug er das nicht. Er wollte ihn immer nur für sich. Wie's aussieht, hat sich daran nichts geändert.«

Fünfunddreißig

Sam war nicht wohl dabei, wieder im Haus zu sein. Obwohl alles noch unverändert aussah – das Licht war noch an, der Fernseher flimmerte ohne Ton – fühlte es sich anders an, in etwa so, als wäre alles um einen Zentimeter verrückt worden. Sie ging durch den Flur und warf einen Blick in Dennis' altes Zimmer.

»Howard hat die Erinnerungskiste mitgenommen«, sagte Sam, als ihr auffiel, dass in dem Durcheinander auf dem Fußboden die Schachtel fehlte.

»Seine was?«, fragte Lindsay hinter ihr.

»Die Blechkiste, auf die du für ihn aufgepasst hast.«

»Hoffentlich erwischt Dennis ihn, sonst wird er richtig stinkig.«

»Was ist daran überhaupt so wichtig? Ist ja nicht so, als wäre da irgendwas Besonderes drin«, sagte Sam.

»Du hast sie aufgemacht?« Lindsays Augen weiteten sich vor Schreck.

»Er hat es mir gezeigt«, sagte Sam. »Alte Fotos. Ein paar Eigentumsurkunden für das Grundstück, aber das ist nichts wert.« Sam unterbrach sich und sah zu Lindsay hinüber, die mit wutverzerrtem Gesicht an ihr vorbeistarrte. »Du hast nie nachgesehen?«

»Nie. Er hat mich gebeten, für ihn darauf aufzupassen. Er hat mich gebeten, die Kiste nie zu öffnen, und ich habe es ihm versprochen.«

»Warst du denn nie neugierig?«

Lindsay zuckte die Achseln. »Sie war abgeschlossen.«

Darüber staunte Sam. Sie wusste, dass sie selbst ein solches Versprechen unter denselben Umständen nicht eingehalten hätte. Was hatte Lindsay nach Dennis' Verurteilung noch davon abgehalten, die Kiste zu öffnen? Das Schloss war ein Witz. Dennis hatte es mit einem Schraubenzieher leicht aufhebeln können. Wieder fragte sie sich, warum man um einen so harmlosen Gegenstand ein solches Geheimnis machte.

»Ich habe es ihm versprochen«, sagte Lindsay noch einmal, dann ging sie in die Küche.

Sam sah ihr an, dass sie verunsichert und eifersüchtig war, weil Dennis Sam gezeigt hatte, was er vor ihr verborgen gehalten hatte. Lächelnd räumte Sam die Gegenstände wieder ins Regal. Lindsays Unterwürfigkeit wirkte richtig verzweifelt.

Dennis kam zurück, und das mit solcher Wucht, dass die Hintertür gegen die Hauswand knallte. Er hatte die Kiste. Erst war Sam erleichtert, doch dann sah sie, wie aufgebracht er war, blass im Gesicht und mit roten Augen. Er warf die Kiste aufs Sofa, und Lindsay starrte sie eine Weile an, ehe sie den Blick davon losriss.

»Was ist passiert?«, fragt Lindsay.

»Nichts«, sagte Dennis.

Sam bemerkte die Grasflecken auf seiner Jeans. »Tut mir leid«, sagte sie. Dennis ließ sich aufs Sofa fallen, und sie sah, dass er leicht zitterte.

»Deine Hände …« Sam sah die aufgeschürfte Haut, die roten und violetten Schatten an den Fingerknöcheln.

»Das ist nichts«, sagte er geistesabwesend. »Seine Zähne …«

»Wir müssen die Wunden säubern«, sagte Sam. Dennis nickte langsam und stand auf.

Im Bad ließ Sam kaltes Wasser über seine Hände laufen und sah zu, wie das Blut in Richtung seiner Handgelenke rann.

»Komm her«, sagte er und zog sie plötzlich an sich. Sie spürte seinen Schweiß auf ihrer Haut.

»Er hat mich erschreckt«, sagte sie entschuldigend.

»Ich weiß.« Er küsste sie aufs Haar.

»Glaubst du, es war Howard, der durchs Fenster reingeschaut hat? Und der sich hier rumgetrieben hat?«, fragte Sam.

»Ich bin sicher, dass er es war.« Dennis hielt sie fester im Arm. Wieder küsste er sie. »Jetzt ist alles gut.«

Am nächsten Morgen ging Dennis nicht joggen, sondern blieb zu Hause. Er machte Sam einen getoasteten Bagel mit Erdnussbutter und Blaubeeren und legte die Vicodin säuberlich daneben. Sie betupften seine Wunden mit Desinfektionsmittel.

»Ich glaube, Münder von Menschen sind noch unhygienischer als die von Hunden«, sagte sie, während sie seine Knöchel bandagierte und darauf achtete, den Verband nicht zu fest zu zurren, damit er die Finger noch beugen konnte. »Du musst aufpassen, dass es sich nicht infiziert.«

Auf seinen Armen wurden Blutergüsse sichtbar, als hätte Howard ihn gepackt und festgehalten. Sam dachte daran, wie viel Glück sie gehabt hatte, und hatte Angst, dass er noch einmal zurückkommen könnte.

»Ich bin bei dir«, versicherte Dennis ihr. Aber sie war nervös, jedes Geräusch ließ sie zusammenfahren, und sie hatte das Gefühl, überall im Haus von Blicken verfolgt zu werden.

Am späten Vormittag hielt mit quietschenden Reifen ein Wagen in der Auffahrt, und Howards Vater, Officer Harries, stieg aus. Er ließ die Wagentür offen und den Motor laufen. Diesmal war er allein und hatte keinen Grund, Höflichkeiten vorzutäuschen.

»Danson«, brüllte er, obwohl Dennis bereits hinter der Fliegengittertür wartete. »Wenn du meinen Jungen noch einmal anrührst … dann wird das verdammt nochmal das Letzte sein, was du tust! Hast du mich verstanden?«

Sam beobachtete die Szene durchs Wohnzimmerfenster.

»Wenn dein Sohn noch einmal meine Frau anrührt, kriegt er mehr als eine Tracht Prügel. Hast du mich verstanden?«

Officer Harries trat einen Schritt näher ans Haus heran, nahe genug, dass Sam den perlenden Schweiß auf seiner Haut und die geplatzten Äderchen sehen konnte, die seiner Nase und seinen Wangen ein leuchtendes Rot verliehen. »Das hat er nicht getan. Lass dir das gesagt sein. Er wird nicht mehr herkommen, nie wieder. Aber er hat niemanden angerührt.«

»Samantha?«, fragte Dennis.

»Es stimmt.« Sam öffnete das Fenster ein kleines Stück. »Er hat sich gestern ins Haus geschlichen und mich von hinten gepackt. Ich habe mit meiner Krücke auf ihn eingeschlagen, um ihn loszuwerden.« Sie wartete auf eine Antwort, bekam aber keine. Harries sah sie mit verzerrtem Gesicht an.

»Siehst du?«, sagte Dennis. »Ich habe ihr gesagt, sie muss in dieser Gegend auf sich aufpassen.«

»Lügner! Ihr zwei, ihr hab euch gegenseitig verdient.« Harries spuckte ins Gras. »Scheißlügner.« Die Autotür schlug hinter ihm zu, mit grollendem Motor fuhr er davon.

Dennis kam ins Wohnzimmer, legte die Arme um Sam und sagte ihr, das habe sie gut gemacht.

»Ich dachte, er würde dich festnehmen oder so«, sagte sie, als er ihr mit den Fingernägeln über den Rücken strich.

»Das wird er nicht, keine Sorge.«

Während er sie küsste, strich er immer wieder über ihr T-Shirt und berührte ihren BH-Träger. Als er sie wieder losließ, fühlte sie sich berauscht und warm.

»Warte hier«, sagte er. »Ich muss nur schnell was nachsehen.«

Sie legte sich auf das Luftbett, fuhr mit den Fingerspitzen über ihren Bauch und dachte an ihn. Er blieb eine ganze Weile weg, doch sie konnte ihn draußen hören: das rostige Knarren, mit dem die Falltür zum Schutzkeller geschlossen wurde. Das Geräusch von Schutt, der mit Füßen beiseitegeschoben wurde. Als Dennis wieder hereinkam, schloss sie die Augen und stellte sich schlafend. Sie hörte, wie er seinen Gürtel öffnete, die Schuhe abstreifte, wie seine Jeans zu Boden fiel, wie seine Brille auf dem Tisch abgelegt wurde. Er legte sich zu ihr und schmiegte sich an sie.

»Ich weiß, dass du wach bist«, flüsterte er. Sie lächelte. »Das merke ich.« Sie hielt die Augen geschlossen, während er sich an sie drückte, und gab sich dem Verlangen hin, bis sie eingeschlafen war.

Sie träumte, sie würde sich ihm entgegendrängen, während er in sie stieß. Dann träumte sie nicht mehr, und er drang in sie ein. Sie griff hinter sich, wollte ihn enger an sich ziehen. Tiefer. Er drehte sie auf den Bauch, sodass sie auf ihren Armen lag, das Gesicht im Kissen, sein Gewicht auf ihr. Träumte sie? Sie stöhnte, die Glieder schwer vom Vicodin.

»Pssst.« Seine Lippen an ihrem Ohr. Er bettete den Kopf auf ihren und drückte sie wieder ins Kissen. Sie wollte ihm sagen, er solle langsamer machen; sie versuchte sich umzudrehen, doch er drückte ihr die Hand ins Kreuz und flüsterte: »Halt still.«

Es tat weh. Dennis drang tiefer in sie ein, und sie spürte eine Mischung aus Lust und Schmerz. Dann verspannte er sich, sein

Atem stockte; sie spürte, wie er in ihr zuckte, dann war es vorbei. Eine Zeit lang lag er auf ihr, die Hände in ihren Haaren, und atmete. Als er sich von ihr herunterwälzte, drehte sie sich auf die Seite. Er nahm sie in den Arm, und sie schlief wieder ein, lächelnd und wund, nicht einmal sicher, ob es überhaupt real gewesen war.

Sie wachten in der Nachmittagshitze auf. Das Sonnenlicht fiel direkt auf ihre Körper. Schlaftrunken lösten sie sich voneinander.

»Ich schlafe nie tagsüber«, sagte Dennis und setzte seine Sonnenbrille auf, das Tageslicht ließ ihn wie einen Vampir zurückschrecken. »Ich muss ein paar Anrufe erledigen.«

Sam spürte etwas klebrig Warmes an der Innenseite ihrer Schenkel. Sie zog ihren Slip wieder an und blieb in die Laken gekuschelt liegen. Sie berührte sich; sie spürte den Schmerz noch immer. Endlich war es passiert. Das war alles, was sie wollte.

Lindsay kam am späteren Nachmittag, als Dennis gerade vor dem Haus einen Karton mit Zeitschriften in eine Blechtonne entleerte, um sie darin zu verbrennen. Sam saß auf der Veranda und surfte gelangweilt auf ihrem Handy.

»Du hast nicht auf meine Nachricht geantwortet«, sagte Lindsay. Sie schirmte die Augen mit der Hand ab.

»Hab geschlafen.« Dennis presste den Müll zusammen, um Platz für mehr zu schaffen.

»Um elf?«

»Wir sind eingeschlafen«, sagte er noch einmal.

»Soll ich dich zu Wholefoods fahren? Wir könnten irgendwas machen.«

»Wirklich nicht, Linds. Wir haben hier zu tun.« Er deutete auf Sam. *Wir*, dachte Sam. Es war ein gutes Gefühl, dass Lindsay nicht dazugehörte.

»Ich fahre ohnehin in die Richtung, also wenn du was brauchst?«

Er fuhr sich über die Stirn. »Alles okay, wirklich.«

»Na schön.« Lindsay klimperte mit den Autoschlüsseln. »Dann bis morgen. Ruf an, wenn was ist.«

»Klar, mach ich«, sagte er. Sie sahen dem Pick-up nach. »Sie wird so anhänglich und komisch.«

»Ja, das war komisch«, stimmte Sam ihm zu.

»Als hätte sie nichts Besseres zu tun.«

»Hatte sie keine Kinder? Was ist aus denen geworden?« Das brachte Dennis zum Lachen, und Sam spürte eine wilde Freude. »Irgendwie tut sie mir leid.«

»Mir nicht«, sagte Dennis, und wieder lachten sie zusammen.

Es war ein vollkommener Tag gewesen, entschied sie später beim Zähneputzen. Im Abfalleimer sah sie die blutigen Wattepads, mit denen sie Dennis' aufgeplatzte Knöchel desinfiziert hatte. Sie nahm einen heraus und legte ihn auf ihre flache Hand. Das Blut hatte sich braun verfärbt. Sie dachte daran, wie leuchtend rot es gewesen war, als es frisch aus seinen Adern geflossen war. Sie schloss die Hand fest um den Wattepad und beschloss, ihn zu behalten und sich eine eigene Schachtel zuzulegen, um sich an Tage wie diese zu erinnern.

Sechsunddreißig

Einige Tage lang kam es Sam vor, als wären sie und Dennis die einzigen Menschen auf der Welt. Schweigend saßen sie nebeneinander auf der Veranda, ihre Füße auf seinem Schoß, und sahen sich die Abenddämmerung an. Der Himmel sah aus wie ein Bluterguss. Dennis machte sich mit neu entfachter Energie daran, die Garage auszuräumen, und als er herauskam, waren seine Haare vor Spinnweben ganz grau, und Sam stellte sich vor, wie sie gemeinsam alt wurden, und fragte sich, wo sie dann leben würden. Er hatte ihr gesagt, Ende des Monats würden sie in L. A. sein, und sie glaubte ihm, denn seit Howards Einbruch hatte sie das Gefühl, dass er selbst genauso dringend von hier fortwollte wie sie.

Das Haus wurde kahl und leer. »Willst du es verkaufen?«, fragte Sam, als er einen durchgerosteten Aufsitzrasenmäher aus der Garage schob.

»Ich glaube, wir sollten es einfach abreißen«, sagte er. »Und das Fundament zuwachsen lassen. Bevor es noch eine Art morbide Attraktion wird. Es soll aussehen, als wäre hier nie etwas gewesen.«

Etwas hatte ihn verändert, wurde Sam bewusst. Es war in der Nacht geschehen, als Howard eingebrochen war. Was auch immer ihn noch hier gehalten hatte, er hatte endlich beschlossen, es loszulassen.

Dennis nahm sich die Garage mit dem Vorschlaghammer vor, bis ihm das Blechdach wie eine Guillotine entgegenkam. Lachend sprang er einen Satz zurück und grinste über den Beinaheunfall. Lastwagen kamen und holten die Container ab. Dennis gab den Fahrern gefaltete Hundertdollarscheine als Trinkgeld, und sie lächelten Sam an und nannten sie »Miss«. Das erinnerte sie an ihr früheres Leben drüben in England, all die jungen Menschen, die die Hände in die Höhe reckten und ihre Hilfe wollten. Sie vermisste es kein bisschen.

Während der Nachmittagshitze arbeitete Dennis im Haus, er schrieb E-Mails an seinen Verleger, um die letzten Details für die Veröffentlichung seine Autobiografie zu regeln. Auf Lesereise würde er wegen der heftigen negativen Reaktionen nicht mehr gehen, und wie es aussah, würde das Buch ohne sein Beisein promotet werden. Ein negativer BuzzFeed-Artikel über die neue Doku-Serie »23 Dinge, die in *Der Junge aus Red River* nicht zur Sprache kommen« wurde vielfach geteilt. Am unteren Rand stand kleingedruckt, man habe bei Carrie wegen eines Kommentars angefragt, aber keine Antwort erhalten.

»Doch, ich habe geantwortet«, sagte Carrie ihr am Telefon. »Ich habe ihnen gesagt, sie sollen sich ins Knie ficken.«

Dennis fiel auf, dass er seinen Agenten Nick öfter anrief als dieser ihn. Er nahm an einem »Ask me Anything« bei Reddit teil, gab ein Telefoninterview für einen erfolgreichen Podcast und bekam zehntausend Dollar für ein Instagram-Foto im T-Shirt einer Sportbekleidungsmarke, auf dem »Ready to get on it« stand. Es erhielt nur dreitausend Likes.

Aus Mangel an brauchbaren Alternativen stimmte Dennis zu, einen Pilot für eine Realityshow zu drehen, die sich hauptsächlich auf seinen und Sams Umzug nach L. A. und ihre Eingewöhnung ins Promi-Leben konzentrieren sollte. Sie sollte ambitioniert sein, dabei aber sympathisch bleiben und Ereignisse aus dem wahren Leben zeigen. Sam musste an die Kommentare denken, die sie damals nach seiner Entlassung gelesen hatte.

»Ich bin nicht sicher, ob ich das will«, sagte sie zu Dennis.

»Ich habe keinen Schulabschluss«, sagte Dennis. »Und ich kann nicht mal bei McDonald's arbeiten, ohne dass mich die Leute anstarren wie einen Freak. Im Fernsehen muss ich wenigstens nicht sehen, wie sie mich anstarren. Außer natürlich«, fügte er hinzu, »du fängst wieder an zu unterrichten?«

»Oh Gott, nein«, sagte Sam, als sie daran zurückdachte, wie es war, jeden Morgen aufzustehen, um etwas zu tun, das sie hasste. Genau das wollten doch alle: Ruhm, Geld, ein leichteres Leben? Schließlich willigte sie ein. Dennis gab Nick grünes Licht und sagte, sie würden innerhalb der nächsten Wochen nach L. A. kommen.

Eines Nachmittags, sie saßen im Wohnzimmer und Dennis beantwortete E-Mails und traf Vorbereitungen für ihre Abreise, klingelte ein Telefon. Sie sahen sich an. Es war das Festnetzgerät, das im Wohnzimmer an der Wand hing. Ein altes Telefon mit Schnur, ehemals weiß, jetzt aber vergilbt, mit dem schmutzig grauen Abdruck einer Hand in der Mitte. Es war ein altes, knarrendes Rasseln, als wäre seine Kehle vom jahrelangen Stillschweigen ausgetrocknet. Sam nahm ab und winkte Dennis, der sich stirnrunzelnd umdrehte. In der ganzen Zeit, die sie hier waren, hatte es noch nie geklingelt. Sam konnte sich nicht einmal mehr erinnern, wann sie ihr eigenes Festnetztelefon zuletzt benutzt hatte.

»Hallo?«, meldete sie sich und lächelte Dennis dabei an, um diesen eigenartigen Moment zu würdigen. Niemand sagte etwas. »Hallo-ho?«, wiederholte sie. Am anderen Ende der Leitung hörte sie jemanden ungleichmäßig atmen. Das Lächeln rutschte von ihrem Gesicht. Sie glaubte, ein Schluchzen gehört zu haben. »Wer ist da?«

Dennis kam näher. »Was ist los?«, fragte er sie. Sie gab ihm einen Wink, leiser zu sprechen, damit sie zuhören konnte. »Wenn es irgend so ein Perverser ist, leg einfach auf. Ich hätte nicht gedacht, dass dieser Anschluss irgendwo eingetragen ist …«

»Psst!«, zischte sie. Der Mensch am Telefon hatte sich geräuspert.

»Sagen Sie ihm«, sagte der Anrufer mit erstickter Stimme. Wieder räusperte er sich. »Sagen Sie ihm, wenn mein Junge sich nicht bald meldet, kriegt er es mit mir zu tun.«

»Wer ist da?«, fragte Sam, gerade als ihr Dennis den Hörer aus der Hand nahm.

»Jetzt hören Sie mal zu«, fing Dennis an, verstummte dann aber. Nach einiger Zeit nahm er den Hörer vom Ohr und ließ ihn kraftlos herabhängen.

»Hat er dir gedroht?«, fragte Sam.

»Ja«, sagte er. »Das war Harries. Howard ist verschwunden. Er ist letzte Nacht nicht nach Hause gekommen.«

»Oh«, sagte Sam, weil sie nicht wusste, was sie sonst sagen sollte. »Na ja, du warst die ganze Zeit mit mir zusammen. Das kann ich ihm sagen.«

Dennis wickelte sich die Telefonschnur um die Hand und riss sie aus dem Apparat, dann warf er den Hörer neben sich in einen Müllsack.

»Ich weiß«, sagte er zu Sam. »Danke.«

Er wirkte entmutigt, und die Stille gab ihr das Gefühl, sie müsse noch irgendetwas sagen.

»Meinst du …«, fing sie zögernd an. »Könnte er sich etwas angetan haben?«

»Was?« Dennis trat auf sie zu, und sie musste sich zwingen, nicht zurückzuweichen. »Warum sagst du so etwas?«

»Na ja, weißt du, er ist vierzig Jahre alt und lebt allein in einem Trailerpark. Das muss ziemlich deprimierend sein.«

Dennis hob den Müllsack auf und ging ohne ein Wort damit davon. Sam sah ihm durchs Fenster zu, wie er den Sack in den Mülleimer stopfte. Sein Hemd wurde vom Regen dunkel. Einen Augenblick lang stand er einfach nur mit gesenktem Kopf da, als würde er beten. Dann wandte er sich abrupt um und ging zurück zum Haus. Sam wich ein Stück zurück und hoffte, er habe nicht gesehen, wie sie ihn beobachtete.

Nach dem Zwischenfall mit dem Telefon wurde Dennis reizbar und distanziert. Er starrte auf sein Handy und las Tweets vor, die ihm auf die Nerven gingen.

»Sieh dir den hier an. ›Früher dachte ich, Dennis wäre unschuldig, aber jetzt habe ich das Gefühl, er hat eindeutig etwas Gruseliges an sich …‹ Ich mein, das sagt doch schon alles, oder?«

»Was?«

»›Früher *dachte* ich … heute habe ich das *Gefühl* …‹?«

»Ich kann nicht folgen.« Sam legte ihr Handy weg.

»Seit wann geben die Leute mehr auf Gefühle als auf Gedanken? Da könnten sie genauso gut sagen: *Hey, früher habe ich die Dinge objektiv betrachtet und begründbare Entscheidungen getroffen, aber jetzt mach ich einfach, wonach mir gerade ist.* Das ist dumm.«

»Stimmt«, sagte Sam. »Willst du deinen Account nicht einfach löschen, Den? Das zieht dich doch nur runter.«

»Und dann der hier …«, fuhr er fort.

Am Abend kam Lindsay zu Besuch, und Dennis sprach im Flur mit ihr, allerdings mit so leiser, gedämpfter Stimme, dass Sam nichts von ihrem Gespräch verstand. Sie nahm an, dass er ihr von dem Anruf erzählte und auch davon, dass Howard vermisst wurde. Als sie ins Wohnzimmer kamen, war Lindsay still und blass. Sie setzte sich mit ihren schmutzigen Füßen aufs Sofa, kaute unablässig an den Fingernägeln und starrte mit leerem Blick auf den Fernseher.

Dennis wirkte ähnlich abwesend. Keiner von beiden beschwerte sich, als Sam umschaltete, obwohl sie sonst gegen alles protestierten, was Sam sehen wollte. Dennis sagte, er wolle hinter dem Haus etwas nachsehen, und Lindsay schien nicht einmal zu bemerken, dass er wegging. Solange er draußen war, saßen die beiden Frauen schweigend nebeneinander, doch als er wiederkam, hielt Sam es nicht länger aus.

»Das ist so traurig, das mit Howard, findet ihr nicht?« Sie sah erst Dennis und dann Lindsay an, weil sie hoffte, die beiden würden sie in ihre Gedanken einweihen.

»Was interessiert's dich«, sagte Lindsay.

»Ich mache mir Sorgen um ihn.«

»Wahrscheinlich geht's ihm gut«, sagte Dennis. Sam fand nicht, dass er überzeugt klang.

»Du hast ihn doch nicht mal gekannt.« Lindsay richtete sich auf dem Sofa auf. »Hast du ihm nicht sogar deine Krücke in den Bauch gerammt? Hast du ihm nicht unterstellt, er … Moment mal, Dennis, das weißt du ja noch gar nicht, oder?« Sie wandte sich an Sam. »Erzähl es Dennis«, sagt sie. »Erzähl ihm, was du geglaubt hast, was Howard vorhätte.«

»Halt den Mund«, sagte Sam.

»Sam dachte, Howard wollte sie *vergewaltigen*. Kannst du dir das vorstellen?«

Sam erwartete, dass Dennis darüber lachen würde, doch das tat er nicht. Sie sah, wie sich seine Augen verfinsterten, und Lindsays Lächeln verschwand augenblicklich.

»Was ist daran lustig?«, fragte er.

»Du weißt schon«, sagte Lindsay. »Weil Howard die totale Schwuchtel ist, stimmt doch?«

Sam wartete auf Dennis' Antwort. Er starrte Lindsay mit hartem Blick an.

»Komm schon, Dennis. Er war, na, du weißt schon … Er ist wie besessen von dir«, fuhr Lindsay nervös fort.

»Und du etwa nicht?«, fragte Dennis.

Sam sah, wie sich Lindsays Wangen röteten.

»Fick dich«, sagte Lindsay. »Such dir eine andere Dumme, die dich zu Walmart fährt. Ich hab die Schnauze voll.« Beim Hinausgehen knallte sie die Haustür zu. Statt Befriedigung zu empfinden, fühlte sich Sam auf eine schmierige Art schuldig.

»Das war ziemlich hart, Dennis«, sagte sie.

»Lass mich bloß in Ruhe, verdammt«, sagte er, drehte sich um und stürmte aus dem Haus. Auf seinem Weg zur Küche schmiegten sich die Katzenbabys maunzend an seine Beine. »Hey!«, schnauzte er sie an. »Aus dem Weg, verdammt!« Dann stolperte er über Tuna, die ebenfalls zwischen seine Beine geraten war. Die Katze jaulte unter seinem Tritt auf, und Dennis stieß hart gegen den Türrahmen. »Scheiße«, brüllte er. »Verpiss dich!« Er trat Tuna quer durchs ganze Zimmer.

»Dennis!«, schrie Sam. »Nicht!« Sie rannte zu der Katze und wollte sie auf den Arm nehmen, doch Tuna kauerte sich an die Wand. »Raus!«, sagte sie zu Dennis, doch der war schon weg und knallte die Tür hinter sich zu.

Noch einmal versuchte Sam, auf Tuna zuzugehen und streckte ihr die Hand hin, doch die Katze war verstört und wollte ihre Ruhe.

Also ging Sam wieder ins Schlafzimmer, wo es immer noch nach Pisse, Desinfektionsmitteln und Zigaretten stank, obwohl das Fenster die ganze Zeit geöffnet war. Dieses Mal wusste sie, was sie gesehen hatte. Die Brutalität hatte sie schockiert, aber rückblickend fragte sie sich, ob sie überhaupt hätte schockiert sein dürfen.

Am nächsten Abend kam Lindsay wieder. Nach dem Streit verhielt sie sich still und ängstlich, ihr ganzes hochmütiges Gehabe war verschwunden.

»Soll ich dich noch fahren, oder …«, fragte sie, während Dennis eisern schwieg.

»Klar«, sagte er. Und Sam spürte, dass es diesen Streit schon öfter zwischen ihnen gegeben hatte, und dass zwischen Lindsay, Dennis und Howard keine Entschuldigungen notwendig waren; dafür war die Verbindung zwischen ihnen, welcher Art sie auch sein mochte, zu tief.

Als die beiden aufbrachen, wartete Sam noch fünf Minuten ab, ehe sie anfing, in der Küche nach dem Schlüssel zum Schutzkeller zu suchen. Zuerst hatte sie den Gedanken als verrückt verworfen, doch etwas an Howards Verschwinden ließ ihr keine Ruhe, und nachdem dieses Aufblitzen von Grausamkeit bei Dennis am Abend zuvor so vollkommen selbstverständlich gewirkt hatte, fragte sie sich nun, wozu er sonst noch fähig sein mochte.

Außerdem hatte Dennis zuletzt so viel Zeit im Schutzkeller verbracht und jedes Mal die Falltür hinter sich geschlossen. Sam erinnerte sich daran, wie es sich da unten angefühlt hatte: so versteckt, einsam und abgeschottet. Sie musste nachsehen gehen, nur ein einziges Mal, um sich zu vergewissern, dass Howard nicht dort unten war. So albern sie sich dabei auch vorkam, sie musste es mit eigenen Augen sehen, um sich selbst zu beweisen, dass Dennis nichts zu verbergen hatte.

Sam klopfte an, bevor sie die Falltür öffnete. Obwohl sie sich lächerlich vorkam, rief sie: »Hallo? Ist jemand da unten?«

Als sie keine Antwort bekam, nahm sie eine Taschenlampe und machte sich an den Abstieg, setzte sich auf eine Stufe, rutschte hinunter und landete unsanft auf der nächsten. Sie leuchtete jeden Winkel des Raums aus, dann atmete sie auf. Natürlich hatte sie nicht erwartet, Howard hier zu finden. Das war eine absurde Idee gewesen, selbst nach Dennis' Ausbruch am Abend zuvor.

Trotzdem fragte sich Sam, warum Dennis hier unten so viel Zeit verbrachte. Der Raum war jetzt praktisch leer. Die Pritschen waren in den Containern gelandet, sodass jetzt nur noch die Erinnerungskiste übrig war. Sam konnte sich nicht erklären, warum er sie hierhergebracht hatte. Wollte er sie vor ihr verstecken? Aber sie hatte doch schon alles gesehen; er hatte es ihr selbst gezeigt. Aus Neugier öffnete sie noch einmal den Deckel und breitete die Bilder auf dem Boden aus. Sie suchte nach einem Sinn darin, nach dem Grund, warum sie für Dennis so wertvoll waren, kam aber zu keinem Ergebnis.

Schließlich gab sie sich geschlagen, hob die Schachtel auf und wollte den Inhalt einzusammeln und wieder verstauen. Als sie die Kiste anhob, hörte sie ein Geräusch, und es kam ihr vor, als würde tief in ihrem Inneren etwas verrutschen. Sie schüttelte die Kiste leicht und hörte es wieder: ein Geräusch, als würde sich etwas bewegen. Sie drehte die Kiste auf den Kopf, schüttelte sie und klopfte sie von allen Seiten ab. Schließlich knallte sie sie mit der offenen Seite auf den Betonboden. Der Kistenboden fiel heraus, und weitere Polaroids verteilten sich, mit der Rückseite nach oben, auf dem Fußboden.

Zitternd ging Sam in die Hocke und berührte die Fotos. Die Atmosphäre im Raum hatte sich verändert, und Sam wusste, dass sie nicht sehen wollte, was auf diesen Bildern war.

Vorsichtig fasste sie eines der Polaroids an der Ecke an und drehte es um. Das Mädchen auf dem Bild war jung, stellte Sam fest, höchsten sechzehn. Sie war von der Taille aufwärts nackt und lag mit geschlossenen Augen auf der Seite, als würde sie schlafen. Es gab noch mehr davon, in ähnlichen Posen und unterschiedlichen Entkleidungsstadien. Sie waren merkwürdig unerotisch, fand Sam, obwohl ihr mit einem Ziehen im Magen bewusst wurde, dass Dennis diese Bilder von seinen Ex-Freundinnen gemacht haben musste. Dass er sie früher aufbewahrt hatte, erschien ihr nicht so seltsam, aber sah er sie sich auch heute noch an? Sam sah die Bilder durch und dachte währenddessen darüber nach, ob das moralisch vertretbar war.

Dann kam ein Bild, das sie innehalten ließ. Das Mädchen auf der Fotografie war nackt, es hatte die Arme ausgebreitet, die Handflächen zeigten nach oben, die Füße waren gekreuzt und die Haare wie eine Mähne um ihren Kopf herum ausgebreitet. Auf den ersten Blick konnte Sam nicht sagen, was damit nicht stimmte, doch als sie genauer hinsah, fiel ihr auf, dass das Mädchen keine Brustwarzen hatte. Da war nur klumpiges Gewebe und Fett.

Sie drehte den Bilderstapel um und breitete sie hastig aus. Sie überflog die Bilder, um ein Muster darin zu erkennen, doch ihre Verwirrung wurde nur größer. Da war wieder das Mädchen, aber jetzt grinste es – weil es keine Lippen mehr hatte. Dann wieder das Mädchen, doch ohne Körper. Das Rückenmark guckte aus dem Hals, und die Spitzen ihrer aschblonden Haare hatten sich rot gefärbt. Dann ein anderes Mädchen, eine Blondine mit geschwollenem Gesicht, Arme und Beine hinter dem Rücken gefesselt, sodass ihr Becken obszön in die Luft ragte. Das nächste Mädchen hatte ein Kunststoffkabel um den Hals gewickelt; es hatte kurze, dunkle Haare, die Haut war violett, und das Kabel sah aus, als würde es direkt durch sie hindurchgehen.

Sam merkte, dass sie die Luft anhielt und die Fingerspitzen auf den Hals des Mädchens gelegt hatte, als könnte sie so die Kabel lockern, damit es wieder Luft bekam.

Sie sah auf, musste würgen und rang nach Luft. Was sollte das sein? Warum besaß Dennis diese Fotos? Wie war es möglich, dass sie so echt aussahen? Sie konnten unmöglich echt sein. Oder doch?

Noch bevor sie irgendeine bewusste Entscheidung treffen konnte, war Sam in Bewegung. Sie setzte den Boden der Schachtel wieder ein, las alle Gegenstände auf und legte sie wieder hinein, die Polaroids steckte sie sich in den Hosenbund. Sie fühlten sich kalt an, als würden sie Gift absondern und Sam damit kontaminieren. Das erinnerte sie daran, wie sie einmal in einer Ecke des Spielplatzes ein grellbuntes Heftchen mit weit gespreizten Frauenbeinen darin gefunden hatte. Ein Junge hatte es mit dem Fuß in ihre Richtung gekickt, und Sam hatte angefangen zu weinen, weil sie sich schuldig und beschämt fühlte, als wäre sie irgendwie ein Teil davon geworden, indem sie damit in Berührung gekommen war.

Sie vergewisserte sich, dass alles so aussah, als ob sie nie dort gewesen wäre, dann hievte Sam sich wieder die Stufen hinauf, schloss die Falltür und bedeckte sie mit Laub. Die Schlüssel hängte sie an den Haken in der Küche. Sie sah sich nach einem Platz für die Fotos um und wünschte jetzt, sie hätte sie im Keller gelassen. Sie musste sie verstecken, und zwar schnell, bis sie sich über ihre nächsten Schritte im Klaren war. Aber es gab hier keinen Platz, an dem sie die Fotos hätte lassen können. Das Haus war komplett leergeräumt. Nur ihr Koffer war noch da, und dort würde Dennis garantiert als Erstes nachsehen, wenn er das Fehlen der Bilder bemerkte.

Sam hielt inne und mahnte sich zur Ruhe. Sie musste die

Polizei anrufen. Es gab keine andere Möglichkeit. Sie nahm ihr Handy, und ihre zitternden Finger tippten zweimal den falschen Entsperrcode ein. Doch am Ende musste sie feststellen, dass sie es nicht über sich brachte, die Nummer zu wählen. Stattdessen starrte sie die Fotos von Dennis in ihrem Handy an – Bilder, die sie gemeinsam aufgenommen hatten. Das ergab alles keinen Sinn. Und dann war da Carrie. Der Gedanke an sie tat Sam in der Seele weh. All die Jahre, die sie geopfert hatte, um Dennis' Unschuld zu beweisen, die sie für ihn gekämpft hatte. Was würde es für sie bedeuten, wenn herauskam, dass Dennis …

Dann hörte Sam in der Stille das unverkennbare Geräusch eines herannahenden Motors und bekam Panik. Sie riss den Reißverschluss eines Sofapolsters auf und stopfte die Fotos hinein. Schnell schaltete sie den Fernseher ein und legte sich hin. Sie wischte sich den Schweiß von der Stirn und versuchte, zur Ruhe zu kommen, um sich bewusst zu machen, was sie gerade tat und ob sie das auch wirklich wollte.

»Sie hatten keine Avocados«, rief Dennis von der Tür. »Ist das zu fassen?«

»Ihr seid schnell zurück«, sagte Sam, um einen heiteren Ton bemüht.

»Na ja, sie hatten überhaupt nichts da. Wir müssen morgen nochmal hin. So eine Scheiße. Da war praktisch alles ausverkauft.«

Sams Magen überschlug sich. Wenn die beiden morgen wegfuhren, konnte sie die Fotos zurücklegen, sich ein Taxi rufen und verschwinden. »Wann wollt ihr fahren?«, fragte sie.

»Warum?«

»Nur so«, sagte sie. »Vielleicht komme ich mit.«

»Nicht allzu spät«, sagte Dennis. »Wir brauchen frisches Obst und Gemüse, da fahren wir wahrscheinlich am besten morgens.«

Sam brauchte eine konkrete Uhrzeit. Sie konnte nicht riskieren, dass sie dem Taxi auf der Straße begegneten. »So um … zehn? Oder eher früher?«

Dennis sah sie einen Moment lang an. Die Sonnenbrille schirmte seinen Blick ab.

»Alles okay mit dir?«

Sam nickte. »Ja!«

»Du benimmst dich komisch«, sagte Dennis.

Sie ging nicht darauf ein, obwohl sie wusste, dass sie etwas sagen sollte. Der Teil von ihr, der überleben wollte, sagte ihr, was zu tun war. Sie musste sich zusammenreißen, nur noch bis morgen früh, und dann musste sie hier weg, egal, wie. Aber gleichzeitig war da eine so tiefe Traurigkeit und Enttäuschung in ihr, dass sie am liebsten sterben wollte. Sie fühlte sich so von ihm hintergangen, dass sie ihm am liebsten alles gesagt hätte. Sie wollte ihm sagen, dass sie ihn hasste, sie wollte ihn dazu bringen, dass er sie zu Boden stieß und sie so lange würgte, bis sie tot war. Doch als sie sich vorstellte, seine Hände auf ihrer Haut zu spüren, wurde ihr übel. Die ganze Zeit hatte sie sich danach gesehnt, dass er sie in den Armen hielt, sie berührte und küsste. Hatte sie sich die ganze Zeit einem Monster an den Hals geworfen? Wie war es möglich, dass sie das nicht geahnt hatte?

»Ich wollte gerade Carrie anrufen«, sagte Sam, das Handy in der Hand.

»Grüß sie von mir«, sagte Dennis.

Sam wartete einen Moment ab, ob er hinausgehen würde, damit sie ungestört telefonieren konnte, doch stattdessen setzte er sich neben sie aufs Sofa und guckte auf sein eigenes Handy. Draußen auf der Veranda stand Lindsay, die Glut ihrer Zigarette leuchtete in der Dunkelheit.

Warum hatte sie nicht einfach die Polizei gerufen, als sie die

Gelegenheit dazu gehabt hatte? Plötzlich wurde alles sehr real. Das hier war mehr als nur ein Kriminalfall, den sie am Computer verfolgte, mehr als Liebesbriefe auf gelbem Schreibpapier. Diese Polaroids erzählten eine Geschichte, die nicht für sie bestimmt war.

Wofür sie sich auch entschied, Carrie sollte dabei sein. Das war Sam ihr schuldig.

»Ach«, sagte sie, »es ist schon spät. Ich glaube, ich schreibe ihr einfach eine Nachricht, und wir telefonieren morgen.«

»Klar«, murmelte Dennis. Er war darin vertieft, auf seine langsame, entschlossene Art eine E-Mail zu schreiben.

Sam tippte. »Hey Carrie. Wir müssen reden. Hast du morgen Vormittag Zeit? Rufe gegen zehn durch. Küsschen.«

Fast sofort kam eine Antwort von Carrie: »Klar! Alles okay? Wir müssen reden heißt NIE was Gutes … Küsschen.«

Sam versuchte, die richtige Balance zu finden. Sie wollte Carrie nicht beunruhigen, aber es war wichtig, dass sie Sams Anruf erwartete. Jetzt erst wurde ihr bewusst, wie isoliert sie seit dem Umzug nach Florida war. Falls ihr heute Nacht etwas zustieß – wie lange würde es dauern, bis jemand ihr Verschwinden bemerkte? Außer Carrie hatte sie niemanden mehr. »Ich muss einfach mit jemandem reden. Erklär ich dir morgen früh. Dennis ist dann unterwegs, und wir können in Ruhe reden. Bis dann. Kuss.«

Sie schickte die Nachricht ab und lehnte sich zurück. Sie spürte Dennis' Gewicht neben sich auf dem Sofa und bemühte sich, keine Aufmerksamkeit zu erregen. Sie hatte Angst vor dem Moment, in dem er sich zu ihr umdrehte – wie eine Katze, die genug vom Streicheln hat und zuschlägt.

Lindsay setzte sich eine Weile zu ihnen; der Fernseher lief, aber alle drei starrten nur auf ihre Handys. Sam konnte die Fotos unter sich spüren. Sie sah die Mädchen vor sich, sah die Male auf ihren Körpern. Bissspuren waren es gewesen. Auf den Schenkeln und den Brüsten: kleine violette Abdrücke und aufgerissene Haut. Sam biss sich selbst in die Hand und betrachtete den Abdruck, den ihre Zähne hinterließen. Immer noch weit davon entfernt, die Haut zu verletzen.

Hatte er sie im Arm gehalten? Hatte er sie am ganzen Körper geküsst, bis sie sich vor Lust wanden? Hatte er sie sanft gebissen, bis sie stöhnten und dann fester zugebissen, bis sie schrien? Hatte er ihnen Knochen gebrochen, und dann das Genick, als er sie erwürgte? Hatten sie die Augen geschlossen? Hatten sie ihn so sehr geliebt, wie Sam es tat?

Sam fragte sich, wie viel Lindsay davon wusste; wie viel sie die ganze Zeit gewusst hatte. Doch als sie aufstand, um nach Hause zu fahren, wollte Sam sie beinahe nicht gehen lassen. Sie fühlte sich sicherer, solange Lindsay da war – Lindsay, die im Gegensatz zu all diesen anderen Mädchen überlebt hatte.

Um Mitternacht schaltete Sam den Fernseher aus und sagte, sie würde ins Bett gehen. Dennis legte sich neben sie, die Hand fest auf ihrem Rücken. Sie musste den Impuls unterdrücken, vor ihm zurückzuweichen. Still lag sie da, tat so, als würde sie wegdämmern. Nach einiger Zeit flüsterte er: »Bist du wach?« Doch Sam hielt still, hielt die Augen geschlossen und atmete flach. Die ganze Nacht lag sie starr vor Angst da und wartete darauf, dass er sich regte.

Als die Sonne aufging, lag er immer noch neben ihr und seufzte beim Ausatmen hin und wieder. Nachdem sie die ganze Nacht mit angespannten Muskeln und zusammengebissenen Zähnen dagelegen hatte, tat ihr alles weh. Sie setzte sich auf und betrachtete Dennis eine Weile. Seine Augenlider zuckten im Schlaf, und beim Atmen drang ein leises Pfeifen aus seiner Nase. Er wirkte fast wie ein Mensch.

»Du hast nicht geschlafen«, sagte er, ohne die Augen zu öffnen.

»Doch, ein bisschen.« Wieder brandete die Angst in ihr auf, sie kam sich dumm und ertappt vor.

»Du hast nicht geschlafen«, wiederholte er und schlug die Augen auf. »Ich weiß es.«

Siebenunddreißig

Sam hatte während der schlaflosen Nacht versucht, die nächsten Schritte zu planen. Es war dumm gewesen, die Polaroids an sich zu nehmen. Sie musste auf Nummer sicher gehen, alles andere war zu riskant. Sobald Dennis zu seiner morgendlichen Joggingrunde aufbrach, würde sie hinunter in den Schutzkeller gehen und sie zurücklegen. Sie musste sie zurückbringen, bevor Dennis ihr Fehlen bemerkte. Wenn Carrie oder die Polizei ihr nicht glaubten, konnte Sam damit leben, wenn sie nur lebend hier rauskam.

Doch Dennis ging heute nicht joggen. »Hör dir das mal an«, sagte er und beugte und streckte sein Bein. Sein Knie knirschte und knackte bei jeder Bewegung.

»Bei mir hört sich das genauso an«, sagte sie. »Das macht nichts.«

Dennis war nicht überzeugt. Er machte Frühstück, und Sam ging kurz duschen, um danach schnell zum Sofa zurückzukehren. Sie kam sich vor wie ein brütender Vogel, der sein Nest bewacht. Jedes Mal, wenn Dennis aus dem Zimmer ging, machte sie sich darauf gefasst, das Quietschen der Tür zum Schutzkeller zu hören, und jedes Mal, wenn er zurückkam, wurde sie von großer Erleichterung durchflutet. Fürs Erste war sie in Sicherheit. In den nächsten Minuten, in der nächsten halben Stunde würde ihr nichts passieren.

Lindsay kam erst um kurz vor zehn, und Sam beobachtete, wie sie und Dennis auf dem Rasen vor dem Haus ein Gespräch führten, an dessen Ende Dennis sie in die Arme nahm und drückte und Lindsay ihn, als er losließ, noch eine Sekunde zu lange festhielt.

»Bist du so weit?«, fragte er Sam.

»Vielleicht bleibe ich doch hier.« Sie rieb sich den Knöchel. »Mein Fuß tut ziemlich weh.«

»Aber gestern hast du mich noch damit genervt, dass du mitkommen willst«, sagte Dennis.

»Ja, aber heute sind die Schmerzen echt ziemlich schlimm. Ich glaube, ich sollte den Fuß besser schonen.«

Dennis sah sie an. »Ich denke, du solltest mitkommen«, sagte er »Es würde dir bestimmt guttun, mal aus diesem Haus rauszukommen.«

»Ich glaube nicht …«

»Wenn es so schlimm ist, bleibe ich vielleicht lieber bei dir. Für alle Fälle. Ich meine, falls Howard zurückkommt«, sagte Dennis.

»Ich komm schon zurecht«, sagte sie. »Ehrlich. Mir ist einfach nicht danach.«

»Dann bleibe ich lieber hier«, sagte er noch einmal und kam einen Schritt auf sie zu.

Sam sah auf die Uhr an ihrem Handy. Vom Geschäft aus konnte sie Carrie anrufen. Und dann fiel ihr ein: Wenn sie erst einmal draußen war, in der Öffentlichkeit, brauchte sie gar nicht mehr zurückzukommen.

»Weißt du was«, Sam stemmte sich vom Sofa hoch, »du hast recht. Ich verbringe zu viel Zeit hier. Ich bin einfach nur faul.«

Verwirrt sah Dennis zwischen Lindsays Pick-up, der mit laufendem Motor wartete, und Sam, die lächelnd aufstand, hin und her. »Also … kommst du mit?«

»Ja«, sagte sie. Jetzt konnte sie es kaum noch erwarten rauszukommen, auch wenn sie immer noch nicht genau wusste, was sie dann tun würde. »Aber ich brauche erst noch ein paar Sachen.«

Er seufzte. »Aber beeil dich, wir sind schon später dran, als ich wollte.«

Sie humpelte zu ihrer Krücke, die an der Wand lehnte. Ein Blick aus dem Wohnzimmerfenster zeigte ihr, dass Dennis auf dem Beifahrersitz saß und mit Lindsay sprach. Die Autotür stand offen. Sam ließ ihre Krücke fallen, kauerte sich auf den Boden und robbte zum Sofa zurück. Sie zitterte heftig und folgte blind ihrem Instinkt. Sie holte die Polaroids aus dem Sofapolster und kroch über den Boden zu ihrer Tasche. Sie steckte die Bilder zu ein paar Münzen, benutzten Taschentüchern und leeren Pillenschachteln in das Reißverschlussfach auf der Rückseite. Dann robbte sie zurück, nahm ihre Krücke und versuchte, sich zu beruhigen, während sie das Haus verließ.

Dennis sprang aus dem Wagen, als sie ankam, half ihr auf den Sitz und hielt ihre Tasche und die Krücke, während Sam zu Lindsay hinüberrutschte, die die Hände am Lenkrad hatte und starr geradeaus blickte. Sam stellte die Tasche zwischen ihre Beine in den Fußraum. Sie fuhren schweigend, das Radio blieb aus. Glasflaschen klirrten bei jedem Schlagloch.

Dennis neben ihr wirkte gelassen und schaute durchs offene Fenster auf die Straße. Sam suchte nach dem Bösen in seinen Gesichtszügen, sah jedoch nur den Mann, den sie geliebt hatte. Irgendwie machte es das noch schlimmer. Sie hob die Tasche auf, drückte sie an sich und dachte an die Mädchen auf den Fotos. Nur sie wussten, was Dennis hinter seiner Maske in Wirklichkeit war.

Als sie zur Hauptstraße kamen, bat Dennis Lindsay anzuhalten. »Ich muss was im Eisenwarenladen besorgen.«

Sam sah die Straße hinunter, dort war das Polizeirevier.

»Ich warte hier«, sagte Lindsay.

»Ich auch«, sagte Sam und lehnte sich zurück.

»Ach Scheiße.« Lindsay stieß die Tür auf. »Also gut, ich begleite Dennis.«

»Wie lange brauchst du?«, rief Sam durchs Fenster.

»Weiß nicht. Zehn Minuten, höchstens.« Dennis schien schon wieder von ihr genervt zu sein.

Sobald Sam die beiden im Laden verschwinden sah, rief sie Carrie an, landete aber direkt auf der Mailbox. Irritiert probierte sie es noch zweimal, dann gab sie es auf. Es war nach zehn, und Carrie hätte mit ihrem Anruf rechnen müssen, warum hatte sie ihr Handy nicht eingeschaltet? Sam unterdrückte den Drang zu schreien. Also gut, dachte sie, dann bin ich auf mich allein gestellt.

Das Polizeirevier lag am Ende der Straße. Sam malte sich aus, wie sie dort ankam und sich vorstellte: *Ich bin die Frau von Dennis Danson. Ich habe diese Bilder in seiner Erinnerungskiste gefunden, und ich brauche Ihre Hilfe.* Sie versuchte, sich ihr Leben danach vorzustellen: die Befragungen durch die Polizei, den Prozess, den ganzen Hass, der sie wegen ihrer Rolle bei seiner Freilassung treffen würde.

Dann stellte sie sich einen anderen Weg vor: Sie könnte ins Haus zurückkehren, in den Schutzkeller gehen und die Fotos zurücklegen. Unter einem Vorwand abreisen oder sich davonschleichen, während er beim Joggen war, und in ein Leben zurückkehren, das sie nicht führen wollte. Das war keine Alternative. Sie versank in Selbstmitleid und ekelte sich vor sich selbst, weil sie beim Gedanken an Dennis noch immer dieses Flattern in der Brust spürte.

Drei von zehn Minuten waren verstrichen, und sie wusste, sie musste jetzt handeln. Sie würde die Fotos nicht heimlich zurücklegen können, so viel war klar. Nicht jetzt. Wahrscheinlich würde Dennis den ganzen Tag zu Hause sein und an dem Projekt arbeiten, das er jetzt im Eisenwarenladen plante – was immer das sein mochte. Wenn Sam jetzt nicht handelte, würde Dennis dahinterkommen, was sie an sich genommen hatte. Die grausigen Konsequenzen dieses Szenarios hatten sich die ganze letzte Nacht vor ihrem geistigen Auge abgespielt.

Sie stieg aus dem Pick-up. Das Polizeirevier lag geradeaus vor ihr. Als sie darauf zuhumpelte, gingen ihr die Nerven durch. Was sollte sie denen sagen, verdammt? Wie sollte das alles ablaufen? Ihr war, als würde die Welt zur Seite wegkippen und sich drehen, als wollte die Hitze sie ersticken. Sie bog abrupt ins nächste Geschäft ein, ein Glöckchen bimmelte über der Tür. In der kühleren Luft versuchte sie, einen klaren Kopf zu bekommen. Eine Frau mit grauem Haar und einem freundlichen Lächeln sagte Guten Morgen, und Sam nickte und versuchte, das Lächeln zu erwidern, während die kühle Luft ihre Gedanken klärte.

»Entschuldigung.« Sam zuckte zusammen, als ein Mann sie im Vorbeigehen streifte. Sie drehte sich um, blieb vor einem Regal stehen und zählte ihre Atemzüge, um sich zu beruhigen. *Du kommst hier raus,* sagte sie sich. *Atmen, einfach atmen.*

»Kann ich Ihnen helfen?«, fragte die Frau an der Kasse.

»Ich schau mich nur um«, erwiderte Sam. »Danke.«

Die Frau runzelte die Stirn. »Sagen Sie Bescheid, wenn Sie etwas brauchen«, sagte sie.

Sam blickte auf die Ablagefläche vor sich, doch die war leer. Sie spürte, wie sie rot wurde. Am Ende des Regals hing ein Stift an einer Kette. Sie sah sich in dem kleinen Geschäft um: nackte Wände und Plastikstühle vor der rückwärtigen Wand. *Wo zum Henker bin ich hier?*, fragte sie sich orientierungslos.

Auf dem Schild über der Kasse stand »Post«. Sam kam eine Idee, und sie ging zur Kasse, bevor sie es sich anders überlegen konnte.

»Haben Sie Briefumschläge?«, fragte sie.

Wieder vor der Ablage, nahm sie die Polaroids aus der Tasche und steckte sie so flink wie möglich in den Umschlag, als könnten die Mädchen auf den Fotos schreien, sobald sie Luft bekamen. Sie klebte den Umschlag zu und drückte die Lasche fest zu, um sicherzugehen, dass sie gut zugeklebt war und die Mädchen nicht herausrutschen konnten.

Sie wollte die Adresse auf den Umschlag schreiben, doch der Stift war ausgetrocknet. Sie kritzelte und drückte, doch es kam nichts heraus. Ein Blick auf die Uhr an der Wand sagte ihr, dass schon wieder eine Minute vergangen war. Wenn er sie hier fand, wenn er den Umschlag sah … Sie riss sich aus diesen Gedanken und humpelte noch einmal zur Kasse.

»Ich brauche einen Stift«, sagte sie.

Das Lächeln der Frau war längst verschwunden, und sie verspannte sich sichtlich, als Sam sich ihr näherte. Sam war bewusst, dass sie schwitzte, außer Atem und außerdem unhöflich und verwirrt war, aber das war jetzt alles nicht wichtig. Sie musste die Mädchen loswerden, um wieder klar denken zu können. Eins nach dem anderen. Erst würde sie fliehen, dann würde sie sich um die Mädchen kümmern. Also schrieb sie die Adresse so schnell es ging auf und schob der Frau den Umschlag über den Ladentisch. Dabei sah sie sich immer wieder nach der Tür um und wartete darauf, dass Dennis sie auf frischer Tat ertappte.

Als sie bezahlen wollte, fiel ihr Kleingeld aus dem Portemonnaie und kullerte überall über den Boden, doch sie ließ die Münzen einfach liegen und reichte der Frau einen Schein. Als die Frau in der Registrierkasse nach dem Wechselgeld kramte, winkte Sam ab. »Ist egal«, sagte sie, schon an der Tür. »Behalten Sie den Rest, ist schon gut.«

Draußen auf der Straße, gegen die Sonne anblinzelnd, hoffte sie, dass sie die richtige Entscheidung getroffen hatte. Sie hatte ihr Leben verändert, indem sie Dennis' Polaroids an sich genommen hatte. Und die Erinnerungen an ihre ersten gemeinsamen Wochen schmerzten sie unaufhörlich: die Interviews und die Geschenke und die Promi-Dinner. Nie wieder würde Sam etwas Besonderes sein, nie wieder beneidenswert. In einer Welt, in der niemand Fehler machen durfte, hatte sie einen großen gemacht: Sie hatte sich auf die Seite des falschen Mannes geschlagen. Auch für Carrie würde das den Ruin bedeuten. Sie würden beide zu Hassfiguren werden; Frauen, die einen Mädchenmörder mit Lob überhäuft hatten. Das war schlimmer, als selbst eine Mörderin zu sein.

Zumindest konnte sie die Zeit, bis die Polaroids ihren Bestimmungsort erreichen, zum Nachdenken nutzen und würde mit Carrie sprechen können. Nach kurzem Überlegen fühlte sie sich stärker und beschloss, zum Polizeirevier zu laufen. Dort würde sie behaupten, sie und Dennis hätten sich gestritten, sie hätte Angst und wollte nicht bei ihm bleiben. Sie würde andeuten, dass er sie geschlagen hätte, ohne jedoch eindeutig zu werden, sondern die Polizei nur bitten, ihr zu helfen, ihren Pass abzuholen, damit sie eine Weile bei einer Freundin bleiben könne. Wenn die Polizei vor seiner Tür stand, würde Dennis den Pass herausgeben müssen, und falls er das Fehlen der Fotos bereits bemerkt hatte, würde er es für sich behalten müssen. Bis dahin, sagte sich Sam, würde sie schon so weit weg sein, dass er ihr nichts mehr anhaben konnte.

Wenn er die Fotos nicht wiederbekommen konnte, blieb ihm dann etwas anderes übrig, als ihren Bedingungen zuzustimmen?

Es sei denn – und bei diesem Gedanken kroch ihr die Angst wie Fingerspitzen über den Rücken, es sei denn, es war ihm egal. Vielleicht würde er sie überall finden und sie umbringen.

Sie hatte das Ende der Straße fast erreicht, als er ihren Namen rief und sie hinter sich das Klatschen seiner Schritte auf dem Gehweg hörte. Sie hielt den Blick starr auf das Polizeirevier gerichtet, ging noch einen Schritt weiter und blieb dann stehen. Plötzlich war ihr kalt.

»Wo willst du hin?«, fragte Dennis. Seine Stimme war leise und klang beinahe, als ob er wüsste, was sie vorhatte.

»Ich hatte Durst. Ich wollte mir eine Flasche Wasser kaufen«, sagte sie matt.

»Und? Der Laden ist in die andere Richtung.«

Noch einmal sah Sam zum Polizeirevier.

»Komm mit«, sagte er und legte ihr sacht eine Hand auf den Rücken, um sie zu führen. Als sie sich nicht rührte, fasste er sie mit der anderen am Ellbogen, und Sam ging mit ihm, obwohl sie nicht hätte sagen können, warum. Sie blickte zum anderen Ende der Straße: Ein Mann belud seinen Wagen, Geschäfte waren geöffnet. Wenn sie jetzt schrie, würde man sie hören. Doch irgendwie hielt gerade das sie davon ab, als wäre Schreien nur etwas, das man in der Dunkelheit tat, heimlich, wenn niemand in der Nähe war.

»Mein Knöchel«, protestierte sie.

»Je schneller wir am Wagen sind, desto schneller kannst du dich setzen«, sagte Dennis leise.

Falls jemand sie sah, würde er nur eine Frau mit einer Krücke sehen, der ein gutaussehender Mann ins Auto half, wo eine andere Frau wartete, um sie nach Hause zu fahren.

Mit beiden Händen schob Dennis Sams Hintern in den Pick-up. Sie fiel beinahe auf den Sitz und stieß mit dem Kopf gegen

Lindsays Bein. Dennis schob sie tiefer ins Wageninnere, setzte sich neben sie und schlug die Tür zu.

»Nach Hause«, sagte er zu Lindsay.

»Was ist mit Walmart?« In Lindsays Stimme schwang eine Spur Angst mit.

»Vergiss es.«

Schweigend fuhren sie zurück zum Haus. Sam hörte das Klicken von Lindsays Zähnen beim Kaugummikauen, hörte das Klappern des Plastik-Armaturenbretts, wenn Dennis mit dem Bein auf und ab wippte. Keiner fragte, warum sie weinte.

Am Haus angekommen, schickte er Lindsay weg.

»Dennis?«, fragte Lindsay, ohne Sam anzusehen. »Vielleicht sollte ich noch ein bisschen bleiben?«

»Fahr«, wiederholte er.

»Bitte geh nicht«, sagte Sam, doch Lindsay wandte sich ab.

Drinnen stieß er sie aufs Sofa und baute sich vor ihr auf. »Wo wolltest du eben hin?«, fragte er.

»Was meinst du? Ich wollte Wasser kaufen«, sagte sie wieder.

»Du warst auf dem Weg zur Polizei«, sagte er. »Und du verhältst dich jetzt, als ...« Er hielt inne und sah sie noch einmal an. »Als hättest du Angst vor mir.«

»Du bist so komisch«, sagte Sam. »Du *machst* mir Angst.« Es war fast eine Erleichterung, ehrlich zu sein, und für einen Moment sah es aus, als würde er ihr glauben.

»Etwas hat sich verändert«, sagte er. »In der Art, wie du mich ansiehst. Es hat gestern Abend angefangen.«

»Das ist doch lächerlich«, sagte Sam. Sie sagte nicht: *Du klingst ja schon wie ich.*

Dann fiel sein Blick auf das Sofapolster neben ihr, das sie

schief auf dem Sitz hatte liegen lassen, auf den Reißverschluss, den sie nicht ganz wieder zugezogen hatte.

»Du bleibst sitzen«, sagte er, als er ihren Blick bemerkte. Er hob das Polster hoch und fuhr mit der Hand darunter, als würde er nach verlorenem Kleingeld suchen. Dann öffnete er den Reißverschluss auf und griff in den Bezug. Als er die Hand wieder herauszog, hielt er ein einzelnes Foto in der Hand. Sam rutschte das Herz in die Hose.

Dennis blickte erst das Bild und dann Sam an, und für einen kurzen Moment sah sie, was die Mädchen in jenem Augenblick gesehen haben mussten, als sich sein Gesicht verwandelte und er plötzlich ein Fremder war.

»Du rührst dich nicht von der Stelle.« Es war kaum mehr als ein Flüstern, doch für Sam klang es wie das Knurren eines wütenden Wolfs.

Er ging in die Küche, und Sam hörte, wie er eine Flasche aus dem Kühlschrank nahm, dann die Stille, während er trank. Schritte. Sie hörte die rostigen Angeln der Hintertür und fing laut an zu schluchzen. Vor dem Haus stand Lindsay an den Pick-up gelehnt und rauchte. Sie war also nicht weggefahren. Dafür war Sam dankbar. Ihr fiel auf, dass Lindsay zu oft die Asche von ihrer Zigarette schnippte und zwanghaft mit dem Fuß wippte. Sie hörte den Knall, mit dem die Tür zum Schutzkeller aufgerissen wurde, dann Stille, in der sie abwartete, was als Nächstes passieren würde: das Zuschlagen der Kellertür, das dumpfe Schritte auf der morschen Holztreppe, und schließlich den Knall, mit dem die Kiste hinter ihrem Kopf an die Wand krachte.

»Wo sind sie?«, brüllte Dennis, sein Gesicht war weiß vor Zorn. »Wo sind sie, verdammte Scheiße?«

Achtunddreißig

Dennis hockte sich vor Sam, die Ellbogen auf die Oberschenkel gestützt, versuchte er, ihr in die Augen zu sehen. »Wo sind sie, verdammte Scheiße?« Er stand auf. »Du wolltest zu den Bullen, stimmt's?«

Sam schniefte. »Ich weiß es nicht.«

»Wo sind sie, Sam?«

»Ich hab sie nicht mehr.« Ihre Stimme klang hoch und dünn. Sie fühlte sich sehr alt.

»Was soll das heißen?«

»Ich hab sie weggeschickt. Mit der Post. An Carrie ... Falls mir irgendetwas zustößt ...«

»Du lügst.« Doch sie konnte die Unsicherheit in seiner Stimme hören.

»Wenn mir etwas zustößt, wird sie wissen, dass du es warst! Alle werden es wissen!«

Er betrachtete sie einige Sekunden lang. »Sie sind noch hier«, sagte er. »Wo ist deine Tasche?«

»Im Wagen«, sagte Sam. Dennis zögerte.

»Rühr dich nicht von der Stelle«, sagte er noch einmal, dann ließ er sie allein.

Durchs Fenster konnte Sam beobachten, wie er etwas zu Lindsay sagte, bevor er die Tür ihres Pick-ups öffnete und sich hineinbeugte. Sie wusste, dass der Zeitpunkt jetzt gekommen war. Wenn sie jetzt nicht ging, bekam sie vielleicht nie wieder die Chance dazu. Sie robbte über den Küchenboden, stieß sich dabei die Knie an den Kanten des unebenen Holzbodens, und kroch zur Hintertür hinaus. Die Trümmerteile, die in der Nähe des Schutzkellers verstreut lagen, schnitten sie und bohrten sich in ihre Haut, ihre Handflächen brannten, und ihre Knie wurden auf dem durchweichten Boden nass.

Das Loch im Maschendrahtzaun am Ende des Gartens befand sich knapp einen halben Meter über dem Boden. Sie musste das Gewicht auf ihr Bein verlagern und sich tief ducken, um hindurchzukommen. Nur noch einen Meter, bis sie den Schutz der dicht stehenden Bäume erreicht hatte. Sobald sie im Wald war, fing sie an, so schnell zu rennen, wie sie konnte; ohne auf die Schmerzen in ihrem Knöchel zu achten, lief und sprang und stolperte sie weiter, immer wieder stürzte sie. Sie rannte in die Richtung, von der sie hoffte, dass sie zum Ortskern führte. Nach einer Minute erlaubte sie sich, einen Blick zurück zum Haus zu werfen. Sie sah es nicht mehr, das dichte Laub und die Zweige durch die sie sich hindurchkämpfte, versperrten ihr die Sicht. Das gab ihr neuen Antrieb und das Gefühl, unsichtbar zu sein. Sie lief schneller.

Hinter sich hörte sie Dennis ihren Namen rufen, und eine neuerliche Woge der Angst trieb sie vorwärts. Sie wandte sich nach links, um einem Gebüsch auszuweichen, und dann noch einmal nach links, als sie an einen schwarzen Teich kam, dessen Tiefe sie unmöglich abschätzen konnte. Sie war sich nicht mehr sicher, in welche Richtung sie lief oder in welche sie musste. Immer wieder hörte sie ihren Namen. »*Sa-man-tha.*« Sie rannte vor der Stimme davon, rannte durch zähen Schlamm, zwischen umgestürzten, vermodernden Bäume hindurch, durch Mückenschwärme, die sie durch die Nase einatmete und aushustete.

Als sie vor sich sein weißes T-Shirt zwischen den Bäumen sah, erkannte sie, dass sie im Kreis gelaufen war. Dann verlor sie den Boden unter den Füßen und rutschte über den vom Regen aufgeweichten, schlammigen Boden. Endlich hörte sie auf zu rutschen, sah auf und stellte fest, dass sie in einem Loch saß, dessen Öffnung von herabgefallenen Palmwedeln verdeckt war. Bei dem Versuch, ihre Füße aus der Umklammerung des Bodens zu lösen, blieb ihr Schuh im Schlamm stecken. Über sich hörte sie, wie Dennis an ihr und dem Loch vorbeilief.

Fliegen setzten sich auf ihren Nacken, und der Gestank nach verfaulenden Pflanzen brachte sie fast zum Würgen.

Sie griff hinter sich und hob den Schuh auf, doch als sie den Fuß anhob, um ihn wieder anzuziehen, hatten sich ihre Zehen in etwas verfangen. Mit der freien Hand versuchte sie, sie loszumachen. Es fühlte sich an wie Haare, dachte sie. Sie strich mit den Fingern darüber und sah sich um. Diesmal ging ihr der Schrei so selbstverständlich über ihre Lippen wie ein Atemzug. Sie sah die Brille und den Hemdkragen, den aufklaffenden Hals voller Schlamm, die wie Klauen gekrümmten Finger. Dann robbte sie aus dem Loch heraus, grub die Fingernägel in den Schlamm, um nicht zurückzurutschen. Es war Howard. Seine Haut war aufgedunsen und blassgelb verfärbt. Die Muskeln unter seiner Haut waren verwest, das Gesicht hing ihm lose vom Schädel. Seine Wange zuckte, als versuche er, höhnisch zu grinsen. Es waren Insekten, erkannte Sam, und eine neue Woge Übelkeit erfasste sie. Insekten, die ihn von innen auffraßen.

Zuerst war sie erleichtert, als Dennis sie packte und in die Welt zurückriss. »Was ist jetzt schon wieder los, verdammte Scheiße?«, fragte er, als Sam die Knie anzog, um das unheimliche Gefühl abzuschütteln, Howard könnte die Hand ausstrecken und sie zu sich hinabziehen.

»Du hast ihn umgebracht!«, heulte sie. Sie konnte ihm nicht ins Gesicht sehen. Auf einmal war es real, und weder Weglaufen noch Kämpfen schien mehr einen Sinn zu haben.

Dennis blickte wieder zu dem Loch. Argwöhnisch schob er die herabgefallenen Palmblätter zur Seite. »Howard?«, hörte Sam ihn sagen, und dann Stille. Als er wieder herauskam, war er bleich und etwas besänftigt. »Wir müssen reden«, sagte er.

Neununddreißig

Dennis trug sie auf dieselbe Art, wie er sie über die Schwelle getragen hatte. Er schob mit den Schultern Zweige aus dem Weg, achtete darauf, dass sie ihr nicht ins Gesicht schlugen und entschuldigte sich sogar, wenn es doch geschah. Lindsay erwartete sie an der Hintertür.

»Scheiße, geht's dir gut, Dennis? Ich hab doch gesagt, ich kann sie im Auge behalten«, sagte sie, als die beiden näher kamen.

»Geh ins Haus.« Dennis schob sich an ihr vorbei.

Im Wohnzimmer ließ er Sam aufs Sofa plumpsen. »Du musst jetzt still sein und einfach zuhören«, sagte er. Er nahm ihre Handtasche und kippte den Inhalt aus. Er krempelte jede Tasche und jedes Fach nach außen und warf die leere Tasche auf den Boden. »Okay, Samantha. Ein letztes Mal: Wo sind sie?«, fragte er.

»Was hat sie getan?«, fragte Lindsay von der Tür.

»Und was hast *du* getan?« Er drehte sich zu ihr um.

»Was denn?« Plötzlich klang Lindsay ängstlich.

»Howard?« Dennis' Stimme war ein bisschen brüchig.

»Du verstehst das nicht«, sagte sie. »Er hat gesagt, er würde alles gestehen. Alles. Ich hatte keine andere Wahl.«

»Wenn er mit sowas anfängt, kommst du zu mir und erzählst es mir«, sagte Dennis.

»Das konnte ich nicht riskieren«, sagte sie. »Ich war auf dem

Weg hierher und habe ihn auf der Straße gesehen. Er lief die ganze Zeit hin und her, er war völlig irre. Ich habe ihn dazu gebracht, sich auszusprechen, aber er wollte nicht aufhören. Ich habe ihm gesagt, er würde sich besser fühlen, wenn wir ein bisschen spazieren gehen, aber er hat sein Handy rausgeholt, und diesmal hätte er es getan, das wusste ich. Außerdem hast du meine Anrufe ignoriert und nicht auf meine Nachrichten reagiert.«

»Dann hast du das gemacht, um mich zu bestrafen, oder was? Was hat Howard dir je getan?«

»Dennis, er wollte ihnen *alles* erzählen«, sagte Lindsay.

»Ich hätte ihm das ausgeredet. Du hättest ihn nicht umbringen müssen.«

»Warum ist dir das so wichtig? Er ist ein totaler Spinner. Er ist …«

»Fick dich, Linds!« Dennis ging auf sie zu, als wollte er sie schlagen, überlegte es sich dann aber anders. »Scheiße!«

»Wie soll ich ihm erklären, dass sein Sohn tot ist?«

»Überlass das mir«, sagte Lindsay. Sie sprach voller Eifer, die Worte sprudelten zu schnell aus ihr heraus. »Ich habe mir das richtig gut überlegt. Ich werde sagen, er ist mir auf der Straße entgegengekommen, als ich von hier wegfuhr. Ich habe angehalten, weil ich dachte, er wollte mitfahren, aber dann hat er mich in den Wald gezerrt und wollte mich vergewaltigen, und ich habe mich nur verteidigt.«

»Dich verteidigt?«, sagte Dennis. »Du hast ihm fast den Kopf abgehackt.«

»Was weiß denn ich! Ich sage einfach, ich hatte Angst. Ich hätte nicht gewusst, was ich tat. Ich wollte nur verhindern, dass er mich vergewaltigt.«

»Wir sind am Arsch«, sagte Dennis, ohne jemanden anzusehen. »Ohne Howard bin ich … jetzt hat sein Vater keinen Grund mehr, die Klappe zu halten. Sobald er erfährt, dass sein Sohn tot ist, wird er ihnen den Garten zeigen.«

»Hör zu, wir kriegen das wieder hin«, sagte Lindsay. Sie sah zu Sam hinüber. »Vielleicht sollten wir woanders weiterreden.«

»Oh, dafür ist es längst zu spät. Sam ist gerade mitten in dein notdürftiges Grab gestolpert. Und jetzt? Willst du sie umbringen?«

»Wenn es sein muss, ja.« Lindsay zuckte die Achseln, und Sam spürte, wie sie das blanke Entsetzen packte. »Was wäre, wenn wir Harries von ihrem Handy aus eine Nachricht schicken?« Sie deutete auf Sam. »Wir schreiben: ›Ich weiß, was mit Howard passiert ist, kommen Sie schnell her.‹ Und dann kommt er her, mit seiner Waffe natürlich, weil er inzwischen bereit ist, dich kaltzumachen, und *sie* macht ihm die Tür auf und sagt: ›Er ist draußen im Garten, aber Sie müssen sich beeilen …‹ Und wenn er in den Garten kommt, erschieße ich ihn. Okay, gut, nachdem ich ihn erschossen habe, nehmen wir ihm die Pistole ab, erschießen sie, und schieben ihm die Waffe wieder unter, und dann sagen wir, sie hätte Howard umgebracht, weil er sie, na ja, gestalkt hat, dann hat Harries sie umgebracht, als sie es ihm gestanden hat, und dann habe ich ihn in Notwehr erschossen.«

Immer noch bleich, sah Dennis sie an. »Warum sollte Sam ihn reinlassen und in den Garten bringen, wenn wir sie anschließend erschießen?«

»Weil ich sie einfach so erschieße, wenn sie es nicht tut.«

»Du brauchst mich nicht zu erschießen, bitte«, sagte Sam eilig. »Ich werde niemandem etwas sagen. Ich kapiere ja nicht mal, worum es hier geht.«

Dennis rieb sich seufzend die müden Augen. »Wenn Samantha tot ist … ich glaube, das lohnt sich nicht. Ich glaube, wir brauchen sie.«

»Aber sie wird zu den Drecksbullen rennen, sobald wir sie allein lassen«, sagte Lindsay.

»Sam, hast du die Fotos wirklich Carrie geschickt?«, fragte Dennis.

Sam nickte.

»Und was hast du dazu geschrieben? Hast du geschrieben, dass sie von dir kommen?«

»Ja … ich habe geschrieben, ich hätte sie bei deinen Sachen gefunden, und sie kämen von mir.«

»Herrgott.«

»Was für Bilder?«, fragte Lindsay.

»Nicht so wichtig«, fauchte Dennis.

»Sag mir nicht, du hast diese Scheißbilder aufgehoben!«, kreischte Lindsay. Dann hatte sie es also gewusst, dachte Sam. Lindsay lief auf und ab. »Aber wenn sie tot ist, kannst du die Geschichte in den Griff kriegen, oder?« Lindsay tat so, als wäre Sam überhaupt nicht mehr anwesend.

»Ich glaube … nein, ich glaube nicht, dass ich das kann«, sagte er.

»Scheiße … Wer ist Carrie? Die vom Film?«

»Genau. Warum, willst du sie auch erschießen?«

»Fick dich.«

Dennis ging zu Sam und legte ihr einen Arm um die Schultern. Sie zuckte zusammen. »Samantha. Ich wünschte, du hättest mit mir darüber gesprochen. Du hast mich sehr, sehr schlecht dastehen lassen. Wenn ich dir nun gesagt hätte, dass sie überhaupt nicht von mir sind? Dass ich nur Howard beschützt habe? Dass wir einen Deal hatten?«

»Ich glaube dir«, flüsterte Sam. »Carrie wird dir auch glauben.«

»Aber es ist zu spät. Wenn sie diese Bilder bekommt und du

schon geschrieben hast, dass es meine sind … Sie vertraut dir, Samantha.«

»Ich kann ihr sagen, dass ich mich geirrt habe« Sam war bewusst, dass sie um ihr Leben feilschte. Sie nahm seine Hand. »Aber wenn du zulässt, dass Lindsay mich umbringt, kann ich dir nicht helfen. Und ich will dir helfen:«

»Das weiß ich. Aber du hast es echt verbockt.« Er seufzte. »Du warst anders«, sagte er. »Als du mir geschrieben hast, warst du anders als die anderen. Du warst so nett. So *normal*. Du warst so gewöhnlich, und das hat mir gefallen. Wenn du bei mir warst, war es, als würden die Leute denken: Der ist auch ganz normal. Und du hast zu mir gehalten, als alles den Bach runterging. Deshalb konnte ich dir verzeihen, als du nicht mehr so normal warst: als du jedes Mal meine Sachen durchwühlt hast, sobald ich dich allein gelassen habe. Aber jetzt … ich weiß einfach nicht, wo das noch hinführen soll.«

»Lass mich einfach gehen, Dennis. Ich werde alle Aussagen bestätigen, die du machst. Bitte!«

Dennis seufzte noch einmal, verließ den Raum und kam mit zwei Waffen seines Vaters zurück. Sam glaubte, sich übergeben zu müssen.

»Dennis, wir kriegen das wieder hin. Es braucht nicht noch weiterzugehen.« Sie versuchte ruhig und rational zu klingen.

Er gab Lindsay ein Gewehr, behielt die Pistole für sich und steckte sie sich hinten in den Hosenbund. »Tut mir leid. Ich wollte nicht, dass es so kommt.«

»Bitte nicht!«, schrie Sam.

»Hast du Harries' Nummer?«, fragte er Lindsay, während er Sams Handy aus den über den Boden verstreuten Sachen aufhob. »Es ist gesperrt.« Er sah sie an. »Wie ist der Code?«

Sam schüttelte den Kopf und fing an zu weinen. Er setzte sich wieder neben sie, fasste sie am Handgelenk, nahm ihren Daumen und hielt ihn auf den Home-Button. Der Bildschirm wurde entsperrt. »Gib mir seine Nummer«, sagte er zu Lindsay.

»Die hab ich nicht«, sagte Lindsay.

»Was?«

»Ich weiß die Nummer nicht. Ich dachte, du kennst sie.«

Sam dachte an die Visitenkarte von Officer Harries, die sie in ihre Tasche gesteckt hatte. Sie lag mit der bedruckten Seite nach unten zwischen ihren anderen Sachen auf dem Boden. Statt etwas zu sagen, wartete sie ab und hoffte, dass sich der Plan zerschlagen würde.

»Scheißdreck!« Er schmiss Sams Handy aufs Sofa.

»Dennis, wir können es holen gehen. Wir können zu Howard gehen, und das Handy aus seiner Tasche holen. Er wird doch die Kontaktdaten von sich und seinem Dad haben, oder nicht?«

»Also gut«, sagte Dennis. »Ich gehe. Behalt du Sam für mich im Auge.« Er warf beiden noch einen Blick zu, ehe er ging.

»Bitte«, sagte Sam, als sie das Gefühl hatte, Dennis wäre weit genug entfernt. »Lass uns einfach die Polizei rufen. Jetzt. Solange er weg ist.«

Lindsay lachte. »Du glaubst wohl nicht, dass er dich gehen lässt, was?«

Wut kochte in Sam hoch. »Er wird dich umbringen.«

»Das wird er nicht«, sagte Lindsay. »Dennis braucht mich.«

»Aber du hast Howard umgebracht. Ich habe gesehen, wie wütend er deswegen war. Das wird er nicht einfach auf sich beruhen lassen«, sagte Sam, doch der Ausdruck in Lindsays Augen verriet ihr, dass ihre Hingabe für Dennis alles andere überwog, selbst ihr eigenes Leben. »Und wenn er dich nicht umbringt?« Sam versuchte weiter, sie zur Vernunft zu bringen. »Selbst wenn du lebend aus dieser Sache rauskommst, was meinst du, was dann passiert? Niemand wird dir deine Geschichte glauben, das ist doch irre.«

»Dennis hat die besten Strafverteidiger des Landes«, sagte Lindsay, doch Sam fand, sie klang nicht restlos überzeugt.

»Vielleicht kommt er zu dem Schluss, dass du ein Risiko darstellst, dass du dich nicht an die Story hältst. Überleg nur mal ...«

»Du glaubst, du kennst ihn?«, sagte Lindsay, und ihre Augen glühten vor Zorn. »Du glaubst vielleicht, ich bin nur so 'ne blöde Schlampe, die von nichts 'ne Ahnung hat, aber ich kenne ihn. Ich weiß: Wenn du denkst, du hättest die Lage im Griff oder du würdest ihn verstehen, dann bist du richtig gefickt. Das Einzige, was man an ihm verstehen kann, ist, dass man es nicht kann, und sich damit zufriedengeben. Du glaubst, du würdest uns jetzt gerade manipulieren? Du hast ja keine Scheißahnung. Und auf mich hat er sich immer verlassen. Immer. Ich würd' es mir also nicht allzu gemütlich machen, Bitch!«

»Du hast immer noch Angst vor ihm«, sagte Sam, den Blick auf die Waffe neben Lindsays zitterndem Bein gerichtet.

Lindsay schnaubte, nahm eine Zigarette aus der Schachtel und wollte sie anzünden.

»Er wird nicht wollen, dass du hier drin rauchst«, sagte Sam. Lindsay zuckte die Achseln, doch die Flamme verschwand wieder, bevor sie mit der Zigarette in Berührung kam.

»Steh auf«, sagte Lindsay und griff nach der Waffe. »Raus.« Sam ging voraus, Lindsay hinterher, die Waffe die ganze Zeit auf Sams Rücken gerichtet, bis sie auf der Veranda saßen. Draußen bat Sam Lindsay um eine Zigarette, sie rauchten zusammen und blickte in die Bäume, die den Garten säumten. Nichts war mehr so wie früher.

»Ich bin nicht erbärmlich.« Lindsay blies den Rauch aus dem Mundwinkel.

»Was?«, fragte Sam.

»Ich bin nicht erbärmlich. Nur weil er mir wichtig ist.«

»Das habe ich auch nicht gedacht«, log Sam.

»Und ob du das hast. Scheiß drauf. Ich weiß doch, was die Leute denken. Ich weiß, was er getan hat und wozu er fähig ist. Aber ich weiß auch, wer er ist. Auf der Highschool hat Dennis mich echt gerettet. Aber das interessiert keinen. Diese Jungs in der Schule … Ich war auf einer Party, und wahrscheinlich hab ich zu viel getrunken. Es war keine Vergewaltigung. Ach, was weiß ich.«

»Das tut mir leid.«

»Nicht nötig. Jedenfalls hatte danach jeder eine Meinung dazu. Alle taten so, als wär ich eine Schlampe, die sich besäuft und auf Gangbangs steht. Und Dennis und Howard waren die Einzigen, die noch normal mit mir geredet haben. Sie haben den anderen Jungs gesagt, sie würden sie umbringen, wenn sie mich noch einmal anrühren. Und das hat funktioniert. Die Typen ham die Fresse gehalten; sie haben mich nicht mal mehr angesehen. Aber die Mädchen haben einfach weitergemacht. Und da hat Dennis gesagt, er könnte sie zum Schweigen bringen. Da war dieses kleine Lächeln auf seinem Gesicht, als er das sagte. Und dann fing es an, dass sie verschwanden.« Lindsay zog an ihrer Zigarette. »Beim ersten Mal … beim ersten Mal weiß ich, dass es ein Unfall war.«

»Was war ein Unfall?«

»Dieses Miststück Donna. Dennis meinte, sie würden sie fertigmachen. Da war diese Party, und … Howard hat ihr diese blöden Pillen gegeben. Wir wollten nicht, dass ihr was passiert. Wir wollten ihr was in den Drink tun, mit Howies Kamera ein paar peinliche Fotos schießen, die dann kopieren und überall in der Schule aufhängen.« Sam wand sich. »Ich weiß schon, okay? Du verstehst das nicht. Sie hat mich Nutte genannt; sie hat allen erzählt, dass ich AIDS hätte. Sie hat einfach nicht aufgehört. Wir waren Kinder! Jedenfalls ist sie von der Scheißparty abgehauen, einfach rausgestürmt, da sind wir ihr mit meinem Auto hinterher. Sie taumelt da so lang, und Dennis kurbelt das hintere Fenster runter und fragt sie, ob sie mitfahren will. Natürlich sagt sie Ja, du weißt schon, er ist halt Dennis. Zuerst war sie so neben der Spur, dass sie gar nicht mitgekriegt hat, dass Howard und ich vorne saßen.

Dann sagt sie: ›Warum hängst du immer mit diesen *Irren* ab?‹ und Dennis so: ›Die nehmen uns gerade im Auto mit.‹ Sie ist auf seinem Schoß eingeschlafen. Wir fanden das alle zum Schießen, klar? Die ist nicht mal aufgewacht, als ich gehupt habe.

Wir also zu Howard nach Hause, weil sein Dad Nachtschicht hatte. Erst als wir sie hinlegen und Howard anfängt, die Fotos zu machen, macht sie auf einmal diese Geräusche – wir wissen, dass sie am Kotzen ist, also drehen wir sie auf die Seite, aber ihr steckt was im Hals. Die Jungs tun gar nichts – zu nix zu gebrauchen. Howard kloppt ihr auf den Rücken wie so ein Depp. Ich stecke ihr den Finger in den Hals. Ich hab es wirklich versucht, klar? Aber sie hat aufgehört zu atmen. Ich bin durchgedreht. Howard ist durchgedreht. Dennis war der Einzige, der noch klar denken konnte. Er hat mich weggeschickt und meinte, sie würden sich um alles kümmern, also bin ich gefahren. Ich wusste nicht, was ich sonst tun sollte.«

»Was ist dann passiert?«, fragte Sam.

»Sie haben sie begraben. Dennis hat es mir später erzählt. Am Rand von Harries' Grundstück. Wir wären alle am Arsch gewesen, Sam. Wir alle. Wie Dennis sagte: Es waren Howards Pillen, *meine* Idee, und Dennis' …«

»Sie haben sie auf Harries' Grundstück begraben?«, fragte Sam.

»Howard hatte zu viel Angst, Nein zu sagen. Er dachte, es wäre alles seine Schuld.« Lindsay brach ab. »Und dann wollte er gestehen. Ich habe ihm gesagt ... ich habe gesagt, man würde wissen, dass er es war, dass er die Fotos mit seiner Kamera gemacht hat, dass man ihn für einen Perversen halten würde. Ich habe ihm gesagt, er würde dafür auf dem Stuhl landen. Und Dennis hat ihm das auch gesagt.«

»Was ist mit ... es gab noch andere?« Sam dachte an die Fotos. Von den Mädchen, ihren Haaren und ihren Lippen.

»Sie verschwanden«, sagte Lindsay, »eine nach der anderen.« Plötzlich drehte sie sich zu Sam um. »Mit den anderen hatte ich nichts zu tun. Gar nichts.« Wieder hörte Sam die Furcht in ihrer Stimme. »Im Laufe der Jahre hat mir Howard ein bisschen was erzählt. Dass er und Dennis ... aber ich wollte es nicht glauben. Ich hab's nicht geglaubt. Und Dennis war immer für mich da. Immer. Außerdem, was hätte ich tun sollen? Was hätte ich sagen können, das mich nicht ins Gefängnis gebracht hätte? Also habe ich nichts gesagt. Es war unser Geheimnis. Eine Art Blutsbande. Dennis hat mich beschützt. Während der ganzen Jahre hat er mich da rausgehalten.«

Noch einmal rieb Lindsay sich die Augen, und dann war es vorbei, ihr Gesicht war wieder so undurchdringlich wie vorher.

Also gab es Dinge, dachte Sam, von denen Lindsay nichts wissen wollte. Wenn Lindsay von den Fotos sprach, schien ihr das Ausmaß der Sammlung nicht bewusst zu sein. Für sie war es um Rache gegangen. Sam wusste, dass es etwas anderes war. Eine Art von Begierde. Und das wollte Lindsay nicht verstehen. Für sie war es zu spät.

Dennis kehrte außer Atem zurück und musterte die beiden Frauen auf der Veranda argwöhnisch.

»Ich hab's«, sagte er und hielt das Handy hoch. Sie brachten

Sam zurück ins Haus, einer vor ihr, einer hinter ihr. Dieses Mal entsperrte sie ihr Handy selbst, weil sie wusste, dass Widerstand zwecklos war. Sam sah zu, wie Lindsay tippte:

»Hier ist Samantha. Ich bin bei Dennis zu Hause, Howard ist hier. Wir brauchen Hilfe. Kommen Sie schnell.«

Vierzig

Sie saßen da und schwiegen, während draußen das Licht schwächer wurde. Sie starrten auf das Handy und warteten auf Antwort, bis das Display schwarz wurde, und zuckten zusammen, als sie ihre Spiegelbilder darauf sahen.

Dann klingelte es.

»Scheiße, Scheiße.« Lindsay stand auf und griff nach dem Gewehr.

»Du musst rangehen«, sagte Dennis zu Sam. »Schnell. Wenn es Harries ist, sag ihm einfach nochmal, er soll herkommen. Sag ihm, es ist ein Notfall.«

Sam bekam das Handy in die Hand gedrückt, der Anruf war schon angenommen. Sie hörte Harries' tiefe, bellende Stimme, rau und whiskeygetränkt. Sie hätte ihn bitten können, Verstärkung anzufordern – hätte Lindsay sie nicht über den Gewehrlauf hinweg angestarrt.

»Officer Harries? Äh, hier ist Sam … Danson.«

»Ich weiß, dass Sie Sam sind. Was können Sie mir über Howard sagen?« Seine Stimme wurde rissig. »Wo ist er? Wo ist mein Junge?«

»Er ist hier«, sagte Sam mit einem Blick auf Dennis, der nickte.

»Geht es ihm gut? Gottverdammt! Was hat Dennis meinem Jungen angetan?«, brüllte Harries.

»Niemand hat Howard etwas angetan«, sagte Sam.

»Aber er ist jetzt seit drei Tagen verschwunden und geht nicht an sein Handy. Ich kenne meinen Jungen.«

»Officer Harries. Er ist hier draußen und schreit irgendetwas von *Leichen*. Ich glaube, er ist irgendwie verrückt geworden.« Sie unterbrach sich und versuchte, ihren schneller gewordenen Atem zu kontrollieren. »Vielleicht sollte ich die Polizei …«

»Nein«, sagte Harries. »Ich bin unterwegs.« Die Verbindung brach ab.

»Das hast du gut gemacht«, sagte Dennis.

Lindsay beobachtete sie, und ihr gefiel nicht, was sie sah.

»Linds, du musst dein Auto wegfahren. Sonst weiß Harries, dass du hier bist. Park es hinter dem Haus, damit er keinen Verdacht schöpft«, sagte Dennis.

Lindsay zögerte. »Scheiße«, sagte sie und hängte sich das Gewehr über die Schulter. »Bin gleich wieder da.«

Sam sprach ihn nicht darauf an, was Lindsay ihr auf der Veranda erzählt hatte. Das war nicht nötig: Er wusste es schon.

»Sie wird dir alles erzählen, um dich dazu zu bringen, die Deckung fallen zu lassen«, sagte Dennis.

»Sie glaubt, du brauchst sie«, sagte Sam, die irgendwo in ihrem Innern neue Kraft gefunden hatte. »Aber ich glaube, mich brauchst du dringender. Wenn du mir hilfst, das zu überstehen, kann ich die Fotos zurückkriegen.«

Sam betrachtete die Falte auf Dennis' Stirn und wie er ihr über den Rand seiner Brille hinweg fest in die Augen sah. Er sah nicht aus wie er selbst, dachte sie. An die Stelle seiner Kälte war etwas anderes getreten, etwas, das Sam sofort als etwas Menschlicheres erkannte.

Lindsay kam zurück und versteckte sich im Schutz der hinteren Veranda hinter dem Haus. Sam sollte im Wohnzimmer bleiben, während Dennis im Flur wartete, um sicherzugehen, dass sie Harries auch wirklich hereinließ und durchs Haus führte und nicht im letzten Moment einen Rückzieher machte. Ihr schwirrte der Kopf von all den Dingen, die sie wusste, und denen, die sie nicht wusste.

Als der Wagen vorfuhr, huschte Dennis mit der Pistole in der Hand in die Küche, den Finger am Abzug. Harries ließ den Motor laufen und die Wagentür offen und rannte aufs Haus zu. Statt zu warten, bis er klopfte, öffnete Sam schon vorher die Tür. Er hielt die Waffe in einer Hand und stabilisierte sie mit der anderen. Sam schluckte. Nur ein kleiner Fehler, und ihr Leben wäre vorbei. Plötzlich wollte sie unbedingt weiterleben. Sie musste nur noch ein bisschen durchhalten. *Und was dann?* Sie verdrängte die Frage.

»Wo ist er?«, fragte Harries und drängte sie beiseite.

»Ich habe ihn niedergeschlagen«, sagte Sam. »Ich hatte Angst.«

»Wo ist er?«, fragte er erneut, diesmal lauter.

»Hinter dem Haus«, sagte Sam.

»Sie gehen vor«, sagte Harries mit einer auffordernden Geste.

Wie ein Henker führte sie ihn über den vorgeschriebenen Weg zum Schutzkeller. Harries blieb an der Hintertür stehen und sah sich in alle Richtungen um.

»Wo ist er?«, wiederholte er.

»Machen Sie jetzt keine Dummheiten«, sagte Dennis. Er kam mit erhobenen Händen auf sie zu. Augenblicklich hob Harries seine Waffe.

»Wo ist er, wo ist Howard?«, brüllte Harries. Seine Stimme hallte in der Abendstille.

»Wir mussten ihn einsperren«, sagte Dennis. »Er ist im Keller.«

»Aufmachen«, sagte Harries zu Sam.

Mit zitternden Armen tat Sam wie befohlen. Harries blieb in der Tür stehen. In dieser Position würde Lindsay ihn nicht treffen können. *Bleib da stehen*, flehte sie ihn in Gedanken an, *beweg dich nicht vom Fleck.*

»Ich will Sie nicht anlügen, Harries«, sagte Dennis. »Er hat ein bisschen was abgekriegt. Verstehen Sie? Einen Schlag auf den Kopf.«

»Was habt ihr mit ihm gemacht?« Harries trat einen Schritt vor, dann schien er seinen Plan zu ändern und wich wieder in die Tür zurück.

»Nichts, nichts. Es geht ihm gut. Er braucht nur vielleicht ein bisschen Hilfe.«

Harries suchte die Umgebung mit den Augen ab.

»Dreh dich um«, sagte er zu Dennis.

»Was?«

»Dreh dich um. Und lass die Hände oben.«

Dennis drehte sich um. Aus seinem Hosenbund ragte die Pistole.

»Sie«, sagte Harries zu Sam. »Nehmen Sie die Pistole. Sofort!«

Gehorsam nahm Sam die Pistole an sich.

»Geben Sie sie mir«, sagte Harries. Als Sam mit der Waffe auf ihn zukam, nahm er sie ihr aus der Hand und steckte sie in das leere Holster an seiner Hüfte. »Stell dich an die Wand«, sagte er zu Dennis. »Mit dem *Gesicht* zur Wand.«

Dennis lehnte lachend die Stirn gegen die Hauswand. Harries ging zum Schutzkeller, dabei hielt er Sam am Arm fest und sah sich immer wieder nach Dennis um.

»Sie zuerst.« Er zeigte auf die Falltür.

»Ich?«

»Na los doch«, sagte er.

Sam sah zur Hausecke, hinter der Lindsay schussbereit warten musste. Dann sah sie Harries in die Augen. Sie waren gerötet und rastlos. Ein Mann, dessen Geheimnisse ihm jede Nacht den Schlaf raubten, der seinen Sohn liebte und niemanden sonst hatte. Es lag Hoffnung in diesen Augen, und das tat am meisten weh. Sam setzte einen Fuß auf die Kellertreppe. Sie sah, wie Lindsay sich in Position brachte und die Waffe auf Harries Hals richtete.

Der Schuss brachte Sam ins Taumeln. Harries' Blut traf sie an der Wange, als er zur Seite wegkippte. Hektisch fuhr sie sich über das Gesicht, danach waren ihre Hände rot verschmiert. Er lag auf dem Bauch, das Gesicht auf der Seite, Grashalme wiegten sich in seinem Atem.

Der Schuss hatte ihn in die Brust getroffen und ein großes Loch hineingerissen, aus dem das Blut aus seiner zerfetzten Lunge sprudelte. Trotzdem atmete er noch, und zwar laut und qualvoll. Sam hörte Lindsay im Hintergrund jubeln und wünschte sich, sie würde damit aufhören, und der Mann würde sterben.

Dann lag er plötzlich still da, unter ihm sammelte sich klebriges Blut. Sam sah ihn an, und die Realität traf sie wie ein Schwall kaltes Wasser. Er war tot.

Dennis ging neben Harries Leiche in die Hocke und nahm ihm beide Pistolen ab.

Im Hintergrund lief Lindsay auf und ab, sie war vollgepumpt mit Adrenalin, und der Anblick des Blutes machte sie nur noch aufgedrehter.

Dennis sah kurz zu Lindsay hinüber, schien sich etwas anders zu überlegen und reichte Sam verstohlen eine der Pistolen.

»Du musst Lindsay erschießen«, sagte er. »Du schaffst das.« Er wich einen Schritt zurück.

Sam hielt die Waffe in der Hand. Sie war schwerer als erwartet. Würde sie sie tatsächlich abfeuern können? Aber ihr blieb nicht viel Zeit zum Nachdenken, denn Lindsay drehte sich zu ihr um und zielte.

Sam hob die Waffe, die in ihren Händen furchtbar zitterte. Sie stabilisierte sie mit der zweiten Hand, wie sie es bei Harries gesehen hatte.

»Ich wusste es«, sagte Lindsay, als sie erkannte, was Dennis getan hatte. »Ich wusste, dass ich am Ende die Gefickte bin.«

Sie fang an zu weinen. Sam legte einen Finger an den Abzug und wusste nicht, was sie jetzt tun sollte. Sie wusste nicht, ob es klicken würde, wenn sie den Abzug betätigte, ob es einen heftigen Rückstoß geben würde, ob die Kugel Luft oder Fleisch durchschlagen würde. Sie und Lindsay sahen einander an, beide hatten sie Angst, den ersten Schritt zu tun, beide warteten sie darauf, dass Dennis ihnen sagte, was zu tun war.

Endlich sprach er.

»Lindsay …«

Eine Autohupe näherte sich, immer wieder ertönte sie in langen, kurzen, langen Stößen. Die drei sahen einander an. Sam fragte sich, ob das ein Morsecode war, ob ein Mannschaftswagen der Polizei Harries Zeichen gab. Doch als der Wagen vor dem Haus hielt, hörte sie laute, ausgelassen fröhliche Musik.

Dennis signalisierte ihnen zu warten, und ging ums Haus herum, um einen Blick in den Vorgarten zu werfen. Auf dem Rückweg lief er gebückt, damit man ihn durchs Fenster nicht sehen konnte. »Es ist Carrie«, flüsterte er. »Sie ist vor dem Haus.«

»Die Filmtussi?« Lindsay hielt ihre Waffe immer noch auf Sams Brust gerichtet.

Es klopfte an der Tür. Carries fröhliche, nichts ahnende Stimme.

»Ich bin hier, um dich zu retten, Süße!«, rief sie. »Ich bring dich zurück in die Zivilisation!«

»Was machen wir mit ihm?« Lindsay deutete auf Harries.

»Hallo? Ghostest du mich jetzt, oder was? Hallo-ho?«

Sam wäre nur zu gern zur Tür gelaufen, doch sie wusste, dass Lindsay dann schießen würde.

»Wir müssen sie reinlassen.«

Dennis leckte sich den Daumen an und rieb ihr übers Gesicht, dann suchte er auf ihrer Kleidung nach Blutspuren. »Ich komme!«, rief er.

Er ging ums Haus herum, um Carrie an der Tür zu begrüßen, während Sam und Lindsay sich nicht vom Fleck rührten und zuhörten, was die beiden sprachen. Sam versuchte, nicht daran zu denken, was passiert wäre, wenn Carrie nicht aufgetaucht wäre. Sie hörte Dennis zu Carrie sagen, sie, Sam, sei nicht hier, und Carrie antwortete, sie würde warten. Es tat weh, die Arme so lange vor sich gestreckt zu halten, doch Lindsay sah aus, als könnte sie den ganzen Tag lang so stehen bleiben, die Waffe direkt auf Sams Hals gerichtet.

»Wem gehört der Wagen da?«, fragte Carrie.

»Nur Lindsay«, sagte Dennis.

»Lindsay? Alter ... du *musst* damit aufhören.« Carrie senkte die Stimme. »... dass es Sam traurig macht ... Verpflichtungen ... Ehe ...«

Sam traten Tränen in die Augen. Carrie war so nah. Sie wünschte sich nichts mehr, als zu ihr laufen. Die Waffe in ihrer Hand wurde unerträglich schwer. Plötzlich fühlte sie sich so schwach. Wenn sie jetzt davonkam, war es noch nicht zu spät. Lindsay bewegte sich aufs Haus zu, ohne die Waffe zu senken, bis sie neben der Hintertür stand. Sie starrte Sam an, lauschte aber mit schiefgelegtem Kopf darauf, was sich vor dem Haus abspielte.

»Da läuft nichts. Alles ist gut, mach dir keine Sorgen«, sagte Dennis gerade.

»Lass mich reinkommen. Ich werde warten.«

Sam schloss die Augen und flehte lautlos, Carrie möge bleiben. Ihre Lippen bewegten sich wie im Gebet. Solange Carrie da draußen war, würde Lindsay nicht schießen.

»Warum nicht?«, fragte Carrie. »Komm schon, Mann. Ich hab dir *vertraut*. Und jetzt sowas?«

»Da ist nichts zwischen mir und Lindsay.« Jetzt wurde Dennis lauter. »Das ist kompliziert, Carrie, lass uns einfach …«

Doch Carrie war schon im Haus und bewegte sich in ihre Richtung. Dennis folgte ihr, rief sie zurück. Lindsay hob die Waffe.

»Stehen bleiben«, sagte sie. Der Gewehrlauf zielte auf Sam. Carrie erstarrte.

»Sam?« Carrie drehte sich um. Dennis versuchte, sie am Arm zu packen und wegzuziehen, doch sie riss sich von ihm los. »Scheiße, was wird hier gespielt?«

»Das ist außer Kontrolle geraten«, sagte Dennis.

In Carries aufgerissenen Augen schimmerte Angst. Carrie, die immer so taff und unerschütterlich gewirkt hatte. Sams Hoffnung löste sich in Verzweiflung auf.

»Also, was passiert jetzt, Dennis?«, fragte Lindsay. »Was ist mein Platz in dieser Geschichte?«

Sam kannte den Ausdruck in Lindsays Augen: den Schmerz in ihrem Herzen, die Wut und die Trauer. Lindsay hatte nichts mehr zu verlieren. Und Sam sah, dass auch Dennis das erkannte.

»Linds …«, sagte er und streckte langsam die Hand nach ihr aus.

Carrie wich einen Schritt zurück, als Lindsay auf die beiden zielte, die Waffe lag jetzt sicher in ihrer Hand. »Keine Bewegung.«

Mit einem Arm schob Dennis Carrie hinter sich. Während er Carrie vor Lindsay abschirmte, wich er langsam zurück.

»Keine verfickte Bewegung!«, kreischte Lindsay.

»Lindsay, bitte, wir müssen nicht noch weiter gehen.«, sagte Dennis.

Lindsays Atem ging in kurzen Stößen, sie kämpfte mit den Tränen.

»Ich verstehe das, Lindsay«, sagte Sam. »Ich weiß, wie du dich fühlst, und es tut mir so, so leid.«

»Du verstehst überhaupt nichts«, sagte Lindsay. »Ich habe alles für diesen Mann geopfert.«

»Linds …«, sagte Dennis noch einmal.

»Nein! Mir reicht's! Du hast mich nie so behandelt, wie ich es verdient hätte!« Lindsay sah Dennis von blankem, rasendem Hass erfüllt an. »Ich weiß, wer du wirklich bist. Ich weiß es.«

»Was ist hier los?«, fragte Carrie ruhig.

Lindsay sah Carrie über Dennis' Schulter hinweg an. »Du willst wissen, was hier los ist, Filmtussi? Spoiler-Alarm, Dennis …«

Der Knall war so laut, dass Sam für einen Moment glaubte, sie wäre selbst getroffen worden. Carries Schrei klang schwach und wie aus großer Ferne. Sie schloss die Augen, während der Lärm in ihren Ohren wiederhallte, und als sie sie wieder aufschlug, sah sie, dass die Kugel Lindsay in den Mund getroffen hatte. An der Hauswand war überall Blut. Sie schimmerte rot im Abendlicht. Auf dem Boden war auch Blut, überall, Sam sah nur Blut, und dort lag ein Zahn.

Dennis ging zu Lindsays Leiche und sackte zusammen. Er ließ Harries' Waffe in das Blutbad fallen und starrte mit leerem Blick auf den leblosen Körper. Das Blut, das aus ihrem Schädel floss, versickerte im weichen Untergrund wie Regen nach einem Unwetter.

Carrie drehte sich um und erbrach sich. Sam reichte Dennis eine Hand, um ihm hochzuhelfen. Langsam, als hätte ihn alle Kraft verlassen, stand er auf, und Sam hatte keine Angst mehr. Sie umarmte ihn, legte den Kopf an seine Brust und atmete den beißenden Geruch von Pulverdampf und Blut auf seinem Hemd ein.

»Was ist hier los, verdammte Scheiße?«, fragte Carrie noch einmal. Sie zitterte.

Eine Zeit lang war es, als würde alles um sie herum stillstehen. Das Echo des Schusses verhallte, Stille umfing sie.

Selbst der Wind schien verstummt zu sein, während Sam, Dennis und Carrie sich umsahen und nicht wussten, was sie jetzt tun sollten. Kurz darauf begannen die Zikaden zu klagen, und die Palmwedel raschelten im warmen Wind.

Sie mussten weitermachen, dachte Sam. Sie mussten entscheiden, was als Nächstes passieren sollte.

Epilog

Drei Monate später

Sam nahm an einer Seite des Tischs Platz und richtete den Blick auf die Snackautomaten in der hinteren Ecke, um die andren nicht ansehen zu müssen. Die Insassen kamen ohne Handschellen und umarmten ihre Partner und Kinder. Wie üblich, drehten sich die Leute nach Dennis um, der sich klaglos von Sam küssen ließ.

»Du bist wieder da«, sagte er. »Wie war's in England?«

»Kalt! Ich glaube, ich habe mich hier endlich akklimatisiert.« Sie strich mit dem Daumen über sein Handgelenk. Sie war nur ein paar Wochen weggewesen. Gerade lange genug, um ein Bankschließfach zu eröffnen, ihre Sachen einlagern zu lassen und ihr Haus zu verkaufen.

Als sie zu Hause die Tür geöffnet hatte, waren ihr Briefe und Broschüren wie ein Haufen totes Laub aus der Tür entgegengefallen. Die Luft roch modrig, die Zeit hatte stillgestanden. Sie hatte sich durch die Post gewühlt und war schon in Panik geraten, die Bilder wären womöglich gar nicht angekommen. Doch dann sah sie den Umschlag mit ihrer eigenen, kaum zu entziffernden Handschrift darauf.

Sie musste sich wappnen, bevor sie ihn öffnete. Dann breitete sie langsam und bewusst alle Polaroids vor sich aus und sah sie sich an. Zum ersten Mal sah sie sie richtig an. Jetzt hatte sie den Raum und die nötige Privatsphäre, um nachzudenken.

Die Farben waren verblasst, trotzdem konnte sie sich das leuchtende Rot des aufgerissenen Fleischs und das Blau der Lippen vor Augen rufen. Sie waren in Pose gebracht, die Haare sorgsam um den Kopf herum aufgefächert, die Arme neben dem Körper auf dem Boden, als würden sie friedlich in der Sonne liegen. Sie starrte die Bilder an und versuchte, sich irgendeinen Reim darauf zu machen. Was sie darin sah, war nicht der Zorn eines Mannes, der ihnen wehtun wollte, sondern die Krankheit von jemandem, der sie bewahren, konservieren wollte. Dann dachte sie an jenen Tag in den Wäldern, als Dennis das Katzenbaby in sein Grab gelegt und zärtlich und liebevoll die Erde glattgeklopft hatte. Sie dachte an den Schmuck, den er aufgehängt hatte und an die Nagellack-Inschriften.

Es lag nicht an ihr, dass er sie nicht wollte, wurde Sam bewusst. Es lag nicht an ihrer Figur oder ihren Zähnen. Es war das warme Blut, das in ihren Adern floss, dass sich ihre Brust hob und senkte, die Art, wie sie sich an ihn schmiegte, wenn er sie küsste. Von Übelkeit erfasst, hatte sie die Fotos wieder eingepackt.

»Hast du dich um die …?«, fragte Dennis sie.

»Sie sind in Sicherheit«, sagte sie. Die Polaroids lagen in einem Bankschließfach in England.

»Gut.«

Sie küsste seine Hand. Sie konnten nicht offen reden, und deshalb konnte sie ihm nicht sagen, dass sie die Bedeutung der Fotos verstanden hatte.

Sie hatte die Polizei kurz vor ihrem Flug nach Hause angerufen. Von einem Münztelefon aus, nachdem sie meilenweit hatte suchen müssen, und mit einem Akzent, der ihre Identität verbergen sollte.

»Im Garten von Harries liegen Leichen«, hatte sie gesagt. »Dennis Danson hat sie umgebracht. Sie alle. Lindsay Durst und Howard Harries waren seine Komplizen.« Dann hatte sie aufgelegt, war zu ihrem Auto zurückgerannt und zum Flughafen gefahren. Von Großbritannien aus hatte sie verfolgt, wie die Geschichte weiterging, wie die Knochen ausgegraben und ans Licht gebracht wurden.

»Irgendwie hat mir das gefehlt«, sagte Sam.

»Was hat dir gefehlt?«, sagte Dennis.

»Das hier.« Sie machte eine Geste, die den Besuchsraum umfasste. »Ich habe dich immer so gern besucht.« Es hatte ihr ein Gefühl von Sicherheit gegeben, dachte sie, sprach es aber nicht aus. »Und es ist gut, dass wir uns hier anfassen dürfen.«

»Ja«, sagte Dennis mit gesenktem Blick. »Sie wollen mir einen Deal anbieten: Ich gestehe die Morde an den Mädchen und bekomme »lebenslänglich« ohne Bewährung.«

»Ach?«, sagte Sam. Sie hoffte, er würde den Deal annehmen. Wenn er vor Gericht ging und verlor, war der Todestrakt unausweichlich. Hier könnte er seinen Schulabschluss nachholen und sich vielleicht für einen Kurs am College einschreiben. Seine Wangen waren vom Training im Hof gebräunt.

Es gab immer noch Leute, die nicht glaubten, dass er die Mädchen getötet hatte. Carries Glaube war unerschütterlich. Carrie liebte ihn, genau wie Howard und Lindsay es getan hatten. Und genau dadurch, wurde Sam bewusst, hatte er Macht über sie gehabt. Wie er auch Macht über Sam gehabt hatte.

Carrie sagte unter Eid aus, sie hätte Lindsay die Waffe heben sehen, bevor Dennis den Schuss abgab. Für sie war er ein Held.

Sam selbst konnte sich nur noch vage an jenen Abend erinnern, aber sie wusste, dass Lindsay die Waffe nicht gehoben hatte. Sie hatte Dennis nach dem Schuss im Arm gehalten, hatte den

Kopf an seine Brust gelegt und auf seinen Herzschlag gelauscht, der so langsam und gleichmäßig ging, als schliefe er. Ihr wurde kalt. Und noch kälter, als ihr auffiel, dass der Zahn, der in der Blutlache gelegen hatte, nicht mehr dort war.

»Sie haben nichts in der Hand«, sagte Dennis. Sam merkte, dass sie nicht zugehört hatte.

»Was?«, fragte sie.

»Mein Anwalt sagt, dass es nichts gibt, was mich mit den Leichen in Harries' Garten in Verbindung bringen würde. Sie haben nichts in der Hand.«

Sam war übel. Als sie sich vorstellte, dass er freikommen könnte, legte sie instinktiv die Hand auf ihren Bauch. Auf das Baby, das in ihr heranwuchs. *Was ist, wenn es ein Mädchen ist?*, dachte sie. Nein. Wenn es darauf ankam, hatte sie immer noch die Fotos. Solange sie verheiratet waren, konnte man sie nicht zwingen, gegen Dennis auszusagen, aber sie könnte behaupten, die Bilder beim Sortieren seiner Sachen gefunden zu haben.

Sie bemerkte, dass Dennis auf ihren wachsenden Bauch blickte, und lächelte. Er wurde rot und wandte den Blick ab. Darüber sprachen sie nicht. Mit den Toten kam Dennis so viel besser zurecht als mit den Lebenden.

»Nimm den Deal an, Dennis«, sagte sie und griff über den Tisch hinweg nach seiner Hand.

Dennis drückte ihre Hand fester und beugte sich zu ihr. »Aber wenn ich draußen bin, können wir zusammen sein. Überall, wo du willst. New York, überall.« Er suchte auf ihren Zügen nach einem Zeichen dafür, dass sie ihm glaubte. »Bitte«, fügte er hinzu. »Samantha.«

Sam sah ihm in die Augen, die so blau waren, dass es ihr den Atem raubte.

»Ich werde dich immer besuchen kommen.«

Und das meinte sie ernst. So funktionierte es mit ihnen, dachte sie, als sie die Finger mit seinen verschränkte. So war es immer am besten gewesen.

Danksagung

Ich danke der Jury des *Daily Mail First Novel*-Wettbewerbs der *Daily Mail*, Simon Kernick und Sandra Parsons für ihre frühe Unterstützung von »Unschuldig«.

Luigi und Selina, ich danke euch, dass ihr an das Buch geglaubt habt und für all eure Ratschläge und Hilfestellung. Es ist ein großes Glück, dass ich mit euch beiden arbeiten durfte, und ich schätze die Expertise und Freundlichkeit, die ihr mir gegenüber gezeigt habt.

Vielen Dank an Alison, die ebenfalls so viel zu diesem Buch beigetragen hat und deren Meinung mir unglaublich wichtig ist.

Danke an alle bei Cornerstone, die immer noch so hart für *Unschuldig* arbeiten: Sonny, Clare, Hattie, Matt, Khan, Pippa, Kelly, Catherine und alle, die so großen Enthusiasmus für dieses Buch an den Tag gelegt haben.

Ich bedanke mich bei Glenn.

Francesca Pathak, dir danke ich für die frühen Anmerkungen, die dem Buch zu seiner heutigen Form verholfen haben.

Danke, Peter Joseph, dass du mich nicht mit Spinat zwischen den Zähnen auf die Bühne gelassen hast. Du hast mir so sehr geholfen, dank deiner Ratschläge ist mein Buch jetzt viel besser. Auch an Kayla Kind und alle andere bei Hanover Square Press: vielen Dank für eure Arbeit.

Ich habe das große Glück, mit unterstützenden und verständnisvollen Kollegen zu arbeiten, die mir geholfen haben, meinen Brotberuf mit den Anforderungen des Schreibens unter einen Hut zu bringen. Insbesondere möchte ich mich bei Emma Crocker für ihre Freundlichkeit und Ermutigung bedanken, als ich sie am meisten brauchte.

Danke an meinen Bampi! Hättest du mich nicht zur Schule geschleift, wäre ich heute womöglich Analphabetin.

Rhys, ich danke dir, weil du immer so ehrlich bist, dass ich deiner Meinung vertrauen kann, aber nicht so ehrlich, dass es wehtut. Ich hoffe, dass ich eines Tages die richtige Balance finde.

Schließlich und endlich möchte ich mich bei meinem Dad und meiner Mom dafür bedanken, dass sie meine Entscheidungen immer unterstützt und mich ermutigt haben. Als ich monatelang als Hund namens Rover leben wollte, habt ihr das möglich gemacht, und als ich, was vielleicht noch unwahrscheinlicher war, Schriftstellerin werden wollte, habt ihr immer daran geglaubt, dass ich das schaffen kann. Ich liebe euch sehr.

Yrsa Sigurdardóttir

SOG

Thriller

446 Seiten, btb 71756
Übersetzt von Tina Flecken

Dunkel, gefährlich, erbarmungslos.

Zwei abgetrennte Hände, ein perfider Mord,
kurz darauf ein weiterer.
Was hat die unheimliche Botschaft eines Kindes
mit den Toten zu tun?

Die isländische Bestsellerautorin mit ihrem neuen Thriller
um Kommissar Huldar und Psychologin Freyja.

»Yrsa Sigurdadóttir ist eine der besten
Kriminalschriftstellerinnen der Welt.«
Times Literary Supplement